NANOFÁGICA			H.
DIA	MÊS	ANO	TIR.
05	05	23	10 000
RX / TX J. A.			
ANT. LOOP			

CB054993

Editorial	ROBERTO JANNARELLI
	VICTORIA REBELLO
	ISABEL RODRIGUES
	DAFNE BORGES
Comunicação	MAYRA MEDEIROS
	PEDRO FRACCHETTA
	GABRIELA BENEVIDES
Preparação	NATÁLIA MORI MARQUES
Revisão	TÁSSIA CARVALHO
	ISADORA PROSPERO
	KARINA NOVAIS
Cotejo	LETÍCIA CÔRTES
Diagramação	DESENHO EDITORIAL
Projeto gráfico	GIOVANNA CIANELLI
Capa	GIOVANNA CIANELLI
	ÍVANNO JOSÉ BRABO

TRADUÇÃO:
CAROL CHIOVATTO

TORCERAM O TORNOZELO NA PRMEIRA DANÇA

**DANIEL LAMEIRA
LUCIANA FRACCHETTA
RAFAEL DRUMMOND
&
SERGIO DRUMMOND**

Jane Austen

Orgulho e preconceito

NANO

Capítulo 1

É uma verdade universalmente reconhecida que um homem solteiro em posse de uma boa fortuna deve estar à procura de uma esposa.

Por menos que se conheçam os sentimentos e as opiniões de tal homem quando ele chega a uma vizinhança, essa verdade está tão fixada nas mentes das famílias residentes no entorno que ele é logo considerado a propriedade legítima de alguma filha dessas pessoas.

— Meu querido sr. Bennet — perguntou sua esposa certo dia —, você ouviu falar que Netherfield Park finalmente foi alugada?

O sr. Bennet respondeu que não.

— Pois foi — ela replicou. — A sra. Long esteve aqui ainda há pouco e me contou tudo a respeito.

O sr. Bennet não respondeu.

— Não quer saber quem alugou? — a esposa perguntou, impaciente.

— *Você* quer me dizer, e não tenho objeção em ouvir.

Aquilo bastava como convite.

— Ora, meu querido, você precisa saber que a sra. Long falou que Netherfield foi alugada por um jovem de grande fortuna, vindo do norte da Inglaterra; falou que ele veio para cá na segunda-feira num cabriolé puxado por quatro cavalos, e ficou tão satisfeito com o lugar que fechou com o sr. Morris imediatamente; falou que vai se mudar antes da festa de São Miguel e que alguns de seus criados deverão estar na casa até o final da próxima semana.

— Qual é o nome dele?

— Bingley.

— Ele é casado ou solteiro?

— Ah! Solteiro, meu querido, sem dúvida! Um homem solteiro de grande fortuna, quatro ou cinco mil por ano. Que coisa ótima para nossas meninas!

— Por quê? Como isso pode afetá-las?

— Meu caro sr. Bennet, como consegue ser tão maçante? — tornou a esposa. — Você deve saber que estou pensando que ele pode se casar com uma delas.

— Foi com esse desígnio que ele fixou residência aqui?

— Desígnio! Que bobagem, como você pode falar assim? Mas é muito provável que *venha* a se apaixonar por uma delas, portanto você precisa visitá-lo assim que ele chegar.

— Não vejo motivo para isso. Você e as meninas podem ir, ou você pode mandá-las sozinhas para lá, o que talvez seja ainda melhor, pois, como você é tão bonita quanto qualquer uma delas, o sr. Bingley pode preferir você.

— Meu querido, você está sendo lisonjeiro. Eu com certeza já *tive* alguma beleza, mas não alego ser nada extraordinária hoje em dia. Quando uma mulher já tem cinco filhas crescidas, precisa parar de pensar demais na própria beleza.

— Em tais casos, uma mulher não costuma ter muita beleza na qual pensar.

— Mas, meu querido, você precisa mesmo ir visitar o sr. Bingley quando ele chegar à vizinhança.

— Isso é mais do que posso prometer, eu lhe asseguro.

— Mas pense nas suas filhas. Pense só no bom negócio que isso seria para uma delas. Sir William e lady Lucas estão determinados a ir apenas por isso, já que eles não costumam visitar recém-chegados, sabe. Você deve mesmo ir, pois será impossível *nós* o visitarmos se você não o fizer.

— Você está sendo cuidadosa demais. Ouso dizer que o sr. Bingley ficará feliz em vê-las. Mandarei por você algumas linhas para assegurá-lo de meu caloroso consentimento ao seu casamento com qualquer uma das meninas que ele escolher, embora eu deva favorecer minha pequena Lizzy.

— Desejo que você não faça isso. Lizzy não é nem um pouco melhor que as outras e, tenho certeza, não tem nem metade da beleza de Jane, nem metade do bom humor de Lydia. Mas você sempre dá preferência a ela.

— Nenhuma delas tem muito que as recomende — ele replicou. — São todas bobas e ignorantes como outras meninas, mas a perspicácia de Lizzy é superior à das irmãs.

— Sr. Bennet, como pode insultar as próprias filhas dessa maneira? Você tem prazer em me irritar; não tem pena dos meus pobres nervos.

— Você se engana, minha querida. Tenho um grande respeito pelos seus nervos. Eles são meus velhos amigos. Ouvi você mencioná-los com toda a consideração pelos últimos vinte anos, no mínimo.

— Ah, você não sabe o que sofro.

— Mas espero que você supere isso e viva para ver muitos jovens que ganham quatro mil por ano virem morar na vizinhança.

— Não vai adiantar nada para nós se vierem vinte, se você não vai visitá-los.

— Confie que, quando forem vinte, eu visitarei todos, minha querida.

O sr. Bennet era uma mistura tão estranha de inteligência, humor sarcástico, circunspecção e excentricidade que nem mesmo a experiência de vinte e três anos era suficiente para que a esposa entendesse sua personalidade. Já a mente *dela* era menos difícil de compreender. Tratava-se de uma mulher de entendimento abaixo da média, pouca erudição e temperamento incerto. Quando descontente, julgava estar sofrendo dos nervos. O trabalho de sua vida era fazer as filhas se casarem; seu consolo, visitas e novidades.

Capítulo 2

O sr. Bennet foi um dos primeiros visitantes do sr. Bingley. Sempre pretendera visitá-lo, embora continuasse afirmando o contrário à esposa; e até a noite posterior à visita ela não soube nada a respeito. Na ocasião, o fato foi revelado da seguinte maneira: observando a segunda filha ocupada em adornar um chapéu, o pai de repente se dirigiu a ela.

— Espero que o sr. Bingley goste, Lizzy.

— Não temos como saber *do que* o sr. Bingley gosta, já que não vamos visitá-lo — respondeu a mãe, ressentida.

— Mas você se esquece, mamãe, de que nós vamos encontrá-lo nos bailes, e que a sra. Long prometeu apresentá-lo — disse Elizabeth.

— Eu não acredito que a sra. Long vá fazer isso. Ela tem duas sobrinhas. É uma mulher egoísta e hipócrita, e minha opinião sobre ela não é das melhores.

— Nem a minha — disse o sr. Bennet. — E fico feliz por saber que você não depende dela para fazer a apresentação.

A sra. Bennet não quis responder, mas, incapaz de se conter, começou a repreender uma das filhas.

— Não fique tossindo assim, Kitty, pelo amor de Deus! Tenha um pouco de pena dos meus nervos. Você os deixa em pedacinhos.

— Kitty não tem discrição ao tossir — disse o pai. — Ela escolhe a hora errada para fazer isso.

— Eu não tusso por diversão — replicou Kitty, irritada.

— Quando será seu próximo baile, Lizzy?

— Em duas semanas, a partir de amanhã.

— Sim, é isso mesmo! — exclamou a mãe. — E a sra. Long só vai voltar um dia antes, então será impossível que o apresente lá, pois ela mesma não o terá conhecido ainda.

— Então, minha querida, você terá vantagem sobre sua amiga e apresentará o sr. Bingley a *ela*.

— Impossível, sr. Bennet, impossível, quando eu mesma não o conheço. Como você pode me provocar assim?

— Eu venero sua circunspecção. Conhecer alguém há duas semanas é realmente bem pouco. Não se pode saber o que um homem é de verdade ao fim de uma quinzena. Mas se *nós* não nos arriscarmos, alguém vai; e, afinal de contas, a sra. Long e suas sobrinhas devem ter uma chance. Portanto, como ela achará que isso é um ato de gentileza, se você recusar a oferta, eu a assumirei.

As meninas encararam o pai. A sra. Bennet apenas disse:

— Bobagem! Bobagem!

— Qual será o significado dessa exclamação enfática? — ele indagou. — Você considera uma bobagem as formas de apresentar alguém e a importância a elas atribuída? *Nisso* não concordo com você. O que acha, Mary? Já que você é uma jovem de profunda reflexão, eu sei, que lê grandes livros e extrai deles sua essência.

Mary queria dizer algo bastante sensato, mas não sabia como.

— Enquanto Mary está regulando suas ideias, voltemos ao sr. Bingley — continuou ele.

— Estou cansada do sr. Bingley! — exclamou a esposa.

— Sinto muito por ouvir *isso*, mas por que não me disse antes? Se eu soubesse hoje de manhã, com certeza não o teria visitado. É muito azar, mas realmente o fiz, e agora não podemos evitar que ele se torne um conhecido.

A surpresa das damas foi exatamente como ele queria; a da sra. Bennet talvez fosse a maior. Entretanto, quando o tumulto inicial de alegria passou, ela começou a declarar que era isso o que havia esperado desde o início.

— Como você foi bom, meu querido sr. Bennet! Mas eu sabia que acabaria o persuadindo. Tinha certeza de que você ama demais suas meninas para negligenciar tal contato. Bem, estou tão satisfeita! E essa foi uma ótima brincadeira, você ter ido hoje de manhã e não ter dito nada até agora.

— Agora, Kitty, pode tossir quanto quiser — disse o sr. Bennet enquanto saía da sala, fatigado pela exaltação da esposa.

— Que pai excelente vocês têm, meninas! — ela exclamou, quando a porta foi fechada. — Não sei como conseguirão um dia compensar a bondade dele, ou como eu conseguirei, aliás. Eu lhes garanto que, na nossa idade, não é agradável conhecer gente nova todo dia, mas faríamos tudo por vocês. Lydia, meu amor, apesar de ser a mais nova, ouso dizer que o sr. Bingley dançará com você no próximo baile.

— Oh! — disse Lydia, resoluta. — Não tenho medo, pois, apesar de ser a mais nova, sou a mais alta.

ORGULHO E PRECONCEITO

O resto da noite foi gasto conjecturando quando ele retribuiria a visita do sr. Bennet e definindo quando deveriam convidá-lo para jantar.

Capítulo 3

Porém, nem tudo o que a sra. Bennet, com a ajuda das cinco filhas, conseguiu perguntar a respeito do assunto foi suficiente para arrancar do marido uma descrição satisfatória do sr. Bingley. Elas o atacaram de várias maneiras — com perguntas descaradas, suposições ingênuas e conjeturas distantes, mas o sr. Bennet se esquivava da destreza de todas elas, que, enfim, foram obrigadas a aceitar as informações de segunda mão de sua vizinha, lady Lucas, cujo relato foi altamente favorável. Sir William ficara encantado com ele. Era bem jovem, maravilhosamente bonito, extremamente agradável e, para coroar tudo, pretendia ir ao próximo baile com um grande grupo. Nada poderia ser mais maravilhoso! Gostar de dançar era um passo certo para se apaixonar, e esperanças vivazes foram alimentadas acerca do coração do sr. Bingley.

— Se eu puder ao menos ver uma de minhas filhas feliz e bem estabelecida em Netherfield, e as outras igualmente bem casadas, não terei mais nada para querer — disse a sra. Bennet ao marido.

Em alguns dias, o sr. Bingley retribuiu a visita e ficou com ele na biblioteca por cerca de dez minutos. O jovem viera com esperanças de que lhe permitiriam avistar as senhoritas de cuja beleza ouvira muito falar, mas viu apenas o pai. As moças foram um pouco mais afortunadas, pois tiveram a vantagem de descobrir, através das janelas do andar de cima, que ele vestia uma casaca azul e montava um cavalo preto.

Logo depois, enviaram-lhe um convite para jantar; e a sra. Bennet já planejava os pratos que trariam crédito à maneira como administrava a casa quando chegou uma resposta que adiava tudo. O sr. Bingley tinha de estar na cidade no dia seguinte e, em consequência, não poderia aceitar a honra do convite etc. A sra. Bennet ficou bastante desconcertada. Não conseguia imaginar que negócio ele poderia ter na cidade tão cedo depois de sua chegada a Hertfordshire, e começou a temer que ele fosse ficar sempre circulando de um lugar para o outro e nunca se estabelecesse em Netherfield, como deveria. Lady Lucas acalmou um pouco seus medos ao lançar a ideia de que talvez ele só tivesse ido a Londres a fim de buscar um grande grupo para o baile, e logo se seguiu o rumor de que o sr. Bingley levaria consigo doze damas e sete cavalheiros. As meninas entristeceram-se com o número de damas, mas foram confortadas na véspera do baile ao ouvir que, em vez de doze, ele só trouxera seis moças de Londres consigo — suas cinco irmãs e uma prima. E, quando o grupo entrou no salão do baile, consistia num total de cinco pessoas — o sr. Bingley, suas duas irmãs, o marido da mais velha e outro homem jovem.

O sr. Bingley era bonito e cavalheiresco; tinha um semblante agradável e modos tranquilos e naturais. Suas irmãs eram mulheres belas, com ar de inegável requinte. Seu cunhado, o sr. Hurst, de cavalheiro só tinha a aparência, mas seu amigo sr. Darcy logo atraiu a atenção da sala por causa de sua figura alta e aprazível, feições bonitas e porte nobre, e cinco minutos depois que ele entrou, começaram a dizer que ele ganhava dez mil por ano. Os cavalheiros declararam-no uma bela figura masculina, as damas proclamaram-no muito mais bonito que o sr. Bingley, e ele recebeu olhares de admiração durante metade da noite, até seus modos causarem um desgosto que mudou a maré de popularidade — pois, descobriram, ele era orgulhoso, sentia-se superior aos presentes e era impossível de agradar. Nem toda sua imensa propriedade em Derbyshire poderia salvá-lo de sua postura ameaçadora e desagradável, e de ser indigno de comparação ao amigo.

O sr. Bingley logo conheceu todas as principais pessoas do salão; era vivaz e sem reservas, dançou todas as danças, ficou bravo porque o baile acabou cedo demais e falou sobre realizar um em Netherfield. Tais qualidades amáveis falavam por si. Que contraste entre ele e seu amigo! O sr. Darcy só dançou uma vez com a sra. Hurst e uma com a srta. Bingley, recusou-se a ser apresentado a qualquer outra dama e passou o resto da noite caminhando pelo salão, falando de vez em quando com alguém do próprio grupo. Seu temperamento ficou nítido. Era o homem mais orgulhoso e mais desagradável do mundo, e todos esperavam que ele nunca mais voltasse. A sra. Bennet estava entre seus mais violentos opositores; a antipatia dela pelo comportamento geral do homem fora afiada e transformada em um ressentimento particular quando ele desdenhou de uma de suas filhas.

Elizabeth Bennet fora obrigada, pela escassez de cavalheiros, a ficar sentada durante duas danças, e, ao longo desse tempo, o sr. Darcy estivera próximo o suficiente para a moça acabar ouvindo uma conversa entre ele e o sr. Bingley, que se afastara da dança por alguns minutos a fim de pressionar o amigo a participar.

— Venha, Darcy — disse ele. — Você precisa dançar. Odeio vê-lo parado por aí, sozinho, dessa maneira estúpida. Seria muito melhor se você dançasse.

— Eu com certeza não irei. Você sabe quanto detesto dançar, a menos que conheça bem minha parceira. Em um baile como este, seria insuportável. Suas irmãs estão ocupadas, e dançar com qualquer outra mulher deste lugar seria uma punição para mim.

— Eu não seria tão criterioso quanto você, nem por um reino! — exclamou Bingley. — Pela minha honra, nunca encontrei tantas moças agradáveis como esta noite, e várias delas são excepcionalmente bonitas.

— *Você* está dançando com a única moça bonita no salão — disse o sr. Darcy, olhando para a mais velha das irmãs Bennet.

— Ah! Ela é a criatura mais bela que já contemplei! Mas uma das irmãs está sentada bem atrás de você, é muito bonita e, ouso dizer, muito agradável. Deixe-me pedir que minha parceira os apresente.

— De qual você está falando?

E, virando-se, fitou Elizabeth um momento, até seus olhares se cruzarem. Ele desviou os olhos e disse friamente:

— Ela é tolerável, mas não bonita o bastante para tentar *a mim*, e não estou com humor para dar atenção a jovens desdenhadas por outros homens. É melhor você voltar para sua parceira e apreciar os sorrisos dela; está perdendo seu tempo comigo.

O sr. Bingley seguiu o conselho. O sr. Darcy afastou-se, deixando Elizabeth com sentimentos não muito cordiais a seu respeito. No entanto, ela contou a história às amigas com grande vivacidade, pois tinha um temperamento bastante animado e lúdico, capaz de se divertir com qualquer absurdo.

No todo, a noite passou de modo bastante agradável para a família inteira. A sra. Bennet vira a filha mais velha ser muito admirada por todo o grupo de Netherfield. O sr. Bingley dançara com a jovem duas vezes, e ela fora notada pelas irmãs dele. Jane ficou tão contente quanto a mãe, embora de modo mais reservado. Elizabeth compartilhava do contentamento de Jane. Mary ouvira o próprio nome ser mencionado à srta. Bingley como a moça mais talentosa da região, e Catherine e Lydia tiveram a sorte de nunca ficar sem parceiros — tudo com que haviam aprendido a se importar num baile. Portanto, voltaram de bom humor para Longbourn, a aldeia onde viviam, e onde eram a família mais importante. Encontraram o sr. Bennet ainda acordado. Com um livro na mão, ele não percebia o tempo passar; e, na ocasião, estava bastante curioso sobre os acontecimentos de uma noite que criara expectativas tão esplêndidas. Esperava muito que as ideias da esposa acerca do estranho fossem desapontadas, mas logo descobriu ter uma história bem diferente para ouvir.

— Ah, meu caro sr. Bennet! — ela disse, entrando na sala. — Nossa noite foi bastante encantadora, e o baile, excelente. Queria que você tivesse ido. Jane foi tão admirada, que nada se equiparava. Todos viram como estava bonita, e o sr. Bingley achou-a linda e dançou com ela duas vezes! Pense só *nisto*, meu querido: ele realmente dançou com ela duas vezes! E ela foi a única criatura na sala que ele convidou pela segunda vez. Ele pediu à srta. Lucas primeiro. Fiquei tão irritada de vê-lo com ela! Mas ele não a admirou nadinha. Na verdade, ninguém consegue, você sabe, e ele pareceu bastante impressionado com Jane enquanto ela dançava. Então perguntou quem ela era, e eles foram apresentados, e convidou-a para a dança seguinte. Depois ele dançou com a srta. King, e depois com Maria Lucas, e depois com Jane outra vez, depois com Lizzy, e a *Boulanger*[1]...

— Se ele tivesse alguma compaixão por *mim*, não teria dançado metade disso! — exclamou o sr. Bennet, impaciente. — Pelo amor de Deus, não fale mais das parcerias do sr. Bingley. Queria que ele tivesse torcido o tornozelo na primeira dança!

— Oh, meu querido, estou muito encantada com ele — continuou a sra. Bennet. — Ele é tão excessivamente bonito! E suas irmãs são mulheres encantadoras. Nunca em minha vida vi algo mais elegante que seus vestidos. Ouso dizer que a renda do vestido da sra. Hurst...

---

1 Uma dança inglesa. [N. de T.]

Então foi novamente interrompida. O sr. Bennet protestou contra qualquer descrição de enfeites. Dessa maneira, ela foi obrigada a procurar outro modo de falar do assunto, e relatou, com bastante amargura e algum exagero, a rudeza espantosa do sr. Darcy.

— Mas eu lhe garanto que Lizzy não perde muito por não se adequar às preferências *dele*, pois se trata de um homem muito desagradável e horrível, alguém indigno de se agradar. Não havia como aturá-lo, de tão nobre e presunçoso! Ele andava para cá e para lá, julgando-se tão grandioso! Não é bonita o bastante para dançar com ele! Queria que você estivesse lá, meu querido, para dar a ele um dos seus sermões. Eu detesto aquele homem.

Capítulo 4

Quando Jane e Elizabeth ficaram sozinhas, a primeira, que antes fora cautelosa em seus elogios ao sr. Bingley, expressou à irmã quanto o admirava.

— Ele é exatamente o que um homem deve ser — disse ela. — Sensato, bem-humorado, animado, e nunca vi modos tão alegres! Tanta naturalidade, com uma educação tão perfeita.

— Ele também é bonito — replicou Elizabeth. — Algo que um jovem homem também deve ser, se conseguir. Seus atributos estão, dessa maneira, completos.

— Fiquei muito lisonjeada por ele ter me convidado para dançar uma segunda vez. Não esperava tamanho elogio.

— Não? *Eu* esperava. Mas essa é uma grande diferença entre nós duas. Elogios sempre pegam *você* de surpresa, e *a mim*, nunca. O que seria mais natural do que ele a convidar outra vez? Ele não podia deixar de perceber que você era umas cinco vezes mais bonita do que qualquer outra mulher no salão. Não precisa agradecer ao cavalheirismo dele por isso. Bem, o sr. Bingley com certeza é muito agradável, e eu permito que você goste dele. Você já gostou de muita gente mais estúpida.

— Lizzy!

— Oh, você sabe que é muito inclinada a gostar das pessoas em geral. Nunca vê defeitos em ninguém. Todo mundo é bom e agradável aos seus olhos. Nunca na vida a ouvi falar mal de nenhum ser humano.

— Eu não gosto de ser precipitada em censurar ninguém, mas sempre falo o que penso.

— Sei que sim, e é *isso* que causa espanto. Com o *seu* bom senso, ficar verdadeiramente cega diante da tolice e do despropósito dos outros! Fingir franqueza é bem comum, algo que se encontra em todo lugar. Mas ser franca sem ostentar ou tencionar, pegar a parte boa de uma pessoa e torná-la ainda melhor, e não dizer nada da parte ruim, isso é algo exclusivamente seu. E você gostou das irmãs dele também, não? Elas não têm modos iguais aos dele.

— Com certeza não, a princípio. Mas são muito gentis quando se conversa com elas. A srta. Bingley vai morar com o irmão e cuidar da casa dele, e estarei muito enganada se não descobrirmos nela uma vizinha encantadora.

Elizabeth ouviu em silêncio, mas não se convenceu; o comportamento das irmãs do sr. Bingley no baile não fora calculado para agradar. Tendo observado com maior perspicácia e menos docilidade que a irmã, e com seu julgamento intocado por qualquer atenção destinada a si, Elizabeth não se dispunha muito a aprová-las. De fato, eram damas muito finas, sem deficiência de bom humor quando contentes, nem do poder de serem agradáveis quando assim escolhessem, mas eram orgulhosas e presunçosas. Eram bem bonitas, haviam sido educadas em uma das primeiras escolas particulares da cidade, possuíam uma fortuna de vinte mil libras, tinham o hábito de gastar mais do que deveriam e de se associar a pessoas importantes, de maneira que se sentiam no direito de pensar bem a respeito de si mesmas e com mesquinhez acerca dos outros. Provinham de uma família respeitável no norte da Inglaterra, uma circunstância impregnada com mais profundidade em suas memórias do que o fato de que a fortuna de seu irmão e a delas próprias eram oriundas do comércio.

O sr. Bingley herdara bens no valor de cem mil libras de seu pai, que tivera a intenção de adquirir uma propriedade, mas não vivera o bastante para fazê-lo. O sr. Bingley tinha a mesma intenção e às vezes tendia a escolher uma região, mas, como agora tinha uma boa casa e era privilegiado com uma propriedade, aqueles que melhor conheciam a leveza do seu temperamento não tinham certeza se ele não passaria o resto de seus dias em Netherfield e deixaria que a próxima geração fizesse a compra.

Suas irmãs ansiavam por que o sr. Bingley tivesse uma propriedade sua, mas, embora ele houvesse fixado residência apenas como locatário, a srta. Bingley não fazia objeção em ocupar um lugar importante à sua mesa; a sra. Hurst, que se casara com um homem mais de aparências que de fortuna, não estava menos disposta a considerar a casa do irmão seu lar quando assim lhe convinha. O sr. Bingley se tornara maior de idade não mais de dois anos antes, quando fora tentado, por uma recomendação acidental, a dar uma olhada na casa de Netherfield. Olhou-a, por fora e por dentro, durante meia hora; gostou das condições e dos cômodos principais, ficou satisfeito com o que o proprietário tinha a elogiar na propriedade e fechou o contrato imediatamente.

A amizade entre ele e Darcy era bastante firme, apesar da grande diferença de personalidade. Darcy gostava de Bingley por sua leveza, franqueza e pela flexibilidade de seu temperamento, embora nada pudesse contrastar mais com a sua personalidade, com a qual nunca parecia insatisfeito. Bingley confiava plenamente na força da estima de Darcy e tinha a mais elevada opinião acerca do discernimento do amigo. Em questão de inteligência, Darcy era superior. Não que esta faltasse a Bingley, mas Darcy era mais inteligente, sendo ao mesmo tempo altivo, reservado e meticuloso, e seus modos, embora bem-educados, não eram nada convidativos. Nesse quesito, Bingley tinha bastante vantagem: sempre gostavam dele aonde quer que fosse, enquanto Darcy muitas vezes soava ofensivo.

A maneira como conversaram no baile de Meryton era bem característica. Bingley nunca conhecera pessoas mais agradáveis nem moças mais bonitas na vida; todos lhe haviam sido bastante gentis e atenciosos; não houvera formalidade, nem rigidez: logo sentira que já era conhecido de todos no salão e, quanto à srta. Bennet, não conseguia imaginar um anjo mais belo. Darcy, pelo contrário, vira um bando de pessoas de pouca beleza e elegância, pelas quais não sentira o menor interesse, e de quem não recebera nem atenção nem agrado. Reconhecia que a srta. Bennet era bonita, mas ela sorria demais.

A sra. Hurst e sua irmã concordaram com isso, mas ainda a admiravam e gostavam dela, e declararam tratar-se de uma moça doce, alguém que não se oporiam a conhecer melhor. Assim, a srta. Bennet foi declarada uma moça doce, e tal elogio fez o irmão sentir-se autorizado a pensar o que quisesse a respeito dela.

Capítulo 5

A uma curta caminhada de Longbourn vivia uma família de quem os Bennet eram particularmente íntimos. Sir William Lucas havia trabalhado com comércio em Meryton, onde fizera uma fortuna razoável e, por uma petição do rei, recebera a honra da cavalaria durante o tempo em que fora prefeito. Talvez tenha sentido a distinção com intensidade demais, pois seu negócio começara a causar-lhe desgosto, assim como o fato de residir numa pequena cidade mercante. Desse modo, abandonando ambos, fora com a família para uma casa a cerca de um quilômetro e meio de Meryton, dali em diante denominada Lucas Lodge, onde ele podia pensar com satisfação na própria importância e, liberto de seu negócio, ocupar-se somente de ser cortês com o mundo inteiro. Isso porque, apesar de exultante por sua posição social, não se tornou arrogante; pelo contrário: dava muita atenção a todos. Por natureza inofensivo, amigável e prestativo, sua apresentação em St. James o tornou cortês.[2]

Lady Lucas era uma mulher muito boa e não muito inteligente, o que a tornava uma vizinha bastante valiosa para a sra. Bennet. O casal tinha muitos filhos. A mais velha, uma

---

2 O palácio de St. James é onde os jovens ingleses de classes mais abastadas eram introduzidos à corte, passando a fazer parte da alta sociedade. [N. de T.]

jovem sensata e inteligente, de uns vinte e sete anos, era amiga íntima de Elizabeth.

Era absolutamente necessário as irmãs Bennet se reunirem às irmãs Lucas para falar sobre o baile, e a manhã seguinte à festa levou estas a Longbourn para ouvir relatos e trocar ideias.

— *Você* começou a noite bem, Charlotte — disse a sra. Bennet, com polido autocontrole, à srta. Lucas. — *Você* foi a primeira escolha do sr. Bingley.

— Sim, mas ele pareceu gostar mais da segunda escolha.

— Ah, você está falando de Jane, eu acho, porque ele dançou com ela duas vezes. Com certeza pareceu *mesmo* que ele a julgou admirável. Na verdade, acredito bastante que sim. Ouvi algo a respeito, mas não sei bem o quê, algo sobre o sr. Robinson.

— Talvez a senhora esteja falando da conversa que ouvi por acaso entre ele e o sr. Robinson. Não fui eu que lhe falei? O sr. Robinson perguntou se o sr. Bingley gostou do nosso baile de Meryton, se não concordava que havia muitas moças bonitas no salão, e *qual* ele achou mais bonita. E o sr. Bingley respondeu imediatamente à última pergunta: "Oh! A mais velha das irmãs Bennet, sem dúvida, é impossível divergir sobre isso".

— Nossa! Bem, isso de fato parece muito conclusivo... Parece mesmo que... Mas, ainda assim, pode não dar em nada, sabe?

— O que *eu* ouvi por acaso tinha mais propósito do que aquilo que *você* ouviu, Eliza — disse Charlotte. — Não vale tanto a pena ouvir o sr. Darcy quanto seu amigo, não é? Pobre Eliza! Ser considerada apenas *tolerável*...

— Rogo que você não ponha na cabeça de Lizzy a ideia de ficar atormentada com esse tratamento rude, pois ele é um homem muito desagradável, e ter seu apreço seria um grande azar. A sra. Long me disse ontem à noite que ele se sentou perto dela durante uma hora e sequer abriu a boca uma só vez.

— A senhora tem certeza? Isso não foi um equívoco? — perguntou Jane. — Eu com certeza vi o sr. Darcy falando com ela.

— Sim, porque a sra. Long acabou lhe perguntando se ele havia gostado de Netherfield, e o sr. Darcy não pôde evitar lhe responder, porém, ela falou que ele pareceu irritado por lhe dirigirem a palavra.

— A srta. Bingley me disse que ele nunca fala muito, exceto quando está entre os amigos próximos — disse Jane. — Com *eles*, o sr. Darcy é notavelmente agradável.

— Não acredito em uma só palavra, minha querida. Se ele fosse tão agradável assim, teria conversado com a sra. Long. Mas consigo adivinhar como foi; todos dizem que ele é consumido pelo orgulho, e ouso dizer que de algum modo ouviu falar que a sra. Long não tem uma carruagem e que precisou ir ao baile num cabriolé alugado.

— Não me importo que ele não tenha falado com a sra. Long — disse a srta. Lucas. — Mas queria que ele tivesse dançado com Eliza.

— Da próxima vez, Lizzy, eu não dançaria com *ele*, se fosse você — disse sua mãe.

— Senhora, creio que posso lhe prometer que *nunca* dançarei com ele.

— O orgulho dele não me ofende como o orgulho costuma fazer, porque ele tem uma desculpa para isso — disse a srta. Lucas. — Não é de admirar que um jovem tão elegante, com família, fortuna e tudo mais a seu favor, se tenha em alta conta. Se me permitem expressar assim, ele tem *direito* de ser orgulhoso.

— Isso é bem verdade — replicou Elizabeth. — Eu poderia perdoar o orgulho dele com facilidade, se ele não tivesse ferido o meu.

— O orgulho é um defeito muito comum, acredito — observou Mary, agora desperta da solidez de suas reflexões. — Por tudo o que já li, estou convencida de que é muito comum mesmo, que a natureza humana é particularmente inclinada a ele, e poucas são as pessoas que não acalentam um sentimento de vaidade por causa de uma ou outra qualidade, real ou imaginária. A vaidade e o orgulho são coisas diferentes, embora as duas palavras costumem ser usadas como sinônimos. Uma pessoa pode ser orgulhosa sem ser vaidosa. O orgulho está mais associado à nossa opinião de nós mesmos; a vaidade, ao que gostaríamos que os outros pensassem de nós.

— Se eu fosse tão rico quanto o sr. Darcy, não me importaria de ser muito orgulhoso — exclamou um dos Lucas mais novos, que viera com as irmãs. — Eu teria uma matilha de foxhounds e beberia uma garrafa de vinho todos os dias.

— Assim você beberia muito mais do que deveria — disse a sra. Bennet. — E se eu o visse fazendo isso, tiraria a garrafa de você imediatamente.

O menino protestou, dizendo que ela não o faria, e a sra. Bennet continuou a declarar que sim, e a discussão só terminou com o fim da visita.

Capítulo 6

As moças de Longbourn logo visitaram as de Netherfield. A visita foi retribuída da maneira devida. Os modos agradáveis da srta. Bennet caíram nas boas graças da sra. Hurst e da srta. Bingley e, embora achassem a mãe intolerável e as irmãs mais novas indignas de conversa, expressaram um desejo de conhecer melhor as duas mais velhas. Tal atenção foi recebida com grande satisfação por Jane, mas Elizabeth ainda via arrogância no modo como as irmãs do sr. Bingley tratavam a todos, talvez à exceção de Jane, e não conseguia gostar delas. Apesar disso, a bondade com Jane, tal como se dava, era valiosa porque provavelmente era causada pela influência da admiração do irmão. Costumava ficar evidente, sempre que se encontravam, que o sr. Bingley de fato admirava Jane, e, para Elizabeth, era igualmente evidente quanto Jane se rendia à predileção pelo rapaz, alimentada desde o início, e estava prestes a se apaixonar. Elizabeth considerou, com satisfação, a improbabilidade de o mundo descobrir isso, pois Jane unia à intensidade de sentimentos uma compostura e uma alegria uniforme que a protegeriam das suspeitas de pessoas impertinentes. Mencionou isso à sua amiga srta. Lucas.

— Talvez seja agradável conseguir se conter em público, nesse caso — replicou Charlotte —, mas às vezes é uma desvantagem ser tão cautelosa. Se uma mulher esconde, com igual habilidade, sua afeição do homem por quem a nutre, pode perder a oportunidade de conquistá-lo, e será pouco reconfortante acreditar que o resto do mundo esteja igualmente no escuro. Existe um pouco de gratidão ou vaidade em quase todo afeto, o que torna inseguro abandonar o afeto à própria sorte. Todos nós podemos *começar* a gostar de alguém por vontade própria, uma vez que uma pequena predileção é bem natural, mas poucos têm um coração forte o bastante para se apaixonar de verdade sem encorajamento. Em nove a cada dez casos, é melhor uma mulher mostrar *mais* afeto do que sente. Bingley gosta de sua irmã, sem dúvida, mas pode nunca passar disso, se ela não o ajudar.

— Mas Jane o ajuda, tanto quanto sua natureza lhe permite. Se *eu* consigo perceber que ela gosta do sr. Bingley, ele deve ser mesmo muito tolo para não descobrir.

— Lembre-se, Eliza, de que ele não conhece o temperamento de Jane tanto quanto você.

— Mas se uma mulher aprecia um homem e não se esforça para esconder isso, ele deve descobrir.

— Talvez consiga, se a vir com regularidade suficiente. Porém, embora Bingley e Jane se encontrem com uma frequência tolerável, nunca ficam muitas horas juntos e, como estão sempre em grupos, é impossível passarem cada momento conversando um com o outro. Portanto Jane deveria aproveitar ao máximo qualquer meia hora em que conseguir dominar as atenções do sr. Bingley. Quando ela conseguir conquistá-lo, haverá tempo livre para se apaixonar tanto quanto quiser.

— Seu plano é bom — replicou Elizabeth — quando nada mais está em questão além do desejo de se casar bem. Se eu estivesse determinada a conseguir um marido rico, ou qualquer marido, ouso dizer que faria isso. Mas não são esses os sentimentos de Jane; ela não está agindo segundo um esquema. Por enquanto, ela não consegue ter certeza nem do grau do próprio afeto, nem do quanto este é sensato. Jane só conhece o sr. Bingley há quinze dias. Dançou com ele quatro vezes em Meryton, viu-o uma manhã na casa dele e desde então jantou em sua companhia quatro vezes. Não é o suficiente para que ela entenda o caráter dele.

— Como você fala, não mesmo. Se ela só tivesse *jantado* com ele, poderia ter descoberto apenas se ele tem um bom apetite, mas você deve lembrar que eles também passaram juntos essas quatro noites, e quatro noites podem fazer bastante coisa.

— Sim, essas quatro noites lhes permitiram verificar que os dois gostam mais de vinte e um do que de *commerce*[3], mas, no que diz respeito a qualquer outra característica importante, não imagino que muita coisa tenha se revelado.

— Bem, desejo a Jane sucesso, com todo o meu coração. Se ela se casar com ele amanhã, acho que terá uma chance tão boa de ser feliz quanto se gastar doze meses analisando o caráter dele. A felicidade no casamento é totalmente

---

3 Um tipo de jogo de cartas. [N. de T.]

uma questão de acaso. Se o temperamento dos envolvidos for bem conhecido por eles de antemão, ou se for bastante similar, não melhora em nada sua felicidade. Todos os casais têm diferenças que aumentam com o tempo, o suficiente para terem uma dose de irritação, e é melhor saber o mínimo possível dos defeitos da pessoa com quem você vai passar a vida.

— Você me faz rir, Charlotte, mas isso não é sensato. Sabe que não, e que você mesma jamais agiria dessa maneira.

Ocupada em observar as atenções do sr. Bingley a sua irmã, Elizabeth estava longe de suspeitar que se tornava o objeto de algum interesse aos olhos do sr. Darcy, que, a princípio, mal reconhecera nela alguma beleza, olhara-a sem admiração no baile e, quando se encontraram na ocasião seguinte, olhara-a apenas para criticá-la. Mas, logo depois de deixar claro para si e para os amigos que o rosto de Elizabeth mal tinha uma feição bonita, o sr. Darcy começou a perceber que a bela expressão de seus olhos escuros era de uma inteligência incomum. A essa descoberta seguiram-se outras, igualmente mortificantes. Apesar de ter detectado, com um olhar crítico, mais de um defeito de simetria na forma da jovem, o sr. Darcy foi forçado a reconhecer que sua figura era leve e agradável e, embora tivesse afirmado que seus modos não eram elegantes, viu-se capturado por seu jeito leve e descontraído. Elizabeth não tinha consciência disso — para a jovem, o sr. Darcy era apenas o homem que não se dava o trabalho de ser agradável em lugar nenhum e que não a julgara bonita o bastante para uma dança.

Ele desejou conhecer mais a respeito da moça e, como primeiro passo para conversar com ela, participava de suas conversas com outras pessoas. Tal atitude chamou a atenção de Elizabeth. Estavam na casa de sir William Lucas, onde um grande grupo se reunira.

— O que o sr. Darcy quer ouvindo minha conversa com o coronel Forster? — ela perguntou a Charlotte.

— Essa é uma pergunta a que só o sr. Darcy pode responder.

— Mas se ele fizer isso de novo eu com certeza lhe direi que enxergo seus planos. O sr. Darcy tem um olhar bastante satírico e, se eu não começar a ser impertinente, logo terei medo dele.

Quando ele se aproximou delas, pouco depois, embora sem parecer ter a menor intenção de falar, a srta. Lucas desafiou a amiga a tocar no assunto, o que imediatamente levou Elizabeth a fazê-lo. A moça virou-se para o sr. Darcy e disse:

— O senhor não acha, sr. Darcy, que me expressei muito bem há pouco, quando estava importunando o coronel Forster para nos dar um baile em Meryton?

— Com grande energia, sim, mas esse assunto sempre torna uma dama enérgica.

— O senhor é muito severo conosco.

— Logo será a vez *dela* de ser importunada — disse a srta. Lucas. — Vou abrir o piano, Eliza, e você sabe o que vem depois.

— Você é uma criatura muito estranha como amiga, sempre querendo que eu toque e cante diante de todos! Se minha vaidade tivesse assumido uma qualidade musical, seu valor seria inestimável, mas prefiro não me sentar ao piano diante daqueles que devem estar habituados a ouvir os melhores músicos. — Como a srta. Lucas insistiu, ela acrescentou: — Muito bem, se tem de ser assim, que seja. — E lançou um olhar grave ao sr. Darcy. — Há um velho ditado ótimo, conhecido por todos aqui: "Guarde seu fôlego para esfriar seu mingau", e eu guardarei o meu para dar volume à minha canção.

A apresentação de Elizabeth foi agradável, embora de nenhum modo excelente. Depois de uma música ou duas, e antes de conseguir atender às súplicas de várias pessoas para que cantasse outra, foi avidamente substituída ao piano por sua irmã Mary. Esta, sendo a única de aparência sem graça da família, trabalhava duro para obter conhecimento e habilidades e, por isso, sempre se mostrava impaciente para exibi-los.

Mary não possuía nem talento nem bom gosto e, apesar de a vaidade tê-la tornado esforçada, também lhe dera um ar pedante e modos pretensiosos, que teriam prejudicado mesmo um grau de excelência mais elevado do que aquele que ela alcançara. Elizabeth, descontraída e espontânea, fora ouvida com mais satisfação, embora não tocasse tão bem; Mary, ao fim de um longo concerto, ficou feliz em obter elogios e gratidão por tocar melodias escocesas e irlandesas a pedido das irmãs mais novas, que, junto com algumas das Lucas e dois ou três oficiais, dançaram animadamente em um dos cantos da sala.

O sr. Darcy estava em pé, próximo a elas, numa silenciosa indignação quanto a tal modo de passar a noite, excluindo-se de toda conversa, e absorto demais em seus pensamentos para notar que se encontrava perto de sir William Lucas, até este começar a falar:

— Que diversão encantadora para jovens, sr. Darcy! Não há nada como dançar, afinal. Considero que é um dos primeiros requintes das comunidades civilizadas.

— Certamente, senhor, e tem a vantagem de também estar em voga nas comunidades menos civilizadas do mundo. Todo selvagem sabe dançar.

Sir William apenas sorriu.

— Seu amigo dança muito bem — ele continuou, depois de uma pausa, ao ver Bingley unir-se ao grupo. — E não duvido que o senhor seja versado nessa ciência, sr. Darcy.

— O senhor me viu dançar em Meryton, creio.

— Sim, de fato, e a visão me trouxe satisfação considerável. O senhor dança com frequência em St. James?

— Nunca, senhor.

— Não acha que seria uma maneira adequada de fazer um elogio ao lugar?

— É um elogio que não ofereço a lugar nenhum, se puder evitar.

— O senhor tem uma casa na cidade, pelo que concluo.

O sr. Darcy assentiu.

— Eu havia pensado em fixar residência na cidade, pois gosto de companhias superiores, mas não tinha muita certeza de que lady Lucas se daria bem com o ar londrino.

Ele fez uma pausa, na esperança de obter uma resposta, mas o companheiro não tinha disposição para dar nenhuma; então viu Elizabeth aproximar-se, teve a ideia de fazer algo muito cavalheiresco e chamou-a:

— Minha querida srta. Eliza, por que não está dançando? Sr. Darcy, o senhor precisa me permitir lhe apresentar esta jovem dama, uma parceira bastante encantadora. Com certeza, o senhor não pode se recusar a dançar, quando tamanha beleza está à sua frente.

Pegou a mão dela para dá-la ao sr. Darcy, que, embora extremamente surpreso, não a receberia de mau grado. No entanto, de imediato ela puxou-a de volta e disse a sir William, com alguma descompostura:

— Na verdade, senhor, não tenho a menor intenção de dançar. Eu lhe rogo que não suponha que vim para cá a fim de implorar por um parceiro.

O sr. Darcy, com seriedade e respeito, requisitou que ela lhe honrasse com uma dança, mas em vão. Elizabeth estava decidida. Nem sir William conseguiu abalar sua determinação ao tentar persuadi-la:

— A senhorita se sobressai tanto na dança, que seria cruel me negar a felicidade de vê-la, e, embora este cavalheiro não goste muito desse tipo de entretenimento, ele com certeza não faz objeção em nos ceder meia hora.

— O sr. Darcy é pura cortesia — disse Elizabeth, sorrindo.

— É mesmo, mas, considerando o incentivo, minha querida srta. Eliza, não podemos nos admirar que ele concorde, pois quem recusaria tal parceira?

Elizabeth olhou-o significativamente, com ares de gracejo, e afastou-se. Tal resistência não prejudicou sua imagem para o sr. Darcy, e ele pensava nela, com alguma presunção, quando a srta. Bingley o abordou:

— Posso adivinhar o assunto de suas reflexões.

— Imagino que não.

— Está considerando como seria insuportável passar muitas noites dessa maneira, com tal companhia, e tenho a mesma opinião. Nunca estive mais irritada! A monotonia e, apesar dela, o barulho... a insignificância e, apesar dela, a arrogância de todas essas pessoas! O que eu não daria para ouvir suas críticas a eles!

— Sua conjetura está completamente errada, eu lhe garanto. Minha mente estava ocupada de modo mais agradável. Eu meditava sobre o grande prazer que um par de belos olhos no rosto de uma mulher bonita pode dar.

A srta. Bingley imediatamente fixou o olhar no rosto dele e quis saber qual dama inspirara tais reflexões. O sr. Darcy respondeu com grande intrepidez:

— A srta. Elizabeth Bennet.

— A srta. Elizabeth Bennet! — repetiu a srta. Bingley. — Estou perplexa. Há quanto tempo ela se tornou tamanha favorita? E, diga-me, quando devo lhe desejar felicidades?

— Previ que você faria exatamente essa pergunta. A imaginação de uma moça é muito veloz; pula de admiração para amor e de amor para matrimônio num instante. Eu sabia que você me desejaria felicidades.

— Não, se você estiver falando sério, eu considerarei o assunto como decidido. Você terá uma sogra encantadora e, é claro, ela estará sempre em Pemberley com vocês.

O sr. Darcy a ouviu com perfeita indiferença enquanto ela escolhia se entreter dessa maneira. Incentivada pela compostura do rapaz, ela seguiu com seus comentários mais sagazes.

Capítulo 7

O patrimônio do sr. Bennet consistia quase inteiramente em uma propriedade de dois mil por ano, que, para o azar das filhas, somente admitia herdeiros do sexo masculino. Seria, portanto, herdada por um parente distante. A fortuna da mãe delas, embora abundante para sua situação, mal compensava a deficiência da dele. O pai da sra. Bennet fora advogado em Meryton e lhe deixara quatro mil libras.

Ela tinha uma irmã, casada com um sr. Phillips, que fora escriturário do pai delas e o sucedera no negócio, e um irmão estabelecido em Londres, em um respeitável ramo do comércio.

A vila de Longbourn ficava a apenas um quilômetro e meio de Meryton, uma distância bastante conveniente para as moças, que costumavam ir até lá três ou quatro vezes por semana para cumprir a obrigação de visitar a tia e uma loja de chapéus bem próxima. As duas mais novas da família, Catherine e Lydia, dedicavam tais atenções com especial frequência, sendo suas mentes mais ociosas que as de suas irmãs. Quando nada melhor lhes era oferecido, sentiam necessidade de caminhar até Meryton para entreter as horas matutinas e prover assunto para as conversas noturnas. E, apesar de as notícias no campo costumarem ser escassas, as meninas sempre conseguiam arrancar alguma coisa da tia. Naquele momento, as duas estavam bem abastecidas, tanto de notícias como de felicidade, por causa da recente chegada de um regimento militar de reservistas na vizinhança. Permaneceria o inverno todo, tendo Meryton por quartel-general.

Suas visitas à sra. Phillips passaram então a gerar informações das mais interessantes. Todo dia acrescentavam algo ao que sabiam dos oficiais, como nomes e contatos. Os alojamentos dos soldados já não eram segredo, e enfim as meninas começaram a conhecer os próprios oficiais. O sr. Phillips visitou todos, abrindo para as sobrinhas uma fonte de felicidade até então desconhecida. Elas não falavam de nada além dos soldados; a fortuna do sr. Bingley, cuja menção animava a mãe, não valia nada aos olhos delas, se confrontada com as fardas militares.

Certa manhã, depois de ouvir o entusiasmo das duas meninas a respeito desse assunto, o sr. Bennet observou friamente:

— Pelo que percebo, a julgar pelo modo como falam, vocês devem ser duas das meninas mais tontas do país. Eu já suspeitava fazia algum tempo, mas agora estou convencido.

Catherine ficou desconcertada e não respondeu, mas Lydia, com perfeita indiferença, continuou a expressar sua admiração pelo capitão Carter e a esperança de vê-lo ao longo daquele dia, pois ele iria a Londres na manhã seguinte.

— Estou surpresa, meu querido, por você estar tão preparado a considerar suas filhas tontas. Se eu quisesse pensar nos filhos de alguém com desprezo, não seria nos meus.

— Se minhas filhas são tontas, espero estar sempre consciente disso.

— Sim, mas, na verdade, todas elas são bastante espertas.

— Gosto de pensar nesse como o único ponto no qual discordamos. Eu esperava que nossos sentimentos coincidissem em todos os detalhes, mas preciso discordar de você, pois na minha opinião nossas duas filhas mais novas são excepcionalmente estúpidas.

— Meu querido sr. Bennet, você não pode esperar que meninas tenham a sensatez do pai e da mãe. Ouso dizer que, quando elas tiverem nossa idade, não pensarão em militares mais do que nós pensamos. Lembro-me de quando eu mesma gostava muito de um casaco vermelho militar... e ainda gosto, na verdade, e se um jovem e elegante coronel, com cinco ou seis mil por ano, quiser uma de minhas meninas, eu não lhe negarei. E achei o coronel Forster muito atraente com sua farda, na outra noite na casa de sir William.

— Mamãe — gritou Lydia —, minha tia disse que o coronel Forster e o capitão Carter não vão com a frequência de antes à casa da srta. Watson; agora ela os vê com muita frequência na biblioteca de Clarke.

A sra. Bennet não pôde responder, pois foi interrompida pela entrada de um criado com um recado para a srta. Bennet, vindo de Netherfield, e o criado aguardava a resposta. Os olhos da sra. Bennet reluziram de satisfação, e ela gritava ansiosamente, enquanto a filha lia:

— Então, Jane, de quem é? Sobre o que é? O que ele diz? Bem, Jane, conte-nos logo, ande logo, meu amor.

— É da srta. Bingley — disse Jane. E depois leu o resto em voz alta.

Minha cara amiga,

Se você não for piedosa o bastante de vir jantar hoje comigo e com Louisa, corremos o risco de nos odiarmos para sempre, pois um tête-à-tête de um dia inteiro entre duas mulheres nunca termina sem uma desavença. Venha assim que puder depois de receber isto. Meu irmão e os cavalheiros irão jantar com os oficiais.

Atenciosamente,

Caroline Bingley

— Com os oficiais! — gritou Lydia. — Estou surpresa por minha tia não ter nos contado *isso*.

— Jantando fora — disse a sra. Bennet. — Isso é muito azar.

— Posso usar a carruagem? — perguntou Jane.

— Não, minha querida, é melhor você ir a cavalo, porque parece provável que chova, e então você precisará ficar a noite toda.

— Esse seria um bom plano — disse Elizabeth. — Se você tivesse certeza de que eles não se ofereceriam para mandá-la de volta para casa.

— Ah! Mas os cavalheiros usarão o cabriolé do sr. Bingley para ir a Meryton, e os Hurst não têm cavalos para o deles.

— Eu prefiro ir de coche.

— Mas, minha querida, tenho certeza de que seu pai não pode prescindir de cavalos. Precisa deles na fazenda. Não é, sr. Bennet?

— Preciso deles na fazenda com muito mais frequência do que consigo tê-los por lá.

— Mas, se você os estiver usando hoje, atenderá aos interesses de minha mãe — disse Elizabeth.

Ela acabou conseguindo arrancar do pai uma confirmação de que os cavalos estavam ocupados, portanto Jane foi obrigada a ir de montaria, e sua mãe acompanhou-a até a porta com muitos alegres presságios de um dia chuvoso. Suas preces foram atendidas; Jane partira não havia muito tempo quando uma chuva despencou, o que deixou as irmãs apreensivas, mas a mãe satisfeita. A chuva continuou durante todo o início da noite sem interrupção. Jane com certeza não conseguiria voltar.

— Tive mesmo uma ideia afortunada! — disse a sra. Bennet mais de uma vez, como se o crédito de fazer chover fosse inteiramente seu. Entretanto, até a manhã seguinte ela não soube quão feliz fora sua sugestão. O café da manhã mal acabara quando um criado de Netherfield trouxe a Elizabeth o seguinte recado:

> *Minha queridíssima Elizabeth,*
>
> *Estou bastante indisposta esta manhã, o que, imagino, deve ser devido ao fato de ter ficado encharcada ontem. Meus gentis amigos não querem ouvir falar em me deixar voltar para casa antes que eu me sinta melhor. Também insistem que eu veja o sr. Jones — portanto, não fique alarmada se ouvir falar que ele veio me ver — e, fora uma dor de garganta e uma dor de cabeça, não há nada de errado comigo.*
>
> *Atenciosamente etc.*

— Ora, minha querida — disse o sr. Bennet, quando Elizabeth terminou de ler o recado em voz alta. — Se sua filha ficar seriamente doente, se morrer, será um conforto saber que foi tudo para conquistar o sr. Bingley, e sob suas ordens.

— Ah! Não tenho nenhum medo de ela morrer. As pessoas não morrem de resfriados insignificantes. E eles vão cuidar bem dela. Contanto que ela permaneça lá, tudo estará bem. Eu a visitaria, se pudesse usar a carruagem.

Elizabeth, muito ansiosa, decidiu visitar Jane. Entretanto, como não podia usar a carruagem e não gostava de cavalgar, caminhar era sua única alternativa. Declarou sua decisão.

— Como você pode ser tão tola de pensar numa coisa dessas, com toda essa lama? — gritou a mãe. — Você não estará em condições apresentáveis quando chegar lá.

— Estarei em condições de ver Jane, e é tudo o que quero.

— Lizzy, isso é um pedido para eu mandar buscar os cavalos? — questionou seu pai.

— Não, de verdade. Não quero evitar a caminhada. A distância não é nada, quando existe uma motivação; só cinco quilômetros. Devo estar de volta lá pela hora do jantar.

— Admiro sua boa vontade — observou Mary. — Mas todos os impulsos sentimentais devem ser guiados pela razão e, na minha opinião, o esforço sempre deve ser proporcional àquilo que está sendo solicitado.

— Vamos acompanhar você até Meryton — disseram Catherine e Lydia. Elizabeth aceitou a companhia das irmãs, e as três partiram juntas.

— Se nos apressarmos, talvez consigamos ver um pouco o capitão Carter antes de ele partir — disse Lydia, enquanto caminhavam.

Separaram-se em Meryton. As duas mais novas dirigiram-se aos alojamentos da esposa de um dos oficiais, e Elizabeth continuou a caminhada sozinha, atravessando campo após campo a passos rápidos, saltando por cima de degraus e pulando poças com uma energia impaciente, até finalmente alcançar a casa, com tornozelos fatigados, meias sujas e o rosto ruborizado pelo calor do exercício.

Elizabeth foi conduzida à saleta do café da manhã, onde estavam todos, menos Jane, e sua chegada causou bastante surpresa. O fato de ela ter caminhado sozinha por cinco quilômetros, tão cedo, tendo o clima deixado tudo tão sujo, era quase inacreditável para a sra. Hurst e a srta. Bingley, e Elizabeth teve certeza de que ambas a desprezavam por isso. Entretanto, elas a receberam com bastante educação; nos modos do irmão, havia algo melhor que isso: bom humor e gentileza. O sr. Darcy falou bem pouco, e o sr. Hurst não falou nada. O primeiro ficou dividido entre a admiração pelo esplendor que o exercício trouxera à compleição da moça e a incerteza de que a ocasião justificava ela ter vindo tão longe sozinha. O último só pensava em seu café da manhã.

As perguntas de Elizabeth sobre a irmã não receberam respostas muito favoráveis. A srta. Bennet dormira mal e, apesar de acordada, tinha muita febre, não estando bem o suficiente para deixar o quarto. Elizabeth ficou feliz em ser levada para vê-la imediatamente, e Jane, que só se contivera por medo de alarmar ou causar inconveniências, caso expressasse em seu recado quanto ansiava por tal visita, ficou muito feliz com a entrada da irmã. Entretanto, não conseguia conversar muito e, quando a srta. Bingley as deixou a sós, não pôde fazer muito além de expressar sua gratidão pela bondade extraordinária com que vinha sendo tratada. Elizabeth cuidou dela em silêncio.

Quando o café da manhã terminou, as irmãs do dono da casa juntaram-se às Bennet, e a própria Elizabeth começou a gostar delas, ao ver quanto carinho e solicitude tinham por Jane. O boticário veio e, depois de examinar a paciente, disse, como se pode supor, que ela apanhara um violento resfriado, e que precisavam se empenhar para vencê-lo. Aconselhou Jane a voltar para a cama e prometeu-lhe alguns tônicos. O conselho foi seguido de pronto, pois os sintomas da febre haviam piorado, e sua cabeça doía agudamente. Elizabeth não deixou o quarto da irmã por um momento sequer, nem as outras moças se ausentavam com frequência, pois, com os cavalheiros fora, elas não tinham nada para fazer em outro lugar.

Quando o relógio bateu três horas, Elizabeth sentiu que deveria partir e o disse, muito contra sua vontade. A srta. Bingley ofereceu-lhe a carruagem, e Elizabeth precisou de pouca insistência para aceitar; quando Jane manifestou inquietação diante da ideia de se despedir dela, a srta. Bingley foi obrigada a converter a oferta do cabriolé em um convite para permanecer em Netherfield. Elizabeth agradeceu-lhe de coração, e um criado foi enviado a Longbourn para informar o arranjo à família Bennet e trazer de volta algumas roupas.

Capítulo 8

Às cinco horas, as duas damas se retiraram para trocar de roupa, e às seis e meia Elizabeth foi chamada para jantar. Recebeu uma chuva de indagações educadas, em meio às quais teve a satisfação de perceber a grande preocupação do sr. Bingley, mas não pôde dar uma resposta favorável. Jane não estava nada melhor. Ao ouvirem isso, as irmãs de Bingley repetiram três ou quatro vezes quanto sentiam muito, quanto era horrível ter um resfriado daqueles, e quanto elas mesmas detestavam ficar doentes, e não pensaram mais no assunto. A indiferença que dispensavam a Jane quando não estavam com ela devolveu a Elizabeth a alegria de não gostar delas.

O irmão, na verdade, era o único do grupo que Elizabeth conseguia ver com alguma satisfação, pois sua preocupação com Jane era evidente, e suas atenções com a própria Elizabeth lhe agradavam e evitavam que a moça se sentisse tão intrusa quanto acreditava que os demais a consideravam. Fora Bingley, mal reparavam em sua presença. A srta. Bingley estava absorta no sr. Darcy, e sua irmã prestava quase tanta atenção a ele; e o sr. Hurst, ao lado de quem Elizabeth se sentava, era um homem indolente, que vivia apenas para comer, beber e jogar cartas, e, ao descobrir que a jovem preferia um prato simples a um ragu, não encontrou mais assunto com ela.

Quando o jantar acabou, Elizabeth voltou imediatamente ao quarto de Jane, e a srta. Bingley começou a insultá-la tão logo ela deixou o recinto. Declarou que Elizabeth tinha maus modos, misturando orgulho e impertinência, não sabia conversar, nem tinha estilo, bom gosto ou beleza. A sra. Hurst pensava o mesmo, e acrescentou:

— Resumindo, ela não tem nada que a favoreça, exceto ser ótima em caminhar. Nunca me esquecerei de sua chegada hoje de manhã; ela tinha uma aparência quase selvagem.

— Tinha mesmo, Louisa. Mal consegui manter a compostura. Foi muita loucura ter vindo, aliás! Por que *ela* tinha de sair correndo pelo campo, só por causa do resfriado da irmã? E aquele cabelo, tão desalinhado, tão desgrenhado!

— Sim, e a anágua dela, com quinze centímetros de lama, tenho certeza. E o vestido que devia escondê-la não estava fazendo o trabalho muito bem.

— Pode ser que seu retrato esteja bem fiel, Louisa — disse Bingley —, mas não percebi nada disso. Achei que a srta. Elizabeth Bennet estava muito bem quando entrou na sala hoje de manhã. Não notei sua anágua suja.

— *Você* observou, sr. Darcy, tenho certeza — disse a srta. Bingley. — E estou inclinada a pensar que você não iria querer ver *sua irmã* fazendo uma exibição dessas.

— Certamente não.

— Caminhar cinco quilômetros, ou seis, ou sete, ou o que quer que seja, com lama até as canelas, e sozinha, inteiramente sozinha! O que ela poderia querer com isso? Isso mostra um tipo de independência pretensiosa e abominável, uma indiferença ao decoro bem interiorana.

— Só mostra afeição pela irmã, algo muito agradável — disse Bingley.

— Sr. Darcy, temo que toda essa aventura tenha afetado bastante sua admiração pelos belos olhos dela — observou a srta. Bingley, meio que sussurrando.

— De modo algum — replicou o cavalheiro. — O exercício só os deixou mais vivos.

Uma curta pausa seguiu-se à fala, e a sra. Hurst recomeçou:

— Tenho um excessivo apreço por Jane Bennet, realmente uma moça muito doce, e desejo de todo coração vê-la bem arranjada. Mas com um pai e uma mãe como os dela, e conhecendo pessoas tão pouco importantes, temo que ela não tenha a menor chance.

— Achei que você tinha dito que o tio delas é advogado em Meryton.

— Sim, e elas têm outro, residente em algum lugar perto da rua Cheapside.

— Tão importante! — acrescentou a irmã, e as duas riram a plenos pulmões.

— Se elas tivessem tios suficientes para ocupar *toda* Cheapside, isso não as tornaria nem um pouco menos agradáveis — declarou Bingley.

— Mas com certeza diminui bastante as chances de se casarem com um homem de alguma importância no mundo — replicou o sr. Darcy.

Bingley não respondeu a isso, mas suas irmãs concordaram calorosamente e abasteceram suas risadas mais um pouco à custa dos parentes pobres de sua querida amiga.

Contudo, com renovada ternura, elas dirigiram-se ao quarto de Jane ao deixarem a sala de jantar e permaneceram na companhia dela até serem chamadas para o café. Jane ainda estava muito mal, e Elizabeth não quis deixá-la até bem tarde, quando teve o consolo de vê-la dormindo e descer lhe pareceu mais correto do que agradável. Ao entrar na sala de estar, encontrou o grupo inteiro jogando *loo*[4], e foi logo convidada para se juntar a eles; mas, suspeitando que as apostas fossem altas, recusou e, usando a irmã como desculpa, disse que iria se entreter com um livro pelo curto período de permanência lá embaixo. O sr. Hurst olhou-a, espantado.

— Prefere ler a jogar cartas? — perguntou. — Isso é muito singular.

— A srta. Eliza Bennet detesta jogos de cartas — disse a srta. Bingley. — É uma grande leitora, e nada mais a satisfaz.

— Não mereço nem tal elogio nem tal censura — declarou Elizabeth. — Eu *não* sou uma grande leitora, e muitas coisas me satisfazem.

— Tenho certeza de que lhe satisfaz cuidar de sua irmã — disse Bingley. — E espero que essa satisfação aumente logo, ao vê-la melhor.

---

4 Jogo de cartas popular na Inglaterra na época em que o livro foi escrito. [N. de T.]

Elizabeth agradeceu-lhe de todo o coração e caminhou até uma mesa, onde havia alguns livros. Ele imediatamente se ofereceu para buscar outros — tudo de que sua biblioteca dispusesse.

— E eu gostaria que minha coleção fosse maior, para seu benefício e meu próprio crédito, mas sou preguiçoso e, apesar de não ter muitos livros, tenho mais do que jamais lerei.

Elizabeth garantiu-lhe que os da sala bastavam.

— Fico surpresa por meu pai ter deixado uma coleção tão pequena de livros — disse a srta. Bingley. — Que biblioteca encantadora o senhor tem em Pemberley, sr. Darcy!

— Deveria mesmo ser boa — replicou ele. — É obra de muitas gerações.

— E o senhor acrescentou muito a ela; está sempre comprando livros.

— Não compreendo a negligência com uma biblioteca de família nos dias de hoje.

— Negligência! O senhor decerto não negligencia nada que aumente as belezas daquele nobre lugar. Charles, quando você construir a *sua* casa, desejo que ela tenha metade do encanto de Pemberley.

— Espero que sim.

— Mas eu o aconselharia a fazer sua compra naquela vizinhança, e tomar Pemberley por modelo. Não há condado melhor na Inglaterra do que Derbyshire.

— De todo coração, eu compraria a própria Pemberley, se Darcy quisesse vendê-la.

— Estou falando do que é possível, Charles.

— Juro, Caroline, acho mais fácil conseguir Pemberley comprando-a do que tentando imitá-la.

Elizabeth ficou tão distraída com a conversa que deu pouca atenção ao livro e logo o deixou completamente de lado, aproximou-se da mesa de cartas e parou entre o sr. Bingley e sua irmã mais velha para observar o jogo.

— A srta. Darcy cresceu muito desde a primavera? — perguntou a srta. Bingley. — Já está da minha altura?

— Acho que sim. Ela tem mais ou menos a altura da srta. Elizabeth Bennet, ou maior.

— Como estou ansiosa para vê-la outra vez! Nunca encontrei ninguém que me encantasse mais. Que compostura, e que modos! E tão talentosa, para sua idade! Seu desempenho ao piano é primoroso.

— Eu acho surpreendente — disse Bingley — as jovens damas terem paciência para ser tão talentosas, todas elas.

— Todas as jovens, talentosas! Meu querido Charles, o que você quer dizer?

— Sim, todas elas, penso eu. Todas pintam mesas, tecem capas para as lareiras e bordam bolsas. Acho que não conheço quase nenhuma que não saiba fazer tudo isso, e sempre que ouço falar pela primeira vez em uma jovem, sou informado do quanto é talentosa.

— Você lista, com muita verdade, uma amplitude banal de talentos — disse Darcy. — Essa palavra é usada para muitas mulheres que não a merecem senão por bordar uma bolsa ou tecer uma capa de lareira. Mas estou longe de concordar com você, em sua apreciação das moças em geral. Dentre todas as damas que conheço, não posso me gabar de conhecer mais de meia dúzia que sejam talentosas.

— Nem eu, tenho certeza — disse a srta. Bingley.

— Então o senhor deve incluir muita coisa em sua noção do que é uma mulher talentosa — observou Elizabeth.

— Sim, realmente incluo muita coisa.

— Ah, com certeza! — exclamou sua fiel assistente. — Ninguém pode ser considerada verdadeiramente talentosa se não excede os parâmetros encontrados normalmente. Uma mulher deve ter um conhecimento profundo de música, canto, desenho, dança e línguas modernas para merecer essa palavra, e, além de tudo isso, possuir algo em sua apresentação e maneira de andar, no tom de voz, no modo de se dirigir a alguém e de se expressar, ou a palavra não será inteiramente merecida.

— Deve possuir tudo isso — acrescentou Darcy — e a esse conjunto deve somar algo mais substancial, aperfeiçoando sua mente com extensiva leitura.

— Não estou mais surpresa por o senhor conhecer *apenas* seis mulheres talentosas. Agora me admiro por conhecer *alguma*.

— A senhorita é tão severa assim com o próprio sexo para duvidar da possibilidade de tudo isso?

— *Eu* nunca conheci uma mulher assim. *Eu* nunca vi tal capacidade, e gosto, e diligência, e elegância, como vocês descreveram, unidos na mesma pessoa.

Tanto a sra. Hurst como a srta. Bingley protestaram contra a injustiça da dúvida implícita no discurso de Elizabeth, e declararam conhecer muitas mulheres que atendiam àquela descrição; então o sr. Hurst chamou a atenção de todos, reclamando amargamente da negligência com o jogo diante deles. Assim, como toda a conversa acabara, Elizabeth deixou a sala pouco depois.

— Eliza Bennet — disse a srta. Bingley, depois que a porta foi fechada atrás dela — é uma daquelas jovens que menosprezam o próprio sexo na tentativa de se sobressair frente ao sexo oposto. E ouso dizer que isso funciona com muitos homens. Mas, na minha opinião, é um artifício reles, uma arte muito maliciosa.

— Sem dúvida há malícia em todos os artifícios que as moças às vezes se dignam a empregar para cativar as pessoas — replicou Darcy, pois o comentário fora praticamente dirigido a ele. — Tudo aquilo que tem afinidade com a astúcia é desprezível.

A srta. Bingley não ficou inteiramente satisfeita com aquela resposta para continuar com o assunto.

Elizabeth voltou a juntar-se a eles apenas para dizer que a irmã piorara e que não podia deixá-la. Bingley informou que mandaria chamar o sr. Jones imediatamente, enquanto suas irmãs, convencidas de que nenhuma opinião provinciana teria utilidade, aconselharam enviar um expresso à cidade, chamando um dos médicos mais eminentes. Elizabeth não aceitou isso, mas não discordou da proposta do sr. Bingley, e decidiram que mandariam chamar o sr. Jones bem cedo, de manhã, se não tivessem certeza de que a srta. Bingley melhorara. Bingley ficou bastante desconfortável e suas irmãs declararam estarem muito infelizes. Contudo, elas confortaram seu sofrimento fazendo duetos depois da ceia, enquanto o anfitrião não conseguiu encontrar melhor modo de aliviar seus sentimentos do que instruir a governanta a dar toda a atenção possível à moça doente e à irmã dela.

Capítulo 9

Elizabeth passou a maior parte da noite no quarto da irmã, e de manhã teve o prazer de poder mandar uma resposta razoável às indagações que o sr. Bingley enviou bem cedo, por meio de uma criada, e, algum tempo depois, das duas damas elegantes que atendiam às irmãs dele. Porém, mesmo com a melhora, pediu para um recado ser enviado a Longbourn, querendo que sua mãe visitasse Jane e avaliasse a situação com os próprios olhos. O recado foi despachado imediatamente, e seu conteúdo atendido depressa. A sra. Bennet, acompanhada das duas filhas mais novas, chegou a Netherfield logo depois do café da manhã da família.

Se tivesse encontrado Jane em algum perigo aparente, a sra. Bennet teria ficado devastada, mas, satisfeita ao ver que a doença não era alarmante, desejou que sua recuperação não acontecesse imediatamente, pois a cura significaria partir de Netherfield. Portanto, não quis ouvir a sugestão da filha de ser levada para casa — com o que concordou o boticário, que chegou mais ou menos à mesma hora e não aconselhou o deslocamento. Depois de ficar um pouco com Jane, mediante o aparecimento e o convite da srta. Bingley, a mãe e as três filhas foram até a saleta do café da manhã. Bingley recebeu-as manifestando a esperança de que a sra. Bennet não tivesse encontrado a srta. Bennet pior do que o esperado.

— Encontrei, senhor — foi a resposta da mãe. — Ela está doente demais para ir para casa. O sr. Jones disse que não devemos cogitar levá-la. Precisamos abusar um pouco mais de sua bondade.

— Levá-la! — exclamou Bingley. — Não pensem nisso. Tenho certeza de que minha irmã não permitirá.

— Senhora, pode confiar que a srta. Bennet receberá toda atenção possível enquanto estiver conosco — disse a srta. Bingley, com fria polidez.

A sra. Bennet agradeceu profusamente.

— Com certeza, se não fosse por tão bons amigos, não sei o que teria sido dela, pois está muito doente mesmo, e sofrendo imensamente, mas o faz com a maior paciência do mundo, que é sempre o modo dela de encarar as coisas, sem exceção; o temperamento mais doce que já conheci. Digo sempre às minhas outras meninas que não se comparam a ela. O senhor tem uma sala encantadora aqui, sr. Bingley, e uma fascinante paisagem daquele caminho de cascalho. Não conheço nenhum lugar no país comparável a Netherfield. Espero que não tenha pressa em deixar a propriedade, embora a tenha alugado por pouco tempo.

— Tudo o que faço é feito com pressa — ele replicou — e, portanto, se eu resolver deixar Netherfield, partirei em cinco minutos. Contudo, no momento me considero bastante assentado aqui.

— Isso é exatamente o que eu supunha a seu respeito — disse Elizabeth.

— Está começando a me entender, não é? — ele perguntou, virando-se para ela.

— Ah, sim. Eu o entendo perfeitamente.

— Espero poder considerar isso um elogio, mas temo que ser tão transparente é algo deplorável.

— As coisas são assim. Uma personalidade mais profunda e complexa não é necessariamente mais ou menos estimável do que uma como a sua.

— Lizzy! — exclamou a mãe. — Lembre-se de onde você está, e não comece a falar desse modo indomado do qual você nos obriga a padecer em casa.

— Eu não sabia que a senhorita era uma estudiosa da personalidade — continuou Bingley, imediatamente. — Deve ser um estudo interessante.

— Sim, mas personalidades complexas são as mais interessantes. Elas têm essa vantagem, pelo menos.

— O interior em geral consegue fornecer poucos objetos para tal estudo — disse Darcy. — Numa vizinhança interiorana, circula-se numa comunidade muito limitada e invariável.

— Mas as pessoas em si mudam tanto que sempre há algo novo a ser observado nelas.

— Sim, é mesmo! — exclamou a sra. Bennet, ofendida pela maneira como Darcy falara do interior. — Eu lhe garanto que *isso* acontece muito, tanto aqui como na cidade.

Todos ficaram surpresos, e Darcy, depois de fitá-la por um momento, desviou o olhar em silêncio. A sra. Bennet, que julgava ter obtido uma completa vitória sobre ele, continuou sua marcha triunfal:

— Não acredito que Londres tenha muita vantagem sobre o interior, na minha opinião, a não ser pelas lojas e pelos lugares públicos. O campo é muito mais agradável, não é, sr. Bingley?

— Quando estou no campo, nunca desejo deixá-lo — replicou ele —, e quando estou na cidade é a mesma coisa. Os dois têm suas vantagens, e posso ser igualmente feliz em ambos.

— Sim, isso porque o senhor tem o temperamento certo. Mas esse cavalheiro — ela disse, olhando para Darcy — parece achar que o campo não é nada.

— Na verdade, mãe, a senhora está enganada — disse Elizabeth, ruborizando por causa da mãe. — A senhora interpretou mal o sr. Darcy. Ele só quis dizer que não há tanta variedade de pessoas no campo quanto na cidade, o que a senhora precisa reconhecer ser verdade.

— Certamente, minha querida, ninguém disse que havia. Mas, quanto à ideia de não haver muita gente nesta vizinhança, acredito que poucas são maiores. Nós jantamos com vinte e quatro famílias.

Nada além de preocupação com Elizabeth poderia ter feito Bingley manter a compostura. Sua irmã foi menos delicada, e lançou um olhar ao sr. Darcy com um sorriso bastante expressivo. Elizabeth, para dizer algo que alterasse o curso dos pensamentos da mãe, perguntou-lhe se Charlotte Lucas estivera em Longbourn desde que ela saíra de lá.

— Sim, ela apareceu ontem com o pai. Que homem agradável é sir William, não é, sr. Bingley? Um homem da moda! Tão distinto e amigável! *Ele* é minha referência de boa educação; essas pessoas que se acham muito importantes e nunca abrem a boca estão bem equivocadas no assunto.

— Charlotte jantou com vocês?

— Não, ela foi para casa. Acho que precisavam dela para fazer torta de carne, ou algo assim. De minha parte, sr. Bingley, *eu* sempre mantenho criados que saibam fazer o próprio trabalho, minhas filhas são educadas de outro modo. Mas cada um julgue por si, e as Lucas são boas meninas, eu lhe asseguro. É uma pena não serem bonitas! Não que *eu* ache Charlotte *muito* sem graça, mas ela é nossa amiga íntima, afinal de contas.

— Ela parece uma jovem muito agradável — disse Bingley.

— Ah, sim! Mas você precisa reconhecer quanto é sem graça. A própria lady Lucas o diz com frequência, e me inveja pela beleza de Jane. Não gosto de me gabar de minha própria filha, mas com certeza Jane... Não é muito comum ver alguém tão bonita. É o que todos dizem. Não confio em minha própria parcialidade. Quando ela só tinha quinze anos, havia um cavalheiro na casa de meu irmão Gardiner, na cidade, tão apaixonado por Jane a ponto de minha cunhada ter certeza de que ele a pediria em casamento antes de voltarmos. Mas não pediu. Talvez tenha pensado que ela era muito nova. Mas lhe escreveu alguns versos, e muito bonitos.

— E assim acabou a afeição dele — disse Elizabeth, impaciente. — Imagino que muitas outras foram superadas do mesmo jeito. Eu me pergunto quem descobriu a eficácia da poesia para afastar o amor!

— Eu acreditava que a poesia fosse o *alimento* do amor — disse Darcy.

— Se for um amor bom, forte e saudável, pode ser. Tudo alimenta o que já é forte. Mas, se for só uma leve inclinação, estou convencida de que um bom soneto acabará com tudo.

Darcy apenas sorriu, e o intervalo seguinte fez Elizabeth estremecer, temendo que a mãe se expusesse ao ridículo outra vez. Queria falar, mas não conseguiu pensar em nada para dizer e, depois de um curto silêncio, a sra. Bennet começou a repetir os agradecimentos ao sr. Bingley pela bondade com Jane, com um pedido de desculpas por perturbá-lo com a presença de Lizzy. O sr. Bingley respondeu com uma cortesia natural e forçou a irmã mais nova a ser cortês também e a dizer o que a ocasião pedia. Ela fez sua parte sem muita graciosidade, mas a sra. Bennet ficou satisfeita e logo depois mandou chamar a carruagem. Com esse sinal, a mais jovem das filhas adiantou-se. As duas haviam sussurrado entre si durante a visita inteira, e o resultado foi que a mais nova cobrou do sr. Bingley a promessa, na ocasião de sua chegada ao campo, de dar um baile em Netherfield.

Lydia era uma garota robusta e bem crescida de quinze anos, bonita e bem-humorada. Era uma das preferidas da mãe, cujo afeto a colocara muito cedo na convivência em sociedade. Tinha uma alegria escandalosa e um tipo de presunção natural que as atenções dos militares — atraídos pelos bons jantares de seu tio e pelos próprios modos amigáveis da moça — haviam transformado em autoconfiança.

Portanto, ela sentia-se no direito de abordar o sr. Bingley a respeito do baile, acrescentando que seria a coisa mais vergonhosa do mundo se ele não cumprisse a promessa. A resposta do cavalheiro àquele ataque repentino foi encantadora aos ouvidos da mãe:

— Estou perfeitamente disposto a cumprir minha promessa, eu lhe garanto. Quando sua irmã estiver recuperada, se quiserem, podem escolher a data do baile. Mas as senhoritas não devem querer dançar enquanto ela está doente.

Lydia declarou-se satisfeita.

— Ah, sim! Seria muito melhor esperar Jane ficar bem e, quando isso acontecer, é muito provável que o capitão Carter esteja em Meryton outra vez. E quando o senhor der seu baile, vou insistir que eles deem um, também. Direi ao coronel Forster que será uma vergonha se ele não fizer isso.

Então, a sra. Bennet e as filhas partiram e Elizabeth, no mesmo instante, retornou para o quarto de Jane, deixando seu comportamento e o de suas familiares para os comentários das duas damas e do sr. Darcy. Este, no entanto, não foi persuadido a se juntar à censura que faziam de Elizabeth, apesar de todos os gracejos da srta. Bingley sobre seus *belos olhos*.

Capítulo 10

Aquele dia correu mais ou menos como o anterior. A sra. Hurst e a srta. Bingley passaram algumas horas da manhã com a doente, que continuava a melhorar, embora bem devagar, e à noite Elizabeth juntou-se ao grupo na sala de estar. A mesa do jogo de *loo*, porém, não apareceu. O sr. Darcy escrevia, e a srta. Bingley, sentada perto dele, observava o progresso da carta e repetidamente lhe chamava a atenção, pedindo-lhe que mandasse recados à irmã. O sr. Hurst e o sr. Bingley jogavam *piquet*[5], e a sra. Hurst assistia ao jogo.

Elizabeth começara um bordado e se entretinha o bastante pelo que se passava entre Darcy e sua companheira. Os perpétuos elogios da dama — fossem sobre a letra de Darcy ou a regularidade das linhas, ou o tamanho da carta — e a perfeita indiferença com a qual tais elogios eram recebidos criavam um diálogo curioso, que coincidia exatamente com a opinião de Elizabeth a respeito de cada um dos dois.

— Como a srta. Darcy ficará feliz em receber essa carta! Ele não respondeu.

— Você escreve anormalmente rápido.

— Você está enganada. Escrevo bem devagar.

---

5 Jogo de cartas para dois jogadores. [N. de T.]

— Quantas cartas você já deve ter tido a oportunidade de escrever ao longo do ano! Ainda mais cartas de negócios! Como eu as acharia detestáveis!

— É uma sorte, então, que essa obrigação recaia sobre mim e não sobre você.

— Por favor, diga à sua irmã que anseio por vê-la.

— Já lhe disse uma vez, a seu pedido.

— Temo que você não goste da sua pena. Deixe-me consertá-la para você. Eu conserto penas muito bem.

— Obrigado. Mas sempre conserto as minhas.

— Como consegue escrever tão em linha reta?

Darcy permaneceu em silêncio.

— Diga à sua irmã que fico muito feliz em saber do aperfeiçoamento dela na harpa, e, por favor, informe-a de que estou em êxtase com o lindo esboço que ela fez para uma mesa, e que o julgo infinitamente superior ao da srta. Grantley.

— Você me daria licença para protelar seu êxtase até a próxima vez que eu for escrever? No momento, não me sobra espaço para lhe fazer justiça.

— Ah! Não tem problema. Eu a verei em janeiro. Mas você sempre escreve cartas tão longas e encantadoras para ela, sr. Darcy?

— Elas costumam ser longas, mas se são sempre encantadoras não sou eu quem deve determinar.

— É uma regra para mim que, se uma pessoa consegue escrever uma carta longa com facilidade, ela não escreve mal.

— Isso não serve como elogio a Darcy, Caroline! — exclamou seu irmão. — Porque ele *não* escreve com facilidade. Ele se retém muito em busca de palavras de quatro sílabas. Não é, Darcy?

— Meu estilo de escrita é muito diferente do seu.

— Ah! — exclamou a srta. Bingley. — Charles escreve do modo mais descuidado imaginável. Ele deixa de fora metade das palavras e borra o resto.

— Minhas ideias fluem com tanta rapidez que não tenho tempo de expressá-las, o que quer dizer que minhas cartas às vezes não transmitem nenhuma ideia a meus correspondentes.

— Sr. Bingley, sua humildade desarma qualquer censura — disse Elizabeth.

— Nada é mais enganoso do que a humildade aparente — disse Darcy. — Com frequência é só uma opinião descuidada e, às vezes, uma vanglória indireta.

— E em qual das duas você classifica a minha recente demonstração de modéstia?

— A vanglória indireta, pois você se orgulha muito dos defeitos de sua escrita, tendo em vista que os considera provenientes da rapidez do seu pensamento e do descuido na execução, algo que, se não estimável, você julga ser ao menos altamente interessante. O poder de fazer qualquer coisa rápido é sempre muito valorizado por quem o possui, e com frequência sem nenhuma atenção à imperfeição da realização. Quando você disse à sra. Bennet, hoje de manhã, que, se resolvesse deixar Netherfield, partiria em cinco minutos, quis dizer isso como uma forma de panegírico, de elogio a si mesmo... Entretanto, o que pode ser tão louvável num ato precipitado, que deixaria inacabados negócios bastante necessários, e que não traz nenhuma vantagem real nem a você nem a ninguém?

— Não! — exclamou Bingley. — Isso é demais para mim; lembrar à noite todas as tolices ditas de manhã. Ainda assim, palavra de honra, acreditava no que falei a meu respeito na hora e acredito neste momento. Ao menos não afirmei ter esse caráter de precipitação desnecessária apenas para me exibir diante das moças.

— Você acredita nisso, ouso dizer, mas não estou convencido de que partiria com tamanha celeridade. Sua conduta dependeria inteiramente do acaso, como a de qualquer outro homem que conheço. Se, quando estivesse montando seu cavalo, um amigo dissesse: "Bingley, é melhor você ficar até a próxima semana", você provavelmente o faria, provavelmente não iria embora. E, se o amigo dissesse mais uma palavra, bem poderia ficar um mês.

— A única coisa que o senhor prova com isso é que o sr. Bingley não fez justiça ao próprio temperamento. O senhor causou sobre ele uma impressão melhor do que ele mesmo havia causado.

— Estou excessivamente grato por a senhorita converter as palavras do meu amigo em elogio à doçura de meu temperamento — disse Bingley. — Mas temo que a senhorita criou uma distorção que o cavalheiro sem dúvida não pretendeu. Ele teria uma opinião melhor de mim se, em tal circunstância, eu negasse com frieza e partisse o mais rápido possível.

— O sr. Darcy consideraria então que a imprudência de sua intenção original seria perdoável se você insistisse em cumpri-la?

— Juro que não consigo explicar a questão com exatidão. Darcy deve falar por si.

— Você espera que eu preste contas de opiniões que você declarou serem minhas, mas que nunca emiti. Contudo, permitindo que o caso seja analisado de acordo com a maneira como a senhorita o representou, srta. Bennet, lembre-se de que o amigo que supostamente manifestou desejar o retorno de Bingley para a casa, e o adiamento do plano, apenas o desejou, e fez o pedido sem oferecer um só argumento a favor de sua justeza.

— O senhor não vê mérito em ceder pronta e facilmente à *persuasão* de um amigo.

— Ceder sem convicção não é um elogio ao discernimento de nenhum dos dois.

— Sr. Darcy, o senhor parece não atribuir nenhum poder à influência da amizade e do afeto. A simples estima pelo solicitante faria uma pessoa ceder prontamente a um pedido, sem precisar de argumentos para ser convencida. Não falo particularmente de um caso como o que o senhor propôs a respeito do sr. Bingley. Podemos muito bem esperar até tal circunstância acontecer, antes de discutir o critério do comportamento dele em resposta. Mas em casos gerais e ordinários entre dois amigos, quando um deles deseja que o outro mude uma decisão acerca de algo não muito grandioso, o senhor pensaria mal da pessoa por concordar com esse desejo sem precisar ser convencido?

— Não seria aconselhável, antes de continuarmos com esse assunto, definir melhor o grau de importância relacionado ao pedido, bem como o grau de intimidade entre as partes?

— Por favor — exclamou Bingley —, vamos ouvir todos os quesitos, sem esquecer de compará-los em questão de altura e peso, pois esses dois pontos terão mais relevância na discussão do que você poderia imaginar, srta. Bennet. Eu lhe garanto que, se Darcy não fosse um camarada tão alto, em comparação comigo, eu não o trataria com metade da consideração que lhe tenho. Não conheço ninguém mais horrível que Darcy, em certas ocasiões e em certos lugares, especialmente na casa dele e numa noite de domingo, quando não tem nada para fazer.

O sr. Darcy sorriu, mas Elizabeth julgou perceber que ele ficara bastante ofendido, e, portanto, reteve a própria risada. A srta. Bingley ressentiu-se calorosamente da afronta em nome dele, censurando o irmão por falar tamanho disparate.

— Vejo seus planos, Bingley — disse seu amigo. — Você detesta uma discussão e quer silenciar esta.

— Talvez eu queira. Discussões são muito parecidas com disputas. Se você e a srta. Bennet puderem adiar a de vocês até eu sair da sala, ficarei muito grato, e depois poderão dizer o que quiserem de mim.

— O que o senhor me pede não é um sacrifício de minha parte — disse Elizabeth. — E é melhor mesmo o sr. Darcy terminar sua carta.

O sr. Darcy aceitou o conselho e terminou a escrita.

Quando acabou, pediu à srta. Bingley e a Elizabeth o favor de tocarem música. A srta. Bingley dirigiu-se ao piano com espontaneidade e, depois de um pedido educado para Elizabeth ser a primeira — que a moça recusou com igual educação e maior seriedade —, sentou-se.

A sra. Hurst cantou com a irmã e, enquanto as duas ocupavam-se disso, Elizabeth não pôde deixar de perceber, ao se voltar para alguns livros de partituras que jaziam sobre o instrumento, a frequência com a qual os olhos de Darcy se fixavam nela. Não conseguiria se imaginar como o objeto de admiração de homem tão importante, mas a ideia de que ele a olhava por não gostar dela seria ainda mais estranha. Só conseguiu supor, enfim, que atraía a atenção do cavalheiro porque ele devia ver nela algo mais errado e repreensível, de acordo com as noções que tinha de certo e errado, do que em qualquer outra pessoa presente. A suposição não a afligia. Gostava tão pouco daquele homem que não se importava com sua aprovação.

Depois de tocar algumas músicas italianas, a srta. Bingley diversificou o repertório para uma viva melodia escocesa, e logo depois o sr. Darcy, aproximando-se de Elizabeth, disse-lhe:

— Srta. Bennet, não sente uma grande inclinação de aproveitar a oportunidade para dançar *reel*[6]?

---

6 Dança típica escocesa. [N. de T.]

Elizabeth sorriu, mas não respondeu. Ele repetiu a pergunta, um pouco surpreso pelo silêncio da moça.

— Ah, eu o ouvi da primeira vez — ela disse —, mas não consegui decidir minha resposta de imediato. Sei que o senhor queria que eu dissesse "sim" para ter o prazer de desprezar meu mau gosto, mas sempre me divirto em destruir esse tipo de esquema e acabar com o menosprezo premeditado de uma pessoa. Portanto, resolvi lhe dizer que não quero dançar *reel*. E agora me despreze, se ousar.

— Na verdade, não ouso.

Elizabeth, que esperava afrontá-lo, surpreendeu-se pela galanteria dele. Os modos dela tinham uma mistura de doçura e astúcia, tornando-lhe difícil afrontar qualquer pessoa, e Darcy nunca ficara tão enfeitiçado por nenhuma mulher quanto por ela. Realmente acreditava que, se não fosse pela inferioridade das relações dela, estaria em perigo.

A srta. Bingley viu ou suspeitou o suficiente para ficar com ciúmes, de modo que sua grande ansiedade pela recuperação da querida amiga Jane recebeu algum auxílio do desejo de se livrar de Elizabeth.

Com frequência, tentava fazer Darcy antipatizar com a convidada, falando do suposto casamento entre os dois e planejando a felicidade dele com tal união.

— Espero que você dê à sua sogra algumas dicas, quando esse desejável evento ocorrer, sobre as vantagens de ela segurar a própria língua — disse a srta. Bingley, quando estavam caminhando juntos em meio aos arbustos, no dia seguinte. — E, se conseguir abranger isso, remedeie a mania das meninas mais novas de correr atrás de militares. E, se eu puder mencionar um assunto tão delicado, se esforce para conter aquela pequena característica que a sua senhora possui, beirando presunção e impertinência.

— Mais alguma sugestão em relação à minha felicidade doméstica?

— Ah, sim! Que os retratos de seus tios Phillips sejam colocados na galeria de Pemberley. Ponha-os perto do seu tio-avô juiz. Eles têm a mesma profissão, sabe, embora em linhas diferentes. E quanto ao retrato de Elizabeth, você não deve querer que façam um, pois qual pintor poderia fazer justiça àqueles belos olhos?

— Seria mesmo difícil capturar sua expressão, mas a cor e o formato, e os cílios, tão extraordinariamente belos, talvez possam ser desenhados.

Naquele momento, encontraram em meio à caminhada a sra. Hurst e a própria Elizabeth.

— Eu não sabia que vocês pretendiam caminhar — disse a srta. Bingley, confusa, com receio de que tivessem sido ouvidos.

— Vocês foram terríveis conosco ao fugir sem anunciar sua intenção de sair — respondeu a sra. Hurst.

Depois, pegando o braço livre do sr. Darcy, deixou Elizabeth caminhando sozinha. O caminho só tinha espaço para três pessoas andarem uma ao lado da outra. O sr. Darcy sentiu a grosseria delas, e disse de imediato:

— Este caminho não é largo o suficiente para o nosso grupo. É melhor irmos para a alameda.

Mas Elizabeth, que não tinha a menor intenção de continuar com eles, respondeu rindo:

— Não, não; fiquem onde estão. Vocês estão encantadores juntos, têm uma aparência incomumente favorável. O pitoresco do grupo seria estragado se admitissem uma quarta pessoa. Adeus.

Em seguida, ela escapou alegremente, feliz da vida, perambulando, na esperança de voltar para casa em um dia ou dois. Jane já se recuperara o suficiente para planejar deixar o quarto por algumas horas naquela noite.

Capítulo 11

Quando as damas se retiraram depois do jantar, Elizabeth subiu correndo até a irmã e, agasalhando-a, ajudou-a a descer até a sala de estar, onde foi bem recebida pelas duas amigas com muitas declarações de satisfação. Elizabeth nunca as vira tão agradáveis quanto durante a hora que se passou antes de os cavalheiros aparecerem. Seus poderes de conversação eram consideráveis. Conseguiam descrever um entretenimento com precisão, contar uma anedota com humor e rir de seus conhecidos com vivacidade.

Mas, quando os cavalheiros chegaram, Jane deixou de ser a pessoa mais importante; os olhos da srta. Bingley instantaneamente se voltaram para Darcy, e ela já tinha algo a lhe dizer antes mesmo de ele avançar muitos passos. Ele se dirigiu imediatamente à srta. Bennet com uma congratulação educada; o sr. Hurst também fez uma leve mesura à moça e disse que estava "muito feliz", mas a saudação mais calorosa e profusa foi a de Bingley, muito cheio de alegria e cortesias. Gastaram meia hora aumentando o fogo para Jane não sofrer com a mudança de recinto, e ela foi, a pedido dele, para o outro lado da lareira, a fim de ficar mais longe da porta. Em seguida, Bingley sentou-se ao lado dela e praticamente não falou com nenhuma outra pessoa. Elizabeth, trabalhando no canto oposto, viu tudo isso com imenso contentamento.

Quando o chá acabou, o sr. Hurst lembrou a cunhada da mesa de jogos, mas em vão. Ela obtivera a informação privilegiada de que o sr. Darcy não queria jogar cartas, portanto mesmo o pedido declarado do sr. Hurst foi rejeitado. Ela lhe assegurou que ninguém pretendia jogar, e o silêncio de todo o grupo acerca do assunto pareceu apoiá-la. O sr. Hurst, portanto, não tinha nada para fazer além de se esticar sobre um dos sofás e dormir. Darcy pegou um livro; a srta. Bingley fez o mesmo, e a sra. Hurst, ocupada principalmente em brincar com suas pulseiras e anéis, juntava-se de vez em quando à conversa do irmão com a srta. Bennet.

A srta. Bingley empenhou sua atenção tanto em observar o progresso do sr. Darcy no livro dele quanto em ler o seu, e ela ora fazia alguma indagação, ora olhava para a página do livro dele. Entretanto, não conseguiu de Darcy nenhuma conversa; ele apenas respondia às perguntas e continuava a ler. Depois de um tempo, exausta pelo esforço de se entreter com o próprio livro, que só escolhera por ser o segundo volume do de Darcy, a srta. Bingley bocejou e disse:

— Como é agradável passar a noite assim! Declaro que, afinal de contas, não há diversão como a leitura! Uma pessoa se cansa muito mais rápido de qualquer outra coisa do que de um livro! Quando eu tiver uma casa, ficarei devastada se não possuir uma biblioteca excelente.

Ninguém respondeu. Ela bocejou outra vez, deixou o livro de lado e olhou a sala ao redor, à procura de alguma diversão. Ao ouvir o irmão mencionar um baile para a srta. Bennet, virou-se para ele de repente e disse:

— Aliás, Charles, você está mesmo contemplando a ideia de dar um baile em Netherfield? Eu o aconselharia, antes de decidir, a consultar os desejos das pessoas aqui. Estou muito enganada se não houver alguns entre nós para quem um baile seria mais uma punição do que um prazer.

— Se você está falando de Darcy, ele pode ir dormir antes de começar, se quiser! — exclamou seu irmão. — Quanto ao baile, a decisão já está tomada e, assim que Nicholls tiver feito sopa branca[7] suficiente, enviarei os convites.

— Eu gostaria infinitamente mais de bailes se eles fossem conduzidos de maneira diferente — a srta. Bingley replicou. — Mas há algo de insuportavelmente tedioso no processo costumeiro desse tipo de reunião. Seria muito mais racional se a conversa, e não a dança, fosse a atividade principal.

— Seria muito mais racional, ouso dizer, minha querida Caroline, mas não seria muito parecido com um baile.

A srta. Bingley não respondeu, e logo se levantou e começou a andar pela sala. Tinha uma silhueta elegante, e caminhava adequadamente — mas Darcy, cuja atenção ela visava, permanecia inflexivelmente aplicado à leitura. No desespero de seus sentimentos, ela resolveu fazer uma última tentativa e, virando-se para Elizabeth, disse:

— Srta. Eliza Bennet, permita-me persuadi-la a seguir meu exemplo e dar uma volta pela sala. Eu lhe garanto que

---

7 Um tipo de sopa cremosa de frango, um dos pratos mais importantes de um baile na época de Jane Austen. [N. de T.]

é muito revigorante, depois de passar tanto tempo sentada na mesma posição.

Elizabeth ficou surpresa, mas concordou de imediato. A srta. Bingley obteve mais sucesso com o real objeto de sua cortesia; o sr. Darcy ergueu o olhar. Tanto ele como Elizabeth notaram a estranheza da atenção, e Darcy inconscientemente fechou o livro. Logo convidado a se juntar às duas, recusou, comentando que só poderia imaginar dois motivos para elas escolherem caminhar juntas de um lado para o outro da sala, e em ambos interferiria ao se unir às moças.

— O que será que ele quer dizer? — A srta. Bingley, morrendo de vontade de entender o que Darcy dizia, perguntou a Elizabeth se a moça conseguia compreendê-lo.

— De modo algum — foi a resposta. — Mas tenha certeza de que ele pretende nos julgar com severidade, e o modo mais seguro de desapontá-lo seria não perguntar nada a respeito.

Entretanto, a srta. Bingley não tinha capacidade de desapontar o sr. Darcy em nada, e solicitou uma explicação sobre os dois motivos mencionados por ele.

— Não faço a menor objeção em explicá-los — disse o cavalheiro, assim que ela lhe permitiu falar. — Ou vocês escolheram esse método de passar a noite porque são confidentes uma da outra e têm segredos para discutir, ou porque têm consciência de que suas silhuetas apresentam melhor forma quando andam. No primeiro caso, eu as atrapalharia, e no segundo, posso admirá-las muito melhor aqui, sentado ao lado da lareira.

— Ah, que terrível! — exclamou a srta. Bingley. — Nunca ouvi algo tão abominável. Como nós o puniremos por essa declaração?

— Nada mais fácil, se estiver inclinada a isso — disse Elizabeth. — Podemos todos importunar e punir uns aos outros. Gracejar e rir dele. Íntimos como vocês são, a senhorita deve saber como fazer isso.

— Juro pela minha honra que *não* sei. E lhe garanto que minha intimidade com os demais ainda não me ensinou *isso*. Gracejar contra um temperamento calmo e presença de espírito! Não, não. Sinto que ele pode nos desafiar nesse aspecto. E quanto a rir, nós não nos exporemos ao ridículo de tentar rir sem um motivo. O sr. Darcy ficaria cheio de si.

— Não se pode rir do sr. Darcy! — exclamou Elizabeth. — Essa é uma vantagem incomum, e espero que assim continue, pois para mim seria uma grande perda conhecer muita gente assim. Eu realmente amo uma boa risada.

— A srta. Bingley me dá mais crédito do que mereço — disse ele. — Os melhores e mais sábios homens... não, as melhores e mais sábias ações de um homem podem ser tornadas ridículas por uma pessoa cujo principal objetivo na vida seja fazer piadas.

— Tais pessoas com certeza existem, mas espero não ser uma delas — replicou Elizabeth. — Espero nunca ridicularizar alguém que seja sábio ou bom. Tolices e disparates, extravagâncias e inconsistências, *de fato* me divertem, admito, e rio disso sempre que posso. Mas suponho que sejam precisamente essas as características que o senhor não tem.

— Talvez isso não seja possível para ninguém, mas o objetivo da minha vida tem sido evitar o tipo de fraquezas que frequentemente expõem ao ridículo uma inteligência sólida.

— Tais como vaidade e orgulho.

— Sim, a vaidade é de fato uma fraqueza. Mas o orgulho... quando existe uma real superioridade intelectual, o orgulho sempre será bem controlado.

Elizabeth virou o rosto para ocultar o sorriso.

— Presumo que sua análise do sr. Darcy tenha acabado — disse a srta. Bingley. — Qual é o resultado? Diga, por favor.

— Estou perfeitamente convencida de que o sr. Darcy não tem defeitos. Ele mesmo o confessou, sem disfarces.

— Não — disse Darcy. — Não declarei tal presunção. Tenho defeitos o bastante, mas não são, espero, defeitos de entendimento. Não ouso pôr a mão no fogo por meu temperamento. Sou, segundo creio, bem pouco flexível, certamente pouco demais para a conveniência do mundo. Não consigo me esquecer das tolices e vícios dos outros tão cedo quanto deveria, nem das ofensas contra mim. Meus sentimentos não são alterados com cada tentativa de mudá-los. Talvez se possa descrever meu temperamento como rancoroso; minha opinião favorável, uma vez perdida, está perdida para sempre.

— *Isso* é mesmo uma imperfeição! — exclamou Elizabeth. — Ressentimento implacável é uma mancha no caráter. Mas o senhor escolheu muito bem seu defeito. Não tenho como rir disso. Está seguro contra mim.

— Acredito que haja em toda personalidade uma tendência a algum mal em particular, um defeito natural, que nem mesmo a melhor educação pode superar.

— E o *seu* defeito é uma propensão a odiar todo mundo.

— E o seu é deliberadamente compreender mal as pessoas — ele replicou com um sorriso.

— Vamos providenciar um pouco de música — declarou a srta. Bingley, cansada de uma conversa na qual não tinha participação. — Louisa, se importa se eu acordar o sr. Hurst?

A irmã não ofereceu nem mesmo a menor objeção, e o piano foi aberto. Darcy, depois de um breve momento de reminiscências, não lamentou o fato. Começou a sentir o perigo de prestar atenção demais em Elizabeth.

Capítulo 12

Em consequência de um acordo entre as irmãs, Elizabeth escreveu à mãe na manhã seguinte para implorar que lhes enviasse a carruagem naquele dia. Mas a sra. Bennet, tendo calculado que as filhas ficariam em Netherfield até a terça-feira seguinte, totalizando uma semana inteira da estadia de Jane, não conseguiria recebê-las antes disso com satisfação. Portanto, sua resposta não foi favorável, pelo menos não aos desejos de Elizabeth, impaciente para chegar em casa. A sra. Bennet mandou-lhes um recado informando que não conseguiria providenciar a carruagem para antes de terça e acrescentou, ao final, que, se o sr. Bingley e a irmã as pressionassem para permanecerem mais, podia passar bem sem as duas. Elizabeth, contudo, não queria ficar — nem esperava que alguém as convidasse para prolongar a estadia —; pelo contrário, temendo que as considerassem intrusas por permanecer um tempo desnecessário e longo demais, incitou Jane a pedir emprestada a carruagem do sr. Bingley. Decididas a mencionar o plano inicial de deixar Netherfield naquela manhã, fizeram o pedido.

O comunicado provocou muitas declarações de preocupação. Os anfitriões proclamaram profusos desejos de que as duas Bennet permanecessem ao menos até o dia seguinte, para Jane se recuperar mais, e a partida foi adiada. A srta. Bingley arrependeu-se de ter proposto o adiamento, pois os ciúmes e a antipatia por uma das irmãs excediam em muito sua afeição pela outra.

O dono da casa ouviu com real tristeza a notícia de que elas logo partiriam, e tentou repetidamente persuadir a srta. Bennet a concordar que não seria seguro, que ela não se recuperara o suficiente; mas Jane era firme quando acreditava estar certa.

Para o sr. Darcy, a informação foi bem-vinda — Elizabeth ficara em Netherfield tempo o bastante. A moça o atraía mais do que ele gostaria, e a srta. Bingley estava sendo grosseira com *ela* e mais inoportuna do que de costume com *ele*. Sabiamente, resolveu tomar muito cuidado para não deixar escapar nenhum sinal de admiração, nem nada que pudesse exaltá-la com a esperança de vir a influenciar sua felicidade. Estava consciente de que, se tal ideia tivesse sido sugerida, seu comportamento no último dia teria um peso fundamental para confirmá-la ou esmagá-la. Firme em seu propósito, Darcy mal lhe falou dez palavras durante o sábado inteiro e, apesar de terem ficado sozinhos em uma ocasião durante meia hora, devotou-se minuciosamente ao seu livro, e nem sequer olhou para ela.

No domingo, depois da missa matutina, aconteceu a separação, tão agradável para a maior parte do grupo. A polidez da srta. Bingley para com Elizabeth enfim aumentou bem rápido, assim como sua afeição por Jane. Quando se despediram, depois de assegurar à última o prazer que sempre lhe daria vê-la tanto em Longbourn como em Netherfield e de abraçá-la com ternura, até trocou um aperto de mãos com a primeira. Elizabeth despediu-se do grupo com o mais jovial dos humores.

As duas não foram recebidas com muita cordialidade pela mãe. A sra. Bennet surpreendeu-se com o retorno. Julgou-as muito erradas por darem tanto trabalho, e teve certeza de que Jane se resfriara outra vez. Mas o pai, embora lacônico ao expressar satisfação, ficou muito feliz em vê--las, pois sentia a importância das duas no círculo familiar. A conversa noturna, quando todos se reuniam, perdera muito da vivacidade e de quase todo o sentido durante a ausência de Jane e Elizabeth.

Encontraram Mary, como de costume, mergulhada no estudo do baixo contínuo[8] e da natureza humana, e tinham alguns novos trechos para admirar e algumas novas observações para ouvir acerca da moralidade puída. Catherine e Lydia tinham informações de outro tipo para compartilhar. Muito se passara e se dissera no regimento desde a quarta--feira anterior; vários oficiais haviam jantado com o tio das irmãs Bennet naqueles últimos tempos, um soldado fora açoitado, e insinuava-se que o coronel Forster se casaria.

---

8 Tipo de notação musical, também conhecido como baixo cifrado. [N. de T.]

Capítulo 13

— Minha querida, espero que você tenha pedido um bom jantar hoje, porque tenho motivos para esperar um acréscimo à nossa família — disse o sr. Bennet para a esposa, enquanto tomavam o desjejum na manhã seguinte.

— De quem você está falando, meu querido? Não ouvi falar que ninguém vinha, a menos que Charlotte Lucas resolva aparecer, e espero que *meus* jantares sejam bons o bastante para ela. Acho que os da casa dela não costumam ser nada parecidos.

— A pessoa de quem falo é um cavalheiro e um estranho.

Os olhos da sra. Bennet reluziram.

— Um cavalheiro e um estranho! É o sr. Bingley, tenho certeza. Ora, Jane, você nunca disse uma palavra sobre isso, sua espertinha! Bom, decerto ficarei muito feliz em ver o sr. Bingley. Mas... oh, Senhor! Que azar! Não dá para comprar nenhum peixe hoje. Lydia, meu amor, toque o sino. Devo falar com Hill agora mesmo.

— *Não* é o sr. Bingley — disse o marido. — É uma pessoa que nunca vi em toda a minha vida.

Aquilo causou um espanto generalizado, e ele teve o prazer de ser avidamente interrogado por sua esposa e cinco filhas de uma só vez. Depois de se entreter com a curiosidade delas por algum tempo, explicou:

— Cerca de um mês atrás recebi uma carta, e mais ou menos uma quinzena atrás eu a respondi, pois julguei se tratar de um caso um tanto delicado, que requeria atenção. Era do meu primo, o sr. Collins, que, quando eu morrer, pode tirar essa casa de vocês se ele quiser.

— Ah, meu querido, não suporto ouvir falar desse assunto — disse a esposa. — Por favor, não fale desse homem odioso. Na minha opinião, é a pior coisa do mundo sua propriedade estar destinada a alguém que não suas filhas, e tenho certeza de que, se eu fosse você, teria tentado fazer algo a respeito.

Jane e Elizabeth tentaram explicar a ela a natureza dos termos de uma herança, como já haviam feito várias vezes antes. Mas era um assunto impossível de se discutir racionalmente com a sra. Bennet, que continuou a reclamar com amargura contra a crueldade de tirar uma propriedade de uma família de cinco filhas em favor de um homem com quem ninguém se importava.

— É mesmo um negócio injusto, e nada pode livrar o sr. Collins da culpa de herdar Longbourn — disse o sr. Bennet. — Mas, se vocês ouvirem a carta dele, talvez se tranquilizem com o modo como ele se expressa.

— Não, com certeza não irei, e acho muito impertinente e muito hipócrita da parte dele sequer escrever para você. Odeio amigos falsos assim. Por que ele não poderia continuar alimentando a desavença entre vocês, como o pai fazia antes dele?

— Porque, na verdade, ele tem alguns escrúpulos filiais na cabeça, como você vai ouvir.

Hunsford, próximo a Westerham, Kent,
15 de outubro

Caro senhor,

O desentendimento subsistente entre o senhor e meu faleci-do e honrado pai sempre me perturbou, e, desde que tive o infortúnio de perdê-lo, desejei com frequência curar essa ferida. Porém, durante algum tempo, fui retido por minhas próprias dúvidas, temendo parecer desrespeitoso à memória dele ficar em bons termos com qualquer um com quem ele gostasse de brigar. — Viu, sra. Bennet? — Entretanto, tomei uma decisão a respeito, pois, ao ser ordenado na Páscoa, tive a sorte de ser distinguido com a proteção da honorável lady Catherine de Bourgh,[9] viúva de sir Lewis de Bourgh, cuja magnanimidade e beneficência me promoveram à valiosa condição de pároco desta paróquia, onde meu mais diligente empenho será me humilhar com grato respeito à sua senhoria e me manter sempre pronto a realizar os ritos e cerimônias instituídos pela Igreja Anglicana. Além disso, como clérigo, sinto ser meu dever promover e estabelecer a bênção da paz em todas as famílias ao alcance de minha influência, e com base nisso gosto de pensar que minha breve introdução será altamente louvável,

---

9 Os clérigos protestantes da época eram apontados a seus postos e tinham seus salários pagos pelos donos da propriedade onde sua paróquia ficava, geralmente algum nobre ou pessoa abastada de propriedade antiga, há muito tempo na família. Dessa maneira, ter a proteção de um senhorio garantia a homens do clero um emprego. [N. de T.]

e que a circunstância de eu ser o herdeiro da propriedade em Longbourn será bondosamente ignorada, de sua parte, e não o fará rejeitar o ramo de oliveira que lhe estendo. Não posso ficar senão preocupado por ser, eu mesmo, um meio de prejudicar suas amáveis filhas, e imploro licença para me desculpar por isso, bem como para lhe assegurar de minha prontidão para providenciar as compensações possíveis — mas sobre isso, falemos depois. Se o senhor não fizer objeção em me receber em sua casa, proponho a satisfação de visitar o senhor e sua família na segunda-feira, dia 18 de novembro, às quatro horas, e provavelmente abusar de sua hospitalidade até o sábado seguinte, o que posso fazer sem nenhuma inconveniência, uma vez que lady Catherine está longe de desaprovar minha ocasional ausência num domingo, contanto que algum outro clérigo cumpra o dever do dia. Eu permaneço, caro senhor, com cumprimentos respeitosos à sua senhora e suas filhas, um amigo que lhe quer bem,

William Collins

— Então podemos esperar esse cavalheiro promotor da paz às quatro horas — disse o sr. Bennet, dobrando a carta. — Ele parece um jovem consciencioso e educado, palavra de honra, e não duvido que venha a se revelar um contato de grande valor, especialmente se lady Catherine for indulgente a ponto de deixá-lo vir nos visitar outra vez.

— Há alguma sensatez no que ele diz sobre as meninas e, se ele estiver disposto a compensá-las, não serei eu a desencorajá-lo.

— Apesar de ser difícil adivinhar de qual modo ele pensa em nos compensar o que julga ser devido, o simples desejo de fazer isso lhe dá crédito — disse Jane.

Elizabeth ficara chocada, principalmente com a extraordinária deferência da carta a lady Catherine, e a intenção gentil do sr. Collins de batizar, casar e enterrar seus paroquianos sempre que fosse requerido.

— Acho que ele deve ser um esquisito — disse ela. — Não consigo entendê-lo. Há algo de muito pomposo em seu estilo. E o que ele quer dizer com esse pedido de desculpas por ser o herdeiro? Não dá para supor que ele mudaria isso, se pudesse. Será que ele é um homem sensato, senhor?

— Não, minha querida, acho que não. Tenho grandes esperanças de descobrir que ele é, na verdade, o oposto. Há uma mistura de subserviência e presunção na carta dele, o que promete muito. Estou impaciente para vê-lo.

— Em questão de composição, a carta não parece imperfeita — disse Mary. — A ideia do ramo de oliveira não é original, mesmo assim acho que foi bem expressa.

Para Catherine e Lydia, nem a carta nem seu autor despertavam o menor grau de interesse. Era quase impossível que seu primo aparecesse num uniforme vermelho, e já fazia algumas semanas que não tinham satisfação em estar na companhia de homens vestidos de qualquer outra cor. Quanto à mãe, a carta do sr. Collins acabara com muito de sua má vontade, e ela se preparou para recebê-lo com um grau de compostura que muito espantou o marido e as filhas.

O sr. Collins foi bem pontual, e recebido com imensa polidez pela família inteira. O sr. Bennet na verdade falou pouco, mas as damas estavam suficientemente prontas para conversar, e o sr. Collins não parecia nem necessitar de encorajamento, nem ter a inclinação de permanecer em silêncio. Era um jovem de 25 anos, alto e pesado. Tinha um ar grave e majestoso e modos bastante formais. Mal se sentou, começou a elogiar a sra. Bennet por ter filhas tão encantadoras, disse que muito ouvira falar da beleza delas, mas a fama não chegava perto de lhes fazer justiça, e acrescentou não duvidar que, no tempo certo, as veria todas lançadas para longe dali, casadas. Aquela galanteria não soou como algo de bom gosto para algumas de suas ouvintes, mas a sra. Bennet, que não criava caso contra elogios, respondeu prontamente:

— O senhor é muito gentil, e desejo de todo coração que seja esse o caso, pois, do contrário, elas ficarão bem desamparadas. As coisas foram estabelecidas de modo esquisito.

— Talvez a senhora esteja aludindo à herança desta propriedade.

— Ah, senhor, de fato. É uma questão penosa para minhas pobres meninas, o senhor deve admitir. Não que eu julgue *o senhor* culpado, pois sei que coisas assim acontecem ao acaso no mundo. Não há como saber o que acontecerá às propriedades quando os termos da herança são definidos.

— Tenho bastante consciência do quanto isso é duro para minhas belas primas, e poderia dizer muito a respeito, senhora, mas temo parecer indiscreto e precipitado.

Contudo, posso garantir às moças que vim preparado para admirá-las. No momento, não direi mais nada, mas, talvez, quando nos conhecermos melhor...

Foi interrompido por um chamado para o jantar, e as meninas sorriram umas para as outras. Elas não foram os únicos objetos da admiração do sr. Collins. O saguão, a sala de jantar e toda sua mobília foram examinados e elogiados, e seu louvor a tudo teria tocado o coração da sra. Bennet, não fosse a suposição mortificante de que ele via tudo aquilo como sua futura propriedade. Ele também elogiou bastante o jantar, implorando para saber a qual das belas primas se devia a excelência da cozinha. Nisso a sra. Bennet o corrigiu, garantindo-lhe, com certa aspereza, que podiam muito bem ter uma boa cozinheira e que suas filhas não tinham nada a fazer na cozinha. O sr. Collins implorou perdão por tê-la aborrecido. Num tom mais suave, ela declarou não estar ofendida, mas ele continuou a se desculpar durante mais ou menos quinze minutos.

Capítulo 14

Ao longo do jantar, o sr. Bennet mal falou, mas, quando os criados se retiraram, julgou ser hora de conversar com seu convidado, e iniciou um assunto com o qual esperava vê-lo cintilar: observou que ele parecia ter muita sorte com sua patrona e que a atenção de lady Catherine aos seus desejos, bem como a consideração que demonstrava com seu conforto, pareciam bastante notáveis. O sr. Bennet não poderia ter escolhido melhor. O sr. Collins elogiou-a com eloquência. O assunto elevou-o a uma solenidade superior à comum e, com um semblante presunçoso, ele afirmou nunca na vida ter testemunhado tal comportamento numa pessoa de classe, tamanha afabilidade e condescendência, como vira em lady Catherine. A dama ficara graciosamente satisfeita com os dois sermões que ele já tivera a honra de pregar diante dela. Também o convidara duas vezes para jantar em Rosings, e mandara chamá-lo no sábado anterior para completar sua mesa de *quadrille*[10]. Muitas pessoas que o sr. Collins conhecia julgavam lady Catherine orgulhosa, mas *ele* nunca vira nada além de afabilidade na nobre senhora, que sempre falara com ele como faria com qualquer outro cavalheiro, não objetava nem um pouco ao convívio dele com o resto da vizinhança, nem se importava que ele se ausentasse da paróquia

---

10 Jogo de cartas popular no século XVIII [N. de T.]

por uma ou duas semanas para visitar os parentes. Ela até se dignara a aconselhá-lo a se casar tão logo possível, dado que ele fosse criterioso na escolha, e uma vez o visitara em sua humilde casa paroquial, onde manifestara aprovação a todas as alterações que ele andara fazendo e concedera a honra de propor ela mesma algumas, como a colocação de prateleiras nos armários no andar de cima.

— Isso tudo é muito respeitável e cortês, certamente — disse a sra. Bennet —, e ouso dizer que ela é uma mulher muito agradável. É uma pena as damas em geral não serem mais como ela. Lady Catherine mora perto do senhor?

— O jardim no qual minha humilde moradia se situa é separado apenas por uma viela de Rosings Park, a residência de sua senhoria.

— O senhor disse que ela é viúva, não? Ela tem alguma família?

— Apenas uma filha, a herdeira de Rosings e de propriedades bastante extensas.

— Ah! — exclamou a sra. Bennet, balançando a cabeça. — Então ela está bem melhor que muitas moças. E que tipo de dama ela é? Bonita?

— Ela é na verdade uma jovem encantadora. A própria lady Catherine diz que, acerca da beleza verdadeira, a srta. De Bourgh é muito superior às mais bonitas criaturas de seu sexo, porque há em suas feições aquilo que marca uma jovem como alguém de berço. Infelizmente, a srta. De Bourgh tem uma constituição doente, que a impediu de progredir em muitos talentos nos quais, de outro modo, não teria falhado, como fui informado pela dama que supervisionou a educação dela e que ainda reside lá. Mas a srta. De Bourgh é perfeitamente amável, e costuma se dignar a ir até minha humilde moradia em sua pequena carruagem puxada a pôneis.

— Ela já foi apresentada à realeza? Não me lembro do nome dela entre os das damas da corte.

— Seu mau estado de saúde infelizmente a impede de ir à cidade e, por isso, como eu mesmo disse a lady Catherine, a corte britânica foi privada de seu mais belo ornamento. Sua senhoria pareceu satisfeita com a ideia, e vocês bem podem imaginar como fico feliz em toda vez fazer esses pequenos e delicados elogios que sempre são bem aceitos pelas damas. Mais de uma vez comentei com lady Catherine que sua filha encantadora parece ter nascido para ser uma duquesa, e que a mais elevada posição social, em vez de lhe trazer importância, seria adornada por ela. Esse é o tipo de coisa que agrada a sua senhoria, e o tipo de atenção que me considero particularmente compelido a prestar.

— O senhor julga de modo muito apropriado — disse o sr. Bennet. — E possui o feliz talento de adular com delicadeza. Posso lhe perguntar se essas amáveis cortesias vêm do impulso do momento ou se são resultado de estudo prévio?

— Elas surgem principalmente com o que se passa na ocasião e, apesar de às vezes eu me entreter em pensar e construir elogios elegantes que possam ser adaptados em situações cotidianas, sempre desejo expressá-los do modo mais espontâneo possível.

Todas as expectativas do sr. Bennet haviam sido atendidas. Seu primo era tão absurdo quanto ele havia esperado, e o sr. Bennet ouviu-o com entusiástico divertimento, mantendo, ao mesmo tempo, uma compostura inalterável; exceto por uma olhada ocasional a Elizabeth, não precisou de nenhuma companhia nessa diversão.

Contudo, à hora do chá, a dose já bastava, e o sr. Bennet ficou feliz em conduzir o convidado de volta à sala de estar. Quando o chá acabou, convidou-o a ler em voz alta para as moças. O sr. Collins concordou de pronto, e trouxeram-lhe um livro, mas, ao contemplá-lo (pois tudo nele anunciava tratar-se de um volume oriundo de uma biblioteca circulante), sobressaltou-se e, pedindo perdão, afirmou que nunca lia romances. Kitty o encarou e Lydia exclamou em surpresa. Trouxeram outros livros e, depois de alguma deliberação, ele escolheu os *Sermões* de Fordyce.[11] Lydia bocejou quando ele abriu o volume e, antes que tivesse lido três páginas, ela o interrompeu com monótona solenidade:

— Mamãe, você sabia que o tio Phillips anda falando sobre demitir Richard e, se ele o fizer, o coronel Forster o contratará? A tia me disse no sábado. Vou até Meryton

---

11 *Sermons to Young Women* [*Sermões para jovens mulheres*], publicado pela primeira vez em 1766, era um compilado de sermões do reverendo James Fordyce (1720–1796). Já na época de publicação de *Orgulho e preconceito*, os sermões de Fordyce eram vistos como ultrapassados e restritivos para as mulheres. [N. de T.]

amanhã para ouvir mais sobre isso e perguntar quando o sr. Denny volta da cidade.

As duas irmãs mais velhas mandaram Lydia segurar a língua, mas o sr. Collins, muito ofendido, deixou de lado o livro e disse:

— Observei com frequência que as jovens damas se interessam muito pouco por livros sérios, apesar de escritos unicamente para seu benefício. Confesso que me surpreende, pois com certeza nada lhes pode ser mais vantajoso do que receber instrução. Mas não continuarei a importunar minha jovem prima.

Depois, virando-se para o sr. Bennet, ofereceu-se como oponente no gamão. O sr. Bennet aceitou o desafio, observando que ele agira com sabedoria ao deixar as garotas com seus próprios entretenimentos banais. A sra. Bennet e as filhas pediram desculpas com bastante formalidade pela interrupção de Lydia e prometeram que não aconteceria outra vez caso ele voltasse a ler, mas o sr. Collins, após lhes garantir que não desejava mal à jovem prima, e que nunca se ressentiria do comportamento dela nem o tomaria por afronta, sentou-se a outra mesa com o sr. Bennet e se preparou para jogar gamão.

Capítulo 15

O sr. Collins não era um homem sensato, e essa deficiência da natureza fora pouco ajudada, fosse pela educação, fosse pelo convívio. Passara a maior parte da vida sob a orientação de um pai iletrado e avarento, e, embora tivesse frequentado uma das universidades, o sr. Collins ativera-se apenas aos períodos obrigatórios, sem criar nela nenhum contato útil. A submissão na qual seu pai o criara lhe dera grande humildade, que agora fora bastante neutralizada pela presunção de uma cabeça fraca, pela vida em retiro e pelos sentimentos pretensiosos de uma prosperidade prematura e inesperada. Um feliz acaso o recomendara a lady Catherine quando a paróquia de Hunsford ficara vaga. Então, seu respeito pela elevada posição social da dama, assim como sua veneração por ela como sua patrona, misturados a uma opinião positiva de si mesmo, de sua autoridade como clérigo e de seu direito enquanto pároco, tornaram-no uma completa mistura de orgulho e prestatividade, presunção e humildade.

Agora que possuía uma boa casa e renda suficiente, ele tinha a intenção de se casar e, ao procurar reconciliação com a família de Longbourn, tinha uma esposa em vista, pois planejava escolher uma das filhas, se as julgasse tão bonitas e amáveis quanto diziam os relatos generalizados. Era esse seu plano de reparação — de compensação — por ser o herdeiro da propriedade do pai delas, e pensou tratar-se de uma ideia excelente, plena de elegibilidade e conveniência, e, da própria parte, excessivamente generosa e desinteressada.

Seu plano não se alterou ao vê-las. O rosto adorável da srta. Bennet confirmou sua ideia e consagrou todas as mais rígidas noções dele a respeito dos direitos de uma filha mais velha. Durante a primeira noite, *ela* foi sua primeira opção. Entretanto, na manhã seguinte, houve uma mudança. Em quinze minutos de conversa com a sra. Bennet antes do café da manhã, numa interação que começara tratando de sua casa paroquial, naturalmente levando a uma confissão de suas intenções de encontrar uma senhora para lá em Longbourn, em meio a sorrisos muito complacentes e vago encorajamento, a sra. Bennet o preveniu contra Jane, sobre quem ele se fixara. Quanto às filhas mais novas, ela não podia dizer, não tinha como ter certeza de uma resposta, pois não sabia de nenhuma predisposição amorosa, mas a filha mais velha, ela precisava mencionar — sentia-se incumbida de insinuar — que provavelmente logo estaria noiva.

O sr. Collins só precisou mudar de Jane para Elizabeth — o que logo fez, enquanto a sra. Bennet acendia a lareira. Elizabeth, próxima a Jane tanto em idade como em beleza, sucedia a irmã, claro.

A sra. Bennet acalentou a insinuação e confiou que logo poderia ter duas filhas casadas. Assim caiu em suas boas graças o homem sobre o qual, até o dia anterior, ela não suportara sequer ouvir falar.

Não haviam esquecido a intenção de Lydia de caminhar até Meryton. Todas as irmãs, exceto Mary, concordaram em ir com ela, e o sr. Collins as acompanharia a pedido do sr. Bennet, que estava bastante ansioso para se livrar dele e ter sua biblioteca só para si. Isso porque o sr. Collins o seguira até lá depois do café da manhã e lá permanecera. Fingira ocupar-se de um dos maiores volumes da coleção, mas na verdade ficara falando com o sr. Bennet, com poucos intervalos, sobre sua casa e jardim em Hunsford. Tais atos transtornavam muito o sr. Bennet. Em sua biblioteca, sempre tivera um espaço de descanso e tranquilidade e, apesar de preparado — conforme dissera a Elizabeth — para encontrar tolice e vaidade em todos os outros cômodos da casa, costumava estar livre de ambas as coisas ali, portanto sua cortesia não demorou a convidar o sr. Collins a se juntar às suas filhas na caminhada. O sr. Collins, na verdade muito mais preparado para caminhar do que para ler, ficou bastante satisfeito em fechar seu imenso livro e sair.

Em meio às pomposas palavras vazias do homem, e às concordâncias educadas de suas primas, o tempo passou até chegarem a Meryton. O sr. Collins não conseguiria, então, a atenção das mais jovens, cujos olhos imediatamente começaram a vagar pela rua à procura de militares. Nada menos do que uma touca deveras elegante ou uma musselina muito recente poderia atraí-las de volta.

Entretanto, a atenção de todas as damas foi logo capturada por um jovem que nunca tinham visto antes, de aparência bastante cavalheiresca, caminhando com um militar do outro lado da rua. O militar era o mesmo sr. Denny cujo retorno de Londres motivara Lydia a vir buscar notícias, e ele fez uma mesura quando elas passaram. A aparência do estranho impressionou todas, que se perguntaram quem ele era. Kitty e Lydia, determinadas a descobrir, atravessaram a rua à frente das outras, sob o pretexto de querer algo na loja adiante. Por sorte, chegaram à calçada quando os dois cavalheiros, voltando, alcançaram o mesmo ponto. O sr. Denny dirigiu-se às duas sem demora e pediu-lhes permissão de apresentar seu amigo, o sr. Wickham, que voltara da cidade com ele um dia antes e que, ele ficava feliz em anunciar, aceitara um cargo na corporação. Tudo estava exatamente como deveria; o jovem só precisava de uma farda para torná-lo encantador por completo. Tinha aparência bastante favorável: grande parcela de beleza, uma postura elegante, boa silhueta e modos muito agradáveis. A apresentação seguiu-se, da parte dele, de uma feliz prontidão a conversar — uma prontidão ao mesmo tempo perfeitamente correta e despretensiosa. Todo o grupo ainda estava parado, aproveitando a conversa, quando o som de cavalos atraiu-lhes a atenção, e avistaram Darcy e Bingley cavalgando pela rua. Ao notar as damas do grupo, os dois cavalheiros vieram direto até elas e iniciaram as cortesias de costume. Bingley foi o principal porta-voz, e a srta. Bennet, a principal recipiente das atenções. Ele estivera, segundo informou, a caminho de Longbourn para perguntar a respeito de Jane. O sr. Darcy corroborou com uma mesura e estava determinado a não fixar os olhos sobre Elizabeth, quando captou um vislumbre do estranho. Elizabeth, a quem aconteceu de ver a fisionomia de ambos ao se olharem, ficou espantada com o efeito da reunião. Ambos mudaram de cor, um parecendo branco, o outro vermelho. O sr. Wickham, depois de alguns momentos, tocou o chapéu — um cumprimento que o sr. Darcy mal se dignou a devolver. Qual seria o significado daquilo? Impossível imaginar; impossível não desejar saber.

Em mais um minuto, o sr. Bingley, parecendo não ter percebido o que se passara, despediu-se e afastou-se com o amigo a cavalo.

O sr. Denny e o sr. Wickham caminharam com as jovens até a porta da casa do sr. Phillips e curvaram-se em despedida, apesar das súplicas de Lydia para que entrassem, e apesar de a sra. Phillips escancarar a janela da sala e ruidosamente reforçar o convite.

A sra. Phillips sempre se alegrava em ver as sobrinhas. Recebeu com especiais boas-vindas as duas mais velhas por causa da recente ausência e expressou com ansiedade sua surpresa acerca do retorno repentino delas à casa. Como não fora a carruagem da família que as buscara, ela poderia não ter sabido nada a respeito, não tivesse lhe ocorrido de encontrar o rapazinho da loja do sr. Jones, que lhe dissera não estar mais levando os tônicos a Netherfield porque as duas srtas. Bennet haviam partido. A boa educação interrompeu o assunto quando Jane apresentou o sr. Collins. A tia recebeu-o com grande cortesia, que ele retornou em maior medida, desculpando-se pela intrusão sem conhecê-la antes e alegando que, no entanto, sentia-se honrado de estar ali graças a seu relacionamento com as jovens que o haviam apresentado à dona da casa. A sra. Phillips ficou bastante surpresa com tanto excesso de boa educação, mas sua contemplação do estranho foi logo encerrada pelas exclamações e indagações sobre aquele de quem ela só podia falar o que as sobrinhas já sabiam: que o sr. Denny o trouxera de Londres, e que ele recebera o posto de tenente em um condado da região.[12] Ela disse que andara observando-o durante a última hora, enquanto ele caminhava para cima e para baixo na rua. Se o sr. Wickham tivesse voltado a aparecer, Kitty e Lydia teriam continuado o trabalho, mas por azar ninguém mais passava diante das janelas, exceto alguns militares que, em comparação com o estranho, haviam se transformado em "camaradas estúpidos e desagradáveis". Alguns deles jantariam com os Phillips na noite seguinte, e a tia prometeu às garotas que faria o marido visitar o sr. Wickham e convidá-lo também, se a família de Longbourn viesse. As meninas concordaram com o plano, e a sra. Phillips atestou que elas teriam um confortável e barulhento jogo de bingo seguido de uma ceia quente. A perspectiva de tais prazeres animou-as bastante, e despediram-se de muito bom humor. O sr. Collins repetiu o pedido de desculpas

---

12 No original, "____shire". Era comum, em livros da época e até o fim do século XIX, ocultar o nome do lugar em obras de ficção, em vez de criar um lugar inexistente ou de apontar um existente. Isso era feito suprimindo o início da palavra e deixando apenas o termo *shire*, que compõe o nome de variadas localizações, significando "condado". [N. de T.]

ao deixar o recinto, o qual lhe foi assegurado, com incansável civilidade, ser desnecessário.

Enquanto caminhavam para casa, Elizabeth contou a Jane o que vira se passar entre os dois cavalheiros, e, embora Jane provavelmente quisesse defender ambos ou algum deles, caso parecessem estar errados, não conseguia explicar tal comportamento à irmã.

O sr. Collins, após voltar, contentou imensamente a sra. Bennet ao exprimir admiração pelos modos e pela educação da sra. Phillips. Ele afirmou que, fora lady Catherine e a filha, nunca vira mulher mais elegante, pois ela não só o recebera com extrema civilidade, como até o incluíra no convite para a noite seguinte, embora não o conhecesse antes. Ele supôs que parte da cortesia pudesse ser atribuída à sua ligação com as Bennet, mas, de qualquer modo, nunca encontrara tamanho cuidado em toda a vida.

Capítulo 16

Como ninguém fez objeção ao compromisso das jovens com a tia, e todos os escrúpulos do sr. Collins contra abandonar o sr. e a sra. Bennet por uma noite durante sua visita encontraram forte resistência, o coche deixou-o em Meryton, junto com suas cinco primas, num horário conveniente. As moças tiveram o prazer de ouvir, ao entrar na sala de estar, que o sr. Wickham aceitara o convite do tio e, portanto, estava na casa.

Quando tal informação lhes foi dada e todos haviam tomado seus assentos, o sr. Collins ficou com tempo livre para olhar ao redor e admirar, e ficou tão impressionado com o tamanho e a qualidade da mobília do aposento que declarou que quase confundiu o lugar com a saleta de café da manhã de verão em Rosings, uma comparação que, a princípio, não foi muito bem recebida. Porém, quando a sra. Phillips ouviu a explicação do que era Rosings e quem era a proprietária — quando ouviu a descrição de apenas uma das salas de estar de lady Catherine e soube que apenas a lareira custara oitocentas libras —, sentiu a força do elogio, e dificilmente teria se ressentido de uma comparação com o quarto da governanta.

Até os cavalheiros juntarem-se a eles, o sr. Collins ocupou-se alegremente da descrição de toda a grandeza de lady Catherine e sua mansão, com ocasionais digressões para elogiar sua humilde moradia e os melhoramentos que esta estava recebendo, e descobriu na sra. Phillips uma ouvinte bastante atenciosa, cuja opinião sobre a importância do homem aumentava à medida que o ouvia, estando decidida a espalhar o relato a todos os vizinhos quando pudesse. Para as meninas, que não aguentavam ouvir o primo e que não tinham nada a fazer senão desejar um piano e examinar as imitações baratas de porcelana sobre a cornija da lareira, o intervalo de espera pareceu muito longo. Mas enfim acabou. Os cavalheiros se aproximaram e, quando o sr. Wickham entrou na sala, Elizabeth sentiu que sua admiração na primeira vez que o vira, e todas as vezes que pensara nele desde então, não era nada despropositada. Os militares do condado eram, em geral, um grupo bem digno e cavalheiresco, e os melhores deles encontravam-se presentes, mas o sr. Wickham era, de longe, o melhor em postura, aspecto, modo de andar, assim como *eles* eram superiores ao enfadonho tio Phillips — de rosto largo, com hálito de vinho do porto —, que os acompanhava até a sala.

O sr. Wickham foi o feliz homem a quem quase todos os olhos femininos se viraram, e Elizabeth foi a feliz mulher ao lado da qual ele enfim se sentou. A maneira agradável como ele de imediato começou a conversar, embora tratasse apenas do tempo úmido e da probabilidade de uma estação chuvosa, a fez sentir que até o assunto mais comum, tedioso e batido poderia se tornar interessante pela habilidade do orador.

Tendo de disputar a atenção das belas moças com o sr. Wickham e com os militares, o sr. Collins pareceu afundar em insignificância. Com certeza ele não era nada para as moças jovens, mas, de tempos em tempos, ainda encontrava uma ouvinte gentil na sra. Phillips e, graças à vigilância dela, foi muito bem abastecido com café e muffins.

Quando as mesas de jogos de cartas foram postas, ele teve a oportunidade de compensá-la, sentando-se para o uíste[13].

— Sei pouco sobre o jogo no momento — disse ele —, mas ficarei feliz em melhorar, pois minha condição financeira...

A sra. Phillips ficou muito grata pela consideração, mas não podia esperar pelas justificativas oferecidas.

O sr. Wickham não jogava uíste, e com pronta satisfação foi recebido na outra mesa entre Elizabeth e Lydia. A princípio, pareceu haver o perigo de Lydia monopolizá-lo, pois era uma falante bastante determinada, mas, sendo igualmente afeiçoada ao bingo, logo se interessou bastante pelo jogo, ávida demais por fazer apostas e comentários ruidosos acerca dos prêmios para prestar atenção a alguém em especial. Cedendo às interrupções comuns exigidas pelo jogo, o sr. Wickham tinha tempo para falar com Elizabeth, muito disposta a ouvi-lo, embora não tivesse esperança de escutar sobre o assunto que mais lhe interessava — a história de como ele conhecia o sr. Darcy. Ela não ousava sequer mencionar o cavalheiro. No entanto, sua

---

13 Jogo de cartas muito difundido entre os séculos XVIII e XIX. [N. de T.]

curiosidade foi aliviada de modo inesperado. O próprio sr. Wickham iniciou o assunto, perguntando a distância de Netherfield a Meryton e, depois de receber a resposta, perguntou de maneira hesitante havia quanto tempo o sr. Darcy estava hospedado lá.

— Cerca de um mês — disse Elizabeth, que, sem querer deixar o assunto morrer, acrescentou: — Ouvi dizer que é um homem com grande patrimônio em Derbyshire.

— Sim — replicou Wickham. — A propriedade dele lá é nobre. Dez mil limpos por ano. Você não poderia conhecer uma pessoa mais capaz de lhe transmitir essa informação do que eu, pois tive conexões íntimas com a família dele desde a infância.

Elizabeth não pôde esconder sua surpresa.

— A senhorita bem pode estar surpresa com tal afirmação, srta. Bennet, depois de testemunhar, como pode ter ocorrido, a frieza de nosso reencontro ontem. A senhorita conhece o sr. Darcy?

— Mais do que gostaria — exclamou Elizabeth, calorosamente. — Passei quatro dias na mesma casa que ele e o julgo muito desagradável.

— Não tenho direito de opinar sobre o fato de ele ser ou não agradável — disse Wickham. — Eu o conheço bem e há tempo demais para ser um juiz justo. É impossível que eu seja imparcial. Mas acredito que sua opinião a respeito dele surpreenderia muitos... e talvez a senhorita não queira expressá-la com tamanha ênfase em outro lugar. Aqui a senhorita está em meio à sua família.

— Palavra de honra, não digo mais aqui do que diria em qualquer outra casa da vizinhança, exceto Netherfield. Não gostam dele em Hertfordshire. Todos desaprovam seu orgulho. O senhor descobrirá que ninguém fala dele de maneira favorável.

— Não consigo fingir que lamento o fato de que ele ou qualquer homem não seja estimado fora de suas terras — disse Wickham, depois de uma pequena interrupção. — Mas com *ele* isso não acontece com frequência, creio. O mundo é ofuscado por sua fortuna e importância ou amedrontado por seus modos nobres e imponentes, e o vê apenas como ele escolhe ser visto.

— Mesmo com minha pouca intimidade, eu o tomo por um homem de mau temperamento.

Wickham apenas sacudiu a cabeça.

— Eu me pergunto se ele continuará aqui no interior por muito mais tempo — disse ele, na próxima oportunidade de falar.

— Não sei mesmo, mas não ouvi nada sobre a partida dele enquanto estava em Netherfield. Espero que seus planos no condado não sejam afetados pela estadia dele na vizinhança.

— Ah, não! Não serei *eu* a me afastar por causa do sr. Darcy. Se *ele* quiser evitar me ver, que vá embora. Não estamos em termos amigáveis, e sempre me causa dor vê-lo, mas não tenho por que evitá-lo, exceto por algo que eu poderia proclamar diante do mundo inteiro: um senso de imenso maltrato, além de pesares bastante dolorosos quanto a

ORGULHO E PRECONCEITO

quem ele é. O pai dele, srta. Bennet, o falecido sr. Darcy, foi um dos melhores homens que já existiram, e o amigo mais verdadeiro que já tive, e não consigo estar na companhia do sr. Darcy sem sentir mágoa na alma por causa de milhares de lembranças afetuosas. O comportamento do cavalheiro comigo foi escandaloso, mas acredito de verdade que poderia perdoá-lo por tudo, exceto por frustrar as esperanças de seu pai e desgraçar a memória dele.

O interesse de Elizabeth aumentou, e ela ouviu com todo o coração, mas a delicadeza do assunto a impediu de perguntar mais.

O sr. Wickham começou a falar de assuntos mais gerais, Meryton, a vizinhança, as pessoas com quem conviviam, parecendo bastante satisfeito com tudo o que já vira, e falando do último tópico com uma cortesia gentil e inteligível.

— A perspectiva de sempre ter boa companhia foi meu principal estímulo para entrar no condado. Eu sabia tratar-se de uma corporação muito respeitável e agradável, e meu amigo Denny me tentou ainda mais com seus relatos sobre o atual quartel e a grande consideração e os excelentes conhecidos que Meryton lhe trouxe. Admito que o convívio me é necessário. Já fui muito desapontado, e meu humor não suporta a solidão. *Preciso* de um emprego e de convívio social. A vida militar não é o que eu planejava, mas as circunstâncias a tornaram uma opção. A igreja deveria ter sido a minha profissão; fui criado para a igreja, e teria um presbitério dos mais valiosos, se isso agradasse ao cavalheiro do qual estávamos falando há pouco.

— É mesmo?

— Sim. O falecido sr. Darcy me legou a oferta de seu melhor presbitério. Era meu padrinho, e muito apegado a mim. Não posso fazer justiça à sua bondade. Ele pretendia me beneficiar amplamente, e pensou tê-lo feito, mas, quando o presbitério vagou, foi dado a outro.

— Pelos céus! — exclamou Elizabeth. — Mas como isso aconteceu? Como seu testamento pode ter sido desconsiderado? Por que não procurou compensação legal?

— Os termos da herança foram informais, de modo que não tive esperança de procurar ajuda na justiça. Um homem de honra não teria duvidado da intenção do falecido, mas o sr. Darcy escolheu duvidar, ou tratá-la meramente como uma recomendação condicional, e afirmar que eu perdi todo o direito à reivindicação por extravagância, imprudência, ou seja, por qualquer coisa e nada. O certo é que o presbitério ficou vago dois anos atrás, exatamente quando eu tinha idade para assumi-lo, e foi dado a outro homem, e com certeza não fiz nada para merecer essa perda. Tenho um temperamento caloroso e aberto, e talvez possa ter dito minha opinião sobre ele e *para* ele, com liberdade demais. Não consigo me lembrar de nada pior. O fato é que somos tipos de homens muito diferentes e ele me odeia.

— Isso é assombroso! Ele merece ser publicamente desacreditado.

— Em algum momento, será. Mas não por mim. Até eu conseguir me esquecer do pai dele, nunca poderei provocá-lo ou expô-lo.

Elizabeth respeitou-o por tais sentimentos, e julgou-o mais bonito do que nunca quando ele os expressou.

— Mas qual pode ter sido a motivação do sr. Darcy? — ela perguntou, depois de uma pausa. — O que pode tê-lo induzido a se comportar de maneira tão cruel?

— Uma completa e determinada antipatia por mim. Uma antipatia que não posso deixar de atribuir, em alguma medida, aos ciúmes. Se o falecido sr. Darcy gostasse menos de mim, seu filho poderia ter me tolerado melhor, mas o apego incomum de seu pai a mim o irritava, creio, desde muito cedo. O temperamento dele não poderia suportar esse nível de competição, o tipo de preferência que costumava me ser concedido.

— Eu não achava que o sr. Darcy fosse assim tão ruim. Apesar de nunca ter gostado dele, não havia ficado com uma impressão tão ruim. Eu supunha que ele desprezasse os seres humanos em geral, mas não suspeitava que se rebaixasse com tamanha vingança maliciosa, tamanha injustiça, tamanha inumanidade.

Todavia, depois de alguns minutos de reflexão, Elizabeth continuou:

— Mas lembro de um dia, em Netherfield, ele se gabar da implacabilidade de seus sentimentos, de ser inexorável. Seu caráter deve ser horrendo.

— Não confio em mim mesmo para falar do assunto — replicou Wickham. — Não consigo ser muito justo com ele.

Elizabeth refletiu profundamente outra vez e, depois de um tempo, exclamou:

— Tratar de tal modo o afilhado, o amigo e o eleito do pai! — E poderia ter acrescentado: "Um jovem como *você*, cujo semblante pode atestar sua amabilidade", mas se contentou com: — E que provavelmente foi seu companheiro desde a infância, unidos, como eu acho que você disse, de maneira bem próxima.

— Nascemos na mesma paróquia, dentro do mesmo lugar. Passamos a maior parte da juventude juntos, habitantes da mesma casa, compartilhando dos mesmos entretenimentos, objetos do mesmo cuidado parental. Meu pai começou a vida na mesma profissão à qual seu tio, o sr. Phillips, parece fazer tanto crédito, mas desistiu de tudo para ser útil ao falecido sr. Darcy, e devotou todo o tempo a cuidar da propriedade de Pemberley. Era muito estimado pelo sr. Darcy, um amigo muito próximo, de confiança. O sr. Darcy reconhecia com frequência quanto devia à efetiva orientação do meu pai. Quando, pouco antes da morte dele, o velho sr. Darcy prometeu-lhe voluntariamente tomar conta de mim, fiquei convencido de que ele sentia ser esse tanto um modo de pagar sua dívida de gratidão como um gesto de afeição por mim.

— Que estranho! — exclamou Elizabeth. — Que abominável! Eu me surpreendo que o orgulho do sr. Darcy não o tenha tornado justo com você! Se não por motivo melhor, que ele fosse orgulhoso demais para ser desonesto, pois devo chamar isso de desonestidade.

— É, *sim*, espantoso — respondeu Wickham — que quase todas as ações de Darcy possam ser atribuídas ao orgulho, e o orgulho foi com frequência seu melhor amigo, pois o ligou mais à excelência moral do que a qualquer outro sentimento. Mas nenhum de nós é consistente e, no comportamento dele em relação a mim, houve impulsos mais fortes que o orgulho.

— Pode um orgulho tão abominável quanto o dele ter-lhe feito algum bem?

— Sim. Sempre o levou a ser liberal e generoso, a dar seu dinheiro livremente, a exibir hospitalidade, a ajudar seus inquilinos, a socorrer os pobres. Foi o orgulho familiar, o orgulho *filial*, que fez isso, pois ele é muito orgulhoso do que o pai era. Não parecer a desgraça da família, nem degenerar as qualidades populares ou perder a influência da Casa de Pemberley, são motivações poderosas. Ele também tem um orgulho *fraternal*, que, com alguma afeição fraternal, o torna um guardião muito gentil e cuidadoso da irmã, e você o ouvirá afirmar com frequência que é o melhor e o mais atencioso dos irmãos.

— Que tipo de menina é a srta. Darcy?

Ele sacudiu a cabeça.

— Eu gostaria de poder dizer que ela é amável. Dói em mim falar mal de um Darcy. Mas ela é bem parecida com o irmão: muito, mas muito orgulhosa. Quando criança, era afetuosa e amável, e gostava muito de mim. Devotei horas e horas à sua diversão. Mas ela não é nada para mim hoje em dia. É uma moça bonita, de quinze ou dezesseis anos, e, pelo que ouço dizer, muito talentosa. Desde a morte do pai, mora em Londres, onde uma dama vive com ela e supervisiona sua educação.

Depois de muitas pausas e muitas tentativas de conversar sobre outros assuntos, Elizabeth não pôde deixar de reverter outra vez para o primeiro, dizendo:

— Fico surpresa com a intimidade dele com o sr. Bingley! Como o sr. Bingley, que parece ser o bom humor encarnado, e eu acredito ser amável de verdade, pode ser amigo de tal homem? Como eles conseguem se adaptar um ao outro? Você conhece o sr. Bingley?

— Não, nem um pouco.

— Ele é um homem de temperamento doce, amável e encantador. Não deve saber como o sr. Darcy é.

— Provavelmente não. O sr. Darcy consegue agradar, quando quer. Não lhe faltam habilidades. Ele pode ser um bom companheiro de conversa se julgar que isso vale seu tempo. Entre aqueles que considera seus iguais em importância, é um homem muito diferente do que com os menos prósperos. Seu orgulho nunca o abandona, mas com os ricos tem uma mente liberal, é justo, sincero, racional, honroso e talvez agradável. E é preciso dar algum crédito à sua fortuna e aparência.

O grupo de uíste se desfez pouco depois, os jogadores se reuniram ao redor de outra mesa, e o sr. Collins tomou seu lugar entre a prima Elizabeth e a sra. Phillips, que fez as perguntas costumeiras sobre o sucesso dele no jogo. Não fora muito; ele perdera todos os pontos. Contudo, quando a sra. Phillips começou a expressar sua preocupação acerca do fato, ele lhe assegurou com franca seriedade que não se importava nem um pouco, que considerava o dinheiro uma ninharia, e implorou que ela não ficasse apreensiva.

— Sei muito bem que, quando as pessoas se sentam a uma mesa de cartas, senhora, devem se arriscar um pouco, e felizmente não estou em circunstâncias que tornem cinco xelins grande coisa. Sem dúvida há muita gente que não poderia dizer o mesmo, mas, graças a lady Catherine de Bourgh, estou muito além da necessidade de me importar com ninharias.

Aquilo havia atraído a atenção do sr. Wickham e, depois de observar o sr. Collins por alguns momentos, ele perguntou numa voz baixa a Elizabeth se o primo dela era bem próximo da família De Bourgh.

— Recentemente, lady Catherine de Bourgh lhe concedeu um presbitério — respondeu ela. — Não sei muito bem como o sr. Collins foi apresentado a ela, mas com certeza não a conhece há muito tempo.

— Você sabe, claro, que lady Catherine de Bourgh e lady Anne Darcy eram irmãs; consequentemente, ela é tia do atual sr. Darcy.

— Não. Não sabia mesmo. Não sabia nada dos parentes de lady Catherine. Nunca tinha ouvido falar da existência dela até anteontem.

— A filha dela, srta. De Bourgh, terá uma imensa fortuna, e acredita-se que ela e o primo irão unir as duas propriedades.

Aquela informação fez Elizabeth sorrir ao pensar na pobre srta. Bingley. Todas as atenções que a moça dedicava a Darcy seriam vãs — e a afeição à irmã dele e os elogios que lhe fazia seriam inúteis — caso ele já tivesse se destinado a outra mulher.

— O sr. Collins fala muito bem tanto de lady Catherine como da filha dela — disse Elizabeth. — Mas, considerando alguns detalhes que ele relatou sobre sua senhoria, suspeito que a gratidão dele o engane, e que, apesar de ser sua patrona, ela seja uma mulher arrogante e presunçosa.

— Acredito que ela seja as duas coisas em grau elevado — replicou Wickham. — Não a vejo há muitos anos, mas me lembro bem de nunca ter gostado dela, e que seus modos eram autoritários e insolentes. Ela tem a reputação de ser sensata e perspicaz, mas acredito muito que ela deve parte dessas habilidades à posição social e à fortuna, parte aos modos autoritários, e o resto ao orgulho do sobrinho, que decide que todos aqueles a ele relacionados devam ter um intelecto de primeira categoria.

Elizabeth admitiu que a explicação dele era muito racional, e continuaram a conversar com mútua satisfação até a ceia pôr um fim aos jogos de cartas e dar ao resto das damas sua cota das atenções do sr. Wickham. Não podia haver conversa em meio ao barulho da ceia promovida pela sra. Phillips, mas os modos dele o favoreciam perante todos. O que quer que dissesse, era bem dito, e o que quer que fizesse, feito com graciosidade. Elizabeth foi embora com a cabeça preenchida por ele. Não conseguia pensar em nada além do sr. Wickham em todo o caminho para casa, mas não houve tempo para mencionar seu nome enquanto seguiam, pois nem Lydia nem o sr. Collins ficaram quietos. Lydia falava sem parar sobre o bingo, o peixinho[14] que perdera e o que ganhara, enquanto o sr. Collins descrevia a civilidade do sr. e da sra. Phillips, professava não se importar nem um pouco com suas perdas no uíste, enumerava todos os pratos da ceia e repetidamente manifestava o temor de estar atrapalhando as primas, tendo mais a dizer do que conseguiria antes de a carruagem parar na casa de Longbourn.

---

14 Jogo de cartas. [N. de T.]

Capítulo 17

Elizabeth contou a Jane, no dia seguinte, o que se passara entre ela e o sr. Wickham. Jane ouviu tudo com assombro e preocupação — não conseguia acreditar que o sr. Darcy poderia ser tão indigno do afeto do sr. Bingley, mas, ainda assim, não era de sua natureza questionar a veracidade de um jovem de aparência tão amável quanto a de Wickham. A possibilidade de Wickham ter sofrido tamanha desconsideração foi o suficiente para despertar em Jane todos os seus sentimentos de simpatia, e portanto nada lhe restava a fazer senão ter uma opinião positiva dos dois e defender a conduta de ambos, e colocar a culpa em algum acidente ou engano qualquer que não se podia explicar.

— Ouso dizer que os dois foram enganados — ela disse —, de uma maneira ou de outra, com algo que não conseguimos imaginar. Pessoas interesseiras talvez tenham feito um interpretar mal o outro. Ou seja, para nós é impossível conjeturar as causas e as circunstâncias que os afastaram, mesmo sem nenhum deles ter culpa.

— É verdade, minha querida Jane. E o que você tem a dizer em nome das pessoas interesseiras que provavelmente afetaram o negócio? Por favor, isente-as também, ou precisaremos pensar mal de alguém.

— Ria quanto quiser, mas não vai me fazer mudar de ideia rindo de mim. Minha querida Lizzy, considere a situação vergonhosa em que isso coloca o sr. Darcy, tratar o preferido de seu pai desse modo, alguém de quem seu pai prometeu cuidar. É impossível. Nenhum homem com o mínimo de humanidade, nenhum homem que valorizasse um pouco seu caráter, seria capaz de fazer isso. Podem seus amigos mais íntimos ser tão enganados por ele? Oh, não.

— É muito mais fácil acreditar que o sr. Bingley está sendo iludido do que pensar que o sr. Wickham tenha inventado uma história como a que me contou ontem à noite. Nomes, fatos, tudo mencionado sema menor cerimônia. Se não for isso, que o sr. Darcy o contradiga. Além do mais, havia verdade no olhar de Wickham.

— É mesmo difícil. É angustiante. Não dá para saber o que pensar.

— Sinto muito, dá para saber exatamente o que pensar.

Mas Jane só conseguia ter certeza de uma coisa: que, se o sr. Bingley de fato *tivesse sido* iludido, sofreria muito quando a questão se tornasse pública.

As duas jovens foram chamadas do jardim de arbustos, onde aquela conversa acontecera, pela chegada das exatas pessoas de quem haviam falado: o sr. Bingley e suas irmãs tinham vindo para fazer pessoalmente o convite para o aguardado baile de Netherfield, marcado para a terça-feira seguinte. As duas damas ficaram felizes em ver a querida amiga outra vez — disseram que fazia uma era desde que a haviam encontrado, e perguntaram repetidamente o que ela andara fazendo desde a última ocasião em que tinham se visto. Ao resto da família deram pouca atenção, evitando a sra. Bennet tanto quanto possível, não dizendo muito a Elizabeth, e absolutamente nada às outras. Logo elas se despediram, levantando-se de seus assentos com um vigor que tomou o irmão de surpresa, e partiram às pressas como se estivessem ávidas para escapar das cortesias da sra. Bennet.

A expectativa do baile de Netherfield era agradável ao extremo para todas as mulheres da família. A sra. Bennet escolheu considerá-lo um elogio à sua filha mais velha, e ficou particularmente lisonjeada de receber o convite do próprio sr. Bingley, em vez de um cartão cerimonioso. Jane previa para si uma noite alegre na companhia de suas duas amigas e com as atenções do irmão delas. E Elizabeth pensou com prazer em dançar a maior parte do tempo com o sr. Wickham e em ver a confirmação de tudo no olhar e no comportamento do sr. Darcy. A felicidade prevista por Catherine e Lydia dependia menos de um único acontecimento, ou de qualquer pessoa em especial, pois, apesar de cada uma, como Elizabeth, pretender dançar metade da noite com o sr. Wickham, ele não era de modo algum o único parceiro que poderia satisfazê-las, e um baile era, afinal, um baile. E até Mary garantiu à família que não se opunha ao evento.

— Enquanto puder ter minhas manhãs para mim, será suficiente — ela disse. — Acho que não é nenhum sacrifício participar de eventos noturnos de vez em quando. A sociedade nos reivindica, e confesso que considero os intervalos de lazer e entretenimento algo desejável a todos.

Na ocasião, Elizabeth estava tão animada que, apesar de não falar com o sr. Collins com frequência, não pôde evitar lhe perguntar se ele pretendia aceitar o convite do sr. Bingley, e, caso aceitasse, se julgaria adequado participar da diversão da noite. Ficou muito surpresa ao descobrir que ele não acalentava nenhum escrúpulo nesse sentido, e estava longe de temer uma reprimenda por se aventurar a dançar, fosse do arcebispo ou de lady Catherine de Bourgh.

— Não acredito que um baile desse tipo, dado por um jovem de bom caráter a pessoas respeitáveis, possa ter alguma tendência má, portanto estou longe de me opor a dançar. Espero ser honrado com as mãos de todas as minhas belas primas ao longo da noite, e aproveito a oportunidade para pedir a sua, srta. Elizabeth, para as duas primeiras danças em especial, uma preferência que, creio, minha prima Jane atribuirá à causa correta, e não a nenhum desrespeito a ela.

Elizabeth sentiu-se completamente traída. Havia planejado estar com o sr. Wickham nessas mesmas danças; em vez disso, ficaria com o sr. Collins! A animação dela nunca fora mais inoportuna. Entretanto, não havia como escapar. Sua felicidade e a do sr. Wickham haviam sido adiadas um pouco mais, e o pedido do sr. Collins, aceito com tanta graça quanto ela conseguiu demonstrar. A ideia de que tal galanteria sugeria algo mais não a deixou mais contente. Pela primeira vez lhe ocorreu que *ela* fora selecionada entre suas irmãs como a merecedora de se tornar a senhora do Presbitério de Hunsford, e de ajudar a formar uma mesa de *quadrille* em Rosings, na ausência de visitantes mais elegíveis. O pensamento logo se transformou em convicção quando Elizabeth notou as crescentes cortesias do sr. Collins consigo e ouviu o frequente esforço dele em elogiar sua inteligência e vivacidade. Embora ela estivesse mais espantada do que grata pelo efeito causado por seus encantos, não demorou muito para sua mãe dar a entender que a probabilidade daquele casamento era excessivamente agradável a *ela*. No entanto, Elizabeth escolheu se fingir de desentendida, bastante consciente de que, se respondesse, causaria uma briga séria. O sr. Collins poderia nunca fazer o pedido e, até que o fizesse, seria inútil pensar nisso.

Se não tivesse havido um baile em Netherfield para o qual se preparar e sobre o qual falar, as Bennet mais novas estariam num estado lamentável naquela época, pois, do dia do convite até o dia do baile, uma sucessão de chuvas as impediu de caminhar até Meryton uma vez sequer. Nada de tia, de militares, de notícias para buscar — os próprios laços dos sapatos para usar em Netherfield foram comprados por terceiros. Até Elizabeth teria julgado um atentado à paciência aquele tempo, que a impedia de conhecer melhor o sr. Wickham. Nada menos que um baile na terça-feira poderia ter tornado a sexta, o sábado, o domingo e a segunda suportáveis para Kitty e para Lydia.

Capítulo 18

Até Elizabeth adentrar a sala de estar de Netherfield e procurar, em vão, o sr. Wickham entre o amontoado de casacos vermelhos ali reunidos, não lhe ocorrera duvidar da presença dele. A certeza de encontrá-lo não fora abalada por nenhuma das lembranças que poderiam, com boas razões, tê-la preocupado. Ela se vestira com um cuidado superior ao habitual e se preparara com a maior das empolgações para a conquista de tudo o que não estivesse dominado no coração dele, confiando que seria possível dar conta disso ao longo de uma noite. Mas num instante surgiu a terrível suspeita de que, para a satisfação de Darcy, o sr. Wickham não tivesse recebido o convite de Bingley aos militares. Apesar de não ser esse o caso, o fato absoluto da ausência do sr. Wickham foi declarado pelo amigo, o sr. Denny, a quem Lydia logo se dirigiu. Ele lhes contou que Wickham precisara ir à cidade a trabalho no dia anterior e ainda não retornara. O sr. Denny acrescentou, com um sorriso significativo:

— Não imagino qual trabalho poderia tê-lo afastado justo agora, se ele não desejasse evitar certo cavalheiro daqui.

Aquela parte da informação, embora não ouvida por Lydia, chegou a Elizabeth, e lhe garantiu que Darcy não era menos responsável pela ausência de Wickham do que se sua primeira hipótese estivesse correta. Cada um de seus sentimentos de desgosto contra Darcy foi tão afiado pela imediata frustração, que ela mal conseguiu responder com tolerável delicadeza às perguntas educadas que ele lhe dirigiu ao se aproximar. Atenção, indulgência e paciência com Darcy eram uma ofensa a Wickham. Ela estava determinada a não conversar com ele, e afastou-se com um grau de mau humor que não conseguiu suplantar completamente nem falando com o sr. Bingley, cuja parcialidade cega a exasperava.

Mas Elizabeth não nascera para ficar mal-humorada e, apesar de todas as suas expectativas quanto à noite terem sido destruídas, isso não poderia abalá-la por muito tempo. Depois de contar todas as suas mágoas a Charlotte Lucas, que não via fazia uma semana, logo conseguiu fazer uma transição voluntária de assunto para as esquisitices do primo, e trazê-lo à atenção da amiga. No entanto, as duas primeiras danças trouxeram de volta a angústia, de tão mortificantes que foram. O sr. Collins, inábil e solene, desculpava-se em vez de prestar atenção, e várias vezes fez um movimento errado sem perceber, causando a Elizabeth toda a vergonha e a infelicidade que um parceiro desagradável poderia causar. Ficou extasiada quando se libertou dele.

Sua próxima dança foi com um militar, e ela teve o alívio de poder falar de Wickham e de ouvir que todos gostavam dele. Quando essas danças terminaram, voltou para Charlotte Lucas, e conversava com ela quando se viu abordada de repente pelo sr. Darcy. Ele a apanhou tão de surpresa ao pedir-lhe a mão, que, sem perceber o que estava fazendo, ela aceitou. Ele se afastou imediatamente, deixando Elizabeth atormentada pela própria falta de presença de espírito. Charlotte tentou consolá-la.

— Ouso dizer que você o achará muito agradável.

— Deus me livre! *Isso* seria o maior de todos os infortúnios! Achar agradável um homem que estou determinada a odiar! Não me deseje uma coisa horrível dessas.

Todavia, quando as danças recomeçaram e Darcy se aproximou para reclamar sua mão, Charlotte a advertiu, num sussurro, para não ser pateta de permitir que sua afeição a Wickham a fizesse parecer desagradável a um homem com dez vezes a importância do jovem tenente. Elizabeth não respondeu e assumiu seu lugar no grupo, surpresa com a respeitabilidade que atingiu ao lhe ser permitido ficar diante do sr. Darcy. Leu nos olhares de suas vizinhas igual surpresa ao contemplarem o fato. Os dois ficaram parados por um tempo sem falar uma só palavra, e ela começou a pensar que o silêncio duraria as duas danças, a princípio resolvendo não o quebrar. Mas, de repente, imaginando que seria uma punição maior ao seu parceiro obrigá-lo a falar, fez um comentário trivial sobre a dança. Ele respondeu e ficou mudo outra vez. Depois de uma pausa de alguns minutos, ela se dirigiu a ele uma segunda vez:

— É a *sua* vez de dizer algo agora, sr. Darcy. *Eu* falei sobre a dança, e *o senhor* deveria fazer algum tipo de comentário sobre o tamanho da sala ou o número de casais.

O cavalheiro sorriu e lhe garantiu que diria o que ela quisesse ouvir.

— Muito bem. Essa resposta serve, no momento. Talvez em algum momento eu possa comentar que os bailes particulares são muito mais agradáveis do que os públicos. Mas *por ora* podemos continuar calados.

— A senhorita costuma falar por dever enquanto dança?

— Às vezes. Deve-se falar um pouco, sabe. Pareceria estranho ficar em absoluto silêncio durante meia hora juntos. Contudo, para a vantagem de *alguns*, é possível providenciar uma conversa de maneira a fazer com que essas pessoas sofram o inconveniente de falar o mínimo possível.

— A senhorita está se referindo a seus próprios sentimentos, no caso atual, ou imagina estar agradando aos meus?

— Ambos — respondeu Elizabeth, travessa. — Pois sempre vi uma similaridade no curso de nossos pensamentos. Nós dois temos um temperamento antissocial e taciturno, indisposto a falar, a menos que esperemos dizer algo que encante a sala inteira, e que conquiste a posteridade com toda a pompa de um provérbio.

— Essa descrição com certeza não se assemelha ao seu caráter — disse ele. — E a proximidade com o *meu*, não posso tentar dizer. A *senhorita* sem dúvida a julga um retrato fiel.

— Não devo avaliar meu próprio raciocínio.

Ele não respondeu, e ficaram em silêncio até terminarem a dança, quando ele lhe perguntou se ela e as irmãs caminhavam com frequência a Meryton. Elizabeth respondeu na afirmativa e, incapaz de resistir à tentação, acrescentou:

— Quando o senhor nos encontrou lá, no outro dia, havíamos acabado de conhecer alguém.

O efeito foi imediato. Uma arrogância mais profunda tomou as feições do sr. Darcy, mas ele não disse uma palavra, e Elizabeth, embora se culpasse por sua fraqueza, não pôde prosseguir. Depois de um tempo, Darcy falou, tenso:

— O sr. Wickham é abençoado com modos alegres, capazes de assegurar que ele *faça* amigos. Se é igualmente capaz de *mantê-los*, é menos certo.

— Ele teve o azar de perder a *sua* amizade — replicou Elizabeth, enfática —, e de um modo que provavelmente vai fazê-lo sofrer por toda a vida.

Darcy não respondeu, parecendo querer mudar de assunto. Naquele momento, sir William Lucas apareceu, com a intenção de atravessar o conjunto até o outro lado da sala, mas, ao perceber o sr. Darcy, parou, fazendo uma mesura de cortesia excepcional para cumprimentar ele e sua parceira de dança.

— Estou de fato encantado em vê-los, meu caro senhor. Não se costuma ver tão excepcional habilidade na dança. É evidente que o senhor pertence aos círculos mais elevados. Mas me permita dizer que sua bela parceira não o desonra, e que espero ter o prazer de assistir à cena se repetir muitas vezes, especialmente quando certo evento desejável acontecer, minha querida srta. Eliza — disse ele, lançando um olhar a Jane e Bingley. — Quantos parabéns serão ouvidos! Eu peço ao sr. Darcy, por favor, que não me deixe interrompê-lo. O senhor não me agradecerá por atrapalhar a encantadora conversa com essa jovem, cujos olhos vivos também me censuram.

A última parte mal foi ouvida por Darcy, mas a alusão de sir William a seu amigo pareceu atingi-lo com força, e seus olhos se direcionaram com bastante seriedade a Bingley e Jane, que dançavam juntos. Recuperando-se logo, ele se virou para sua parceira e disse:

— A interrupção de sir William me fez esquecer o que falávamos.

— Acho que não estávamos falando. Em toda esta sala, sir William não poderia ter interrompido duas pessoas com menos a dizer uma à outra. Já tentamos dois ou três assuntos, sem sucesso, e nem imagino do que vamos falar a seguir.

— O que a senhorita acha de livros? — ele perguntou, sorrindo.

— Livros, ah, não! Tenho certeza de que nunca lemos os mesmos, nem com os mesmos sentimentos.

— Sinto muito que a senhorita pense assim, mas, se esse for o caso, pelo menos não faltará assunto. Podemos comparar nossas diferentes opiniões.

— Não. Não consigo falar de livros num baile. Minha cabeça está sempre cheia de outras coisas.

— O *presente* sempre a ocupa em tais cenários, é? — ele inquiriu com um olhar de incerteza.

— Sim, sempre — ela replicou, sem saber o que havia acabado de dizer, pois seus pensamentos vagavam para longe, e logo depois emergiram, quando disse de repente:

— Eu me lembro de ouvi-lo dizer uma vez, sr. Darcy, que o senhor dificilmente perdoa, e que seu ressentimento, uma vez criado, é implacável. O senhor é cuidadoso, suponho, com a *criação* desse ressentimento?

— Sou — disse ele, com firmeza.

— E nunca se permite ser ofuscado pelo preconceito?

— Espero que não.

— Para aqueles que nunca mudam de opinião, é particularmente necessário se assegurarem, a princípio, de que estão fazendo um julgamento adequado.

— Posso questionar a finalidade dessas perguntas?

— Apenas esclarecer o seu caráter — ela disse, esforçando-se para se livrar da própria seriedade. — Estou tentando decifrar o senhor.

— E está tendo êxito?

Ela sacudiu a cabeça.

— Nenhum. Ouço tantos relatos diferentes a seu respeito que me desorientam completamente.

— Posso facilmente acreditar que os relatos a meu respeito variem muito — respondeu ele, muito sério. — E eu desejo, srta. Bennet, que a senhorita não tente esboçar meu caráter no momento, pois há razões para temer que tal proeza não faria jus a nenhum de nós.

— Mas se eu não captar como o senhor é agora, posso não ter outra oportunidade.

— Eu jamais suspenderia nada que a alegre — ele respondeu friamente. Ela não disse mais nada, e acabaram a segunda dança, despedindo-se em silêncio. As duas partes estavam insatisfeitas, mas não em igual nível, pois no peito de Darcy ficou um poderoso sentimento pela moça, que logo conferiu perdão a ela e direcionou toda a sua ira a outra pessoa.

Não fazia muito tempo que haviam se separado quando a srta. Bingley foi até Elizabeth e, com uma expressão de cortês desdém, abordou-a da seguinte maneira:

— Então, srta. Eliza, ouvi dizer que ficou muito encantada por George Wickham! Sua irmã andou falando comigo sobre ele e me fazendo mil perguntas, e descobri que o jovem se esqueceu de lhe contar, em meio a suas outras informações, que é filho do velho Wickham, o administrador do falecido sr. Darcy. Mas me deixe recomendar, como amiga, não ter fé implícita em tudo o que ele fala, pois, no que diz respeito ao sr. Darcy ter lhe feito mal, suas alegações são perfeitamente falsas. O sr. Darcy sempre foi notavelmente gentil com o sr. Wickham, que, apesar disso, tratou o sr. Darcy do modo mais infame. Não conheço os detalhes, mas sei muito bem que o sr. Darcy não é nem um pouco culpado e não suporta ouvir mencionarem George Wickham. Meu irmão, sabendo que não poderia excluí-lo do convite aos militares, ficou muito feliz em saber que ele havia saído do caminho. A vinda desse rapaz para o interior é muito insolente mesmo, e me admiro que ele tenha ousado fazê-lo. Tenho pena de você, srta. Eliza, por ficar sabendo assim sobre a culpa de seu eleito, mas, considerando a linhagem dele, realmente não se poderia esperar melhor.

— Pelo seu relato, a culpa e a linhagem dele parecem ser a mesma coisa, pois não a ouvi acusá-lo de nada pior do que ser o filho do administrador do sr. Darcy. *Disso,* eu lhe asseguro, ele mesmo me informou — disse Elizabeth, brava.

— Perdão — replicou a srta. Bingley, virando-se com um meio sorriso irônico. — Peço desculpas pela interferência; foi de bom coração.

Moça insolente!, disse Elizabeth para si mesma. *Você está muito enganada se espera me influenciar com uma acusação desprezível dessas. Não vejo nada nessas acusações, exceto sua própria ignorância voluntária e a malícia do sr. Darcy.* Ela então procurou sua irmã mais velha, que fizera indagações sobre o mesmo assunto ao sr. Bingley. Jane encontrou-a com um sorriso de doce complacência, uma expressão com um brilho tão alegre que denotava suficientemente quanto ela estava feliz com as ocorrências da noite. Elizabeth leu os sentimentos dela no mesmo instante e, naquele momento, esqueceu-se da solidariedade com Wickham, do ressentimento contra os inimigos dele e de todo o resto, mediante a esperança de que Jane estivesse trilhando o mais belo caminho da felicidade.

— Quero saber o que você descobriu sobre o sr. Wickham — ela disse, com um semblante não menos sorridente que o da irmã. — Mas talvez você tenha ficado ocupada com algo agradável demais para pensar em qualquer terceira pessoa. Nesse caso, tenha certeza de que a perdoo.

— Não — replicou Jane. — Não o esqueci. Mas não tenho nada de satisfatório para lhe contar. O sr. Bingley não sabe a história toda, e ignora as circunstâncias que ofenderam o sr. Darcy, mas ele põe a mão no fogo pela boa conduta do amigo e por sua integridade e sua honra, e está perfeitamente convencido de que o sr. Wickham merece muito menos atenção do sr. Darcy do que recebeu. Sinto muito dizer que, de acordo com os relatos do sr. Bingley e os da irmã, o sr. Wickham não é um jovem nada respeitável. Temo que ele tenha sido bastante imprudente e tenha merecido perder a estima do sr. Darcy.

— O sr. Bingley não conhece o sr. Wickham?

— Não. Nunca o tinha visto até aquela manhã em Meryton.

— Então essa opinião é a que ouviu do sr. Darcy. Estou bastante satisfeita. Mas o que ele disse do presbitério?

— Não se lembra bem das circunstâncias, mas as ouviu do sr. Darcy mais de uma vez, e acredita que essa herança só foi deixada ao sr. Wickham sob certas condições.

— Não duvido da sinceridade do sr. Bingley — disse Elizabeth calorosamente. — Mas me perdoe se não me deixo convencer apenas por votos de confiança. A defesa que o sr. Bingley fez do amigo foi muito hábil, ouso dizer, mas como ele desconhece vários detalhes da história e soube o resto pelo próprio amigo, vou me aventurar a manter o que já pensava sobre os dois cavalheiros.

Depois disso, mudou para um assunto mais agradável para ambas, e sobre o qual seus sentimentos não tinham como divergir. Elizabeth ouviu com prazer as felizes, mas modestas esperanças que Jane alimentava a respeito de

Bingley, e disse tudo o que podia para aumentar a confiança da irmã. Quando o próprio sr. Bingley se juntou a elas, Elizabeth se retirou e foi até a srta. Lucas. Ela mal tinha respondido às perguntas da amiga sobre o parceiro anterior de dança, quando o sr. Collins se aproximou e lhe disse, com grande exultação, que acabara de ter a sorte de fazer uma importante descoberta.

— Descobri, por um curioso acidente, que nesta sala se encontra um parente próximo de minha patrona — disse ele. — Ocorreu-me de ouvir o próprio cavalheiro mencionar, para a jovem que faz as honras nesta casa, os nomes de sua prima, a srta. De Bourgh, e da mãe dela, lady Catherine. Como as coisas ocorrem de maneira esplêndida! Quem imaginaria que eu encontraria, neste baile, um sobrinho de lady Catherine de Bourgh! Fiquei muito grato por descobrir a tempo de lhe professar meu respeito, o que farei agora, e acredito que ele me perdoará por não o ter feito antes. Minha total ignorância do parentesco deve pleitear minhas desculpas.

— O senhor não vai se apresentar ao sr. Darcy, vai?

— Na verdade, vou. Vou implorar o perdão dele por não ter feito isso antes. Acredito que ele é *sobrinho* de lady Catherine. Está em meu poder lhe assegurar que sua senhoria estava bem da última vez que a vi, há uma semana.

Elizabeth tentou muito dissuadi-lo de tal plano, garantindo-lhe que o sr. Darcy consideraria a abordagem, sem a adequada apresentação anterior, uma liberdade impertinente, em vez de um cumprimento à sua tia, e que não era nada necessário tomarem conhecimento um do outro e que, se tomassem, isso deveria partir do sr. Darcy, a pessoa mais importante. O sr. Collins ouviu-a com o ar de alguém determinado a seguir a própria inclinação e, quando ela terminou de falar, respondeu:

— Minha querida srta. Elizabeth, eu tenho a mais elevada opinião do mundo acerca do seu discernimento, mas me permita dizer que deve haver uma diferença abismal entre as formas de cerimônia em meio aos leigos e aquelas que regulam o clero. Portanto, permita-me observar que considero o trabalho clerical como igual em dignidade à mais elevada posição social do reino, dado que ao mesmo tempo se mantenha o adequado comportamento humilde. Ou seja, a senhorita deve me permitir seguir o que dita minha consciência na presente ocasião, a qual me leva a executar aquilo que enxergo como um dever. Perdoe-me por escolher não me beneficiar de seu conselho, que, em qualquer outro assunto, considerarei um guia constante. Mas, no caso atual, eu me considero mais equipado do que uma jovem como você, por meio da educação e do estudo habitual, para decidir o que é certo. — E, com uma mesura, ele a deixou e foi atacar o sr. Darcy, cuja recepção dos avanços de seu primo ela observou com ansiedade, e cujo assombro em ser abordado daquela maneira ficou bastante evidente.

Seu primo iniciou o discurso com uma mesura solene e, embora a moça não pudesse ouvir uma só palavra, sentia que escutava tudinho, e viu seus lábios formarem as palavras "desculpa", "Hunsford" e "lady Catherine de Bourgh".

Aborreceu-a vê-lo se expor ao ridículo diante daquele homem. O sr. Darcy fitava-o com surpresa irreprimida e, quando o sr. Collins lhe concedeu tempo para falar, respondeu com ar de distante civilidade. No entanto, o sr. Collins não foi desencorajado de voltar a falar, e o menosprezo do sr. Darcy pareceu crescer abundantemente com o tamanho do segundo discurso. Ele, ao final, fez apenas uma curta mesura e afastou-se. O sr. Collins então voltou até Elizabeth.

— Não tenho motivos para estar insatisfeito com meu recebimento, eu lhe garanto — disse ele. — O sr. Darcy pareceu muito satisfeito pela atenção. Ele me respondeu com a máxima civilidade e até me fez a honra de dizer que estava tão convencido do discernimento de lady Catherine que tinha certeza de que ela jamais concederia sua proteção a alguém indigno. Foi, de fato, uma bela reflexão. No todo, estou bastante satisfeito com ele.

Como Elizabeth não tinha mais nenhum interesse próprio para perseguir, voltou sua atenção quase inteiramente à irmã e ao sr. Bingley. A corrente de reflexões agradáveis a que as observações de Elizabeth deram origem deixaram-na talvez tão feliz quanto Jane. Conseguia ver a irmã morando naquela mesma casa, com toda a felicidade que um casamento motivado por verdadeira afeição poderia conferir. Em tais circunstâncias, Elizabeth sentia-se capaz de se esforçar para gostar das duas irmãs de Bingley. Os pensamentos de sua mãe, ela via claramente, seguiam o mesmo curso, e decidiu não se aventurar perto dela, para não ouvir demais. Portanto, quando se sentaram para a ceia, considerou a mais azarada perversidade ter sido colocada ao lado dela, e ficou profundamente aborrecida ao descobrir que sua mãe conversava com lady Lucas, livre e abertamente, justamente sobre quanto esperava que logo Jane estivesse casada com o sr. Bingley. Era um assunto animado, e a sra. Bennet parecia incansável ao enumerar as vantagens de tal união: os fatos de ele ser um jovem tão encantador, tão rico e viver a apenas cinco quilômetros dos Bennet eram os primeiros pontos de autofelicitação, e era um grande conforto pensar que as duas irmãs dele gostavam muito de Jane e ter certeza de que elas queriam o relacionamento tanto quanto ela mesma poderia querer. Além disso, era algo muito promissor para as filhas mais jovens, pois um casamento tão bom para Jane jogaria no caminho delas outros homens ricos. Enfim, era muito agradável, em sua idade, poder depositar as filhas solteiras sob o cuidado da irmã delas, assim não era obrigada a frequentar a vida social mais do que gostaria. Era necessário fazer daquela circunstância uma questão de prazer, porque em tais ocasiões era essa a etiqueta, mas não havia ninguém menos propensa do que a sra. Bennet a encontrar conforto ficando em casa, independentemente da idade. Ela concluiu com muitos bons votos a lady Lucas, desejando-lhe que tivesse igual sorte, embora evidente e triunfantemente acreditasse não haver possibilidade disso.

Elizabeth tentou, em vão, reter as velozes palavras da mãe, ou persuadi-la a descrever sua felicidade num sussurro menos audível, pois, para profundo embaraço da filha, a maior parte da conversa fora entreouvida pelo sr. Darcy, que estava sentado à frente delas. A mãe apenas a censurou por ser disparatada.

— O que o sr. Darcy é para mim, para eu ter medo dele? Tenho certeza de que não lhe devo nenhuma cortesia especial, para ser obrigada a não dizer nada que *ele* possa não gostar de ouvir.

— Pelo amor de Deus, mãe, fale mais baixo. Qual seria a vantagem de ofender o sr. Darcy? Se fizer isso, a senhora não vai se favorecer aos olhos do amigo dele!

Mas nada que ela dissesse surtia efeito. A mãe falava suas opiniões no mesmo tom inteligível. Elizabeth corava cada vez mais, de vergonha. Não conseguia evitar lançar olhares ao sr. Darcy, embora cada um a convencesse do que temia, pois, apesar de ele não estar olhando o tempo inteiro para sua mãe, ela ficou convencida de que a atenção do homem se fixara na sra. Bennet, invariavelmente. A expressão no rosto do cavalheiro mudou, gradativamente, de indignação para o desprezo e então para uma gravidade serena e estável.

Enfim a sra. Bennet não tinha mais a dizer, e lady Lucas, que andara bocejando diante da repetição de alegrias que ela não compartilharia, foi abandonada ao consolo do presunto e do frango. Elizabeth voltou a se animar. Mas o intervalo de tranquilidade não durou muito, pois, quando a ceia acabou, falou-se em música, e ela teve a humilhação de ver Mary, depois de poucos pedidos, preparar-se para atender ao grupo. Elizabeth, por meio de olhares significativos e súplicas silenciosas, tentou evitar que a irmã fosse tão solícita, mas em vão. Mary não entendeu; tal oportunidade de se exibir lhe era adorável, e ela começou sua música. Elizabeth fixou o olhar nela com os sentimentos mais dolorosos e assistiu ao progresso das estrofes com uma impaciência que foi mal recompensada ao final: Mary, ao receber, em meio aos agradecimentos da mesa, uma insinuação de esperança de que ela pudesse beneficiá-los de novo, começou outra música após uma pausa de meio minuto. As habilidades de Mary não eram nada adequadas para tal exibição; sua voz era fraca e seus modos, afetados. Elizabeth agonizava. Olhou para Jane, querendo ver como a irmã tolerava aquilo, mas Jane conversava com Bingley serenamente. Elizabeth olhou para as duas irmãs dele, e viu-as fazendo gestos de escárnio uma para a outra, e para Darcy, que continuava impenetravelmente austero. Então ela olhou para o pai para solicitar-lhe interferência, a fim de que Mary não cantasse a noite inteira. Ele captou a sugestão e disse alto, quando a filha terminou a segunda canção:

— Isso foi bom, filha, e basta. Você já nos contentou muito. Deixe que outras jovens tenham tempo para se exibir.

Mary, embora fingindo não ouvir, ficou um pouco desconcertada, e Elizabeth, lamentando por ela e pelo que o pai dissera, temeu que sua ansiedade não tivesse causado nenhum bem. Solicitações foram feitas a outras moças do grupo.

— Se eu tivesse a sorte de conseguir cantar — disse o sr. Collins —, teria grande prazer em fazer a gentileza de agraciar a comitiva com uma melodia, pois considero a música uma distração bastante inocente e perfeitamente compatível com a profissão de clérigo. Mas não quero afirmar que é justificável dedicarmos tempo demais à música, pois certamente há outras coisas a fazer. Um pároco tem muitas funções. Em primeiro lugar, deve dividir as coletas de um modo benéfico para si e que não seja ofensivo a seu patrono. Deve escrever seus sermões; e o tempo que sobra não será demais para cumprir os deveres paroquiais e o cuidado e melhoria de sua habitação, que ele não pode deixar de tornar o mais confortável possível. E não acho de pouca importância que ele tenha modos atenciosos e conciliadores para com todos, especialmente para com aqueles a quem deve sua nomeação. Não posso absolvê-lo de tal dever, nem poderia pensar bem a respeito do homem que perdesse a chance de atestar sua estima a qualquer um ligado à família. — E, com uma mesura ao sr. Darcy, concluiu seu discurso, que fora proclamado tão alto a ponto de ser ouvido por metade da sala.

Muitos o encararam, muitos sorriram; mas ninguém pareceu se divertir mais que o sr. Bennet, enquanto sua esposa elogiava seriamente o sr. Collins por ter falado com tanta sensatez, e comentou para lady Lucas, num meio sussurro, que ele era um tipo de jovem muito bom e notavelmente esperto.

Para Elizabeth parecia que, se sua família tivesse feito um acordo para se expor ao ridículo ao máximo durante aquela noite, teria sido impossível que cumprissem seus papéis com maior entusiasmo ou obtivessem maior sucesso. Ela ficou feliz em pensar que boa parte da exibição escapara à sua irmã e ao sr. Bingley, e que os sentimentos dele não eram do tipo capaz de se abalar pela tolice que poderia ter testemunhado. Já era ruim o bastante que as irmãs de Bingley e o sr. Darcy tivessem tamanha oportunidade de ridicularizar seus parentes, e Elizabeth não conseguia decidir o que era mais intolerável: o silencioso desprezo do cavalheiro ou os sorrisos insolentes das damas.

O resto da noite lhe trouxe pouca diversão. O sr. Collins a importunou, permanecendo perseverante ao seu lado, e, apesar de não conseguir convencê-la a dançar outra vez, extinguiu suas chances de dançar com outros homens. Ela suplicou em vão que ele fosse ficar com alguma outra pessoa, e se ofereceu para apresentá-lo a qualquer outra moça da sala. O sr. Collins afirmou que era perfeitamente indiferente à dança, que seu principal objetivo era ganhar a boa opinião dela por meio de delicadas atenções, e que, assim, permaneceria com ela durante o resto da noite. Não havia como dissuadi-lo. Elizabeth devia seu socorro à srta. Lucas, que se juntava a eles com frequência e conversava com o sr. Collins.

Ao menos ela se livrou de ser notada pelo sr. Darcy, que não se aproximou mais nenhuma vez para lhe falar, embora várias vezes estivesse parado a uma curta distância e desocupado. Elizabeth sentia que isso se devia às suas alusões ao sr. Wickham e se alegrou.

A comitiva de Longbourn foi a última a partir e, por manobra da sra. Bennet, precisou esperar a carruagem por quinze minutos depois que todo o resto se fora, o que lhes deu tempo para ver quanto alguns membros da família desejavam que os Bennet fossem embora logo. A sra. Hurst e sua irmã mal abriram a boca, exceto para reclamar de cansaço, e demonstraram evidente impaciência para ter a casa de volta para si. Repeliram todas as tentativas de conversa da sra. Bennet e, ao fazê-lo, causaram um abatimento no grupo inteiro, pouco consolado pelos longos discursos do sr. Collins. O primo cumprimentava o sr. Bingley e as irmãs pela elegância do entretenimento e pela hospitalidade e polidez que marcaram seu comportamento com os convidados. Darcy nada disse. O sr. Bennet, em igual silêncio, divertia-se com a cena. O sr. Bingley e Jane estavam juntos um pouco distante dos demais, conversando entre si. Elizabeth preservou um silêncio tão firme quanto o da sra. Hurst ou o da srta. Bingley, e até Lydia estava fatigada demais para proferir mais do que as ocasionais exclamações de "Senhor, como estou cansada!", acompanhadas de violentos bocejos.

Quando por fim levantaram-se para partir, a sra. Bennet, com insistente cortesia, atestou sua esperança de ver a família inteira em Longbourn em breve, dirigindo-se particularmente ao sr. Bingley, para lhe garantir o quanto a deixaria feliz vê-lo comer um jantar em família com eles a qualquer momento, sem a cerimônia de um convite formal. Bingley era todo grata alegria, e prontamente se comprometeu a aceitar a primeira oportunidade para aparecer, depois de sua volta de Londres, para onde precisava ir no dia seguinte por um curto período.

A sra. Bennet ficou perfeitamente satisfeita e deixou a casa com a adorável convicção de que, dado o tempo para as preparações necessárias da residência, novas carruagens e roupas de casamento, ela sem dúvida veria a filha estabelecida em Netherfield dentro de três ou quatro meses. Pensava com a mesma certeza em ter outra filha casada com o sr. Collins, e com satisfação considerável, embora não igual. Elizabeth era sua filha menos querida e, apesar de o primo e a união lhe serem bons o bastante, tal valor era eclipsado pelo sr. Bingley e por Netherfield.

Capítulo 19

O dia seguinte abriu uma nova discussão em Longbourn. O sr. Collins declarou-se. Decidiu fazê-lo sem perder mais tempo e, considerando que sua permissão de ausência estendia-se somente até o sábado seguinte e que não possuía sentimentos de modéstia para afligi-lo mesmo naquele momento, iniciou a proposta de maneira muito metódica, seguindo tudo o que ele supunha ser o costume. Ao encontrar juntas a sra. Bennet, Elizabeth e uma das mais novas, logo depois do café da manhã, dirigiu-se à mãe:

— Eu poderia esperar, minha senhora, que, pelo seu interesse em sua bela filha Elizabeth, aceite a honra de me conceder uma audiência em particular com ela durante esta manhã?

Antes de Elizabeth sequer ter tempo para qualquer coisa além de um rubor de surpresa, a sra. Bennet respondeu instantaneamente:

— Ah, céus! Sim, claro. Tenho certeza de que Lizzy ficará muito feliz. Tenho certeza de que ela não pode fazer nenhuma objeção. Venha, Kitty, vamos lá para cima.

E, pegando seu bordado, afastou-se depressa, enquanto Elizabeth gritava:

— Senhora, não vá. Eu imploro. O sr. Collins precisa me desculpar. Ele não pode ter nada a me dizer que ninguém mais possa ouvir. Eu vou sair.

— Não, não, bobagem, Lizzy. Quero que fique onde está.
— E, como Elizabeth parecia muito aborrecida e desconcertada, prestes a escapar, a mãe acrescentou: — Lizzy, eu *insisto* que você fique e ouça o sr. Collins.

Elizabeth não poderia se opor a tal ordem — e um momento de consideração lhe fez concluir que seria mais sábio acabar com aquilo assim que possível. Então ela se sentou outra vez e tentou esconder, com esforço incessante, seus sentimentos, divididos entre angústia e distração. A sra. Bennet e Kitty se retiraram e, tão logo saíram, o sr. Collins começou:

— Creia-me, minha querida srta. Elizabeth, que seu recato, longe de lhe fazer um desserviço, em muito acrescenta às suas outras perfeições. A senhorita seria menos amável aos meus olhos se *não* houvesse demonstrado alguma relutância, mas me permita lhe assegurar que tenho a permissão de sua respeitada mãe para tal abordagem. A senhorita já deve desconfiar da intenção de meu discurso, mas sua delicadeza natural pode levá-la a disfarçar; dediquei-lhe atenções acentuadas demais para serem mal interpretadas. Quase assim que entrei nesta casa, eu a distingui como a companheira de minha vida futura. Mas, antes de eu me deixar levar por meus sentimentos a respeito disso, talvez seja aconselhável informar minhas razões para casar e, acima disso, para vir a Hertfordshire com o desígnio de escolher uma esposa, como fiz.

A ideia de o sr. Collins, com toda sua compostura solene, se deixar levar pelos sentimentos deu a Elizabeth tamanha vontade de rir que ela não pôde usar a curta pausa que ele fez para tentar impedi-lo, e ele prosseguiu:

— Minhas razões para me casar são, em primeiro lugar, que julgo ser correto todo clérigo em boas circunstâncias, como eu, dar o exemplo do matrimônio em sua paróquia; segundo, que estou convencido de que isso em muito acrescentará a minha felicidade; e, terceiro, que foi um conselho particular e recomendação da nobre senhora que tenho a honra de chamar de patrona. Duas vezes ela se dignou a me dar sua opinião sobre o assunto, e sem eu pedir! Na noite do sábado imediatamente anterior à minha partida de Hunsford, entre nossos jogos de *quadrille*, enquanto a sra. Jenkinson ajeitava o banquinho dos pés da srta. De Bourgh, ela disse: "Sr. Collins, você deve se casar. Um clérigo como você deve se casar. Escolha de modo adequado, escolha uma mulher de boa família, por *mim*; e, por *você*, que ela seja um tipo de pessoa enérgica e útil, não alguém criada em meio à riqueza, mas que seja capaz de fazer uma renda pequena durar bastante. Esse é meu conselho. Encontre uma mulher assim logo que puder, traga-a para Hunsford, e eu a visitarei". Permita-me, aliás, observar, minha bela prima, que a atenção e a bondade de lady Catherine de Bourgh, julgo, são uma das menores vantagens que posso oferecer. A senhorita verá que os modos dela estão muito além de qualquer coisa que eu possa descrever, e sua inteligência e vivacidade, acho, serão aceitáveis a ela, especialmente quando temperadas com o silêncio e o respeito que a posição social dela inevitavelmente provocarão. Essa é minha concepção geral sobre o matrimônio. Resta-me contar por que escolhi direcionar meus interesses a Longbourn em vez da minha própria vizinhança, onde, eu lhe garanto, existem muitas jovens amáveis. O fato é que, como herdarei esta propriedade após a morte do seu pai, que pode viver mais muitos anos, eu não conseguiria me satisfazer se não escolhesse uma esposa entre as filhas dele, para que a perda delas seja a menor possível quando o acontecimento melancólico ocorrer. Algo que, como eu já disse, pode levar vários anos. Essa foi a minha motivação, minha bela prima, e me lisonjeia pensar que isso não diminuirá sua estima por mim. E agora nada me resta senão lhe assegurar, com a linguagem mais vivaz, da violência de minha afeição. Sou perfeitamente indiferente à fortuna, e não exigirei nada dessa natureza de seu pai, pois sei muito bem que ele não teria como consentir, e que quatro por cento de mil libras, que não serão seus até sua mãe morrer, consistem em tudo ao que a senhorita pode vir a ter direito. Portanto, eu permanecerei calado quanto a isso, e a senhorita pode ter certeza de que nenhuma reprimenda mesquinha deixará meus lábios quando nos casarmos.

Era absolutamente necessário interrompê-lo naquele momento.

— O senhor está se apressando demais! — ela exclamou. — O senhor se esquece de que não respondi. Deixe-me fazê-lo sem mais demora. Aceite minha gratidão pelo elogio que me faz. Tenho muita consciência da honra do seu pedido, mas me é impossível agir de outro modo senão recusá-lo.

— Aprendi há algum tempo — replicou o sr. Collins, acenando formalmente — que é comum entre as jovens rejeitar a corte de um homem que secretamente querem aceitar, na primeira ocasião em que ele pede sua mão, e que às vezes a recusa é repetida uma segunda e até uma terceira vez. Portanto não me sinto desencorajado pelo que a senhorita acabou de dizer e espero levá-la logo ao altar.

— Palavra de honra, senhor — declarou Elizabeth —, sua esperança é bastante extraordinária depois do que falei. Eu lhe garanto que não sou uma dessas jovens, se é que existem, que ousam tanto apostar a felicidade delas na chance de serem pedidas uma segunda vez. Minha recusa é séria. O senhor não poderia *me* fazer feliz, e estou convencida de que seria a última mulher no mundo capaz de fazer *o senhor* feliz. E se sua amiga, lady Catherine, me conhecesse, estou convencida de que me julgaria inadequada para o posto em todos os aspectos.

— Se fosse certo que lady Catherine pensaria assim... — disse o sr. Collins com muita gravidade. — Porém, não consigo pensar que sua senhoria desaprovaria a senhorita. E tenha certeza de que, quando eu tiver a honra de vê-la outra vez, falarei nos melhores termos de seu recato, moderação e outras qualidades amáveis.

— Na verdade, sr. Collins, todos os elogios a mim serão desnecessários. O senhor precisa me deixar julgar por mim mesma e me dar a honra de acreditar no que digo. Eu lhe desejo muita felicidade e riqueza e, ao recusar sua mão, faço tudo em meu poder para evitar que o senhor tenha qualquer coisa diferente disso. Ao me fazer o pedido, o senhor deve ter satisfeito a sensibilidade dos seus sentimentos em relação a minha família, e pode tomar posse de Longbourn quando lhe der vontade, sem autocensura. Portanto, pode considerar esse assunto finalmente resolvido.

Elizabeth levantou-se ao terminar de falar e teria deixado o recinto, se o sr. Collins não tivesse continuado a lhe dirigir a palavra:

— Quando eu me permitir a honra de lhe falar de novo sobre esse assunto, terei a esperança de receber uma resposta mais favorável do que essa que a senhorita acaba de me dar. Contudo, estou longe de acusá-la de crueldade no momento, pois sei que é um costume estabelecido do seu sexo rejeitar um homem no primeiro pedido, e talvez a senhorita tenha até dito isso agora para me encorajar, como seria consistente com a verdadeira delicadeza do caráter feminino.

— Realmente, sr. Collins, o senhor me deixa muito confusa! — exclamou Elizabeth, com algum ardor. — Se o que eu disse até agora lhe parece algum modo de encorajamento, não sei como expressar minha recusa de modo que a entenda como tal.

— A senhorita precisa me dar licença para acalentar a ideia, minha bela prima, de que sua recusa de minha corte seja apenas da boca para fora, é claro. Minhas razões para acreditar nisso são, em suma, as seguintes: não me parece que minha mão seja indigna de ser aceita, ou que o arranjo que ofereço seja outra coisa senão altamente desejável.

Minha situação, minhas relações com a família De Bourgh e meu relacionamento com a sua são circunstâncias que muito depõem ao meu favor. E a senhorita deveria levar em consideração que, apesar de seus múltiplos atrativos, não há certeza de que outro pedido de casamento lhe será feito algum dia. Infelizmente seu dote é pequeno demais, e provavelmente desfará todos os efeitos de sua beleza e qualidades amáveis. Sendo assim, devo concluir que a senhorita não é séria em sua recusa, e escolherei atribuí-la ao seu desejo de aumentar o meu amor através do suspense, de acordo com a prática habitual das damas elegantes.

— Eu lhe garanto, senhor, que não tenho nenhuma pretensão quanto a esse tipo de elegância que consiste em atormentar um homem respeitável. Eu preferiria que o senhor me concedesse a honra de acreditar em mim. Eu lhe agradeço de novo e de novo pela honra que o senhor me deu com seu pedido, mas aceitá-lo é absolutamente impossível. Meus sentimentos o proíbem em todos os aspectos. Eu poderia ser mais clara? Não me considere agora uma moça elegante que pretende afligi-lo, mas uma criatura racional, falando a verdade de seu coração.

— A senhorita é inteiramente fascinante! — exclamou ele, com um ar de estranha galantaria. — E estou convencido de que, quando aprovado pela expressa autoridade de seus excelentes pais, meu pedido não falhará em ser aceitável.

Elizabeth não respondeu a tamanha perseverança naquele autoengano intencional e retirou-se em silêncio no mesmo instante, determinada — caso ele persistisse em considerar suas repetidas recusas como um encorajamento lisonjeiro — a pedir ajuda ao pai, cuja negativa poderia ser proferida de maneira a torná-la decisiva, e cujo comportamento ao menos não poderia ser tomado por afetação e flerte de uma moça elegante.

Capítulo 20

O sr. Collins não foi deixado por muito tempo na silenciosa contemplação de seu amor bem-sucedido. A sra. Bennet, que permanecera ociosa no vestíbulo para ver o final da conferência, assim que viu Elizabeth abrir a porta a passos largos e seguir reto até a escadaria, entrou na sala de café da manhã e parabenizou tanto ele como a si mesma calorosamente com a feliz expectativa de estreitar relações. O sr. Collins recebeu e devolveu essas felicitações com igual prazer, depois passou a relatar os detalhes da discussão, concluindo que tinha todos os motivos para ficar satisfeito, uma vez que a recusa firme de sua prima naturalmente vinha de seu recato tímido e de uma delicadeza genuína de sua personalidade.

No entanto, essa informação sobressaltou a sra. Bennet. Ela teria adorado sentir-se igualmente satisfeita acreditando que a filha fizera uma recusa a fim de encorajá-lo. Porém, não ousava acreditar nisso, e não pôde evitar dizê-lo.

— Mas, sr. Collins, creia que Lizzy será trazida à razão — acrescentou ela. — Eu mesma falarei com ela imediatamente. Ela é uma menina muito teimosa e tonta e não sabe dos próprios interesses, mas eu vou *fazê-la* saber.

— Perdoe-me por interrompê-la, minha senhora — exclamou o sr. Collins —, mas, se ela é mesmo teimosa e tonta, não sei se ela seria uma esposa desejável para um homem de minha situação, que naturalmente busca felicidade na instituição do casamento. Se, portanto, ela insistir em recusar meu pedido de casamento, talvez seja melhor não a forçar a aceitá-lo, porque, se é propensa a tais defeitos de temperamento, não poderá contribuir muito para minha felicidade.

— O senhor me entendeu mal — disse a sra. Bennet, alarmada. — Lizzy só é teimosa em assuntos assim. Em todo o resto, é a menina mais amável que já viveu. Eu vou falar imediatamente com o sr. Bennet, e logo resolveremos esse assunto com ela, tenho certeza.

Ela não lhe deu tempo para responder, e correu de uma vez até o marido, gritando ao entrar na biblioteca:

— Oh, sr. Bennet, precisamos de você agora mesmo! Estamos alvoroçados. Você precisa vir e fazer Lizzy se casar com o sr. Collins, porque ela jurou que não o quer e, se você não se apressar, ele vai mudar de ideia e não vai querer mais ficar com ela.

O sr. Bennet ergueu os olhos do livro quando a esposa entrou, e fixou-os no rosto dela com uma calma apatia que não foi nem um pouco alterada pela informação.

— Eu não tive o prazer de entendê-la — disse ele, quando a sra. Bennet acabou de falar. — Do que está falando?

— Do sr. Collins e de Lizzy. Ela declarou que não aceitará o sr. Collins, e o sr. Collins começou a dizer que não aceitará Lizzy.

— E o que é que eu tenho de fazer quanto a isso? Parece um assunto sem remédio.

— Fale com Lizzy. Diga-lhe que você insiste que ela se case com ele.

— Mande chamá-la aqui. Ela ouvirá minha opinião.

A sra. Bennet tocou o sino, e a srta. Elizabeth foi chamada à biblioteca.

— Venha aqui, filha — disse o pai, quando ela apareceu. — Eu mandei chamá-la por causa de um assunto importante. Pelo que entendi, o sr. Collins lhe propôs casamento. É verdade?

Elizabeth respondeu que sim.

— Muito bem. E você recusou esse pedido de casamento?

— Recusei, senhor.

— Muito bem. Agora chegamos à questão. Sua mãe insiste que você aceite. Não é, sra. Bennet?

— Sim, ou nunca mais olharei para ela.

— Uma escolha infeliz se põe à sua frente, Elizabeth. De hoje em diante, você se tornará uma estranha para um de seus pais. Sua mãe nunca mais a olhará se você *não* se casar com o sr. Collins, e eu nunca mais a olharei se você se casar.

Elizabeth não pôde deixar de sorrir com aquela conclusão depois de tal começo, mas a sra. Bennet, que se convencera de que o marido via o assunto do modo que ela mesma desejava, ficou excessivamente desapontada.

— O que você quer falando assim, sr. Bennet? Você prometeu *insistir* que ela se casasse com ele.

— Minha querida, eu vou pedir dois pequenos favores. Primeiro, que me permita fazer uso do meu discernimento na atual situação; e, segundo, de minha sala. Eu ficarei feliz em ter a biblioteca só para mim logo que possível.

Apesar de estar desapontada com o marido, a sra. Bennet não desistiu. Falou com Elizabeth sem parar, tentou persuadi-la e ameaçá-la, alternadamente. A jovem tentou fazer Jane interceder em seu favor, mas Jane, com toda a brandura possível, recusou-se a interferir. Elizabeth, ora com real franqueza, ora com alegria zombeteira, respondia aos ataques da mãe. Apesar de seus modos variarem, sua determinação permaneceu inabalável.

Enquanto isso, o sr. Collins meditava sozinho a respeito do que acontecera. Tinha uma opinião boa demais sobre si para compreender o motivo de sua prima rejeitá-lo e, apesar de ter o orgulho ferido, não sofreu de nenhuma outra maneira. Seu apreço por ela era imaginário, e a possibilidade de que ela merecesse a reprimenda da mãe impediu-o de sentir pesar.

Enquanto a família estava em tal confusão, Charlotte Lucas veio passar o dia com eles. Lydia a encontrou no vestíbulo e, voando até ela, exclamou num meio sussurro:

— Estou feliz que você veio, pois aqui está tão divertido! Sabe o que aconteceu hoje de manhã? O sr. Collins pediu Lizzy em casamento, e ela não quer aceitá-lo!

Charlotte mal teve tempo de responder antes de Kitty se juntar a elas, vindo contar as mesmas notícias. Assim que entraram na sala de café da manhã, onde a sra. Bennet estava sozinha, a dona da casa também começou a falar do assunto, pedindo a compaixão da srta. Lucas, e rogando-lhe

ORGULHO E PRECONCEITO

153

que persuadisse a amiga Lizzy a consentir com os desejos de toda a família.

— Por favor, minha querida srta. Lucas — ela acrescentou num tom melancólico —, porque ninguém está do meu lado, ninguém concorda comigo. Estou sendo usada de maneira cruel, e ninguém se importa com meus pobres nervos.

A entrada de Jane e Elizabeth dispensou uma resposta de Charlotte.

— Bem, aí vem ela — continuou a sra. Bennet —, parecendo tão despreocupada quanto é possível estar, e não se importa mais conosco do que se estivéssemos em York, contanto que possa fazer as coisas do jeito que quer. Mas eu lhe digo, srta. Lizzy, se você enfiar na cabeça que vai continuar rejeitando todas as ofertas de casamento assim, então nunca conseguirá um marido, e não faço ideia de quem vai continuar sustentando você quando seu pai morrer. *Eu* não conseguirei ficar com você, e já estou avisando: de hoje em diante, já chega para mim. Eu lhe disse na biblioteca, sabe, que nunca mais falaria com você, e vou cumprir minha palavra, você verá. Não me agrada falar com filhas desrespeitosas. Não que me agrade muito falar com qualquer pessoa. Pessoas que sofrem dos nervos não têm muita disposição para falar. Ninguém sabe o que sofro! Mas é sempre assim. Aqueles que não reclamam não recebem compaixão.

As filhas ouviram aquela efusão em silêncio, conscientes de que qualquer tentativa de discutir com ela ou de acalmá-la apenas aumentaria sua irritação. Portanto, a sra. Bennet continuou falando, sem interrupção da parte de ninguém, até o sr. Collins se unir a elas, entrando com um ar mais pomposo que de costume. Ao perceber sua entrada, a mãe disse às meninas:

— Agora, insisto que vocês, todas vocês, segurem a língua e deixem-me conversar um pouco com o sr. Collins.

Elizabeth saiu discretamente da sala, sendo seguida por Jane e Kitty, mas Lydia permaneceu, determinada a ouvir tudo o que pudesse. Charlotte, retida a princípio pela cortesia do sr. Collins, cujas indagações a respeito dela e de sua família foram muito pormenorizadas, e depois por um pouco de curiosidade, contentou-se em caminhar até a janela e fingir não estar ouvindo. Numa voz queixosa, a sra. Bennet iniciou a conversa planejada:

— Ah, sr. Collins!

— Minha cara senhora, não falemos desse assunto nunca mais — replicou ele, e continuou, numa voz que denotava seu desagrado: — Longe de mim ressentir o comportamento de sua filha. Resignar-se aos males inevitáveis é o dever de todos nós e em especial o dever particular de um jovem que tem sido tão afortunado como fui no caso de minha recente nomeação. Acredito que estou resignado. Mesmo tendo certas dúvidas quanto à minha felicidade, caso minha bela prima tivesse me honrado com sua mão. Sempre digo que a resignação nunca é tão perfeita quanto no momento em que a bênção negada começa a perder um pouco do valor em nossa estima. Espero que a senhora não venha a considerar que demonstro desrespeito pela sua família ao retirar o que falei, sobre minhas pretensões para sua filha, sem ter dado à senhora e ao sr. Bennet a honra de lhes pedir para interceder por mim. Temo que minha conduta possa ser repreensível, por ter aceitado a recusa que me foi feita pelos lábios de sua filha, em vez dos seus. Mas todos somos sujeitos ao erro. Eu certamente tinha boas intenções nesse assunto. Meu objetivo era assegurar uma companheira amável para mim, com a devida consideração à vantagem que isso traria a todos da sua família. E caso meus *modos* tenham sido de alguma maneira censuráveis, aqui imploro perdão.

Capítulo 21

A discussão acerca do pedido do sr. Collins estava quase acabando, e Elizabeth só teve de sofrer o desconforto de precisar estar presente, além de ocasionais comentários irritadiços por parte da mãe. Quanto aos sentimentos *do cavalheiro*, foram principalmente expressos não com embaraço ou abatimento, nem tentando evitá-la, mas com modos rígidos e silêncio rancoroso. O sr. Collins mal se dirigiu a Elizabeth, e as atenções assíduas que antes ele lhe dedicava foram transferidas, pelo resto do dia, para a srta. Lucas, cuja civilidade em ouvi-lo foi um oportuno alívio para todos, especialmente a amiga dela.

O dia seguinte não aplacou o mau humor nem os problemas de saúde da sra. Bennet. O sr. Collins continuou no mesmo estado de orgulho zangado. Elizabeth esperara que o ressentimento diminuísse a duração da visita, mas os planos dele não pareceram nem um pouco afetados pelo ocorrido. Desde o começo, a intenção era partir no sábado, e até sábado ele ainda pretendia permanecer.

Depois do café da manhã, as meninas caminharam até Meryton para perguntar se o sr. Wickham já retornara e para manifestar quanto lamentavam sua ausência no baile de Netherfield. O oficial juntou-se a elas logo que entraram na cidade, e acompanhou-as até a casa da tia, onde se falou bastante de seu pesar e frustração, e da preocupação de todos. Contudo, para Elizabeth, ele reconheceu voluntariamente que a necessidade de sua ausência *fora* autoimposta.

— Quando foi chegando a hora, pensei que seria melhor não encontrar o sr. Darcy. Estarmos os dois entre as mesmas pessoas durante tantas horas talvez fosse mais do que eu conseguisse suportar, e poderiam acontecer cenas desagradáveis não só para mim.

Elizabeth aprovava tal magnanimidade, e os dois tiveram tempo livre para uma conversa inteira sobre o assunto e para todos os elogios que trocavam com civilidade, enquanto Wickham e outro militar acompanhavam as moças de volta até Longbourn. Durante o percurso, ele prestou particular atenção a ela. O fato de Wickham acompanhá-las era uma dupla vantagem: Elizabeth sentia todo o cumprimento do gesto para com sua pessoa, e tratava-se de uma ocasião bastante aceitável para apresentá-lo aos seus pais.

Logo depois de seu retorno, uma carta à srta. Bennet foi entregue, vinda de Netherfield, e aberta de imediato. O envelope continha uma folha pequena de elegante papel de superfície lisa, bem coberto pela grafia fluida de uma dama, e Elizabeth viu o semblante da irmã mudar ao lê-la, viu-a demorar-se com atenção em certas passagens. Jane recompôs-se depressa e, guardando a carta, tentou unir-se à conversa com sua alegria costumeira. Porém, Elizabeth sentiu tamanha ansiedade a respeito daquilo que até desviou sua atenção de Wickham e, assim que ele e o companheiro partiram, um olhar de Jane convidou-a a segui-la até o andar de cima. Quando entraram no quarto, Jane, pegando a carta, disse:

— É de Caroline Bingley. Seu conteúdo me surpreendeu muito. O grupo inteiro já deixou Netherfield a essa altura, e estão a caminho da cidade, sem a intenção de retornar. Você ouvirá o que ela disse.

Então leu em voz alta a primeira frase, que informava terem acabado de decidir que seguiriam o irmão rumo à cidade imediatamente, e terem a intenção de jantar ainda naquela noite na rua Grosvenor, onde o sr. Hurst tinha uma casa. Em seguida vinham as palavras: "Não finjo sentir pesar por nada que deixarei em Hertfordshire, exceto seu convívio, minha queridíssima amiga, mas esperamos, em algum período futuro, apreciar encantadores reavivamentos de nossas relações; enquanto isso, podemos diminuir a dor de nosso afastamento por meio de uma correspondência frequente e imoderada. Conto com você para isso". Elizabeth ouviu aquelas expressões floreadas com toda a insensibilidade da desconfiança. Embora a mudança tão repentina a surpreendesse, não via nada para lamentar: não havia motivo para supor que o distanciamento do grupo de Netherfield impedisse o sr. Bingley de estar lá. Quanto ao convívio com as irmãs, estava convencida de que Jane logo deixaria de sentir a falta deste, com o prazer da convivência com ele.

— É um azar você não poder ver suas amigas antes de elas deixarem o campo — ela disse, depois de curta pausa. — Mas não podemos esperar que o período de futura alegria pelo qual a srta. Bingley anseia chegue antes do que ela prevê, e que a encantadora amizade de vocês seja renovada com maior satisfação na qualidade de cunhadas? O sr. Bingley não ficará preso por elas em Londres.

— Caroline atestou com firmeza que ninguém do grupo retornará a Hertfordshire neste inverno. Eu lerei para você.

Quando nosso irmão nos deixou ontem, imaginava que o negócio que o levou a Londres poderia ser concluído em três ou quatro dias, mas, como temos certeza de que não será assim, e, ao mesmo tempo, estamos convencidas de que quando Charles chegar à cidade não terá pressa em deixá-la, decidimos segui-lo até lá para ele não ser obrigado a passar suas horas livres em um hotel sem conforto. Muitos de meus conhecidos já estão lá para passar o inverno. Gostaria de receber a notícia de que você, minha queridíssima amiga, seria mais uma nessa multidão, mas quanto a isso não tenho esperanças. Espero sinceramente que seu Natal em Hertfordshire seja rico nas felicidades que essa época costuma nos trazer, e que seus admiradores sejam tão numerosos que você possa evitar o sentimento de perda quanto aos três dos quais a privaremos.

— Aqui fica evidente que ele não volta mais neste inverno — acrescentou Jane.

— Só é evidente que a srta. Bingley acha que ele não *deveria*.

— Por que você pensa assim? Deve ser coisa dele próprio. Ele manda em si mesmo. Mas você não sabe de *tudo*. Eu vou ler o trecho que me dói em especial. Não tenho reservas com você.

O sr. Darcy está impaciente para ver a irmã e, para confessar a verdade, nós não estamos muito menos ávidas para encontrá-la outra vez. Eu realmente acho que ninguém se iguala a Georgiana Darcy em beleza, elegância e talento, e a afeição que ela inspira em mim e em Louisa aumenta e vira algo ainda mais interessante, pois alimentamos as esperanças de que ela venha a ser nossa cunhada. Não sei se já mencionei a você meus sentimentos a esse respeito; mas não deixarei o interior sem confidenciá-los, e acredito que você não os julgará despropositados. Meu irmão já a admira muito, e agora terá oportunidade de vê-la frequentemente em situações de intimidade. Todas as pessoas próximas a ela desejam o relacionamento tanto quanto as próximas a ele, e acho que a parcialidade de irmã não me engana quando digo que Charles tem a capacidade de ganhar o coração de uma mulher. Com todas essas circunstâncias para favorecer o afeto e nada para impedi-lo, acha que estou errada, minha queridíssima Jane, em acalentar a esperança de um acontecimento que trará felicidade a tantas pessoas?

— O que acha *desse* trecho, minha querida Lizzy? — indagou Jane ao terminar. — Não está claro o bastante? Não declara expressamente que Caroline nem espera nem deseja que eu me torne sua cunhada, que está perfeitamente convencida da indiferença do irmão, e que, se suspeita da natureza de meus sentimentos por ele, ela pretende, muito amavelmente, me alertar? Dá para ter outra opinião sobre essa questão?

— Sim, dá, pois a minha é totalmente diferente. Quer ouvir?

— De muita boa vontade.

— Você a ouvirá em alguns segundos. A srta. Bingley vê que o irmão está apaixonado por você e quer que ele se case com a srta. Darcy. Ela o segue até a cidade na esperança de mantê-lo lá, e tenta persuadi-lo de que ele não gosta de você.

Jane balançou a cabeça.

— É, sim, Jane, você precisa acreditar em mim. Ninguém que já tenha visto vocês dois juntos pode duvidar da afeição dele. Tenho certeza de que a srta. Bingley não duvida. Ela não é tão pateta. Se pudesse ver no sr. Darcy metade desse amor por ela, já teria comprado as roupas do casamento. Mas o caso é o seguinte: não temos dinheiro o bastante, nem somos importantes o bastante para eles; e ela está mais ansiosa para que a srta. Darcy fique com seu irmão, porque acha que, quando houver *um* casamento entre as duas famílias, terá menos dificuldades para conseguir um segundo. Nisso ela é um pouco ingênua, mas ouso dizer que ela seria bem-sucedida, se a srta. De Bourgh estivesse fora do caminho. Mas, minha queridíssima Jane, você não pode imaginar que, só porque a srta. Bingley disse que o irmão admira muito a srta. Darcy, ele tenha perdido algum grau de sensibilidade ao *seu* valor desde quando se despediu de você na terça, ou que a irmã poderá persuadi-lo de que, em vez de estar apaixonado por você, ele esteja muito apaixonado pela amiga dela.

— Se pensássemos a mesma coisa da srta. Bingley, o modo como você enxerga tudo isso poderia me tranquilizar — replicou Jane. — Mas eu sei que sua fundamentação é injusta. Caroline é incapaz de enganar alguém deliberadamente, e tudo o que posso esperar nesse caso é que ela tenha *se* enganado.

— Isso mesmo. Você não poderia ter tido uma ideia mais feliz, tendo em vista que não obtém conforto da minha. Acredite que ela se enganou, por favor. Agora já cumpriu seu dever para com ela e não precisa se afligir mais.

— Mas, minha querida irmã, posso ser feliz, mesmo supondo o melhor, em aceitar um homem cujas irmãs e amigos desejam que ele se case com outra?

— Você deve decidir por si mesma — disse Elizabeth. — E se, depois de uma ponderação cuidadosa, você achar que a tristeza de desagradar às irmãs do sr. Bingley supera a felicidade de ser esposa dele, eu a aconselho a recusá-lo.

— Como pode falar assim? — perguntou Jane, com um sorriso fraco. — Deve saber que eu sequer hesitaria em aceitá-lo, embora fosse ficar terrivelmente magoada com a desaprovação delas.

— Não achei mesmo que você o recusaria e, sendo esse o caso, não posso considerar sua situação com muita compaixão.

— Mas se ele não voltar mais neste inverno, minha escolha nunca será requisitada. Mil coisas podem acontecer em seis meses!

Elizabeth tratou com o maior desprezo a ideia de que ele não voltaria mais. Soava-lhe apenas como uma insinuação dos desejos de Caroline, e não conseguia supor por um momento sequer que tais desejos, por mais abertos ou astuciosamente expressados, pudessem influenciar um jovem tão independente.

Ela manifestou à irmã sua opinião o mais forçosamente que conseguiu, e logo teve o prazer de ver o feliz efeito de suas palavras. Jane não tinha um temperamento desanimado, e Elizabeth logo a fez crer — embora a incerteza da afeição às vezes superasse a esperança — que Bingley retornaria a Netherfield e atenderia a cada um dos desejos de seu coração.

As duas concordaram que a sra. Bennet deveria saber apenas sobre a partida da família, sem ser alarmada acerca da conduta do cavalheiro, mas mesmo essa informação parcial causou bastante preocupação à mãe. Ela lamentou o imenso azar de as moças partirem justo quando estavam se tornando tão íntimas. Entretanto, depois de lamentar, em algum ponto consolou-se em pensar que o sr. Bingley logo apareceria para jantar em Longbourn, e a conclusão de tudo foi a confortável declaração de que, apesar de ele ter sido convidado apenas para um jantar familiar, ela teria o cuidado de preparar duas opções completas de refeição.

Capítulo 22

Os Bennet jantaram com os Lucas, e outra vez, durante a parte principal do dia, a srta. Lucas foi gentil e ficou ouvindo o sr. Collins. Elizabeth aproveitou a oportunidade para agradecê-la.

— Isso o deixa de bom humor e fico mais grata do que posso expressar — ela disse.

Charlotte garantiu à amiga que estava satisfeita em ser útil, e que portanto já estava muito recompensada pelo pouco sacrifício de seu tempo. Isso era bastante amável, mas a bondade de Charlotte ia muito além do que Elizabeth poderia imaginar; ela queria evitar que as atenções do sr. Collins voltassem à amiga ao trazê-las para si. Tal era o plano da srta. Lucas; e as aparências eram tão favoráveis que, quando se despediram à noite, ela teve quase certeza de seu sucesso, não fosse a necessidade de ele deixar Hertfordshire tão logo. Mas essa reserva injustiçava o ardor e a independência da personalidade dele, que o levaram a escapar da casa de Longbourn na manhã seguinte com admirável astúcia e precipitar-se até Lucas Lodge para se atirar aos pés dela. O sr. Collins ansiava por escapar à observação das primas, convencido de que, se o vissem sair, não deixariam de conjeturar sobre suas intenções, e ele não queria que sua tentativa se tornasse conhecida antes de seu sucesso poder sê-lo também. Pois, apesar de sentir-se bastante seguro, e com razão, pois Charlotte fora toleravelmente encorajadora, ele estava um pouco hesitante, comparativamente, desde a aventura de quarta-feira. Entretanto, sua recepção foi das mais lisonjeiras. A srta. Lucas avistou-o de uma das janelas superiores enquanto ele avançava na direção da casa, e no mesmo instante saiu para encontrá-lo acidentalmente na rua. Mas ela não ousara esperar dele tanto amor e eloquência.

No menor tempo que os longos discursos do sr. Collins permitiam, tudo foi resolvido entre eles, para a satisfação de ambas as partes. Quando os dois entraram na casa, ele suplicou que a srta. Lucas escolhesse o dia em que o faria o mais feliz dos homens e, embora essa solicitação devesse ser protelada naquele momento, a moça não tinha a menor inclinação a brincar com a felicidade dele. A imbecilidade com a qual a natureza o favorecera privava seu cortejo de qualquer charme que pudesse fazer uma mulher desejar sua continuidade, e a srta. Lucas, que o aceitara unicamente em razão do desejo puro e desinteressado por estabilidade, não se importava com a rapidez dos arranjos para ganhá-la.

A permissão de sir William e lady Lucas foi pedida e concedida com a mais alegre vivacidade. As circunstâncias atuais do sr. Collins tornavam-no um candidato dos mais elegíveis para a filha, a quem podiam deixar pouca fortuna, e as expectativas de riqueza futura dele eram muito razoáveis. Lady Lucas começou de imediato a calcular, com mais interesse do que o assunto já incitara antes, quantos anos mais o sr. Bennet devia viver; e sir William disse, como opinião decisiva, que quando o sr. Collins fosse dono da propriedade Longbourn, seria bastante conveniente que tanto ele como a esposa se apresentassem em St. James. Para resumir, a família inteira ficou adequadamente animada com a ocasião. As meninas mais novas criaram esperanças de sair de casa um ou dois anos antes do que poderiam ter feito, e os meninos foram aliviados de seu receio de que Charlotte morresse solteirona. A própria Charlotte manteve uma compostura tolerável. Já ganhara o que pretendia, e teve tempo de pensar. Suas reflexões eram, em geral, satisfatórias. Com certeza o sr. Collins não era nem sensato nem agradável; o convívio com ele era exasperante, e seu afeto por ela devia ser imaginário. Mas, ainda assim, ele seria seu marido. Sem pensar grande coisa nem dos homens nem do matrimônio, o casamento sempre fora o objetivo dela; era o único propósito honroso para mulheres bem-educadas de pouca fortuna, e, apesar de o ganho de felicidade ser incerto, esse devia ser o meio mais agradável de protegê-las da miséria. Ela acabara de obter esse meio e, com 27 anos, sem nunca ter sido bonita, sentia que estava com sorte. A circunstância menos agradável no arranjo seria o assombro de Elizabeth Bennet, cuja amizade ela valorizava mais do que a de qualquer outra pessoa. Elizabeth a questionaria, e provavelmente a culparia, e, apesar de isso não abalar sua resolução, seus sentimentos ficariam feridos pela desaprovação da amiga. Resolveu ela própria ir informá-la e, assim, encarregou o sr. Collins de não insinuar para ninguém da família Bennet nada do que se passara. É claro que ele lhe prometeu segredo, obedientemente. No entanto, não seria fácil manter o sigilo, pois a curiosidade incitada por sua longa ausência irrompeu em perguntas diretas quando ele retornou, de modo que o sr. Collins precisou de certa engenhosidade para escapar. Ao mesmo tempo, ele precisou de bastante abnegação, pois ansiava muito por divulgar seu amor bem-sucedido.

Como partiria cedo demais na manhã seguinte para ver qualquer pessoa da família, a formalidade da despedida se deu quando as moças foram dormir, e a sra. Bennet, com grande polidez e cordialidade, disse quanto ficaria feliz se ele viesse a Longbourn outra vez, quando as outras ocupações dele lhe permitissem visitá-los.

— Minha cara senhora, este convite é particularmente gratificante, porque é o que andei esperando receber, e tenha certeza de que eu me beneficiarei dele assim que possível.

Todos ficaram surpresos, e o sr. Bennet, que não conseguiria de modo algum desejar um retorno breve, disse de imediato:

— Mas não há perigo de lady Catherine desaprovar, meu bom senhor? É melhor negligenciar seus parentes do que correr o risco de ofender sua patrona.

— Meu caro senhor, fico particularmente grato ao senhor por esse aviso amigável, e garanto que não darei um passo tão grande sem a anuência de sua senhoria.

— Todo cuidado é pouco. Arrisque-se a qualquer coisa, menos ao descontentamento dela. E se o senhor achar que sua vinda pode descontentá-la, o que me parece muito provável, fique quieto em casa, e tenha certeza de que *nós* não nos ofenderemos.

— Acredite em mim, meu caro senhor, essa afetuosa atenção incita minha calorosa gratidão. Tenha certeza de que o senhor logo receberá uma carta lhe agradecendo por isso e por todas as suas outras manifestações de apreço durante minha estadia em Hertfordshire. Quanto às minhas belas primas, embora minha ausência possa não ser tão longa para que se faça necessário, tomo a liberdade de desejar-lhes saúde e felicidade, sem excluir minha prima Elizabeth.

Com as devidas cortesias, as damas retiraram-se, todas igualmente surpresas de descobrir que ele previa um retorno breve. A sra. Bennet quis compreender aquilo como uma manifestação de que ele desejava dedicar suas atenções a alguma das meninas mais novas. Mary poderia ser levada a aceitá-lo. A jovem classificava as habilidades do sr. Collins de modo muito mais positivo que as irmãs; a solidez das reflexões dele costumavam impressioná-la e, embora ele não fosse tão esperto quanto ela, a moça imaginava que, se ele fosse encorajado a ler e a melhorar com seu exemplo, poderia vir a se tornar um companheiro bem agradável. Mas, na manhã seguinte, todas as esperanças desse tipo foram abolidas. A srta. Lucas apareceu logo depois do café da manhã, e, em uma conferência privada com Elizabeth, relatou o acontecimento do dia anterior.

A possibilidade de o sr. Collins pensar que estava apaixonado por sua amiga ocorrera uma vez a Elizabeth nos dias anteriores, mas que Charlotte fosse encorajá-lo parecia tão distante quanto a ideia de ela mesma encorajá-lo. Portanto, seu espanto foi tão grande que a princípio superou os limites do decoro, e ela não conseguiu evitar gritar:

— Noiva do sr. Collins! Minha querida Charlotte, impossível!

O semblante firme que a srta. Lucas mantivera antes de contar a história cedeu a uma confusão momentânea quando ela recebeu uma reprimenda tão direta, mas, como isso não superava o esperado, ela logo recuperou a compostura e replicou calmamente:

— Por que está tão surpresa, minha querida Eliza? Você acha inacreditável o sr. Collins conseguir a opinião positiva de uma mulher porque ele não conseguiu obtê-la de você?

Mas Elizabeth já se recompusera e, esforçando-se bastante, conseguiu assegurar com tolerável firmeza que o prospecto do relacionamento lhe era bastante agradável, e que desejava à amiga toda a felicidade imaginável.

— Entendo o que está sentindo — replicou Charlotte. — Deve estar surpresa, muito surpresa, porque há pouco o sr. Collins queria se casar com você. Mas, quando você tiver tido tempo para pensar no assunto, espero que fique satisfeita com o que fiz. Não sou romântica, você sabe, nunca fui. Eu só quero um lar confortável e, considerando a personalidade do sr. Collins, seus contatos e situação financeira, estou convencida de que minha chance de ser feliz com ele é tão boa quanto a de qualquer pessoa ao contrair um casamento.

Elizabeth respondeu baixo:

— Sem dúvida.

E, depois de uma pausa esquisita, as duas se reuniram ao resto da família. Charlotte não ficou muito mais tempo, e Elizabeth viu-se a sós para refletir sobre o que ouvira. Demorou bastante até conseguir fazer as pazes com a ideia de um casamento tão incompatível. A estranheza de o sr. Collins ter feito duas propostas de casamento em três dias não era nada se comparada ao fato de ele ter sido aceito. Ela sempre sentira que a opinião de Charlotte acerca do matrimônio não era exatamente igual à sua, mas não poderia ter suposto que a amiga, quando convocada a agir, sacrificaria todos os melhores sentimentos ao benefício material. Charlotte, esposa do sr. Collins, era uma imagem das mais humilhantes! E ao tormento de uma amiga desgraçando a própria vida e caindo em seu apreço foi somada a convicção angustiante de que essa amiga nunca seria feliz com o destino que escolhera.

Capítulo 23

Elizabeth estava sentada com a mãe e as irmãs, pensando no que ouvira, e duvidando que estivesse autorizada a falar do assunto, quando o próprio sir William Lucas apareceu, enviado pela filha, para anunciar o noivado à família. Fazendo reverências a todos, e muito orgulhoso diante da expectativa de união entre as duas casas, ele revelou o assunto — a uma audiência não apenas surpresa, como incrédula, já que a sra. Bennet, com mais perseverança do que gentileza, alegou que ele devia estar redondamente enganado, e Lydia, sempre imprudente e com frequência indelicada, exclamou ruidosamente:

— Por Deus! Sir William, como o senhor é capaz de contar uma história dessas? Não sabe que o sr. Collins quer se casar com Lizzy?

Apenas alguém com a complacência de um cortesão seria capaz de tolerar sem ira tal tratamento, mas a boa educação de sir William ajudou-o a passar por tudo aquilo e, embora implorasse licença para reafirmar que falava a verdade, ele ouviu toda a impertinência delas com a mais indulgente cortesia.

Elizabeth, sentindo-se obrigada a aliviá-lo daquela situação tão desagradável, adiantou-se para confirmar o relato, mencionando que soubera da informação pela própria Charlotte. Então se empenhou em parar as erupções da mãe e das irmãs com a franqueza dos parabéns que deu a sir William, aos quais Jane prontamente fez coro, tecendo vários comentários sobre a felicidade conjugal que lhes aguardava, o excelente caráter do sr. Collins e a conveniente proximidade entre Hunsford e Londres.

A sra. Bennet ficou, de fato, estarrecida demais para dizer muita coisa na presença de sir William, mas tão logo ele as deixou, ela pôde desabafar tudo o que sentia. Em primeiro lugar, persistiu em duvidar do que fora contado; em segundo, manifestou a certeza de que o sr. Collins fora enganado; em terceiro, declarou confiar que eles jamais seriam felizes juntos; e, em quarto, que a união poderia ser cancelada. Entretanto, podiam-se inferir duas coisas do todo: uma, que Elizabeth era a verdadeira causa da confusão, e outra, que a própria sra. Bennet fora barbaramente usada por todos — e esses dois pontos a afligiram pelo resto do dia. Nada era capaz de consolá-la nem de acalmá-la. E aquele dia não esgotou seu ressentimento. Uma semana se passou antes de a sra. Bennet conseguir ver Elizabeth sem ralhar com ela, e um mês transcorreu antes de conseguir falar com sir William ou lady Lucas sem ser rude, e só depois de muitos meses conseguiu perdoar a filha dos vizinhos.

As emoções do sr. Bennet na ocasião foram muito mais tranquilas. Aquelas que experimentou, segundo declarou, eram de natureza agradável, pois julgava gratificante descobrir que Charlotte Lucas, quem ele costumava julgar razoavelmente sensata, era tão tola quanto sua esposa e mais tola do que sua filha!

Jane confessou-se um pouco surpresa com a união, mas falou menos de seu assombro do que de seu franco desejo pela felicidade do casal, e Elizabeth não conseguiu convencê-la a considerar a ideia improvável. Kitty e Lydia estavam longe de invejar a srta. Lucas, pois o sr. Collins era só um clérigo, de modo que a notícia do noivado não as afetou de nenhuma maneira, fora o fato de constituir uma novidade para elas espalharem por Meryton.

Lady Lucas não podia ignorar o triunfo de devolver à sra. Bennet os comentários sobre a felicidade de ter uma filha bem casada, e começou a aparecer em Longbourn com mais frequência do que de costume para dizer quanto estava feliz, embora os olhares azedos e comentários maldosos da sra. Bennet bastassem para afastar a felicidade.

Entre Elizabeth e Charlotte pairou um constrangimento que as manteve num silêncio mútuo sobre o assunto, e Elizabeth convenceu-se de que nenhuma confiança real voltaria a existir entre elas. O desapontamento com Charlotte a fez se voltar para a irmã de forma ainda mais afetuosa, pois tinha certeza de que sua opinião acerca da retidão e da delicadeza de Jane jamais poderia ser abalada. Além disso, cada dia aumentava sua ansiedade em relação à felicidade da irmã: já passava de uma semana que Bingley se fora, e nada se ouvira sobre seu retorno.

Jane respondera à carta de Caroline imediatamente, e contava os dias até que fosse plausível esperar por mais notícias dela. A prometida carta de agradecimento do sr. Collins chegou na terça-feira, endereçada ao pai das moças, escrita com a solenidade que se esperaria de alguém que agradecesse por uma estadia de um ano. Após ter livrado a consciência nesse sentido, ele os informou, com muitas expressões entusiasmadas, da felicidade por ter recebido a afeição da amável vizinha, a srta. Lucas, e explicou que fora apenas com o objetivo de vê-la que aceitara com tanta prontidão o convite gentil da sra. Bennet de recebê-lo de novo em Longbourn, para onde ele esperava retornar em uma quinzena, na segunda-feira. Lady Catherine, ele acrescentou, aprovara o casamento de tamanha boa vontade a ponto de desejar que fosse celebrado tão logo possível, o que ele julgava ser uma motivação incontestável para que sua amável Charlotte escolhesse sem demora a data na qual o faria o mais feliz dos homens.

O retorno do sr. Collins a Hertfordshire não trazia mais nenhuma satisfação à sra. Bennet. Pelo contrário, ela estava tão disposta a reclamar disso quanto o marido: era muito estranho que ele viesse a Longbourn em vez de ir a Lucas Lodge, além de inconveniente e excessivamente incômodo. Ela odiava receber visitantes em casa quando sua saúde estava tão ruim, e pessoas apaixonadas eram, dentre todas, as mais desagradáveis. Tais eram os gentis murmúrios da sra. Bennet, que apenas abriram caminho para a aflição ainda maior: a continuada ausência do sr. Bingley.

Nem Jane nem Elizabeth ficavam confortáveis com esse assunto. Dia após dia se passava sem outras notícias dele, além do relato, logo espalhado por toda Meryton, de que ele não retornaria a Netherfield até o fim do inverno.

Tal relato exasperava a sra. Bennet, e ela nunca deixava de contradizê-lo, afirmando tratar-se de uma mentira escandalosa.

Até Elizabeth começou a temer — não tinha receio de que Bingley fosse indiferente, mas de que as irmãs dele obtivessem sucesso em mantê-lo distante. Apesar de sua grande relutância em admitir uma ideia tão destrutiva para a felicidade de Jane, e tão desonrosa para a estabilidade do amado da irmã, ela não conseguia evitar a recorrência com que pensava no assunto. Temia que os esforços combinados das duas insensíveis irmãs de Bingley e do amigo dominador, ajudados pelos encantos da srta. Darcy e das diversões de Londres, pudessem ser demais para a intensidade do afeto dele.

A ansiedade de Jane com todo aquele suspense era, é claro, mais dolorosa do que a de Elizabeth, embora desejasse ocultar quaisquer que fossem seus sentimentos e, por isso, as duas irmãs nunca mencionavam o assunto entre si. No entanto, por não compartilhar de tal delicadeza, raras vezes passava mais de uma hora sem que a mãe falasse de Bingley, expressando quanto estava impaciente para seu retorno, ou até insistindo para Jane confessar que se sentiria muito usada, caso ele não voltasse. Suportar tais agressões com relativa tranquilidade requeria de Jane toda a sua estável brandura.

O sr. Collins voltou pontualmente quinze dias depois, na segunda-feira, mas sua recepção em Longbourn não foi tão graciosa quanto a primeira. Entretanto, ele estava feliz demais para precisar de muita atenção e, para a sorte dos outros, o trabalho de edificar o amor livrou-os de sua companhia por um bom tempo. Ele passava a maior parte de todos os dias em Lucas Lodge, e às vezes só voltava a Longbourn a tempo de se desculpar pela ausência antes de a família ir se deitar.

A sra. Bennet ficou num estado realmente deplorável. Apenas a menção de qualquer coisa relacionada ao casamento a levava à agonia do mau humor e, aonde quer que fosse, ela ouvia falar sobre o assunto. Odiava a simples visão da srta. Lucas, a quem encarava com despeitada aversão por ser sua sucessora naquela casa. Sempre que Charlotte vinha visitá-las, a sra. Bennet concluía que ela esperava ansiosamente pelo momento em que tomaria posse do lugar, e sempre que a moça falava baixinho com o sr. Collins, a mulher ficava convencida de que o assunto era a propriedade de Longbourn e a expulsão imediata da sra. Bennet e das filhas tão logo o sr. Bennet morresse. Ela reclamava disso amargamente para o marido.

— É mesmo muito difícil, sr. Bennet, pensar que Charlotte Lucas um dia será senhora desta casa, que *eu* serei forçada a sair do caminho *dela*, e que viverei para vê-la tomar meu lugar aqui! — ela disse.

— Minha querida, não se renda a esses pensamentos tão tenebrosos. Vamos esperar pelo melhor. Vamos nos entreter pensando que serei *eu* a sobreviver.

Isso não consolava muito a sra. Bennet e, portanto, em vez de responder, ela continuou como antes:

— Não suporto pensar que eles ficarão com a proprie-dade. Se não fosse pelos termos da herança, eu não me importaria.

— Com o que você não se importaria?

— Com coisa nenhuma.

— Então sejamos gratos por você ter sido preservada de um estado de tamanha insensibilidade.

— Nunca poderei ser grata por nada relacionado aos termos da herança, sr. Bennet. Não consigo entender como alguém tem coragem de, em testamento, arrancar uma propriedade das filhas de outra pessoa. E tudo em benefício do sr. Collins, ainda por cima! Por que ele tem mais direito de ficar com a casa do que qualquer outra pessoa?

— Eu deixarei isso para você definir — disse o sr. Bennet.

Capítulo 24

A carta da srta. Bingley chegou, eliminando qualquer dúvida. A primeira frase já atestava que todos haviam se estabelecido em Londres para passar o inverno, e terminava manifestando o pesar do irmão por não ter tido tempo de, antes de deixar o campo, demonstrar sua consideração aos amigos de Hertfordshire.

Toda esperança acabou e, quando Jane conseguiu se voltar ao resto da carta, encontrou pouca coisa que pudesse lhe trazer algum conforto, além da declarada afeição da autora. Elogios à srta. Darcy ocupavam a maior parte do texto, no qual bastante se falava de seus muitos encantos, e Caroline ficava feliz em se gabar da crescente intimidade entre elas, aventurando-se a prever a realização dos desejos revelados na carta anterior. Também expressava muita satisfação por seu irmão ser um frequentador da casa do sr. Darcy, e mencionava em êxtase alguns dos planos desse último, referentes a novas mobílias.

Elizabeth, a quem Jane logo comunicou o principal conteúdo da carta, ouviu tudo em silenciosa indignação. Seu coração ficou dividido entre a preocupação com a irmã e um ressentimento de todos os outros. Não deu crédito à afirmação de Caroline de que o irmão gostava da srta. Darcy. Não duvidava nada que Bingley fosse afeiçoado a Jane e, apesar de sempre ter se disposto a gostar dele, não conseguia deixar de pensar com raiva — e até com desprezo — no temperamento fácil do homem, naquela ausência de verdadeira convicção, que agora o tornava escravo de seus amigos artificiosos e o levava a sacrificar a própria felicidade ao capricho das vontades alheias. Se o sr. Bingley fosse sacrificar somente a própria felicidade, poderia brincar com ela como preferisse, mas Jane estava envolvida, e Elizabeth achava que ele deveria ter consciência disso. Em resumo, o assunto provocaria profunda e longa reflexão, mas inutilmente. Elizabeth não conseguia pensar em mais nada: se o apreço de Bingley havia mesmo se dissipado ou se fora suprimido pela interferência dos amigos; se ele tinha consciência do afeto de Jane, ou se o fato lhe escapara à atenção; qualquer que fosse o caso, embora pudesse afetar a opinião dela acerca do homem, a situação de sua irmã continuava a mesma, e sua paz igualmente ferida.

Um dia ou dois se passaram antes de Jane ter coragem de conversar com Elizabeth sobre seus sentimentos. Mas, quando a sra. Bennet as deixou sozinhas, depois de manifestar sua irritação com o inquilino de Netherfield por mais tempo que de costume, Jane não pôde deixar de dizer:

— Ah, como eu queria que nossa querida mãe se controlasse mais! Ela não faz ideia da dor que me causam esses contínuos comentários sobre ele. Mas não vou me queixar. Não vai durar muito. Ele será esquecido, e todas ficaremos como antes.

Elizabeth olhou para a irmã com incrédula solicitude, mas nada disse.

— Você duvida de mim — disse Jane, ruborizando um pouco. — Mas não há motivo para isso. Ele pode viver na minha memória como o homem mais amável que já conheci, mas isso é tudo. Não tenho nada a esperar ou a temer, e nenhum motivo para repreendê-lo. Graças a Deus! *Essa* dor eu não sinto. Portanto, é questão de tempo... Eu com certeza tentarei me conter. — E com a voz mais forte, acrescentou pouco depois: — Tenho um consolo imediato: tudo não passou de um erro da minha imaginação, e isso não causou problemas a ninguém além de mim.

— Minha querida Jane! — exclamou Elizabeth. — Você é boazinha demais. Sua doçura e abnegação são mesmo angelicais. Não sei o que lhe dizer. Sinto que nunca lhe fiz justiça e nunca a amei como você merece.

A srta. Bennet rejeitou com avidez a ideia de possuir virtudes extraordinárias e, em resposta, elogiou a afeição calorosa da irmã.

— Não, isso não é justo — disse Elizabeth. — É *você* quem deseja considerar que todos são dignos de respeito e fica magoada se falo mal de alguém. Já *eu* só acho *você* perfeita, e ainda assim você contraria a ideia. Não tema que eu esteja exagerando ou invadindo seu privilégio da boa vontade universal. Não há razão para isso. Amo poucas pessoas de verdade, e tenho uma opinião positiva de menos gente ainda. Quanto mais vejo do mundo, mais fico insatisfeita com ele, e a cada dia acredito mais na inconsistência de todas as personalidades humanas e confio menos na aparência de virtude ou de sensatez. Encontrei dois exemplos recentemente, e não mencionarei um. O outro é o casamento de Charlotte. É incompreensível! De todas as formas, incompreensível!

— Minha querida Lizzy, não se entregue a esse tipo de sentimentos. Eles vão arruinar sua felicidade. Você não está levando em conta as diferentes situações e temperamentos. Considere a respeitabilidade do sr. Collins e a personalidade prudente e constante de Charlotte. Lembre-se de que ela é parte de uma família grande. No que diz respeito ao dinheiro, trata-se de uma união aceitável. Esteja pronta a acreditar, pelo bem de todos, que ela pode sentir algo como apreço e estima por nosso primo.

— Para agradar você, eu tentaria acreditar em quase tudo, mas ninguém ganharia nada com isso, pois, se eu estivesse convencida de que Charlotte tem algum apreço por ele, concluiria que o discernimento da minha amiga é ainda pior do que o coração dela. Minha querida Jane, o sr. Collins é um homem tolo, arrogante, pomposo e tacanho; você sabe disso tanto quanto eu, e deve sentir, como eu, que a mulher a se casar com ele não pode ser alguém que pensa direito. Não a defenda, mesmo sendo Charlotte Lucas. Não tente, pelo bem de um indivíduo, mudar o significado de princípio e integridade, nem persuadir a si mesma ou a mim de que egoísmo é prudência, ou de que a ignorância do perigo garante felicidade.

— Acho que você se expressa de maneira severa demais ao falar de ambos — replicou Jane —, e espero que se convença quando os vir felizes juntos. Mas chega disso. Você aludiu a outra coisa. Mencionou *dois* exemplos. Sei que não a compreendi mal, querida Lizzy, mas suplico que não me atormente apontando *aquele indivíduo* como culpado e dizendo que sua opinião sobre ele mudou para pior. Não devemos ser tão propensas a considerar que fomos intencionalmente prejudicadas. Não devemos esperar que um homem jovem e alegre seja sempre cauteloso e circunspecto. Com frequência, a causa de nosso engano é nossa própria vaidade. As mulheres supõem que admiração significa mais do que significa.

— E os homens cuidam para que continue assim.

— Se isso for feito de caso pensado, não se pode justificá-lo; mas não acredito que existam tantos planos de caso pensado no mundo quanto algumas pessoas supõem.

— Estou longe de acreditar que o sr. Bingley agiu de caso pensado — disse Elizabeth. — Porém, mesmo sem planejar fazer mal ou deixar os outros infelizes, pode-se criar ilusão e tristeza. O descuido, a falta de atenção aos sentimentos das outras pessoas e a falta de perseverança farão o trabalho.

— E você atribui o que houve a alguma dessas coisas?

— Sim, à última. Mas, se eu continuar, eu a ofenderei falando o que penso de pessoas que você estima. Impeça-me enquanto pode.

— Então você persiste em supor que as irmãs o influenciaram?

— Sim, em conjunto com o amigo dele.

— Não consigo acreditar. Por que eles tentariam influenciá-lo? Só podem desejar a felicidade dele, e, se ele gosta de mim, nenhuma outra mulher pode garanti-la.

— Sua primeira proposição é falsa. Podem muito bem desejar várias coisas, além da felicidade dele; podem desejar aumentar a riqueza e a importância dele, podem desejar casá-lo com uma moça que tem toda a influência do dinheiro, contatos importantes e orgulho.

— Sem dúvida, desejam mesmo que ele escolha a srta. Darcy — replicou Jane. — Mas isso pode ser devido a sentimentos melhores do que os que você supõe. Elas a conhecem há muito mais tempo do que a mim. Não é de surpreender que a amem mais. Contudo, não importa quais sejam seus desejos, é improvável que se opusessem aos do irmão. Que irmã julgaria ter a liberdade de fazer isso, a menos que estivesse diante de um fato muito contestável? Se acreditassem que o cavalheiro gosta de mim, não tentariam nos separar. Se ele gostasse mesmo, elas não teriam sucesso. Ao supor que ele nutria afeição por mim, você faz todos parecerem perversos e errados, e me deixa muito infeliz. Não me atormente com isso. Não sinto vergonha de ter me enganado, ou, pelo menos, é uma vergonha tênue. Nada, se comparada ao que eu sentiria se pensasse mal dele e das irmãs. Deixe-me olhar as coisas do melhor modo, por um prisma sob o qual podem ser compreendidas.

Elizabeth não podia objetar a tal desejo e, dali em diante, as duas mal tocaram no nome do sr. Bingley.

A sra. Bennet continuava a se espantar e a se lamentar que ele não retornava e, apesar de quase nunca passar um dia sem Elizabeth explicar a ausência com clareza, parecia haver poucas chances de que a mãe um dia enxergaria o fato com menos perplexidade. A filha tentou convencer a sra. Bennet de algo em que ela mesma não acreditava: que os interesses do sr. Bingley por Jane haviam sido uma mera inclinação comum e passageira, que cessou quando ele parou de vê-la. Mas, embora essa possibilidade fosse cogitada momentaneamente, Elizabeth precisava contar a mesma história todo dia. O melhor consolo da sra. Bennet era a esperança de que o sr. Bingley voltasse no verão.

O sr. Bennet tratava o assunto de maneira diferente.

— Então, Lizzy, descobri que sua irmã está frustrada no amor — disse ele um dia. — Eu a parabenizo. Depois da ideia de se casar, o que uma moça mais gosta é se sentir assim, vez ou outra. É algo em que pensar e lhe traz uma espécie de distinção entre suas companheiras. Quando será sua vez? Você dificilmente suportará por muito tempo a sensação de ter sido superada por Jane. A hora é agora. Há militares suficientes em Meryton para desapontar todas as jovens do interior. Que Wickham seja seu homem. Ele é um rapaz agradável e a desdenharia habilmente.

— Obrigada, senhor, mas já me contentaria com um homem menos agradável. Não devemos todas esperar a boa sorte de Jane.

— Verdade — respondeu o sr. Bennet. — Mas é um conforto pensar que, não importando que mal desse tipo venha a se abater sobre você, poderá contar com sua mãe amorosa para engrandecê-lo ao máximo.

O convívio com o sr. Wickham ajudou muito a dispersar a melancolia que se abatera sobre algumas pessoas da família de Longbourn desde os perversos acontecimentos. Elas o viam com frequência, e acrescentaram sua franqueza universal a seus demais pontos positivos. Tudo aquilo que Elizabeth já ouvira do sr. Wickham a respeito do sr. Darcy, e do sofrimento que este lhe causara, se tornava agora assunto de conhecimento geral, e todos se alegraram em perceber o quanto sempre haviam antipatizado com o sr. Darcy, mesmo antes de saber sobre a questão.

A srta. Bennet era a única criatura capaz de supor que houvesse circunstâncias atenuantes no caso, desconhecidas da sociedade de Hertfordshire. Com sua leve e constante doçura, a moça sempre pedia tolerância e insistia na possibilidade de ter havido um engano — mas por todas as outras pessoas o sr. Darcy foi condenado como o pior dos homens.

Capítulo 25

Depois de uma semana gasta com declarações de amor e planejamentos de felicidade, o sr. Collins foi afastado de sua amada Charlotte pela chegada do sábado. Todavia, a dor da separação foi mitigada, da parte dele, pelos preparativos para a recepção da noiva, pois o sr. Collins tinha razões para esperar que, pouco depois de seu próximo retorno a Hertfordshire, seria definido o dia que o faria o mais feliz dos homens. Ele se despediu dos parentes de Longbourn com a mesma solenidade de antes, desejou de novo saúde e felicidade para suas belas primas e prometeu ao pai delas outra carta de agradecimento.

Na segunda-feira seguinte, a sra. Bennet teve o prazer de receber seu irmão e a esposa, que vieram, como de costume, passar o Natal em Longbourn. O sr. Gardiner era um homem sensato e cavalheiresco, imensamente superior à irmã, tanto pela própria natureza como pela educação. As damas de Netherfield teriam sentido dificuldades de acreditar que um homem que vivia do comércio, dentro do campo de visão de seus entrepostos, poderia ser tão bem-educado e agradável. A sra. Gardiner, muitos anos mais jovem do que a sra. Bennet e a sra. Phillips, era uma mulher amável, inteligente e elegante, e muito querida pelas sobrinhas de Longbourn. Perdurava um afeto bastante especial principalmente entre ela e as duas sobrinhas mais velhas, que frequentemente passavam um tempo com ela na cidade.

A primeira atividade da sra. Gardiner ao chegar foi distribuir seus presentes e descrever as últimas modas. Quando terminou, restou a ela um papel menos ativo; foi sua vez de ouvir. A sra. Bennet tinha muitas mágoas a relatar e muito de que reclamar. Todos haviam sido usados desde a última vez que vira a cunhada. Duas das meninas haviam estado prestes a se casar, e no final nada aconteceu.

— Não culpo Jane — continuou. — Jane teria ficado com o sr. Bingley se pudesse. Mas Lizzy! Ah, cunhada! É muito difícil pensar que ela já poderia ser esposa do sr. Collins a esta altura, não fosse sua teimosia. Ele fez o pedido aqui nesta mesma sala, e ela o rejeitou. A consequência é que lady Lucas terá uma filha casada antes de mim, e a propriedade de Longbourn está mais longe de nossas mãos do que nunca. Os Lucas são mesmo pessoas muito astutas, cunhada. Querem tudo o que puderem conseguir. Sinto muito por dizer isso deles, mas é a verdade. Isso me deixa muito nervosa e doente, ser tão contrariada por minha própria família, e ter vizinhos que pensam em si antes de pensar nos outros. Mas sua vinda justo nessa época é um grande consolo, e fico muito feliz de ouvir o que você nos contou, sobre as mangas compridas.

A sra. Gardiner, que já recebera a maior parte daquelas notícias por meio de suas correspondências com Jane e Elizabeth, respondeu vagamente à cunhada e, em respeito às sobrinhas, mudou de assunto.

Depois, quando ficou sozinha com Elizabeth, falou mais sobre o assunto.

— Parece provável que seria uma união desejável para Jane — ela disse. — Sinto muito por não ter dado certo. Mas essas coisas acontecem com tanta frequência! Um jovem como o sr. Bingley, do modo como o descreveram, se apaixona fácil por uma moça bonita durante algumas semanas e, quando o acaso os separa, a esquece com a mesma facilidade. Esse tipo de inconstância é muito comum.

— Um ótimo consolo, mas não serve para nós — respondeu Elizabeth. — Não estamos sofrendo com o *acaso*. Não é comum que, em poucos dias, a interferência de amigos convença um jovem de situação financeira independente a não mais pensar na moça por quem estava violentamente apaixonado.

— Mas essa expressão "violentamente apaixonado" é tão banalizada, tão duvidosa, tão indefinida, que me diz muito pouco. Ela é muito aplicada tanto a sentimentos que surgem de um convívio de meia hora como a uma afeição forte e verdadeira. Por favor, quão *violenta* era a paixão do sr. Bingley?

— Nunca vi uma atração mais promissora; chegava a negligenciar outras pessoas e a ficar completamente absorto por Jane. Toda vez que se encontravam, isso ficava mais sólido e notável. No próprio baile, ofendeu duas ou três damas não as convidando para dançar; eu mesma falei com ele duas vezes e não recebi resposta. Poderia haver sintomas mais fortes? A descortesia universalizada não é a própria essência do amor?

— Ah, é claro! É esse tipo de amor que suponho que ele tenha sentido. Pobre Jane! Sinto muito por ela, pois, com o temperamento que tem, pode não superar tão cedo. Seria melhor se tivesse acontecido com *você*, Lizzy, pois logo estaria rindo da situação. Você acha que conseguiríamos convencer sua irmã a vir com a gente? Mudar de ares pode ser útil... e talvez um tempo longe de casa ajude mais do que qualquer coisa.

Elizabeth ficou muito satisfeita com a proposta, convencida de que a irmã concordaria prontamente.

— Espero que ela não seja influenciada por nenhuma consideração a respeito desse moço — acrescentou a sra. Gardiner. — Vivemos numa parte da cidade tão diferente, todos os nossos conhecidos são tão diferentes, e, como você bem sabe, saímos tão pouco, que é muito improvável os dois se encontrarem, a menos que ele venha vê-la.

— E *isso* é impossível, pois ele está agora sob a custódia do amigo, e o sr. Darcy não o deixaria visitar Jane em tal parte de Londres! Minha querida tia, como você pode pensar nisso? O sr. Darcy talvez tenha *ouvido falar* de uma tal rua Gracechurch, mas dificilmente acharia que um mês se lavando seria suficiente para limpá-lo das impurezas caso um dia fosse para lá, e creia que o sr. Bingley não se mexe sem ele.

— Melhor ainda. Espero que não se encontrem. Mas Jane não se corresponde com a irmã dele? *Ela* não deixará de fazer uma visita.

— Ela cortará relações completamente.

Mas, apesar da pretensa certeza ao dizer isso, e apesar da ainda mais interessante certeza de que Bingley seria impedido de ver Jane, Elizabeth sentiu uma ansiedade em relação à questão, e convenceu-se, numa análise mais cuidadosa, de que talvez pudesse haver alguma esperança. Era possível, e às vezes ela julgava provável, que a afeição do sr. Bingley fosse reavivada, e que a influência dos amigos pudesse ser revertida pela influência mais natural dos encantos de Jane.

A srta. Bennet aceitou com prazer o convite da tia e, na ocasião, só pensou nos Bingley porque, como Caroline não vivia na mesma casa que o irmão, poderia de vez em quando passar algumas manhãs com ela sem se arriscar a vê-lo.

Os Gardiner permaneceram uma semana em Longbourn e, com os Phillips, os Lucas e os militares, não passaram um dia sem compromissos. A sra. Bennet providenciou cuidadosamente o entretenimento do irmão e da cunhada, e não jantaram em família nenhuma vez. Quando o encontro era em casa, alguns militares sempre participavam — e entre eles sempre estava o sr. Wickham. Numa dessas ocasiões, a sra. Gardiner, suspeitando dos calorosos elogios de Elizabeth a ele, acompanhou os dois de perto. Sem presumi-los seriamente apaixonados, pelo que observou, a preferência que tinham um pelo outro era clara o bastante para deixá-la um pouco apreensiva. Resolveu conversar com Elizabeth sobre o assunto antes de deixar Hertfordshire, e explicar a ela a imprudência de encorajar tal afeição.

Para a sra. Gardiner, Wickham tinha um meio de proporcionar alegria sem relação com seus poderes gerais. Cerca de dez ou doze anos antes, num período anterior a seu casamento, ela passara bastante tempo na exata região de Derbyshire de onde o rapaz vinha. Portanto, eles conheciam muita gente em comum. Apesar de Wickham ter estado pouco por lá desde a morte do pai de Darcy, cinco anos antes, ele ainda podia dar informações mais recentes acerca dos antigos amigos dela do que ela teria conseguido obter.

A sra. Gardiner vira Pemberley e conhecera perfeitamente bem o caráter do finado sr. Darcy. Em consequência, este era um assunto inesgotável. Ao comparar o que se lembrava de Pemberley com a descrição minuciosa de Wickham, e conceder elogiosos louvores ao caráter de seu antigo dono, agradava o jovem tanto quanto a si mesma. Ao descobrir a maneira como o atual sr. Darcy o tratara, ela tentou lembrar alguma coisa do famoso temperamento do cavalheiro quando criança que pudesse ter previsto isso, e recordou ter ouvido o sr. Fitzwilliam Darcy ser descrito como um menino orgulhoso e mal-humorado.

Capítulo 26

Os avisos da sra. Gardiner para Elizabeth foram pontuais e dados com gentileza na primeira oportunidade favorável que encontrou para falar com ela a sós. Depois de dizer com honestidade o que pensava, continuou:

— Você é uma moça sensata demais, Lizzy, para se apaixonar só porque foi aconselhada do contrário, portanto não tenho medo de lhe falar abertamente. Estou falando sério, tenha cuidado. Não se envolva nem tente envolvê-lo numa ligação que a falta de dinheiro tornaria imprudente. Não tenho nada a dizer contra *ele*; é um jovem bastante interessante, e, se tivesse o devido dinheiro, eu acharia que você não poderia ter escolhido melhor. Mas, do modo como as coisas são, você não pode se deixar levar por uma fantasia. Você tem juízo, e todos nós esperamos que o use. Seu pai confia na *sua* determinação e boa conduta, tenho certeza. Você não deve decepcioná-lo.

— De fato, minha querida tia, isso é o que chamo de falar sério.

— Sim, e espero fazer com que você mantenha igual seriedade.

— Bem, você não precisa se alarmar. Eu tomarei conta de mim e do sr. Wickham também. Ele não se apaixonará por mim, se eu puder evitar.

— Elizabeth, você ainda não está falando sério.

— Eu peço desculpas; vou tentar de novo. No momento não estou apaixonada pelo sr. Wickham, com certeza não.

Mas ele é o homem mais agradável que já vi, está além de qualquer comparação, e se ele realmente se apegar a mim... acredito que não seria o melhor. Enxergo como seria imprudente. Ah, aquele abominável sr. Darcy! Tenho muito orgulho da opinião que meu pai tem a meu respeito, e ficaria devastada se a perdesse. Entretanto, meu pai nutre muita estima pelo sr. Wickham. Para resumir, minha querida tia, eu ficaria muito triste de deixar qualquer um de vocês infeliz. Mas nós vemos todos os dias que, quando já há afeição, os jovens raramente evitam contrair noivados por causa de falta de dinheiro, então como posso prometer ser mais sábia do que tantos de meus semelhantes, se eu for tentada? E como saberei que seria sábio resistir? Portanto, tudo o que posso lhe prometer é não ter pressa. Não terei pressa em supor que sou a prioridade do sr. Wickham. Quando estiver com ele, não vou desejar nada mais. Em resumo, farei meu melhor.

— Talvez ajude se você desencorajar as vindas tão frequentes dele. Você ao menos não deveria *lembrar* sua mãe de convidá-lo.

— Como fiz no outro dia — disse Elizabeth, com um sorriso consciente. — Verdade, serei sábia e evitarei fazer isso. Mas não imagine que ele vem sempre aqui. É por sua causa que ele foi convidado tantas vezes esta semana. Você conhece as ideias de minha mãe sobre a necessidade de conseguir companhia constante para os amigos. Mas, de verdade, pela minha honra, tentarei fazer o que julgo ser mais sábio. E espero que isso a satisfaça.

A tia assegurou-lhe que sim, Elizabeth agradeceu-lhe a bondade dos conselhos, e as duas despediram-se — um maravilhoso exemplo de conselho dado e recebido sem ressentimento.

O sr. Collins voltou a Hertfordshire logo depois de os Gardiner haverem partido com Jane, mas, como se hospedou com os Lucas, sua chegada não causou nenhum inconveniente à sra. Bennet. O casamento aproximava-se, e ela se resignou à inevitabilidade do acontecimento, repetindo com frequência, num tom mal-humorado, que "desejava que fossem felizes". A celebração aconteceria na quinta-feira. Na quarta, a srta. Lucas fez sua visita de despedida e, ao se levantar para partir, Elizabeth — envergonhada dos votos de felicidades feitos pela mãe de maneira rude e relutante —, e sinceramente comovida, acompanhou-a para fora da sala. Enquanto desciam juntas as escadas, Charlotte disse:

— Estou contando que você vá me enviar frequentes notícias suas, Eliza.

— Com certeza.

— E tenho mais um favor para pedir. Você virá me visitar?

— Espero que nos encontremos com frequência em Hertfordshire.

— É improvável que eu vá deixar Kent por um bom tempo. Então me prometa que irá a Hunsford.

Elizabeth não pôde recusar, embora previsse que a visita não seria agradável.

— Meu pai e Maria irão em março — acrescentou Charlotte. — E espero que você concorde em ir com eles. De verdade, Eliza, você me seria tão bem-vinda quanto qualquer um deles.

Deu-se o casamento: a noiva e o noivo partiram para Kent direto da porta da igreja, e todos tinham tanto a dizer e a ouvir sobre o assunto quanto de costume. Elizabeth logo recebeu notícias da amiga, e as duas trocaram correspondências com a frequência regular de sempre, mas era impossível se manifestarem sem reservas como antes. Elizabeth nunca conseguia se dirigir a Charlotte sem sentir que o conforto de sua intimidade havia acabado, e a determinação dela em não negligenciar essas correspondências se devia ao que havia existido entre elas, e não ao que existia então. Recebeu as primeiras cartas de Charlotte com bastante avidez, pois não conseguia deixar de sentir curiosidade acerca do que a amiga diria sobre o novo lar, sua opinião sobre lady Catherine, e quanto ousaria se dizer feliz. No entanto, ao lê-las, Elizabeth sentiu que Charlotte expressava-se a respeito de cada assunto exatamente como previra. Escrevia alegremente, parecia cercada de conforto, e não mencionava nada que não pudesse elogiar. A casa, a mobília, a vizinhança, as estradas, tudo se adequava a seu gosto, e o comportamento de lady Catherine era bastante amigável e prestativo. Tratava-se de uma versão racionalmente abrandada do retrato que o sr. Collins fizera de Hunsford e de Rosings, e Elizabeth percebeu que deveria aguardar sua visita ao lugar para saber o resto.

Jane já escrevera algumas linhas à irmã para anunciar que chegara a salvo a Londres e, quando escrevesse de novo, Elizabeth esperava que ela pudesse dizer algo sobre os Bingley.

Sua impaciência por uma segunda carta foi tão bem recompensada quanto a impaciência em geral costuma ser. Jane já estava na cidade fazia uma semana sem ter visto ou ouvido notícias de Caroline. Entretanto, ela atribuía o fato a uma suposição de que sua última carta a Caroline, escrita de Longbourn, tivesse sido acidentalmente extraviada.

"Minha tia irá amanhã àquela parte da cidade, e eu aproveitarei a oportunidade para fazer uma visita à rua Grosvenor", ela dissera.

Jane escreveu outra vez depois de fazer a visita, e mencionou ter visto a srta. Bingley.

"Acho que Caroline não estava animada", foram suas palavras. "No entanto, ela ficou feliz em me ver, e me repreendeu por não tê-la avisado sobre minha vinda a Londres. Portanto eu estava certa: minha última carta nunca a alcançou. É claro que lhe perguntei sobre seu irmão. Ele estava bem, mas muito ocupado com o sr. Darcy, de modo que elas mal o viam. Descobri que esperavam a srta. Darcy para o jantar. Queria tê-la visto. Minha visita não durou muito, pois Caroline e a sra. Hurst estavam de saída. Ouso dizer que logo as verei aqui."

Elizabeth sacudiu a cabeça ao ler a carta, pois ficou convencida de que só por acaso o sr. Bingley ficaria sabendo da ida de Jane à cidade.

Quatro semanas se passaram, e Jane não o viu. Ela se empenhou em se persuadir de que não lamentava, mas não conseguia mais fechar os olhos para a desatenção da srta. Bingley. Depois de esperar em casa todas as manhãs durante quinze dias, e de inventar a cada noite uma nova desculpa para a amiga, a visitante enfim apareceu; porém, a curta duração de sua permanência e, mais ainda, a mudança em seus modos não permitiram que Jane continuasse se enganando. A carta que escreveu à irmã nessa ocasião provava o modo como ela se sentiu.

Tenho certeza de que minha querida Lizzy será incapaz de exultar à minha custa por ter feito melhor juízo das coisas, quando eu confessar ter sido inteiramente enganada quanto ao apreço da srta. Bingley por mim. Mas, minha querida irmã, embora o acontecimento tenha provado que você estava certa, não pense que sou obstinada se ainda afirmo que, considerando qual costumava ser o comportamento dela, minha confiança era tão natural quanto suas suspeitas. Não compreendo nem um pouco as razões dela para desejar ser íntima de mim, mas, se as mesmas circunstâncias existissem de novo, tenho certeza de que eu não voltaria a ser enganada. Caroline não retribuiu minha visita até ontem, e nem um recado, nem mesmo uma linha, recebi nesse ínterim. Quando ela veio, seu desagrado ficou muito evidente; ela fez um pedido formal e vago de desculpas por não ter vindo antes, não disse uma só palavra sobre querer me ver outra vez, e estava tão diferente, em todos os aspectos, que quando foi embora eu me decidi a descontinuar nossa relação. Lamento, mas não posso deixar de culpá-la. Ela foi muito errada em me distinguir como fez, e posso dizer com segurança que todos os movimentos para aumentar nossa amizade foram feitos por ela. Mas tenho pena dela, porque deve sentir que andou agindo errado, e porque tenho certeza de que a causa disso é uma ansiedade em relação ao irmão. Não preciso me explicar mais; embora nós saibamos que essa ansiedade é bem desnecessária — mas, se ela a sente, isso facilmente explica seu comportamento comigo. E, como ele é merecidamente muito querido pela irmã, qualquer que seja a ansiedade que ela sinta em nome dele é natural e amável. No entanto, não posso deixar de me admirar que ela tenha tais temores agora, porque, se ele se importasse comigo, já teríamos nos encontrado há muito tempo. Ele sabe que estou na cidade, tenho certeza, por causa de algo que ela me disse; mas parece, a julgar pelo modo como ela fala, que ela quer acreditar na preferência dele pela srta. Darcy. Não consigo entender. Se eu não tivesse medo de ser severa em meu julgamento, quase ficaria tentada a dizer que a coisa toda tem ares traiçoeiros. Mas tentarei banir todos os pensamentos dolorosos, e pensar apenas no que me faz feliz: sua afeição, a bondade invariável de meus queridos tios. Permita-me receber notícias suas logo. A srta. Bingley disse algo sobre ele nunca mais voltar a Netherfield e desistir da casa, mas sem muita certeza. É melhor não falarmos do assunto. Fico muito feliz por você ter notícias tão boas de nossos amigos de Hunsford. Por favor, vá vê-los com sir William e Maria. Tenho certeza de que lá será muito confortável.

Atenciosamente etc.

Aquela carta causou certa dor em Elizabeth, mas seu ânimo voltou ao considerar que, pelo menos, Jane não voltaria a ser enganada pela srta. Bingley. Todas as expectativas a respeito do sr. Bingley haviam acabado. Ela não deveria sequer desejar alguma renovação dos cortejos daquele homem, cujo caráter parecia pior a cada novo escrutínio. Como uma punição para ele, e também como uma possível vantagem para Jane, Elizabeth esperava que ele se casasse logo com a irmã do sr. Darcy, que, pelos relatos do sr. Wickham, logo o faria se arrepender amargamente do que jogara fora.

Mais ou menos nessa época, a sra. Gardiner relembrou Elizabeth de sua promessa a respeito do cavalheiro e solicitou informações. As que Elizabeth tinha para mandar dariam mais contentamento à tia do que a si mesma. A aparente atração dele diminuíra, seus cortejos haviam acabado, e ele se tornara admirador de alguma outra. Elizabeth era atenta o bastante para perceber tudo, mas conseguia enxergar e escrever a respeito sem nenhuma dor substancial. Seu coração fora tocado apenas de leve, e sua vaidade se satisfizera em acreditar que *ela* teria sido a única escolha dele, se o dinheiro lhes permitisse. A repentina conquista de dez mil libras era o encanto mais notável da jovem que agora lhe agradava, mas Elizabeth, talvez menos perspicaz nesse caso do que no de Charlotte, não brigou com ele por seu desejo de independência. Ao contrário, nada poderia ser mais natural; e, apesar de conseguir supor que o sr. Wickham precisara se esforçar muito para renunciar a ela, estava pronta a admitir que tal medida era sábia e desejável para ambos, e podia lhe desejar felicidades com toda a franqueza.

Tudo isso foi reconhecido à sra. Gardiner e, depois de relatar as circunstâncias, Elizabeth prosseguiu: "Agora estou convencida, minha querida tia, de que nunca estive muito apaixonada, pois, se eu tivesse de fato experimentado a paixão pura e extasiante, agora estaria detestando até o nome dele e lhe desejaria todo o mal. Mas meus sentimentos não são amistosos em relação apenas a *ele*, são até mesmo imparciais em relação à srta. King. Não consigo odiá-la nem um pouco, nem estou indisposta a pensar nela como uma boa moça. Não existe amor nisso tudo. Minha vigilância andou sendo eficaz e, embora eu com certeza fosse me tornar uma pessoa mais interessante para todos os meus conhecidos se estivesse distraidamente apaixonada por ele, não posso dizer que lamento minha relativa insignificância. A importância às vezes custa muito caro. Kitty e Lydia se magoaram muito mais com a deserção dele do que eu. Elas são muito novas e não sabem como o mundo é, e ainda não se abriram à convicção devastadora de que homens bonitos também precisam ter algo com o que viver, tanto quanto os sem graça".

Capítulo 27

Sem acontecimentos maiores do que esses na família de Longbourn, os meses de janeiro e fevereiro passaram, pouco diversificados senão pelas caminhadas até Meryton, às vezes sujas e às vezes frias. Março levaria Elizabeth a Hunsford. A princípio não pensara em ir até lá de verdade, mas — ela logo descobriu — Charlotte contava com isso, e então Elizabeth começou a pensar na viagem com maior satisfação e certeza. A distância aumentara seu desejo de ver Charlotte outra vez, e enfraquecera a aversão que sentia pelo sr. Collins. O plano era uma novidade e, com a mãe que tinha e as irmãs que não lhe faziam companhia, sua casa estava longe de ser perfeita, então uma pequena mudança seria bem-vinda. Além disso, a jornada lhe permitiria dar uma espiada em Jane. Em suma, à medida que o dia se aproximava, Elizabeth sentiu que qualquer atraso a deixaria muito triste. No entanto, tudo aconteceu sem transtornos, resolvendo-se de acordo com o primeiro plano esboçado por Charlotte. Elizabeth acompanharia sir William e sua segunda filha. A tempo, decidiu-se que passariam uma noite em Londres, e o plano ficou tão perfeito quanto poderia.

Elizabeth só ficou triste em deixar o pai, que com certeza sentiria saudades. Quando chegou a hora de se despedir, ele não gostou de fazê-lo, a ponto de lhe dizer que escrevesse, e quase prometeu responder sua carta.

Sua despedida do sr. Wickham foi perfeitamente amigável, ainda mais da parte dele. A atual aspiração do rapaz não podia fazê-lo esquecer que Elizabeth fora a primeira a incitar e merecer sua atenção, a primeira a ouvi-lo e a se compadecer, a primeira a ser admirada. E, em seu modo de lhe dizer adeus, desejando-lhe todo o divertimento, lembrando-a do que devia esperar de lady Catherine de Bourgh e expressando a crença de que as opiniões de ambos a respeito dela — e de todos — sempre coincidiriam, havia tamanha solicitude, tamanho interesse, que ela sentiu que um apreço sincero sempre a uniria a ele. Elizabeth despediu-se convencida de que, casado ou solteiro, ele sempre seria seu modelo de amabilidade e gentileza.

Seus companheiros de viagem do dia seguinte não eram do tipo capaz de fazê-la achar o sr. Wickham menos agradável. Sir William Lucas e sua filha Maria, uma moça bem-humorada, mas tão cabeça de vento quanto ele, não tinham nada a dizer que valesse a pena ouvir, e Elizabeth escutou-os com a mesma satisfação que ao barulho do cabriolé. Ela amava ouvir disparates, mas já conhecia sir William havia muito tempo. Ele não tinha nada novo para lhe contar sobre as maravilhas de sua apresentação e de sua nomeação como cavaleiro; e suas cortesias estavam desgastadas, assim como o que tinha a dizer.

Era uma jornada de apenas 38 quilômetros, e iniciaram-na tão cedo que alcançaram a rua Gracechurch ao meio-dia. Enquanto se dirigiam à porta do sr. Gardiner, Jane estava na janela da sala de estar, acompanhando sua chegada; quando entraram no corredor, ela estava lá para recebê-los, e Elizabeth, olhando-a seriamente, ficou feliz em ver seu rosto tão sadio e adorável quanto de costume. Na escada havia uma tropa de menininhos e menininhas, cuja avidez pelo aparecimento da prima não lhes permitiu esperar na sala de estar, e cuja timidez, por não a virem já havia um ano, os impediu de descer mais. Tudo foi alegria e gentileza. O dia se passou do modo mais agradável; a tarde em alvoroço, às compras; e a noite em um dos teatros.

Elizabeth escolheu se sentar ao lado da tia. O primeiro assunto de que falaram foi sua irmã, e ficou mais triste do que surpresa ao ouvir, em resposta a suas indagações minuciosas, que, apesar de Jane sempre lutar para se manter animada, às vezes se rendia à melancolia. No entanto, era razoável supor que esses períodos não continuassem por muito tempo. A sra. Gardiner detalhou a visita da srta. Bingley à rua Gracechurch e repetiu as conversas ocorridas em ocasiões diferentes entre si e Jane, o que provava que a irmã havia, do fundo do coração, desistido da amizade.

Em seguida, a sra. Gardiner trouxe à tona o abandono de Wickham, e parabenizou a sobrinha por lidar com tudo tão bem.

— Mas, minha querida Elizabeth, que tipo de moça é a srta. King? — acrescentou. — Eu ficaria triste de pensar em nosso amigo como um mercenário.

— Por favor, minha querida tia, qual é a diferença entre mercenarismo e prudência, quando se trata de assuntos matrimoniais? Em que momento termina o discernimento e começa a avareza? No último Natal você temia que ele se casasse comigo, pois seria imprudente, e agora, porque ele está tentando conseguir uma moça com apenas dez mil libras, você quer achá-lo mercenário.

— Se você me disser ao menos que tipo de moça é a srta. King, eu saberei o que pensar.

— É muito boa moça, creio. Não sei nada de ruim a respeito dela.

— Mas ele mal deu atenção a ela até a morte do avô torná-la senhora dessa fortuna.

— Sim, por que não? Se não lhe era permitido ganhar *minhas* afeições porque não tenho dinheiro, por que deveria construir um amor com uma moça com quem não se importava, e que era igualmente pobre?

— Mas parece indelicado que ele dirija sua atenção a ela tão cedo depois do acontecimento.

— Um homem em circunstâncias aflitivas não tem tempo para todos esses decoros elegantes que outras pessoas podem manter. Se *ela* não faz objeção, por que *nós* deveríamos?

— O fato de *ela* não objetar não justifica o comportamento dele. Só mostra que ela mesma é deficiente... ou em sensatez ou em sentimentos.

— Bem, escolha o que quiser! — exclamou Elizabeth. — Que ele seja um mercenário, e ela, uma tola.

— Não, Lizzy, isso é o que eu *não* escolho. Eu ficaria triste, sabe, de pensar mal de um jovem que viveu tanto tempo em Derbyshire.

— Ah, se isso é tudo, eu tenho uma opinião muito ruim mesmo de jovens que moram em Derbyshire, e seus amigos íntimos que vivem em Hertfordshire não são muito melhores. Estou farta de todos eles. Graças a Deus! Vou amanhã a um lugar onde encontrarei um homem que não tem uma só característica agradável, que não tem nem modos nem sensatez para favorecê-lo. Homens estúpidos são os únicos que vale a pena conhecer, no fim das contas.

— Cuidado, Lizzy, seu discurso tem um gosto forte de frustração.

Antes de as duas serem separadas pelo final da peça, ela teve a felicidade inesperada de receber um convite para acompanhar os tios numa viagem de férias que se propunham a fazer no verão.

— Ainda não decidimos direito até onde a viagem vai nos levar — disse a sra. Gardiner. — Talvez até os Lagos.

Nenhum plano poderia ser mais agradável a Elizabeth, que aceitou o convite com imensa prontidão e gratidão.

— Minha queridíssima tia! — ela exclamou em êxtase. — Que alegria! Que felicidade! Você me dá vida nova e vigor. Adeus à frustração e ao mau humor. O que são os homens perto das rochas e montanhas? Ah! Como serão as nossas horas de viagem! E, quando retornarmos, não seremos como os outros viajantes, incapazes de transmitir uma ideia precisa sobre qualquer coisa. Nós *saberemos* aonde fomos e *lembraremos* o que vimos. Lagos, montanhas e rios não se misturarão em nossa imaginação, e quando tentarmos descrever um cenário em especial, não começaremos a discutir sobre sua localização exata. Que *nossas* primeiras efusões sejam menos insuportáveis que aquelas da maioria dos viajantes.

Capítulo 28

Durante a viagem do dia seguinte, tudo era novo e interessante para Elizabeth; sentia-se bem animada, pois a irmã parecera estar bem a ponto de afastar os temores que tinha pela saúde dela, e a perspectiva da viagem pelo norte era uma fonte constante de alegria.

Quando saíram da estrada para a via que dava em Hunsford, todos os olhos procuraram a casa paroquial, e cada curva trazia a expectativa de vê-la. A cerca de Rosings Park marcava o limite de um dos lados. Elizabeth sorriu ao se lembrar de tudo o que ouvira falar sobre seus habitantes.

Enfim avistaram a casa paroquial. O jardim que descia para a estrada, a casa no meio dele, a cerca verde, a sebe de loureiros: tudo indicava a iminência de sua chegada. O sr. Collins e Charlotte apareceram à porta, e a carruagem parou diante do portão pequeno, que dava acesso à casa por um caminho curto de cascalho, em meio a muitos cumprimentos e sorrisos de todo o grupo. Em dado momento, todos desceram do cabriolé, muito contentes por se ver. A sra. Collins deu as boas-vindas a sua amiga com a mais vigorosa alegria, e a recepção tão afetuosa deixou Elizabeth cada vez mais satisfeita por ter ido. Percebeu no mesmo instante que as maneiras do primo não haviam sido alteradas pelo casamento: sua civilidade formal estava exatamente como antes, e ele a deteve por alguns minutos no portão para que ouvisse e respondesse suas indagações acerca da família inteira. Eles então foram admitidos dentro da casa sem mais demoras, exceto pela pausa tomada pelo sr. Collins para apontar o asseio da entrada, e, assim que os visitantes ganharam a sala de estar, ele lhes deu boas-vindas à sua humilde moradia uma segunda vez, com formalidade ostentosa, e repetiu a oferta que a esposa fizera de um lanche.

Elizabeth havia se preparado para vê-lo em sua glória, e não pôde deixar de notar que, ao mostrar a boa proporção da sala, seu aspecto e sua mobília, ele se dirigia em particular a ela, como se desejasse que ela percebesse o que perdera ao recusá-lo. Mas, apesar de tudo parecer limpo e confortável, Elizabeth não foi capaz de gratificá-lo com nenhum sinal de arrependimento; em vez disso, olhou para a amiga, espantada por ela ser capaz de parecer tão alegre com tal companheiro. Quando o sr. Collins dizia algo que daria razão para sua esposa se envergonhar, o que certamente não era raro, Elizabeth involuntariamente olhava para Charlotte. Uma ou duas vezes conseguiu discernir um rubor fraco, mas em geral Charlotte sabiamente ignorava. Depois de ficarem sentados por tempo suficiente para admirar cada artigo de mobiliário da sala, do aparador ao guarda-fogo, e de relatar cada passo da jornada, e tudo o que acontecera em Londres, o sr. Collins os convidou a um passeio no jardim, amplo e bem distribuído, até a plantação da qual ele mesmo cuidava. Trabalhar no jardim era um dos mais respeitáveis prazeres dele, e Elizabeth admirou a compostura com a qual Charlotte falava do quanto o exercício era saudável, confessando encorajá-lo o máximo possível. Ali, à frente do grupo em cada caminho e travessa, e mal lhes dando tempo para fazer os elogios que solicitava, o sr. Collins apontava cada paisagem com uma minúcia que deixava a beleza completamente de lado. Ele conseguia enumerar todas as plantações, e sabia dizer quantas árvores havia no bosque mais distante. Mas, de todas as paisagens de que seu jardim, a região ou o reino podiam se gabar, nenhuma se comparava à vista de Rosings, proporcionada por uma abertura nas árvores que limitavam o parque do lado oposto à parte frontal da casa paroquial. Era uma construção bonita e moderna, bem situada no terreno elevado.

Do jardim, o sr. Collins poderia tê-los levado para passear em seus dois pastos, mas as damas, sem sapatos para enfrentar os resquícios de uma geada, voltaram atrás; e, enquanto sir William o acompanhava, Charlotte levou a irmã e a amiga de volta à casa muito satisfeita, provavelmente, pela oportunidade de mostrá-la sem a ajuda do marido. Era muito pequena, mas bem construída e conveniente, e tudo estava bem assentado com um cuidado e uma consistência que Elizabeth creditava a Charlotte. Quando se conseguia esquecer o sr. Collins, havia um verdadeiro ar de conforto em tudo e, a julgar pela exultação de Charlotte, Elizabeth supôs que ele era esquecido com frequência.

Ela já descobrira que lady Catherine ainda estava na região. Falava-se do assunto outra vez enquanto jantavam, quando o sr. Collins, juntando-se a eles, observou:

— Sim, srta. Elizabeth, a senhorita terá a honra de ver lady Catherine de Bourgh no próximo domingo na igreja, e

ORGULHO E PRECONCEITO

não preciso dizer que ficará encantada com ela. Sua senhoria é inteira afabilidade e condescendência, e não duvido que a senhorita seja agraciada com uma parcela da atenção dela quando a missa acabar. Não tenho grande dúvida de que ela incluirá a senhorita e minha cunhada Maria em todos os convites com os quais nos privilegiar durante sua estadia aqui. O comportamento dela em relação à minha querida Charlotte é encantador. Nós jantamos em Rosings duas vezes por semana, e nunca nos deixam voltar andando para casa. A carruagem de sua senhoria é sempre chamada para nós. Aliás, eu deveria dizer *uma* das carruagens de sua senhoria, porque ela tem várias.

— Lady Catherine é mesmo uma mulher muito respeitável e sensata — acrescentou Charlotte. — E uma vizinha bastante atenciosa.

— Verdade, minha querida, é exatamente isso que digo. Toda deferência é pouca para ela.

Passaram o início da noite principalmente falando sobre as notícias de Hertfordshire, e contando outra vez o que já fora escrito; e, quando terminou, Elizabeth, na solidão de seu quarto, teve de refletir sobre o grau de contentamento de Charlotte para entender sua habilidade em guiar o marido e sua compostura em suportá-lo, e para reconhecer que ela fazia tudo muito bem. Também tentou prever como transcorreria o restante da visita, o teor tranquilo das ocupações rotineiras deles, as interrupções incômodas do sr. Collins, e as diversões do convívio com Rosings. Sua viva imaginação logo deu conta de tudo.

Mais ou menos na metade do dia seguinte, enquanto Elizabeth estava no quarto se preparando para uma caminhada, um barulho repentino no andar de baixo pareceu deixar a casa inteira em polvorosa e, depois de prestar atenção um momento, ela ouviu alguém subir as escadas correndo com imensa pressa, chamando-a bem alto. Abriu a porta e encontrou Maria no patamar, esbaforida pela agitação, gritando:

— Ah, minha querida Eliza! Por favor, se apresse e venha até a sala de jantar, pois lá há muito o que ver! Apresse-se e desça já!

Elizabeth fez perguntas em vão; Maria não quis lhe dizer mais nada, e as duas correram para baixo, até a sala de jantar, que dava para a via, em busca da tal maravilha! Eram duas damas, paradas numa carruagem leve e baixa, diante do portão do jardim.

— É só isso? — indagou Elizabeth, indignada. — Eu esperava pelo menos que os porcos tivessem tomado o jardim, e aqui não há nada além de lady Catherine e sua filha!

— Ah! Minha querida, não é lady Catherine — disse Maria, abismada com o erro. — A mais velha é a sra. Jenkinson, que mora com elas; a outra é a srta. De Bourgh. Olhe só para ela! É uma criaturinha bem pequena. Quem teria pensado que ela poderia ser tão magra e diminuta!

— Ela é abominavelmente rude por manter Charlotte lá fora com esse vento. Por que não entra?

— Ah, Charlotte disse que ela quase nunca entra. É o maior dos favores quando a srta. De Bourgh entra.

— Gostei da aparência dela — disse Elizabeth, pensando em outras coisas. — Tem uma compleição doente e rabugenta. Sim, ela servirá bem para ele. Será uma esposa muito adequada.

Tanto o sr. Collins como Charlotte estavam parados perto do portão, conversando com as damas, e sir William, para a imensa diversão de Elizabeth, ficou parado na soleira da porta, em séria contemplação da grandeza à sua frente, fazendo constantes mesuras quando a srta. De Bourgh olhava em sua direção.

Enfim, não havia mais nada a dizer, e as damas seguiram seu caminho, enquanto os outros voltaram para dentro de casa. Tão logo o sr. Collins avistou as duas moças, começou a parabenizá-las pela boa sorte, algo que Charlotte explicou, informando-lhes que todo o grupo fora convidado a jantar em Rosings no dia seguinte.

Capítulo 29

O triunfo do sr. Collins foi completo em razão daquele convite. O poder de exibir a grandeza de sua patrona aos visitantes maravilhados, e de permitir-lhes ver o modo cortês com que lady Catherine tratava a ele e a sua esposa, era exatamente o que havia desejado — e o fato de ter uma oportunidade de fazê-lo tão cedo era tamanho exemplo da condescendência de lady Catherine que ele não tinha palavras suficientes para admirá-la.

— Confesso que eu não teria ficado surpreso se no domingo sua senhoria nos convidasse para o chá e para passar o início da noite em Rosings. Eu esperava mesmo que isso acontecesse, pois conheço a afabilidade dela. Mas quem poderia ter previsto que receberíamos um convite para jantar lá, e, mais do que isso, um convite incluindo todos, tão imediatamente após a chegada de vocês?

— Sou o menos surpreso com o que aconteceu — replicou sir William —, porque conheço os modos das pessoas grandiosas, algo que minha posição na vida me permitiu aprender. Na corte, essas demonstrações de berço nobre não são incomuns.

Mal se falou de outra coisa pelo resto do dia e na manhã seguinte. O sr. Collins instruiu-os com cuidado a respeito do que deviam esperar, a fim de que a visão de tais salas e de tantos criados, e um jantar tão esplêndido, não os dominasse por completo.

Quando as moças se despediam para fazer a toalete, ele disse a Elizabeth:

— Não fique apreensiva por causa de seu vestuário, minha querida prima. Lady Catherine passa longe de exigir a mesma elegância de figurino que convém a ela e à filha. Eu apenas a conselho a escolher suas melhores roupas; não há motivo para nada além. Lady Catherine não pensará o pior de você por se vestir de maneira simples. Ela gosta de manter preservada a distinção de sua classe social.

Enquanto se vestiam, ele veio duas ou três vezes até as diferentes portas das moças para recomendar celeridade, pois lady Catherine desaprovava ser deixada esperando para jantar. Tais relatos formidáveis a respeito de sua senhoria e de seu modo de vida assustaram bastante Maria Lucas, que andara pouco habituada a ter companhia e ansiava por sua apresentação em Rosings com quase tanta apreensão quanto seu pai tivera ao ser apresentado em St. James.

Como o tempo estava bom, o grupo fez uma agradável caminhada de cerca de oitocentos metros, atravessando o parque. Cada parque tem sua beleza e suas paisagens, e Elizabeth viu muita coisa que lhe agradou, embora não conseguisse ser tomada pelos êxtases que o sr. Collins esperava que o cenário inspirasse. Pouco a afetou a enumeração das janelas da parte frontal da casa e o relato sobre o valor total da vidraçaria, pago por sir Lewis de Bourgh.

Quando subiram os degraus para o saguão, a inquietação de Maria começou a aumentar a cada momento, e nem sir William parecia muito calmo. A coragem de Elizabeth não lhe faltou. Não ouvira nada sobre lady Catherine que a fizesse muito grandiosa em termos de algum talento extraordinário ou alguma virtude miraculosa. A mera asserção de poder, oriundo do dinheiro e da posição social, era algo que Elizabeth julgava conseguir testemunhar sem se abalar.

Do saguão de entrada — no qual o sr. Collins apontou, com um ar extático, a excelente proporção e a decoração perfeita — seguiram os criados por uma antecâmara até a sala onde estavam sentadas lady Catherine, a filha e a sra. Jenkinson. Sua senhoria, com grande condescendência, levantou-se para recebê-los, e, como a sra. Collins combinara com o marido que o trabalho de fazer as apresentações seria seu, a coisa foi realizada da maneira adequada, sem nenhuma das desculpas e agradecimentos que ele teria julgado necessários.

Apesar de ter estado em St. James, sir William ficou tão intimidado pela grandeza ao redor que teve apenas coragem suficiente para prestar uma reverência profunda e assumir seu assento sem dizer uma só palavra; sua filha, angustiada até quase perder os sentidos, sentou-se na ponta da cadeira, sem saber para onde olhar. Elizabeth percebeu-se bastante à altura do cenário e pôde observar com serenidade as três damas diante de si. Lady Catherine era uma mulher grande e alta, com feições bastante marcadas que poderiam ter sido bonitas um dia. Seu ar não era conciliador, e seus modos não eram do tipo que fariam os convidados esquecerem a própria inferioridade social. O silêncio não a tornava formidável, mas o que quer que ela dissesse era proferido em um tom tão autoritário, além de marcado por sua presunção, que Elizabeth pensou imediatamente no sr. Wickham. A partir do observado naquele dia, ela acreditou que lady Catherine era exatamente como ele a descrevera.

Quando, depois de analisar a mãe — em cujo semblante e conduta logo percebeu uma similaridade com o sr. Darcy —, Elizabeth voltou os olhos para a filha, quase se rendeu ao mesmo espanto de Maria, por ela ser tão magra e diminuta. As duas damas não se assemelhavam nem de rosto nem de corpo. A srta. De Bourgh era pálida e doentia; suas feições, embora não singelas, eram insignificantes, e ela falava bem pouco, exceto para murmurar alguma coisa à sra. Jenkinson, em cuja aparência nada havia de notável, e que se ocupava inteiramente em ouvir o que a srta. De Bourgh dizia e em ajeitar o véu diante dos olhos dela na direção adequada.

Depois de ficar alguns minutos sentados, todos foram mandados para uma das janelas a fim de admirar a vista, enquanto o sr. Collins apontava-lhes as belezas, e lady Catherine informava-lhes gentilmente que a paisagem valia muito mais a pena durante o verão.

O jantar foi muito formoso, figuraram todos os criados e artigos de prataria que o sr. Collins prometera e, também como previsto, ele assumiu seu assento na ponta da mesa — segundo o desejo de sua senhoria —, parecendo sentir que a vida não poderia prover nada mais grandioso. Ele trinchava, comia e elogiava com jubilosa vivacidade, e cada prato era elogiado, primeiro por ele, depois por sir William, que já se recuperara o suficiente para fazer eco a tudo que o genro dizia, de um modo que levava Elizabeth a se espantar com a tolerância de lady Catherine. Mas a anfitriã parecia satisfeita pela admiração excessiva, e dava os sorrisos mais graciosos, especialmente quando algum prato na mesa se mostrava uma novidade para eles. O grupo não conversava muito. Elizabeth estava pronta para falar sempre que houvesse uma abertura, mas ficara sentada entre Charlotte e a srta. De Bourgh — a primeira estava ocupada em ouvir lady Catherine e a segunda não lhe disse uma só palavra durante todo o jantar. A sra. Jenkinson se ocupava principalmente em observar como a srta. De Bourgh comia, pressionando-a para experimentar outro prato, e temendo que ela estivesse indisposta. Maria julgava fora de questão falar, e os cavalheiros nada faziam além de comer e expressar admiração.

Quando as damas voltaram para a sala de estar, havia pouco a fazer senão ouvir lady Catherine falar, o que ela fez sem interrupção até ser servido o café, dando sua opinião sobre todos os assuntos de maneira tão decisiva que provava que ela não estava acostumada a ter seu julgamento contestado. Ela inquiriu Charlotte minuciosamente e sem constrangimento sobre assuntos domésticos, e lhe deu muitos conselhos sobre como administrá-los; disse-lhe como tudo deveria ser regulado numa família tão pequena como a dela e instruiu-a quanto aos modos de cuidar de suas vacas e aves domésticas. Elizabeth descobriu que nada era indigno da atenção daquela grande dama, se lhe fornecesse uma oportunidade de dar ordens aos outros. Nos intervalos de sua conversa com a sra. Collins, ela dirigiu várias perguntas a Maria e a Elizabeth, mas especialmente a esta última, de cujos contatos ela sabia menos, e que, segundo ela observou à sra. Collins, era uma moça muito bonita e de boas maneiras. Perguntou-lhe, em diferentes momentos, quantas irmãs tinha, se eram mais velhas ou mais novas, se havia probabilidade de alguma delas se casar, se eram bonitas, se haviam sido educadas, que tipo de carruagem seu pai tinha, e qual era o nome de solteira da mãe. Elizabeth sentiu a impertinência de todas as perguntas, mas as respondeu com bastante compostura. Então lady Catherine comentou:

— A propriedade de seu pai será herdada pelo sr. Collins, creio. — Virou-se para Charlotte. — Pelo seu bem, estou feliz com isso, mas não vejo por que excluir as linhagens femininas de heranças. Isso não foi necessário na família de sir Lewis de Bourgh. A senhorita toca e canta, srta. Bennet?

— Um pouco.

— Ah! Qualquer dia ficaremos felizes em ouvi-la. Nosso piano é ótimo, provavelmente superior a... Você deve experimentá-lo um dia. Suas irmãs tocam e cantam?

— Uma delas sim.

— Por que todas não aprenderam? Deveriam ter aprendido. Todas as srtas. Webb tocam, e o pai delas não tem metade da renda do seu. Vocês desenham?

— Não, nadinha.

— O quê, nenhuma de vocês?

— Nenhuma.

— Isso é muito estranho. Mas suponho que não tenham tido oportunidade. Sua mãe deveria tê-las levado para a cidade toda primavera para vocês terem professores.

— Minha mãe não teria objetado, mas meu pai odeia Londres.

— A governanta de vocês as abandonou?

— Nunca tivemos governanta.

— Sem governanta! Como foi possível? Cinco filhas criadas em casa, sem governanta! Eu nunca ouvi falar de algo assim. A educação de vocês deve ter escravizado sua mãe.

Elizabeth sorriu ao assegurar que não fora o caso.

— Quem as educou? Quem cuidou de vocês? Sem uma governanta, devem ter sido negligenciadas.

— Comparando com algumas famílias, acredito que fomos, mas entre nós nada faltou a quem quisesse aprender. Sempre fomos encorajadas a ler, e tivemos todos os professores necessários. Aquelas que escolhessem ficar desocupadas, certamente conseguiriam.

— Sim, sem dúvida. Mas esse é o tipo de coisa que uma governanta evita, e, se tivesse conhecido sua mãe, eu a teria aconselhado com bastante tenacidade a contratar uma. Sempre digo que nada se faz na educação sem uma instrução firme e regular, algo que ninguém além de uma governanta pode oferecer. É maravilhoso a quantas famílias consegui proporcionar isso. Fico sempre muito feliz em ajudar uma pessoa jovem a se encontrar em um lugar adequado.

Aloquei quatro sobrinhas da sra. Jenkinson da maneira mais agradável, e no outro dia mesmo recomendei uma jovem, que foi acidentalmente mencionada a mim, e a família ficou muito satisfeita com ela. Sra. Collins, eu lhe disse que lady Metcalfe me visitou ontem para me agradecer? Ela achou a srta. Pope um tesouro. "Lady Catherine", ela disse, "a senhora me deu um tesouro." Alguma das suas irmãs já foi apresentada à sociedade, srta. Bennet?

— Sim, minha senhora, todas.

— Todas! O que, todas as cinco de uma vez? Muito esquisito... e você é só a segunda... as mais jovens já participam da vida social antes de a mais velha se casar! Suas irmãs mais novas devem ser muito jovens.

— Sim, a mais nova ainda não tem dezesseis anos. Talvez *ela* seja jovem demais para ter muita vida social. Mas realmente, minha senhora, acho que seria muito duro com as mais novas se não pudessem socializar ou se divertir só porque a mais velha não tem os meios ou a inclinação para se casar cedo. A última a nascer tem tanto direito a aproveitar a juventude quanto a primeira. E ser detida por um motivo desses! Acho que não promoveria afeição entre irmãs nem modos apropriados.

— Palavra de honra, a senhorita emite sua opinião de maneira muito conclusiva para alguém tão jovem — disse sua senhoria. — Por favor, qual é sua idade?

— Com três irmãs mais novas já crescidas, vossa senhoria não pode esperar que eu confesse — replicou Elizabeth sorrindo.

Lady Catherine pareceu bastante espantada por não receber uma resposta direta, e Elizabeth suspeitou ser a primeira criatura que já ousara gracejar com tão digna impertinência.

— A senhorita não deve ter mais de vinte anos, tenho certeza, portanto não precisa esconder a idade.

— Não fiz vinte e um.

Quando os cavalheiros se juntaram a elas e o chá já havia acabado, as mesas de carta foram postas. Lady Catherine, sir William e o sr. e a sra. Collins sentaram-se para jogar *quadrille*, e, como a srta. De Bourgh escolheu jogar *casino*, as duas moças tiveram a honra de ajudar a sra. Jenkinson a completar o grupo. A mesa delas era superlativamente estúpida. Mal se pronunciou uma sílaba que não se relacionasse ao jogo, exceto quando a sra. Jenkinson expressava seus temores de que a srta. De Bourgh estivesse sentindo calor ou frio demais, ou estivesse recebendo iluminação insuficiente ou excessiva. Muito mais se passava na outra mesa. Lady Catherine falava o tempo todo — declarando os erros dos outros três ou contando alguma anedota sua. O sr. Collins se ocupava em concordar com tudo o que sua senhoria dizia, agradecendo-a pelos pontos que ganhava e se desculpando caso julgasse ter vencido demais. Sir William não disse muita coisa; abastecia sua memória com anedotas e nomes de nobres.

Quando lady Catherine e a filha já haviam jogado por todo o tempo que queriam, dispersaram as mesas, ofereceram à sra. Collins uma carruagem, que ela aceitou com gratidão, e a mandaram chamar de imediato. O grupo então se reuniu ao redor do fogo para ouvir lady Catherine decidir o que fariam na manhã seguinte. Foram tiradas do meio dessas instruções pela chegada do coche e, com muitas declarações de gratidão por parte do sr. Collins, e a mesma quantidade de reverências por parte de sir William, eles partiram. Tão logo saíram, o primo perguntou a opinião de Elizabeth sobre tudo o que ela vira em Rosings, e, pelo bem de Charlotte, ela deu opiniões mais favoráveis do que as verdadeiras. Mas os elogios tecidos por Elizabeth, apesar de virem com certo esforço, não conseguiram satisfazer o sr. Collins de modo algum, e ele foi logo obrigado a assumir nas próprias mãos os louvores a sua senhoria.

Capítulo 30

Sir William permaneceu apenas uma semana em Hunsford, mas foi o bastante para convencê-lo de que a filha estava bem estabelecida, com conforto, e que tinha um marido e uma vizinha que não se encontrariam em qualquer lugar. Enquanto sir William estava com eles, o sr. Collins devotou as manhãs a levá-lo para sair, guiando seu cabriolé e mostrando-lhe a região, mas, quando o cavalheiro partiu, a família toda voltou às ocupações rotineiras, e Elizabeth ficou grata em descobrir que não veria mais o primo com tanta frequência, pois entre o café da manhã e o jantar ele passava a maior parte do tempo trabalhando no jardim ou lendo e escrevendo, e olhando para fora pela janela da biblioteca, que dava para a estrada. A sala na qual as damas ficavam situava-se na parte de trás. Elizabeth a princípio ficara surpresa por Charlotte não preferir a saleta de jantar para o uso comum, pois era uma sala de tamanho maior e tinha um aspecto mais agradável. No entanto, logo viu que a amiga tinha um motivo excelente para a escolha, pois o sr. Collins sem dúvida permaneceria muito menos tempo no próprio aposento se elas passassem o tempo em um cômodo tão gracioso quanto aquele, e ela deu crédito a Charlotte por tal arranjo.

Da sala de estar não conseguiam enxergar a estrada e dependiam do sr. Collins para saber quais carruagens passavam e sobretudo com qual frequência a srta. De Bourgh passava em seu faetonte[15] — algo que ele nunca deixava de vir comunicar, embora acontecesse quase todo dia. Não era raro ela parar na casa paroquial e conversar por alguns minutos com Charlotte, mas quase nunca era convencida a descer.

Pouquíssimos foram os dias em que o sr. Collins não caminhou até Rosings, e ainda mais incomuns aqueles em que sua esposa não julgasse necessário fazê-lo, e, até Elizabeth se lembrar de que poderiam existir outros cargos eclesiásticos disponíveis, não conseguiu compreender o sacrifício de tantas horas. De vez em quando eles eram honrados com uma visita de sua senhoria, e nada que se passasse na sala durante tais visitas lhe escapava à observação. Ela inspecionava os afazeres deles, olhava seus trabalhos, e os aconselhava a fazer de modo diferente; encontrava problemas com a disposição da mobília ou detectava negligência por parte da empregada. Se aceitasse algum lanche, parecia fazê-lo apenas para descobrir que os pedaços de carne da sra. Collins eram grandes demais para sua família.

Elizabeth logo percebeu que, embora aquela grande dama não estivesse na comissão de paz da região,[16] era uma magistrada das mais ativas em sua freguesia, cujos mais pormenorizados interesses lhe eram levados pelo sr. Collins. Sempre que um dos camponeses se dispusesse a brigar, ti-

---

15 Carruagem descoberta, com quatro rodas. [N. de T.]

16 Comissão cujos magistrados podiam decidir pequenas disputas ou encaminhar questões maiores à justiça. [N. de T.]

vesse queixas ou estivesse pobre demais, ela disparava até a vila para resolver as disputas, silenciar as reclamações e censurá-los até alcançarem a harmonia e a fartura.

Jantar em Rosings era um entretenimento repetido duas vezes por semana e, devido à perda de sir William, e havendo apenas uma mesa de cartas à noite, cada um desses entretenimentos era uma duplicata do primeiro. Não havia muitos outros compromissos, visto que o estilo de vida da vizinhança em geral estava além do alcance do sr. Collins. Entretanto, isso não era ruim para Elizabeth, que, no todo, passava o tempo com conforto suficiente. Às vezes tinha conversas agradáveis de meia hora com Charlotte, e o tempo estava tão bom, para a época do ano, que frequentemente se divertia bastante ao ar livre. Seu passeio preferido, para onde costumava ir enquanto os outros visitavam lady Catherine, era ao longo de um arvoredo aberto que margeava aquele lado do parque, onde havia um bonito caminho coberto, ao qual ninguém além dela parecia dar valor, e onde ela se sentia além do alcance da curiosidade de lady Catherine.

A primeira quinzena de sua visita transcorreu desse modo tranquilo. A Páscoa se aproximava e a semana que a precedia traria um acréscimo à família de Rosings, o que, em um círculo tão pequeno, haveria de ser importante. Elizabeth ouvira que o sr. Darcy chegaria algumas semanas depois dela, e, embora fosse difícil imaginar uma companhia que lhe agradasse menos, a vinda dele forneceria algo novo para olhar durante as reuniões em Rosings. Ela se divertiria vendo quão improváveis eram os planos que a srta. Bingley tinha para o sr. Darcy, a partir do comportamento dele com a prima, para quem ele fora evidentemente destinado segundo lady Catherine, que falava da vinda do sobrinho com imensa satisfação, referindo-se ao homem nos termos de sua mais profunda admiração, parecendo quase irritada ao descobrir que ele já fora visto muitas vezes por Elizabeth e pela srta. Lucas.

Logo se ouviu falar da chegada dele na casa paroquial, pois o sr. Collins caminhara a manhã inteira dentro do campo de visão das hospedarias que davam para Hunsford Lane, com o fim de saber quanto antes, e, depois de fazer sua mesura quando a carruagem entrou no parque, correu para casa para dar a informação. Na manhã seguinte, o sr. Collins correu para Rosings a fim de oferecer seus cumprimentos. Lá estavam dois sobrinhos de lady Catherine para recebê-lo, pois o sr. Darcy trouxera consigo o coronel Fitzwilliam, o filho mais novo de seu tio, um lorde, e, para a grande surpresa de todo o grupo, quando o sr. Collins retornou, os cavalheiros o acompanharam. Charlotte os vira do quarto do marido, atravessando a rua, e correu de imediato para o outro recinto e disse às meninas que honra deviam esperar, acrescentando:

— Devo lhe agradecer por essa cortesia, Eliza. O sr. Darcy nunca viria tão cedo me visitar.

Elizabeth mal teve tempo para rebater o elogio antes de a chegada deles ser anunciada pela campainha, e pouco depois os três cavalheiros adentraram a sala. O coronel

Fitzwilliam, que veio à frente, tinha cerca de trinta anos; não era bonito, mas como pessoa e no trato era um verdadeiro cavalheiro. O sr. Darcy tinha a mesma aparência que ela vira em Hertfordshire — ofereceu seus cumprimentos, com os modos reservados de costume, à sra. Collins, e, quaisquer que fossem seus sentimentos pela amiga dela, apresentou-se com bastante compostura. Elizabeth fez apenas uma reverência, sem dizer nada.

O coronel Fitzwilliam começou a conversar com a prontidão e a tranquilidade de um homem bem-educado, e falava de modo bem agradável, mas seu primo, depois de fazer um breve comentário sobre a casa e o jardim à sra. Collins, ficou sentado durante algum tempo sem falar com ninguém. No entanto, depois de algum tempo, sua civilidade foi despertada a ponto de inquirir a Elizabeth sobre a saúde de sua família. Ela lhe respondeu como de costume e, depois de um momento de pausa, acrescentou:

— Minha irmã mais velha esteve na cidade nos últimos três meses. O senhor não chegou a vê-la por lá?

Tinha perfeita consciência de que não, mas desejava ver se ele, sem querer, revelaria saber alguma coisa do que se passara entre Jane e os Bingley, e achou que ele parecera um pouco desorientado ao responder que não tivera a sorte de encontrar a srta. Bennet. O assunto não se estendeu, e os cavalheiros se foram pouco depois.

Capítulo 31

Os modos do coronel Fitzwilliam foram muito admirados na casa paroquial, e todas as damas sentiram que ele em muito acrescentaria à satisfação de suas reuniões em Rosings. No entanto, levaria mais alguns dias para receberem novo convite para ir até lá — pois, enquanto havia visitas na casa, eles não se faziam necessários. Foi só no dia da Páscoa, quase uma semana depois da chegada dos cavalheiros, que foram honrados com tal atenção; e mesmo então foram convidados na saída da igreja, para irem à noite. Durante toda a semana pouco tinham visto de lady Catherine e sua filha. O coronel Fitzwilliam visitou a casa paroquial mais de uma vez durante esse período, já o sr. Darcy só foi visto na igreja.

O convite foi aceito, é claro, e no horário adequado eles se uniram ao grupo na sala de estar de lady Catherine. Sua senhoria recebeu-os de maneira cortês, mas ficou claro que estava menos contente com a companhia do que quando não havia mais ninguém para receber; ela ficou, de fato, quase totalmente absorvida pela conversa com os sobrinhos — especialmente com Darcy — mais do que com qualquer outra pessoa na sala.

O coronel Fitzwilliam pareceu realmente feliz em vê-los; qualquer coisa representava um alívio bem-vindo em Rosings, e, além do mais, a bela amiga da sra. Collins de fato conquistara sua simpatia. Ele sentou-se ao lado dela, e falou de modo tão agradável sobre Kent e Hertfordshire, sobre viajar e ficar em casa, sobre livros e músicas novos, que Elizabeth nunca estivera tão perto de ser bem entretida naquela sala; os dois conversavam com grande vivacidade e fluência, quase como se buscassem atrair a atenção da própria lady Catherine, assim como a do sr. Darcy. Os olhos *deste* logo se dirigiram aos dois, repetidamente, com uma expressão de curiosidade, e ficou evidente que sua senhoria compartilhava do sentimento, pois ela não teve escrúpulos em bradar:

— O que é que está falando, Fitzwilliam? Sobre o que é que estão conversando? O que você está dizendo à srta. Bennet? Deixe-me ouvir do que se trata.

— Estamos falando de música, senhora — disse ele, quando não podia mais evitar o questionamento.

— De música! Então, por favor, fale alto. Dentre todos os assuntos, é meu preferido. Eu devo fazer parte da conversa, se vocês estão falando de música. Há poucas pessoas na Inglaterra, suponho, que gostam mais de música do que eu, ou que tenham melhor gosto natural. Se eu tivesse estudado, seria uma grande conhecedora. E Anne também, se sua saúde lhe permitisse se dedicar. Estou segura de que o desempenho dela seria encantador. Como Georgiana se sai, Darcy?

O sr. Darcy falou com um louvor afetuoso a respeito da habilidade da irmã.

— Fico muito feliz em ouvir uma avaliação tão positiva dela — disse lady Catherine. — E, por favor, diga-lhe, de minha parte, que ela não pode esperar se sobressair se não praticar muito.

— Eu lhe garanto, senhora, que ela não precisa de tal conselho — replicou o cavalheiro. — Ela pratica com bastante assiduidade.

— Tanto melhor. Toda prática é pouca, e, quando eu lhe escrever de novo, cobrarei que nunca a negligencie de jeito nenhum. Costumo dizer a jovens moças que não se obtém excelência musical sem prática constante. Eu disse à srta. Bennet várias vezes que ela nunca tocará realmente bem se não praticar mais e, apesar de a sra. Collins não ter instrumentos, ela é muito bem-vinda, como já lhe disse com frequência, a vir a Rosings todos os dias, e tocar no piano do quarto da sra. Jenkinson. Ela não atrapalharia ninguém naquela parte da casa.

O sr. Darcy pareceu um pouco envergonhado com a má educação da tia, e não respondeu.

Quando o café acabou, o coronel Fitzwilliam relembrou Elizabeth de que ela prometera tocar para ele, e a moça sentou-se ao piano. Ele puxou uma cadeira para perto dela. Lady Catherine ouviu metade de uma música e então falou, como antes, com seu outro sobrinho, até que este se afastou dela e, movendo-se com a costumeira prudência até o piano, parou de modo a ter vista completa do semblante da bela intérprete. Elizabeth viu o que ele estava fazendo, e, na primeira pausa conveniente, virou-se para ele com um sorriso travesso e disse:

— O senhor quer me amedrontar, sr. Darcy, vindo todo majestoso só para me ouvir? Mas não ficarei inquieta mesmo sabendo que sua irmã realmente toca muito bem. Existe em mim certa teimosia que nunca suporta ser amedrontada pela vontade dos outros. Minha coragem sempre aumenta a cada tentativa de me intimidar.

— Eu não direi que a senhorita está errada, pois não pode *realmente* acreditar que alimento algum desejo de intimidá-la — replicou ele. — Já tive o prazer de conhecê-la por tempo o suficiente para saber que a senhorita se diverte em professar opiniões que não são, de fato, suas.

Elizabeth riu com vontade daquele retrato de si, e disse ao coronel Fitzwilliam:

— Seu primo lhe dará uma bela noção a meu respeito, e lhe ensinará a não acreditar em uma só palavra que eu digo. Tenho muito azar de encontrar uma pessoa tão hábil em revelar meu verdadeiro caráter em uma parte do mundo por onde eu esperava passar por alguém com alguma credibilidade. De fato, sr. Darcy, é muito mesquinho de sua parte mencionar as coisas negativas que soube a meu respeito em Hertfordshire... e, permita-me dizer, muito imprudente também, pois me incita a retaliar, e podem surgir coisas que vão escandalizar seus parentes, se souberem.

— Não tenho medo da senhorita — disse ele, com um sorriso.

— Por favor, vamos ouvir do que a senhorita vai acusá-lo! — exclamou o coronel Fitzwilliam. — Eu gostaria de saber como ele se comporta entre estranhos.

— O senhor ouvirá, mas se prepare para algo muito terrível. A primeira vez que o vi em Hertfordshire, o senhor deve saber, foi em um baile, e, nesse baile, o que acha que ele fez? Participou de apenas quatro danças! Sinto muito atormentá-lo, mas foi assim. Participou de apenas quatro danças, apesar de haver poucos cavalheiros e, até onde sei, mais de uma jovem estava sentada por falta de um parceiro. Sr. Darcy, o senhor não pode negar o fato.

— Na ocasião, eu não tive a honra de conhecer nenhuma dama do baile, fora as de minha própria comitiva.

— Verdade; e ninguém pode ser apresentado em um salão de baile. Bem, coronel Fitzwilliam, o que vou tocar agora? Meus dedos aguardam suas ordens.

— Talvez eu devesse ter pensado melhor e solicitado ser apresentado — respondeu Darcy. — Mas não sou bom em conquistar a simpatia de estranhos.

— Vamos perguntar ao seu primo a razão disso? — disse Elizabeth, ainda dirigindo-se ao coronel Fitzwilliam. — Vamos perguntar a ele por que um homem sensato e educado, que vive pelo mundo, não é bom em se recomendar a estranhos?

— Posso responder a sua pergunta sem pedir ajuda a ele — disse Fitzwilliam. — É porque ele não se dá ao trabalho.

— Eu certamente não tenho o talento que algumas pessoas possuem de conversar com facilidade com quem nunca vi antes — declarou Darcy. — Não consigo capturar o tom da conversa, ou parecer interessado em questões alheias, como vejo acontecer com frequência.

— Meus dedos não se movem sobre este instrumento da maneira magistral que já vi os de tantas mulheres fazerem — disse Elizabeth. — Eles não têm nem a mesma energia nem a mesma velocidade, e não produzem a mesma expressão. Mas sempre supus que fosse minha própria culpa, porque não me dava ao trabalho de praticar. Não é como se acreditasse que *meus* dedos não sejam tão capazes quanto os de qualquer outra mulher que toque melhor que eu.

Darcy sorriu e disse:

— A senhorita está perfeitamente correta. Empregou seu tempo muito melhor. Diante do privilégio de ouvi-la, ninguém poderia pensar que lhe falta algo. Nenhum de nós dois se apresenta para estranhos.

Nisso foram interrompidos por lady Catherine, que quis saber do que eles estavam falando. Elizabeth imediatamente voltou a tocar. Lady Catherine aproximou-se e, depois de ouvir por alguns minutos, disse a Darcy:

— Não haveria defeito na execução da srta. Bennet se ela praticasse mais, e se tivesse a vantagem de obter um professor em Londres. Ela tem boa noção de dedilhado, embora seu bom gosto não se equipare ao de Anne. Anne teria sido uma musicista encantadora, se sua saúde lhe permitisse aprender.

Elizabeth olhou para Darcy para ver de que modo ele reagia ao elogio à prima, mas nem naquele momento nem em nenhum outro a moça conseguiu discernir qualquer sintoma de amor. Analisando todo o comportamento do cavalheiro em relação à srta. De Bourgh, Elizabeth obteve o seguinte consolo para a srta. Bingley: que Darcy estaria igualmente propenso a se casar com ela, se fosse sua parente.

Lady Catherine continuou a comentar o desempenho de Elizabeth, misturando aos comentários muitas instruções quando à execução e ao bom gosto. Elizabeth recebeu-as com toda a tolerância que a civilidade a forçava a exercer, e, a pedido dos cavalheiros, ficou no piano até a carruagem de sua senhoria estar pronta para levar todos para casa.

Capítulo 32

Na manhã seguinte, Elizabeth estava sentada sozinha, escrevendo para Jane, enquanto a sra. Collins e Maria haviam saído para resolver assuntos na vila, quando foi surpreendida pelo som da campainha, o aviso claro de que havia um visitante. Apesar de não ter ouvido nenhum som de carruagem, pensou não ser improvável se tratar de lady Catherine e, sob tal apreensão, estava guardando sua carta ainda não terminada para escapar a todas as perguntas impertinentes, quando a porta foi aberta, e, para sua imensa surpresa, o sr. Darcy, e só o sr. Darcy, entrou no recinto.

Ele também pareceu surpreso ao encontrá-la sozinha, e pediu desculpas pela intrusão, informando que julgara que todas as mulheres estariam em casa.

Eles então se sentaram e, depois que ela fez algumas perguntas a respeito de Rosings, correram o risco de afundar em um silêncio total. Portanto, era absolutamente necessário pensar em algo, e, nessa urgência, lembrou *quando* fora a última vez que o vira em Hertfordshire. Curiosa para saber o que ele diria acerca da partida apressada, comentou:

— Foi muito repentina a forma como todos vocês deixaram Netherfield em novembro passado, sr. Darcy! Deve ter sido uma surpresa bastante agradável para o sr. Bingley que todos o seguissem tão logo, pois, se me lembro bem, ele havia partido apenas um dia antes. Ele e as irmãs estavam bem, espero, quando o senhor deixou Londres?

— Perfeitamente bem, obrigado.

Ela entendeu que não receberia outra resposta e, depois de uma curta pausa, acrescentou:

— Pensei ter entendido que o sr. Bingley não planejava voltar a Netherfield, é isso?

— Nunca o ouvi dizê-lo, mas é provável que ele passe bem pouco de seu tempo lá, no futuro. Ele tem muitos amigos, e está numa época da vida em que o número de amigos e de compromissos aumenta continuamente.

— Se ele não pretende passar muito tempo em Netherfield, seria melhor para a vizinhança que ele desistisse de vez do lugar, pois então uma família poderia fixar residência lá. Mas talvez o sr. Bingley tenha ocupado a casa mais para a própria conveniência, e não para a da vizinhança, e devamos esperar que ele a conserve ou desista dela baseado no mesmo princípio.

— Eu não ficaria surpreso se ele desistisse de lá assim que recebesse uma oferta de compra — disse Darcy.

Elizabeth não respondeu. Temeu falar mais do amigo dele e, não tendo mais nada a dizer, decidiu deixar o incômodo de conseguir assunto para ele, que entendeu a deixa e logo começou:

— Esta parece ser uma casa bastante confortável. Acredito que lady Catherine fez bastante por ela quando o sr. Collins chegou a Hunsford.

— Creio que sim, e tenho certeza de que ela não poderia ter concedido sua bondade a alguém mais grato.

— O sr. Collins parece ter sido muito feliz em sua escolha de esposa.

— Sim, de fato. Os amigos dele podem se alegrar por ele ter encontrado uma das poucas mulheres sensatas que o aceitariam, ou que o fariam feliz. Minha amiga tem um ótimo discernimento, mas não tenho certeza de que consideraria o casamento dela com o sr. Collins a coisa mais sábia que ela já fez. No entanto, ela parece bastante feliz, e, à luz da prudência, com certeza é uma boa união para ela.

— Deve ser muito agradável que ela tenha se estabelecido a uma distância tão acessível da própria família e dos amigos.

— Uma distância acessível, é o que o senhor diz? São quase oitenta quilômetros.

— E o que são oitenta quilômetros em uma boa estrada? Uma jornada de pouco mais de meio dia. Sim, eu chamo isso de uma distância acessível.

— Eu nunca consideraria a distância uma das *vantagens* da união — afirmou Elizabeth. — Nunca diria que a sra. Collins mora *perto* da família.

— É uma prova de seu apego a Hertfordshire. Qualquer coisa fora da vizinhança de Longbourn, acho, parece longe.

Ao dizê-lo, o sr. Darcy exibia um tipo de sorriso que Elizabeth julgou ter entendido; ele devia supor que ela pensasse em Jane e em Netherfield, e ela corou e respondeu:

— Não quero dizer que nenhuma proximidade com a família seja exagerada para uma mulher. Longe e perto são relativos e dependem de muitas circunstâncias. Quando há dinheiro para tornar banais os gastos com a viagem, a distância não é um problema. Mas não é esse o caso *aqui*. O sr. e a sra. Collins têm uma renda confortável, mas não uma que lhes permitirá deslocamentos frequentes, e estou convencida de que minha amiga não diria que está *próxima* da família a não ser que estivesse a pelo menos *metade* da atual distância.

O sr. Darcy puxou a cadeira um pouco mais para perto dela, e disse:

— *A senhorita* não pode ter motivação para um apego local tão forte. Não deve ter morado sempre em Longbourn.

Elizabeth pareceu surpresa. O cavalheiro experimentou alguma mudança de sentimento, pois recuou a cadeira, pegou um jornal da mesa e, olhando-o de relance, perguntou, com uma voz mais fria:

— Está gostando de Kent?

Seguiu-se um diálogo curto sobre a região, calmo e conciso de ambas as partes — e logo encerrado pela entrada de Charlotte e sua irmã, que acabavam de chegar da caminhada. A reunião as surpreendeu. O sr. Darcy relatou o engano que ocasionara sua intrusão sobre a srta. Bennet, e, depois de permanecer mais alguns minutos sem dizer muita coisa a ninguém, foi embora.

— O que será que isso quer dizer? — disse Charlotte, assim que ele partiu. — Minha querida Eliza, ele deve estar apaixonado por você, ou nunca teria vindo nos visitar desse modo íntimo.

No entanto, quando Elizabeth contou do silêncio dele, não pareceu muito provável, mesmo Charlotte desejando que fosse o caso e, depois de várias conjeturas, no final conseguiram apenas supor que a visita devia ter a ver com a dificuldade dele em encontrar mais o que fazer, o mais provável naquela época do ano. Tinha acabado a época dos esportes ao ar livre. Dentro de casa, havia lady Catherine, livros e uma mesa de bilhar, mas cavalheiros não se contentam em ficar o tempo inteiro dentro de casa. E na proximidade da casa paroquial, ou na aprazível caminhada até lá, ou no encanto das pessoas que viviam ali, os dois primos encontraram naquele período a tentação de ir até lá quase todos os dias. Eles apareciam em vários momentos da manhã, às vezes separados, às vezes juntos, e de vez em quando acompanhados pela tia. Ficou claro para todos eles que o coronel Fitzwilliam vinha porque tinha prazer no convívio, uma convicção que, é claro, o favorecia ainda mais, e Elizabeth lembrou-se, por causa da própria satisfação em estar com ele, assim como da evidente admiração que ele nutria por ela, de seu antigo preferido, George Wickham. Ao compará-los, Elizabeth percebeu que os modos do coronel Fitzwilliam tinham uma suavidade menos cativante. Ainda assim, ela acreditava que ele tinha uma mente mais bem informada.

Mas por que o sr. Darcy ia à casa paroquial com tanta frequência era mais difícil entender. Não podia ser pelo convívio, pois ele muitas vezes ficava sentado com eles por dez minutos sem abrir a boca e, quando falava, parecia ser um efeito da necessidade, e não da vontade — um sacrifício pelo bem do decoro, e não para o próprio prazer. Ele quase nunca parecia verdadeiramente animado. A sra. Collins não sabia o que pensar dele. O coronel Fitzwilliam ocasionalmente ria da estupidez do primo, provando que ele costumava ser diferente, algo que o pouco conhecimento que ela tinha dele não teria revelado. E, como queria que essa alteração fosse um efeito do amor, e que o objeto desse amor fosse sua amiga Eliza, Charlotte Collins dedicou-se seriamente a descobrir se era esse o caso. Observava-o sempre que estavam em Rosings e sempre que ele vinha a Hunsford, mas sem muito sucesso. Ele certamente olhava muito para Elizabeth, mas a expressão daquele olhar era duvidosa. Tratava-se de um olhar fixo, constante e sério, mas Charlotte tinha dúvidas se via muita admiração ali, e às vezes não lhe parecia nada senão indicação de que os pensamentos dele andavam longe.

Uma ou duas vezes sugeriu a Elizabeth a possibilidade de que ele nutrisse por ela alguma afeição, mas a amiga sempre ria da ideia, e a sra. Collins não achou certo insistir no assunto, pelo perigo de criar expectativas que poderiam terminar em desapontamento, pois sua opinião era de que toda a antipatia de Elizabeth por ele desapareceria se ela o julgasse em seu poder.

Nos bondosos projetos dela para Elizabeth, às vezes planejava casá-la com o coronel Fitzwilliam. Ele era o homem mais agradável, sem comparação; certamente a admirava, e a situação dele era das mais decentes. Mas, para contrabalancear essas vantagens, o sr. Darcy tinha um patronato considerável na igreja, e seu primo não devia ter nenhum.

Capítulo 33

Em mais de uma ocasião, durante seus passeios pelo parque, Elizabeth encontrou o sr. Darcy inesperadamente. Ela sentia a crueldade do azar que o trazia aonde ninguém mais era trazido e, para evitar que isso acontecesse de novo, tomou o cuidado de informá-lo de que aquele lugar era um de seus preferidos. Portanto, o fato de ter ocorrido uma segunda vez foi muito esquisito! Mas aconteceu, e mesmo uma terceira vez. Parecia uma crueldade cheia de caprichos ou uma penitência voluntária, pois nessas ocasiões ele não se limitou a fazer algumas perguntas formais seguidas de uma pausa desajeitada antes de ir embora, mas de fato julgou necessário dar a volta e caminhar com ela. Nunca dizia muita coisa, nem ela se dava ao trabalho de falar nem de ouvir muito, mas ocorreu-lhe, durante o terceiro encontro casual, que ele estava fazendo umas perguntas muito desconexas — sobre quanto a aprazia estar em Hunsford, seu amor por caminhadas solitárias e sua opinião a respeito da felicidade do sr. e da sra. Collins. Ao falar de Rosings e do fato de que ela não entendia bem a casa, Darcy pareceu esperar que, sempre que Elizabeth voltasse a Kent, ela se hospedasse *lá* também. As palavras dele causavam essa impressão. Acaso ele estaria pensando no coronel Fitzwilliam? Ela supunha que, se Darcy quisesse insinuar algo nesse sentido, estivesse aludindo a algo que poderia surgir em relação ao primo. Isso a perturbou um pouco, e Elizabeth ficou muito feliz ao se ver no portão diante da casa paroquial.

Um dia, em sua caminhada, ela se ocupava de ler a última carta de Jane. Enquanto se demorava em uma passagem que provava que a irmã não escrevera em um momento feliz, Elizabeth, ao erguer os olhos, em vez de ser surpreendida novamente pelo sr. Darcy, avistou o coronel Fitzwilliam vindo ao seu encontro. Guardando a carta imediatamente e forçando um sorriso, disse:

— Não sabia que o senhor caminhava por aqui.

— Eu ainda não havia feito o passeio que faço todo ano pelo parque — ele replicou. — Planejo encerrá-lo com uma visita à casa paroquial. A senhorita vai até muito mais longe?

— Não, eu teria dado a volta a qualquer momento.

E, de acordo, ela o fez, e os dois caminharam juntos até a casa paroquial.

— Está certo que o senhor irá embora de Kent no sábado? — perguntou ela.

— Sim, se Darcy não adiar de novo. Mas estou à disposição dele. Ele arranja as coisas como lhe dá vontade.

— E se não puder se satisfazer com os arranjos, ao menos tem o grande prazer de exercer o poder de escolha. Não conheço ninguém que pareça gostar mais do poder de fazer o que quer do que o sr. Darcy.

— Ele gosta mesmo de fazer as coisas de seu jeito — replicou o coronel Fitzwilliam. — Mas isso vale para todos nós. A diferença é que ele tem melhores meios de consegui-

-lo do que muitos outros, porque é rico, e os outros são pobres. Falo com simpatia. Sabe, um filho mais novo deve ser acostumado à abnegação e à dependência.

— Em minha opinião, o filho mais novo de um conde conhece pouco das duas coisas. Agora, de verdade, o que o senhor sabe de abnegação e dependência? Quando o senhor foi impedido, pela escassez de dinheiro, de ir aonde desejasse ou de adquirir algo que quisesse?

— Essas perguntas são familiares. E talvez eu não possa dizer que experimentei muitas dificuldades dessa natureza. Mas em questões de maior peso, posso sofrer pela falta de dinheiro. Filhos mais novos não podem se casar com quem querem.

— A menos que gostem de uma mulher rica, o que acho que costuma ser o caso.

— Nossas despesas habituais nos tornam dependentes demais, e não há muitos homens da minha posição social que podem se casar sem prestar atenção na questão do dinheiro.

Isso é para mim?, Elizabeth pensou, e ruborizou com a ideia, mas, recuperando-se, disse num tom jovial:

— E, por favor, qual é o preço do filho mais novo de um conde? A menos que o irmão mais velho seja muito doente, suponho que o senhor não pediria mais do que cinquenta mil libras.

Ele respondeu no mesmo tom, e o assunto morreu. Para interromper um silêncio que poderia levá-lo a crer que ela ficara afetada com o que se passara, Elizabeth logo em seguida disse:

— Imagino que seu primo tenha trazido o senhor para cá com ele para ter alguém à disposição. Admira-me que ele não se case para assegurar uma conveniência mais duradoura desse tipo. Mas, talvez, a irmã dele sirva bem, no momento, e, como ela está somente sob o cuidado dele, ele possa fazer o que quiser com ela.

— Não, essa é uma vantagem que ele deve dividir comigo — disse o coronel Fitzwilliam. — Compartilho com ele a tutela da srta. Darcy.

— É mesmo? E que tipo de guardiões são os senhores? Sua encarregada lhes dá muitos problemas? Às vezes é difícil lidar com jovens da idade dela e, se ela tiver o verdadeiro espírito dos Darcy, deve gostar de fazer as coisas do próprio jeito.

Enquanto falava, Elizabeth observou que o coronel a olhava com seriedade, e o modo como este imediatamente perguntou sua motivação para supor que a srta. Darcy estaria propensa a lhes causar qualquer preocupação a convenceu de que, de algum modo, chegara bem perto da verdade. Ela respondeu imediatamente:

— Não se assuste. Nunca ouvi falar nada de mal dela. Ouso dizer que ela é uma das criaturas mais dóceis do mundo. É uma das prediletas de algumas damas que conheço, a sra. Hurst e a srta. Bingley. Acho que ouvi o senhor dizer que as conhece.

— Conheço um pouco. O irmão delas é um homem agradável e cavalheiresco. Um grande amigo de Darcy.

— Ah, sim! — disse Elizabeth secamente. — O sr. Darcy é notoriamente gentil com o sr. Bingley e toma conta dele prodigiosamente.

— Toma conta dele! Sim, acredito que Darcy *realmente* tome conta dele nos assuntos em que ele necessita. Tenho motivos para crer, por conta de algo que ele me disse em nossa jornada para cá, que Bingley lhe deve muito. Mas devo pedir desculpas a ele, pois não tenho direito de supor que fosse Bingley a pessoa de quem ele falava. Só estou conjeturando.

— O que o senhor quer dizer?

— Uma circunstância que, é claro, Darcy não deseja que se torne conhecida de todos, porque, se chegasse à família da moça, seria algo desagradável.

— O senhor tem minha palavra de que nunca falarei disso.

— E lembre-se de que não tenho muitos motivos para supor que se trate de Bingley. O que ele me contou foi só o seguinte: ele se parabenizava por ter recentemente salvado um amigo das inconveniências de um casamento imprudente, mas sem mencionar nomes nem outros detalhes, e só suspeitei que se tratasse de Bingley por acreditar que ele seja o tipo de jovem que cairia em uma situação dessas, e por saber que eles passaram o último verão inteiro juntos.

— O sr. Darcy disse os motivos de sua interferência?

— Entendi que havia alguma forte objeção à moça.

— E que artifícios ele usou para separá-los?

— Ele não me falou de seus artifícios — disse Fitzwilliam, sorrindo. — Só me contou o que acabo de lhe dizer.

Elizabeth não respondeu e continuou caminhando, com o coração pesado de indignação. Depois de observá-la um pouco, Fitzwilliam perguntou-lhe por que ficara tão pensativa.

— Estou pensando no que o senhor acabou de me contar — ela disse. — A conduta de seu primo não se ajusta aos meus sentimentos. Por que ele tinha de ser o juiz?

— A senhorita considera portanto que a interferência dele tenha sido inoportuna?

— Não vejo que direito tem o sr. Darcy de decidir se a atração do amigo dele é adequada, nem como, só com seu julgamento, ele conseguiria julgar e determinar de que modo esse amigo pode ser feliz. — Depois de se recompor, continuou: — Mas, como não sabemos nada dos detalhes, não é justo condená-lo. Não se pode supor que havia muito afeto nesse caso.

— Não é uma suposição antinatural, porém, ela reduz tristemente a honra do triunfo de meu primo — disse Fitzwilliam.

Ele o disse em tom de gracejo, mas lhe pareceu tanto o retrato exato do sr. Darcy, que Elizabeth não confiou em si mesma para responder e, portanto, mudou a conversa de modo abrupto, falando de assuntos indiferentes até alcançarem a casa paroquial. Ali, fechada em seu quarto assim que o visitante os deixou, ela conseguia pensar, sem ser interrompida, sobre tudo o que tinha ouvido. Não se podia supor que aquilo dissesse respeito a mais ninguém, senão às pessoas que ela conhecia. Não podiam existir no mundo *dois* homens sobre quem o sr. Darcy possuía uma influência tão ilimitada. Ela nunca duvidara que ele houvesse participado das medidas tomadas para separar o sr. Bingley de Jane, mas sempre atribuíra o plano principal e os arranjos à srta. Bingley. Entretanto, se a própria vaidade dele não o houvesse induzido a erro, *ele* era a causa — seu orgulho e capricho eram a causa — de tudo o que Jane sofrera e continuava a sofrer. Ele arruinara por algum tempo toda esperança de felicidade para o coração mais afetuoso e generoso do mundo, e ninguém poderia dizer quão duradouro seria o mal que infligira.

"Havia fortes objeções à moça", foram as palavras do coronel Fitzwilliam, e tais fortes objeções provavelmente eram o fato de ela ter um tio que era advogado no interior e outro na área de negócios em Londres.

— À própria Jane, não haveria como fazer objeção! — ela exclamou. — Toda amorosa e bondosa como é! O discernimento dela é excelente, sua mente é aperfeiçoada, e seus modos, cativantes. E não se poderia alegar nada contra meu pai, que, apesar de algumas excentricidades, tem habilidades que nem o próprio Darcy pode desprezar, e uma respeitabilidade que ele provavelmente nunca vai alcançar. — Quando pensou na mãe, sua confiança cedeu um pouco, mas não admitia que objeções *nesse ponto* teriam tido algum peso substancial sobre o sr. Darcy, cujo orgulho, ela estava convencida, seria mais profundamente ferido pela falta de importância dos parentes do amigo do que pela falta de juízo destes, e concluiu, enfim, que ele fora em parte guiado pelo pior tipo de orgulho, e em parte pelo desejo de guardar o sr. Bingley para a própria irmã.

A agitação e as lágrimas que o assunto provocou lhe deram uma dor de cabeça, que piorou muito até o anoitecer a ponto de, somada à sua falta de vontade de ver o sr. Darcy, impedi-la de ir com os primos a Rosings, onde haviam sido convidados para tomar chá. A sra. Collins, vendo que ela estava realmente indisposta, não a pressionou a ir e, na medida do possível, impediu o marido de pressioná-la, mas o sr. Collins não conseguiu disfarçar sua apreensão quanto à possibilidade de lady Catherine ficar ofendida pela decisão de Elizabeth de permanecer em casa.

Capítulo 34

Quando eles saíram, Elizabeth — como que com a intenção de se exasperar tanto quanto possível com o sr. Darcy — escolheu ocupar-se de analisar todas as cartas que Jane lhe escrevera desde sua chegada a Kent. Nenhuma delas continha queixa expressa, nem menção aos acontecimentos passados ou a revelação de sofrimentos presentes. Mas em todas, e em quase todas as linhas de cada uma, faltava a alegria que costumava caracterizar seu estilo de escrita e que, oriunda da serenidade de uma mente em paz consigo mesma e com bondosa predisposição em relação a todos, quase nunca fora tão obscurecida. Elizabeth percebeu, com uma atenção ausente na primeira leitura, que cada frase transmitia a ideia de desassossego. A vanglória vergonhosa do sr. Darcy pela angústia que conseguira infligir lhe deu uma percepção mais afiada sobre os sofrimentos de Jane. Consolava-a um pouco pensar que a visita dele a Rosings terminaria em dois dias e, mais ainda, que em menos de quinze dias ela estaria com Jane outra vez, habilitada a contribuir com todo seu afeto para a melhora do ânimo da irmã.

Não conseguia deixar de pensar que a partida do sr. Darcy de Kent levaria o primo junto, mas o coronel Fitzwilliam deixara claro que não tinha nenhum poder de escolha, e, como ele era tão agradável, não queria ficar triste com ele.

Quando resolveu essa questão, foi despertada de repente pela campainha, e ficou agitada com a ideia de ser o próprio coronel Fitzwilliam, que já aparecera tarde da noite uma vez e poderia estar vindo perguntar especificamente por ela. Mas a ideia logo foi afastada, e seu ânimo, afetado de outra maneira, quando, para seu absoluto assombro, viu o sr. Darcy adentrar a sala. De modo muito apressado, ele logo começou a perguntar a respeito de sua saúde, atribuindo sua visita ao desejo de ouvir que ela estava melhor. Elizabeth respondeu-lhe com fria polidez. Ele sentou-se por alguns momentos e, levantando-se, começou a andar pela sala. Elizabeth ficou surpresa, mas não disse nada. Depois de um silêncio de vários minutos, o sr. Darcy aproximou-se dela nervosamente e disse:

— Lutei em vão. De nada adianta. Meus sentimentos se recusam a se deixar dominar. A senhorita deve me permitir lhe dizer quanto a admiro e a amo ardentemente.

Elizabeth não conseguiria manifestar seu assombro. Encarou-o, ruborizada, hesitante e muda. Ele considerou essa reação encorajamento suficiente, e a confissão de tudo o que estava sentindo, e que havia muito tempo sentia por ela, seguiu-se imediatamente. Ele falou bem, mas detalhou outros sentimentos além daqueles de seu coração, e não foi mais eloquente no assunto da ternura do que no do orgulho. Sua consciência da inferioridade dela — que era uma degradação —, dos obstáculos familiares, que sempre haviam sido um obstáculo ao afeto, foram detalhados com um ardor que parecia se dever à importância social que ele estava ferindo, mas era muito improvável que tal detalhamento favorecesse seu pedido.

Apesar da profunda antipatia que tinha por ele, Elizabeth não conseguiu ficar indiferente à honra de receber a afeição de um homem como ele. Apesar de suas intenções não terem mudado nem por um instante, ela a princípio sentiu pena pela dor que lhe causaria; até que, inflamada pelo ressentimento desperto por seus dizeres subsequentes, perdeu toda a compaixão para a ira. Entretanto, tentou se recompor para lhe responder com paciência, quando ele terminasse de falar. O sr. Darcy concluiu expondo-lhe a força de seu afeto, o qual, apesar de seus esforços, descobriu ser impossível vencer; e expressando sua esperança de que ela aceitasse sua mão. Enquanto falava, Elizabeth percebeu que ele não tinha a menor dúvida de que ela responderia positivamente. Darcy *falava* em apreensão e ansiedade, mas seu semblante expressava uma segurança verdadeira. Tal fato só conseguiu exasperá-la ainda mais e, quando ele acabou, as bochechas de Elizabeth coraram e ela disse:

— Acredito que, em casos como esse, o método estabelecido é expressar um senso de gratidão pelos sentimentos confessados, por mais que não sejam retribuídos igualmente. Seria um sentimento natural e, se eu *sentisse* alguma gratidão, agora eu lhe agradeceria. Mas não consigo. Nunca desejei que o senhor tivesse uma boa opinião a meu respeito, e certamente o senhor a concedeu a mim contra sua vontade. Sinto muito por ter causado dor a alguém, mas o fiz de modo inconsciente e espero que não dure muito. Os sentimentos que, segundo me disse, impediram durante muito tempo que o senhor reconhecesse seu apreço por mim terão pouca dificuldade em subjugá-lo depois dessa explicação.

O sr. Darcy, que se recostara contra a lareira com os olhos fixos no rosto dela, pareceu receber tais palavras com não menos ressentimento do que surpresa. Sua compleição se tornou pálida de ira, e a perturbação em sua mente ficou visível em cada feição. Ele lutou para manter a compostura, e não abriu a boca antes de acreditar ter conseguido. A pausa foi terrível para os sentimentos de Elizabeth. Enfim, com uma voz de forçada calma, ele disse:

— E essa é toda a resposta que terei a honra de esperar! Talvez eu deseje ser informado por que a senhorita, com tão pouco *empenho* em ser cortês, está me rejeitando assim. Mas é de pouca importância.

— Eu poderia também perguntar por que, com tão evidente desejo de me ofender e me insultar, o senhor escolheu me dizer que gosta de mim contra sua vontade, contra seu bom senso e até contra sua natureza? — replicou Elizabeth. — Isso não seria, por acaso, uma desculpa para minha descortesia, *se* eu tivesse sido descortês? Mas tenho outros motivos. O senhor sabe que sim. Se meus próprios sentimentos já não fossem decididamente contrários ao senhor... se fossem indiferentes, ou mesmo se fossem favoráveis... o senhor acha que eu aceitaria o homem que arruinou, talvez para sempre, a felicidade de minha irmã mais querida?

Quando Elizabeth disse essas palavras, o sr. Darcy mudou de cor, mas a comoção durou pouco, e ele ouviu sem tentar interrompê-la, enquanto ela continuava:

— Tenho todas as razões do mundo para pensar o pior do senhor. Nada pode desculpar seu papel perverso e egoísta nesse assunto. O senhor não ousa, não pode negar ter desempenhado o papel principal, senão o único, na separação dos dois, de expor um à censura do mundo por ser caprichoso e instável, e outra ao escárnio pelas esperanças frustradas, além de envolver ambos em uma angústia do tipo mais agudo.

Elizabeth fez uma pausa, e viu, não com pouca indignação, que o sr. Darcy ouvia com um ar que demonstrava que nenhum sentimento de remorso o abalava. Ele até a olhava como um sorriso de pretensa incredulidade.

— O senhor nega ter feito isso? — ela repetiu.

Com fingida tranquilidade ele replicou:

— Não tenho nenhum desejo de negar que fiz tudo em meu poder para separar meu amigo de sua irmã, nem que fiquei feliz com meu sucesso. Com *ele* fui mais generoso do que comigo.

Elizabeth desdenhou da aparência de delicada ponderação, mas seu significado não lhe escapou, nem a acalmou.

— Mas não é só com base nisso que minha aversão se sustenta — ela continuou. — Muito antes de isso acontecer eu já tinha decidido minha opinião a seu respeito. Seu caráter foi desmascarado na narrativa detalhada que ouvi muitos meses atrás do sr. Wickham. Sobre esse assunto, o que

ORGULHO E PRECONCEITO

tem a dizer? Com qual ato imaginário de amizade o senhor pode se defender? Ou sob qual deturpação pode se impor sobre os outros?

— A senhorita assumiu ávido interesse pelas inquietudes desse cavalheiro — disse Darcy, num tom menos tranquilo, com um timbre mais intenso.

— Quem conhece os infortúnios que se abateram sobre ele pode deixar de se sentir interessado?

— Infortúnios! — repetiu Darcy com desdém. — Sim, os infortúnios dele realmente foram muitos.

— E impostos pelo senhor! — exclamou Elizabeth, enérgica. — O senhor o reduziu ao presente estado de pobreza. Pobreza relativa. O senhor negou-lhe as vantagens que sabia terem sido destinadas a ele. Privou os melhores anos da vida dele de uma independência que não era menos justa do que merecida. O senhor fez tudo isso! E ainda consegue tratar a menção aos infortúnios dele com desdém e escárnio.

— E essa é sua opinião sobre mim! — exclamou Darcy, caminhando pela sala a passos rápidos. — É com esses olhos que a senhorita me enxerga! Eu lhe agradeço por explicar tão integralmente. Meus defeitos, de acordo com essa conta, são de fato muito pesados! Mas talvez — ele acrescentou, parando de andar e virando-se para ela — essas ofensas pudessem ter sido desconsideradas se seu orgulho não houvesse sido ferido pela minha honesta confissão dos escrúpulos que há muito me impediram de traçar planos sérios. Essas acusações amargas poderiam ter sido sufocadas se eu, com maior prudência, escondesse meus conflitos, e a adulasse até a senhorita crer que fui impelido por uma inclinação incondicional e imperturbável, tanto pelo bom senso, quanto pela reflexão, por tudo. Mas qualquer tipo de dissimulação me causa repugnância. Não tenho vergonha dos sentimentos que relatei. São naturais e justos. A senhorita poderia esperar que eu me alegrasse com a inferioridade de seus parentes e conhecidos? Que eu me parabenizasse pela esperança de me relacionar com pessoas cujas condições de vida são incontestavelmente inferiores às minhas?

Elizabeth sentia-se mais irritada a cada momento, mas tentou ao máximo manter a compostura ao dizer:

— O senhor se engana, sr. Darcy, se acredita que o modo de sua declaração me afetou de qualquer maneira além de me poupar da preocupação que eu poderia ter sentido ao rejeitá-lo caso tivesse se comportado de maneira mais cavalheiresca.

Elizabeth viu-o sobressaltar-se com isso, mas ele nada disse, e ela continuou:

— O senhor não poderia ter me oferecido sua mão de nenhum modo que me deixasse tentada a aceitá-la.

Novamente, o espanto de Darcy ficou óbvio, e ele a olhou com uma expressão que mesclava incredulidade e agonia. Ela prosseguiu:

— Desde o começo, posso dizer que quase desde o primeiro momento em que nos conhecemos, seus modos, que incutiram em mim a profunda crença em sua arrogância, sua presunção e seu desdém egoísta pelos sentimentos dos outros deram origem a um alicerce de desaprovação sobre os quais eventos posteriores construíram uma aversão tão imutável. Não fazia um mês que nos conhecíamos quando senti que o senhor seria o último homem do mundo com quem eu me casaria.

— A senhorita já disse o suficiente. Compreendo seus sentimentos perfeitamente, e agora só me resta sentir vergonha dos meus. Perdoe-me por ter tomado tanto de seu tempo, e aceite meus melhores votos pela sua saúde e felicidade.

Com essas palavras, ele deixou a sala depressa, e Elizabeth ouviu-o abrir a porta da frente no momento seguinte e deixar a casa.

O tumulto em sua mente agora estava dolorosamente grandioso. Ela não sabia como se sustentar e, por verdadeira fraqueza, sentou-se e chorou durante meia hora. Seu assombro, ao refletir sobre o que se passara, aumentava quanto mais recapitulava. Um pedido de casamento do sr. Darcy! O fato de ele ter estado apaixonado por ela havia tantos meses! Tão apaixonado a ponto de fazê-lo desejar se casar com ela apesar de todas as objeções que o haviam feito impedir que o amigo se casasse com Jane, e que deveriam ter ao menos força igual no caso dele — ela quase não conseguia acreditar! Era gratificante ter inspirado inconscientemente um afeto tão forte. Mas o orgulho do sr. Darcy, seu abominável orgulho — sua confissão descarada de tudo o que fizera em relação a Jane —, sua firmeza imperdoável ao reconhecer, embora não pudesse justificar, a maneira insensível como aludira ao sr. Wickham, sem tentar negar sua crueldade para com ele, logo subjugaram a compaixão estimulada, por um momento, pela consideração do afeto dele. Suas reflexões perturbadas continuaram até o som da carruagem de lady Catherine fazê-la sentir quanto estava incapacitada de enfrentar a atenção de Charlotte, e correu para seu quarto.

Capítulo 35

Na manhã seguinte, Elizabeth acordou com os mesmos pensamentos e reflexões que a acompanharam até o último momento antes de fechar os olhos. Não conseguira ainda se recuperar da surpresa pelo ocorrido, e, totalmente indisposta para se ocupar de qualquer coisa, resolveu, logo depois do café da manhã, presentear-se com ar fresco e exercício. Seguia direto para seu caminho preferido quando a lembrança de que às vezes o sr. Darcy ia para lá a interrompeu, e, em vez de entrar no parque, virou na via, que a afastou ainda mais da estrada com pedágio. A cerca do parque ainda delimitava um dos lados, e ela logo passou por um dos portões que dava para dentro da propriedade.

Depois de caminhar duas ou três vezes a extensão daquela parte da via, ficou tentada, por ser uma manhã tão agradável, a parar nos portões e olhar para dentro do parque. As cinco semanas que já passara em Kent haviam feito muita diferença para a região, e cada dia acrescentava mais verde às árvores prematuras. Estava prestes a continuar o passeio quando vislumbrou um cavalheiro avançando em sua direção, dentro de um dos arvoredos que delimitavam o parque. Temendo que fosse o sr. Darcy, ela retrocedeu de imediato. Mas a pessoa que avançava agora estava perto o suficiente para vê-la e, adiantando-se com ansiedade, falou seu nome. Ela havia se afastado, mas, ao ouvir o chamado, e embora a voz provasse pertencer ao sr. Darcy, dirigiu-se outra vez até o portão. Ele já o alcançara também e, estendendo-lhe uma carta, que ela pegou por instinto, disse, com um olhar de altiva compostura:

— Estive caminhando pela alameda há algum tempo com a esperança de encontrá-la. A senhorita me fará a honra de ler a carta?

E, com uma leve mesura, virou-se de novo para o arvoredo e logo sumiu de vista.

Sem nenhuma expectativa de satisfação, mas com a mais intensa curiosidade, Elizabeth abriu o envelope e, para sua ainda crescente surpresa, notou que continha duas folhas de papel de carta, inteiramente escritas, com uma letra bem estreita. O próprio envelope também estava preenchido. Seguindo seu caminho ao longo da via, começou a ler. Datava de Rosings, às oito da manhã, e dizia:

Não se inquiete, minha senhora, ao receber esta carta, com a apreensão de que contenha alguma repetição daqueles sentimentos ou uma renovação do pedido que ontem à noite lhe foram tão repugnantes. Estou escrevendo sem nenhuma intenção de lhe infligir dor, nem de me humilhar, ao falar de desejos que, para a felicidade de ambos, precisam ser logo esquecidos. E o esforço de produzir e de ler esta carta teria sido poupado se meu caráter não exigisse que ela fosse escrita e lida. A senhorita precisa, portanto, perdoar a liberdade que tomei ao pedir sua atenção. Sei que seus sentimentos a concederão contra sua vontade, mas eu apelo pelo seu senso de justiça.

De duas transgressões de natureza muito distinta, e sem dúvida de diferente magnitude, a senhorita me acusou ontem à noite. A primeira mencionada foi que, desconsiderando os sentimentos dos dois, eu separei o sr. Bingley de sua irmã; e a outra, que eu, em desafio a várias reivindicações, em desafio à honra e à humanidade, arruinei a prosperidade imediata e destruí as perspectivas do sr. Wickham. Intencional e maliciosamente abandonar meu companheiro de juventude, o reconhecido preferido de meu pai, um jovem que mal tinha outra coisa além de nosso patronato, e que foi criado para contar com ele, seria uma depravação, com a qual jamais se poderia comparar a separação de dois jovens cujo afeto era fruto de algumas semanas. Mas da severidade dessa culpa, que ontem à noite me foi tão profusamente atribuída, respeitando cada circunstância, eu espero me salvaguardar no futuro, quando o seguinte relato de minhas ações e motivações tiver sido lido. Se, ao explicá-los, o que me é devido, eu sentir a necessidade de relatar sentimentos que possam ser ofensivos aos seus, só posso dizer que sinto muito. A necessidade deve ser atendida, e me desculpar mais seria incongruente.

Não fazia muito tempo que eu estava em Hertfordshire quando vi, como os outros, que Bingley preferia sua irmã mais velha a todas as outras moças da região. Mas não foi antes da noite do baile de Netherfield que tive receios de que ele sentisse uma afeição séria. Eu já o vi apaixonado com frequência. Naquele baile, enquanto tive a honra de dançar com a senhorita, eu soube, pela menção acidental de sir William Lucas, que as atenções de Bingley à sua irmã haviam criado a expectativa geral de que eles se casassem. Ele falou a respeito como um acontecimento já certo, do qual só a data era desconhecida. Daquele momento em diante, observei o comportamento de meu amigo com atenção, e então percebi que sua afeição pela srta. Bennet ia além de qualquer outra que eu já testemunhara nele. Também observei sua irmã. Os modos e expressões dela eram tão abertos, alegres e cativantes quanto de hábito, mas sem nenhum sintoma de afeição especial, e fiquei convencido, a partir da observação daquela noite, que, embora ela recebesse as atenções dele com prazer, não as encorajava com nenhuma participação de sentimento. Se a senhorita não tiver se enganado nisso, então eu estava errado. Seu conhecimento superior acerca de sua irmã deve tornar mais provável a última opção. Se for o caso, se fui induzido, por esse engano, a causar dor a sua irmã, seu ressentimento não é despropositado. Mas não terei escrúpulos em afirmar que a serenidade do semblante e do ar de sua irmã poderiam ter deixado o mais perspicaz observador convicto de que, por mais que o temperamento da srta. Bennet seja amável, o coração dela não é propenso a ser facilmente tocado. É certo que eu desejava crê-la indiferente, mas ousarei dizer que minhas investigações e decisões não costumam ser influenciadas por minhas esperanças e meus temores. Não acreditei na indiferença dela porque assim desejava; acreditei com uma convicção imparcial, com a mesma intensidade que desejei que assim fosse. Minhas objeções ao casamento não eram apenas as que ontem à noite reconheci terem exigido a máxima força da paixão para deixar de lado, em meu próprio caso; a falta de contatos não seria um infortúnio tão ruim para meu amigo quanto para mim. Mas havia outras causas de repugnância, causas que, embora ainda existam, eu mesmo me empenhei em esquecer, porque não estavam imediatamente diante de mim. Preciso declarar essas causas, mesmo que brevemente. A situação da família de sua mãe, embora repreensível, não era nada em comparação com a total falta de decoro exibida com tanta frequência por ela, suas três irmãs mais novas e, ocasionalmente, até por seu pai. Perdoe-me; dói-me ofendê-la. Mas, em meio a suas preocupações com os defeitos de seus parentes mais próximos e seu descontentamento com o modo como aqui os represento, console-se em considerar o amplo reconhecimento do fato de que a senhorita e sua irmã mais velha se conduzem de maneira a evitar qualquer quinhão de censura semelhante, um elogio honroso à sensatez e ao caráter de ambas. Mais do que isso, direi apenas que o ocorrido naquela noite só confirmou minha opinião sobre todos e me incentivou ainda mais a procurar preservar meu amigo do que considerei ser uma união das mais infelizes. No dia seguinte, ele deixou Netherfield para ir a Londres, como tenho certeza de que a senhorita se lembra, com o desígnio de retornar logo.

Explico agora o papel desempenhado por mim. A inquietação das irmãs também havia sido incitada, e logo descobrimos a coincidência de nossos sentimentos. Igualmente conscientes de que não se poderia perder tempo em afastar Bingley, resolvemos depressa nos juntar a ele em Londres. Portanto fomos — e lá prontamente me ocupei de apontar ao meu amigo os infortúnios de tal escolha. Eu os relatei e os reforcei com toda seriedade. Mas, apesar de essa advertência poder ter adiado ou feito a resolução dele vacilar, acredito que ela não teria conseguido impedir o casamento, se não fosse auxiliada pela certeza, que não hesitei em dar, da indiferença de sua irmã, senhorita. Ele já acreditava que ela retribuía seu afeto com sincera, senão igual, afeição. Mas Bingley tem uma imensa modéstia natural e confia mais no meu julgamento do que no próprio. Portanto, convencê-lo de que ele havia se iludido não foi muito difícil. Persuadi-lo a não retornar a Hertfordshire, quando ele já havia adquirido tal convicção, mal levou um momento. Não posso me culpar por ter feito tudo isso. Só há uma parte de minha conduta em todo o assunto que não encaro com satisfação: ter me dignado a usar de artifícios para esconder dele o fato de sua irmã estar na cidade. Eu sabia, assim como a srta. Bingley, mas o irmão dela ainda ignora o fato. Talvez seja até provável que eles pudessem ter se encontrado sem consequências ruins, mas, para mim, o afeto de Bingley não parecia ter se extinguido o suficiente para ele poder vê-la sem algum risco. Talvez esse encobrimento, essa dissimulação, tenha sido indigno de mim. Mas já está feito, e com a melhor das intenções. Quanto a esse assunto não tenho mais nada a dizer, nem outra explicação a oferecer. Se feri os sentimentos de sua irmã, o fiz sem saber, e, embora as motivações que me governaram possam muito naturalmente lhe parecer insuficientes, ainda não aprendi a condená-las.

Com respeito à outra acusação, mais pesada, de ter prejudicado o sr. Wickham, só posso refutá-la expondo toda sua relação com minha família. Do que ele me acusou em especial, ignoro, mas sobre a verdade do que relatarei posso convocar mais de uma testemunha de veracidade incontestável.

O sr. Wickham é filho de um homem muito respeitável, que por muitos anos administrou todas as propriedades de Pemberley, e cuja boa conduta no desempenho de sua responsabilidade naturalmente predispôs meu pai a ajudá-lo, e, assim, ele depositou abundantemente sua bondade sobre George Wickham, que era seu afilhado. Meu pai financiou sua ida à escola e depois a Cambridge — uma assistência muito importante, pois o pai dele, sempre pobre por causa da extravagância da esposa, teria sido incapaz de lhe proporcionar a educação de um cavalheiro. Meu pai não só gostava da convivência com esse jovem, cujas maneiras sempre foram tão cativantes, como também tinha a opinião mais elevada a respeito dele, e, esperando que ele se dedicasse à igreja, tinha a intenção de prover para ele. Quanto a mim, faz muitos, muitos anos desde que comecei a pensar nele de maneira bem diferente. As propensões depravadas — a falta de princípios, que ele tomava tanto cuidado para ocultar do conhecimento de seu melhor amigo, não podia escapar à observação de um jovem com aproximadamente a mesma idade, e que tinha a oportunidade de vê-lo em momentos em que tinha a guarda baixa, algo impossível ao sr. Darcy. Aqui outra vez eu devo lhe causar dor — mas qual o grau, só a senhorita pode dizer. No entanto, quaisquer que tenham sido os sentimentos despertados na senhorita pelo sr. Wickham, suspeitar da natureza deles não me impedirá de revelar o verdadeiro caráter do homem — na verdade, só acrescenta mais uma razão para eu fazê-lo.

Meu excelente pai morreu cerca de cinco anos atrás, e seu apego ao sr. Wickham era tão firme que em seu testamento recomendou-me em especial promover seu sucesso da melhor maneira que sua profissão permitisse — e, se ele se ordenasse, desejava que um presbitério valioso ficasse para ele assim que vagasse.

Também lhe deixou uma herança de mil libras. O pai dele não viveu muito mais que o meu, e meio ano depois desses acontecimentos o sr. Wickham me escreveu para me informar que, tendo enfim decidido não se ordenar, esperava que eu não julgasse despropositado ele esperar algum imediato benefício pecuniário, no lugar de uma colocação com a qual não poderia se favorecer. Acrescentou que tinha intenção de estudar Direito e que eu devia saber que os juros sobre mil libras eram insuficientes para isso. Eu desejava, mais do que acreditava, que o sr. Wickham estivesse sendo sincero — mas, de todo modo, estava perfeitamente pronto a consentir com sua proposta. Sabia que o sr. Wickham não deveria se tornar clérigo, e logo resolvemos a questão. Ele abriu mão de toda pretensão de um trabalho na igreja — se fosse possível que ele algum dia estivesse em situação de recebê-lo — e aceitou em troca três mil libras. Toda relação entre nós pareceu se dissolver. Minha opinião sobre ele era ruim demais para convidá-lo a Pemberley ou conviver com ele na cidade. Ali acredito que ele vivesse a maior parte do tempo, mas seu estudo de Direito era uma farsa e, agora livre de qualquer constrangimento, entregou-se a uma vida de ócio e devassidão. Por cerca de três anos ouvi falar pouco dele, mas, com a morte do incumbido do presbitério que lhe teria sido designado, ele me solicitou por carta uma apresentação. Ele me garantiu, e não tive dificuldades em acreditar, que suas circunstâncias eram extremamente ruins. Ele achava que o Direito não era uma área lucrativa, e agora estava absolutamente decidido a se ordenar, se eu lhe concedesse o presbitério em questão — algo que ele julgou quase certo, pois lhe fora assegurado que eu não tinha outra pessoa a quem dá-lo, e não poderia ter me esquecido das

ORGULHO E PRECONCEITO

intenções de meu venerado pai. A senhorita dificilmente vai me culpar por recusar esse pedido e por resistir a toda insistência no assunto. O ressentimento do sr. Wickham foi proporcional às dificuldades de suas circunstâncias — e ele sem dúvida foi tão violento em seus insultos contra minha pessoa com terceiros quanto em suas reprimendas diretas a mim. Depois desse período, toda a simulação de entendimento caiu por terra. Como ele viveu, não sei. Mas no verão passado ele se fez notar por mim da mais dolorosa maneira.

Agora devo me referir a uma circunstância que desejaria esquecer, e que nenhum encargo inferior ao presente me induziria a revelar a nenhum ser humano. Dito isso, não tenho dúvidas a respeito de seu sigilo. Minha irmã, que é mais de dez anos mais nova do que eu, foi deixada sob minha guarda e a do sobrinho de minha mãe, o coronel Fitzwilliam. Cerca de um ano atrás, nós a tiramos da escola e organizamos uma residência para ela em Londres. No último verão, ela foi com a dama que dirige a instituição a Ramsgate, e até lá também foi o sr. Wickham, sem dúvida de propósito, pois se provou que a sra. Younge, a respeito de cujo caráter infelizmente fomos enganados, já o conhecia, e, com a ajuda e conivência dela, ele conseguiu crescer tanto na estima de Georgiana — cujo coração afetuoso retinha uma forte impressão da bondade dele para com ela durante a infância — a ponto de persuadi-la a crer-se apaixonada e a concordar em fugir. Ela só tinha quinze anos, o que pode ser sua desculpa — e, depois de expor sua imprudência, fico feliz em acrescentar que devo tal conhecimento a ela mesma. Eu me reuni a eles inesperadamente, um dia ou dois antes da fuga planejada, e Georgiana, incapaz de suportar a ideia de magoar e ofender um irmão a quem via quase como um pai, confessou-me tudo. A senhorita deve imaginar como me senti e como agi. Minha consideração pela honra e pelos sentimentos de minha irmã evitou um escândalo público, mas escrevi ao sr. Wickham, que abandonou o lugar imediatamente, e é claro que afastamos a sra. Younge de seu encargo. O principal objetivo do sr. Wickham era, inquestionavelmente, a fortuna de minha irmã, que é de trinta mil libras, mas não posso deixar de supor que a esperança de se vingar de mim fosse um estímulo forte. Sua vingança de fato teria sido completa.

Esta, minha senhora, é uma narrativa fiel de cada um dos eventos que dizem respeito tanto a mim quanto a ele, e se a senhorita não a repudiar como falsa, irá, espero, me absolver daqui em diante da crueldade contra o sr. Wickham. Não sei de qual maneira, sob qual modo de mentira, ele a iludiu, mas talvez o sucesso dele não seja de surpreender. Dada sua prévia ignorância de tudo que dizia respeito a ambos, não estaria em seu poder descobrir, e a desconfiança certamente não faz parte de suas inclinações.

A senhorita provavelmente está se perguntando por que não lhe contei tudo isso ontem à noite, mas, na altura, eu não me sentia senhor de mim para saber o que poderia e o que deveria ser revelado. Sobre a veracidade de tudo aqui relatado, posso recorrer ao testemunho do coronel Fitzwilliam, que, por causa de nossa relação e constante intimidade, e acima disso, como um dos testamenteiros de meu pai, inevitavelmente se familiarizou com cada detalhe dessas transações. Se sua aversão a mim tornar sem valor as minhas asserções, a senhorita não pode ser impedida pela mesma causa de confiar em meu primo; e, para que haja a possibilidade de consultá-lo, tentarei encontrar alguma oportunidade de colocar esta carta em suas mãos durante a manhã.

Só acrescentarei: Deus a abençoe.

Fitzwilliam Darcy.

Capítulo 36

Se, por um lado, quando o sr. Darcy lhe entregou a carta, Elizabeth já não esperava uma renovação do pedido, por outro não criara nenhuma expectativa quanto ao seu conteúdo. Mas, considerando do que se tratava, pode-se muito bem supor o nível de avidez com que ela a leu, e a divergência de emoções que causou. Seus sentimentos enquanto lia mal podiam ser definidos. Com espanto ela entendeu que o sr. Darcy julgava estar em seu poder dar alguma satisfação, e ela se convenceu, firmemente, de que ele não poderia ter explicação a dar que um justo senso de vergonha não escondesse. Com um forte preconceito contra cada coisa que ele poderia dizer, Elizabeth começou a ler o relato do que se passara em Netherfield. Leu com uma avidez tamanha que mal lhe sobrava poder de compreensão e, por conta da impaciência em saber o que a próxima frase traria, era incapaz de prestar atenção ao sentido daquela diante de seus olhos. Elizabeth instantaneamente concluiu que era falsa a alegação de que o sr. Darcy acreditava na indiferença de sua irmã; e o relato das piores e verdadeiras objeções dele à união a deixou brava demais para que desejasse lhe dar qualquer consideração. Ele não expressava nenhum arrependimento pelo que fizera, o que agradava a Elizabeth; seu estilo não era penitente, mas altivo. Era puro orgulho e insolência.

No entanto, quando esse assunto foi sucedido pelo relato acerca do sr. Wickham — ela leu com um pouco mais de atenção a narrativa sobre os acontecimentos que, se verdadeiros, derrubariam cada estimada opinião sobre o valor do rapaz; o relato guardava inquietante semelhança com a história por ele contada —, os sentimentos de Elizabeth foram ainda mais dolorosos e mais difíceis de definir. Espanto, apreensão e até horror a afligiram. Queria desacreditar de tudo, exclamando repetidamente: "Isso deve ser mentira! Não pode ser! Deve ser a mentira mais grosseira!" — e, quando terminou de ler a carta, apesar de mal ter retido qualquer coisa das últimas páginas, colocou-a de lado, declarando que não a levaria em consideração, que nunca a olharia de novo.

Naquele perturbado estado mental, com os pensamentos incapazes de sossegar, continuou caminhando, mas não adiantava; em meio minuto desdobrou a carta outra vez e, recuperando-se quanto podia, recomeçou a leitura aflita de tudo relacionado a Wickham, e controlou-se a ponto de examinar o significado de cada frase. A narrativa sobre o relacionamento entre Wickham e a família de Pemberley era exatamente o que o próprio contara, e a história da bondade do finado sr. Darcy, embora antes ela não soubesse sua dimensão, corroborava igualmente as palavras do rapaz. Até então cada relato confirmava o outro, mas, quando chegava ao testamento, a diferença era grande. O que Wickham dissera sobre o presbitério estava fresco na memória dela, e, como se lembrava das exatas palavras, era impossível não sentir que havia uma perversa falsidade ou em uma história ou na outra e, por alguns momentos, ela gostou de pensar que seus anseios não se enganavam. Entretanto, ao ler e reler com mais rigorosa atenção os detalhes que se seguiam, da renúncia de Wickham a todas as pretensões ao presbitério, do recebimento, no lugar, da considerável quantia de três mil libras, ela foi outra vez forçada a hesitar. Baixou a carta, pesou cada circunstância com o que desejou ser imparcialidade — deliberou a respeito da probabilidade de cada afirmação —, mas com pouco sucesso. Dos dois lados só havia alegações. Voltou a ler, mas cada linha provava com mais clareza que a questão — mesmo que outrora ela julgasse impossível qualquer habilidade inventiva ser capaz de representá-la de maneira a tornar a conduta do sr. Darcy menos que abominável — podia dar uma reviravolta a ponto de torná-lo inteiramente inocente do começo ao fim.

A extravagância e a devassidão generalizada das quais ele fez questão de acusar o sr. Wickham chocaram-na muito, e mais ainda porque ela não conseguia produzir provas de sua injustiça. Nunca ouvira falar dele antes de sua entrada na milícia do condado, à qual ele se juntara pela persuasão de um jovem com quem retomara relações distantes ao encontrá-lo acidentalmente na cidade. De sua antiga vida nada se sabia em Hertfordshire, exceto o que ele mesmo contava. E quanto ao caráter verdadeiro do rapaz, ela nunca sentira necessidade de investigar, mesmo se os fatos estivessem ao seu alcance. O semblante, a voz e os modos dele o haviam consagrado como possuidor de todas as virtudes. Elizabeth tentou se lembrar de algum exemplo de bondade, alguma marca distinta de integridade ou de benevolência, que poderia resgatá-lo dos ataques feitos pelo sr. Darcy, ou, pelo menos, com a predominância da virtude, expiar os erros ocasionais sob os quais ela tentaria classificar aquilo que o sr. Darcy descrevera como muitos anos de ócio e devassidão. No entanto, a jovem não tinha nenhuma lembrança do tipo para ajudá-la. Ela conseguia vê-lo bem diante de seus olhos, com todo o charme de seu jeito de ser e de se expressar, mas não conseguia se lembrar de nenhuma bondade substancial fora a aprovação geral da vizinhança, e a estima que seus poderes de sociabilidade lhe haviam angariado na desordem. Depois de parar nesse trecho por um tempo considerável, continuou a ler. Mas, infelizmente, a história que se seguia, dos planos do sr. Wickham para a srta. Darcy, recebiam alguma confirmação do que se passara entre Elizabeth e o coronel Fitzwilliam na manhã anterior, e, enfim, ela fora aconselhada a consultar o próprio coronel para saber da veracidade de cada um dos detalhes — alguém que já lhe falara sobre sua intimidade com todos os negócios do primo, e de cujo caráter ela não tinha motivos para duvidar. Ela quase se decidiu a ir falar com ele, mas depois abandonou a ideia, pela convicção de que o sr. Darcy nunca arriscaria fazer tal proposta se não tivesse certeza da corroboração do primo.

Lembrava-se perfeitamente de tudo o que se passara durante suas conversas com Wickham, na primeira noite na casa do sr. Phillips. Muitas das expressões dele ainda estavam frescas em sua memória. *Agora* atentou ao quanto era impróprio ele ter contado tudo aquilo a uma estranha, e perguntou-se como o fato lhe escapara antes. Percebeu a indelicadeza de ter discutido aquelas coisas como ele fizera, e a inconsistência entre suas declarações e sua conduta. Lembrava-se de que ele se gabava de não temer ver o sr. Darcy — que era o sr. Darcy que devia deixar o interior, e que *ele* se manteria firme ali; ainda assim, Wickham evitara o baile de Netherfield na semana seguinte. Elizabeth também lembrou que, até a família de Netherfield ter abandonado a região, ele não contara sua história a ninguém além dela, mas que, depois da partida, o assunto começara a ser discutido por toda parte; que ele não tivera reservas em destruir o caráter do sr. Darcy, embora tivesse assegurado a Elizabeth que o respeito pelo pai sempre o impediria de expor o filho.

Como os assuntos que diziam respeito ao rapaz lhe pareciam diferentes agora! As atenções dele à srta. King lhe pareciam consequência apenas de um odioso mercenarismo; a mediocridade da fortuna da moça não mais provava que os desejos de Wickham eram moderados, mas que ele estava ansioso para agarrar qualquer coisa. Seu comportamento com Elizabeth não tinha mais nenhuma motivação tolerável; ou ele fora enganado com respeito à fortuna dela, ou andara massageando o próprio ego ao encorajar o interesse que ela acreditava ter demonstrado da maneira mais imprudente. Cada tentativa remanescente de mantê-lo em sua alta conta pareceu mais e mais insignificante. E, para justificar ainda mais o sr. Darcy, ela não podia deixar de admitir que o sr. Bingley, quando inquirido por Jane, muito tempo antes, afirmara a falta de culpa do amigo no caso. Elizabeth pensou ainda que, embora os modos de Darcy fossem orgulhosos e repulsivos, ela nunca, durante todo o tempo em que o conhecia — uma relação que recentemente os fizera passar muito tempo juntos, e dado a ela certa intimidade com as maneiras dele —, vira nada que atestasse que ele não possuísse princípios ou que fosse injusto, nada que indicasse que ele tivesse hábitos ímpios ou imorais. Considerou que, entre seus próprios conhecidos, Darcy era muito estimado e valorizado; até Wickham lhe reconhecera o mérito como irmão, e ela mesma já o ouvira falar com tanta afetuosidade da irmã a ponto de provar que ele era capaz de sentir algo bom. Além disso, pensou que, se as ações dele houvessem sido como Wickham as descrevera, uma violação tão perversa de tudo o que era correto não poderia ter sido ocultada do mundo; e que seria incompreensível a amizade entre uma pessoa capaz de uma atrocidade e um homem tão amável quanto o sr. Bingley.

Elizabeth ficou completamente envergonhada de si mesma. Não conseguia pensar nem em Darcy nem em Wickham sem sentir que fora cega, parcial, preconceituosa e ridícula.

— Como agi de modo desprezível! — ela exclamou. — Eu, que sempre me orgulhei de meu discernimento! Eu, que sempre me valorizei por minhas habilidades! Que desdenhei da generosa candura de minha irmã e alimentei minha vaidade com uma desconfiança inútil e censurável. Que humilhante é essa descoberta! Mas que humilhação mais justa! Não poderia andar mais cega se estivesse apaixonada. Mas a vaidade, não o amor, deu origem à minha estupidez. Satisfeita com a preferência de um e ofendida pela negligência do outro, logo que nos conhecemos, cortejei o preconceito e a ignorância, e afastei o bom senso no que dizia respeito aos dois. Eu nunca me conheci de verdade até este momento.

De si para Jane, de Jane para Bingley, seus pensamentos seguiram uma linha que logo trouxe à tona o fato de que a explicação do sr. Darcy sobre *esse* assunto lhe parecera insuficiente, e leu-a de novo. Imensamente diferente foi o efeito da segunda leitura. De que modo ela poderia descreditar as afirmações dele num caso, quando fora obrigada a ceder no outro? Ele declarava não ter dúvidas acerca da falta de apego de sua irmã, e Elizabeth não pôde deixar de se lembrar qual sempre fora a opinião de Charlotte. Também não pôde negar a veracidade da descrição que ele fizera de Jane. Ela sentia que os sentimentos de Jane, embora ardentes, eram pouco demonstrados, e que havia uma complacência constante em seu ar e seus modos que não costumavam estar unidos a uma grande emotividade.

Quando alcançou a parte da carta em que sua família era mencionada em termos de censura tão alarmante, mas tão merecida, sentiu intensa vergonha. A justiça da acusação a atingiu com força demais para ser negada, e as circunstâncias às quais Darcy aludia em especial, que haviam se dado durante o baile de Netherfield e confirmavam a desaprovação inicial dele, a chocaram tanto quanto a ele.

O elogio que o sr. Darcy fez a Elizabeth e à irmã não deixou de ser notado. Ele foi capaz de acalmá-la, mas não de consolá-la do desprezo suscitado pelo resto da família. Ao considerar que a frustração de Jane se devia a seus parentes mais próximos, e ao refletir sobre o quanto a reputação de ambas seria manchada por tamanha inadequação de conduta, Elizabeth sentiu-se mais deprimida do que jamais antes.

Depois de vagar na via por duas horas, dando espaço a toda variedade de raciocínio — reconsiderando os acontecimentos, calculando probabilidades, e se reconciliando, tanto quanto podia, com uma mudança tão brusca e tão importante —, a fadiga e a consciência de sua longa ausência enfim a fizeram voltar para casa, onde ela entrou desejando parecer alegre como de costume, e com o objetivo de reprimir suas reflexões para conseguir conversar.

Imediatamente lhe disseram que os dois cavalheiros de Rosings haviam visitado a casa durante sua ausência; o sr. Darcy só por alguns minutos para se despedir, mas o coronel Fitzwilliam havia passado pelo menos uma hora sentado com eles, esperando-a voltar, e quase se decidindo a ir caminhar até conseguir encontrá-la. Elizabeth não conseguiu deixar de *simular* preocupação por não o ter visto; na verdade, ficou feliz. Não queria mais falar com o coronel Fitzwilliam; só conseguia pensar na carta.

Capítulo 37

Os dois cavalheiros deixaram Rosings na manhã seguinte. O sr. Collins, que esperara perto das hospedarias para lhes fazer sua mesura de despedida, pôde levar para casa a agradável informação de que ambos pareciam gozar de boa saúde e exibiam um ânimo tão razoável quanto se poderia esperar, depois do cenário de melancolia que recentemente tomara Rosings. Então se apressou a ir até Rosings, a fim de consolar lady Catherine e a filha e, ao voltar, trouxe-lhes, com grande satisfação, uma mensagem de sua senhoria, indicando que ela se sentia tão entediada a ponto de querer muito que todos fossem jantar com ela.

Elizabeth não conseguia ver lady Catherine sem se lembrar de que, se tivesse desejado, àquela altura lhe seria apresentada como futura sobrinha, nem pôde deixar de pensar, sem sorrir, em como teria sido a indignação de sua senhoria. *O que ela teria dito? Como teria se comportado?*, eram perguntas com que se entretinha.

O primeiro assunto foi a diminuição da comitiva de Rosings.

— Eu lhes garanto que estou sentindo muito — disse lady Catherine. — Creio que ninguém sente a falta de amigos como eu sinto. Mas sou particularmente apegada a esses dois jovens, e sei que ambos são muito apegados a mim! Eles ficaram muito tristes de partir! Mas sempre ficam. O querido coronel pareceu manter razoavelmente seu ânimo até o último momento, mas Darcy deu a impressão de sentir uma dor aguda, acho que até mais do que no ano passado. Seu apego a Rosings com certeza está aumentando.

O sr. Collins tinha um elogio e uma alusão a fazer, aos quais tanto a mãe como a filha sorriram em resposta.

Lady Catherine comentou, depois do jantar, que a srta. Bennet parecia desanimada, e imediatamente deu conta de explicar o desânimo, supondo que ela não gostaria de voltar para casa logo. Então acrescentou:

— Mas se for esse o caso, você precisa escrever a sua mãe implorando que a deixe ficar um pouco mais. A sra. Collins ficará muito grata por sua companhia, tenho certeza.

— Agradeço muito a vossa senhoria pelo gentil convite — replicou Elizabeth —, mas não está em meu poder aceitá-lo. Preciso estar na cidade no próximo sábado.

— Ora, de qualquer modo, você só terá permanecido aqui durante seis semanas. Esperava que fosse ficar dois meses. Eu o disse à sra. Collins antes de você vir. Não pode haver motivo para partir tão cedo. A sra. Bennet com certeza pode ficar longe de você mais uma quinzena.

— Mas meu pai, não. Ele me escreveu na semana passada, pedindo que eu voltasse logo.

— Ah, é claro que, se sua mãe consegue suportar a distância, seu pai também consegue. Filhas nunca são muito importantes para um pai. Se você ficar mais *um mês inteiro*, eu poderei levá-la a Londres, pois vou até lá no começo de junho, passar uma semana. E, como Dawson não se incomoda em tomar a caleche[17], haverá espaço suficiente para você. E, na verdade, se estiver fazendo frio, eu não me oporia a levar ambas, tendo em vista que nenhuma das duas ocupa muito espaço.

— A senhora é pura bondade, mas acredito que preciso me ater ao plano original.

Lady Catherine pareceu se resignar.

— Sra. Collins, você deve enviar um criado com elas. Sabe que sempre falo o que penso, e não consigo conceber a ideia de duas jovens viajando sozinhas. É altamente inapropriado. Você deve dar um jeito de enviar alguém. Tenho a maior aversão do mundo por esse tipo de coisa. Mulheres jovens devem ser sempre adequadamente protegidas e assistidas, de acordo com sua condição social. Quando minha sobrinha Georgiana foi a Ramsgate no verão passado, insisti que dois criados fossem com ela. De outro modo, a chegada da srta. Darcy, filha do sr. Darcy, de Pemberley, e de lady Anne, não aparentaria decoro. Eu me atento muito a esse tipo de coisa. Você deve enviar John com as duas, sra. Collins. Fico feliz que tenha me ocorrido falar disso, pois seria mesmo muito desonroso para *você* deixá-las irem sozinhas.

— Meu tio mandará um criado até nós.

— Ah, seu tio! Ele mantém um criado, é? Fico muito feliz em saber que você tem alguém que pensa nessas coisas.

---

17 Carruagem de dois assentos descobertos, com quatro rodas. [N. de T.]

Onde trocarão de cavalos? Ah, em Bromley, é claro. Se você mencionar meu nome na estalagem Bell, eles a ajudarão.

Lady Catherine tinha muitas outras perguntas a fazer a respeito da jornada, e, como nem todas eram respondidas por ela mesma, era necessário prestar atenção, o que Elizabeth considerou uma sorte — do contrário, com a mente tão ocupada, poderia ter se esquecido de onde estava. Devia guardar a reflexão para as horas solitárias; sempre que estava sozinha, rendia-se aos pensamentos com imenso alívio, e não passava um dia sem que saísse para uma caminhada solitária, na qual se deixava levar pelo deleite de rememorar lembranças desagradáveis.

Estava quase decorando a carta do sr. Darcy. Estudara cada frase, e seus sentimentos em relação ao autor às vezes se tornavam imensamente diferentes. Quando se lembrava do estilo da abordagem dele, enchia-se de indignação, mas, quando considerava o quanto o condenara e o censurara injustamente, sua fúria se voltava contra si mesma, e os sentimentos frustrados dele se tornavam objeto de compaixão. O apego dele a tornava grata, e seu caráter despertava respeito; no entanto, não conseguia aprová-lo, nem conseguia por um momento sequer se arrepender de tê-lo recusado, nem sentir a menor inclinação de jamais vê-lo de novo. O comportamento passado dela era fonte de vergonha e arrependimento, e os defeitos infelizes de sua família, um objeto de ainda mais pesado desgosto. Cada um deles era incorrigível. Seu pai, satisfeito em rir delas, nunca se esforçaria para conter a frivolidade selvagem das filhas mais novas; e sua mãe, com maneiras tão distantes das corretas, não tinha nenhuma noção do mal que causava. Elizabeth várias vezes se juntara a Jane para tentar conter a imprudência de Catherine e de Lydia, mas que chance de melhora havia, quando eram apoiadas pela indulgência da mãe? Catherine, de cabeça fraca, irritadiça, e completamente sujeita às vontades de Lydia, sempre se sentira afrontada pelos conselhos das irmãs mais velhas; e Lydia, obstinada e desleixada, mal as ouvia. Eram ignorantes, ociosas e vaidosas. Enquanto houvesse um militar em Meryton, flertariam com ele, e enquanto Meryton ficasse a apenas uma caminhada de Longbourn, iriam até lá sempre.

Outra preocupação predominante era a ansiedade que sentia por Jane. A explicação do sr. Darcy, ao trazer o sr. Bingley de volta a suas boas graças, também intensificava a consciência do que Jane perdera. A afeição dele se provara sincera, sua conduta limpa de toda culpa, a não ser pela absoluta confiança no amigo. Assim, como era penoso o pensamento de que Jane fora privada, pela estupidez e falta de decoro da própria família, de uma situação tão desejável sob todos os aspectos, tão cheia de vantagens, de uma felicidade tão promissora!

Quando acrescentava a essas lembranças as novas dimensões do caráter de Wickham, era fácil compreender que o ânimo alegre dela, que raramente se deprimira antes, agora estivesse tão afetado a ponto de tornar quase impossível para Elizabeth parecer razoavelmente bem disposta.

As visitas a Rosings foram tão frequentes durante a última semana de sua estadia quanto haviam sido na primeira. Foram lá até a última noite, e sua senhoria outra vez fez perguntas minuciosas sobre os detalhes da jornada, dando-lhes instruções quanto ao melhor método de fazer as malas, tão imperativa a respeito da necessidade de colocar os vestidos do único modo correto que Maria se sentiu obrigada, ao voltar, a desfazer todo o trabalho da manhã e refazer a mala.

Quando se despediram, lady Catherine, com grande condescendência, desejou-lhes boa viagem, e convidou-as a voltarem a Hunsford no ano seguinte. A srta. De Bourgh até se empenhou em fazer uma reverência e estender a mão para as duas.

Capítulo 38

Na manhã de sábado, Elizabeth e o sr. Collins encontraram-se no café da manhã alguns minutos antes de as outras aparecerem, e ele aproveitou a oportunidade para fazer as cortesias de despedida que julgava indispensáveis.

— Não sei se a sra. Collins já expressou quanto considerou bondosa sua vinda até nós — disse ele. — Mas estou muito certo de que você não deixará esta casa sem receber os agradecimentos dela. Garanto que apreciamos muito a bondade de sua companhia. Sabemos quão pouco nossa humilde moradia tem a oferecer para instigar alguém a vir. Nosso modo simples de viver, os recintos pequenos e os poucos criados, bem como o pouco que vemos do mundo, tornam Hunsford extremamente entediante para uma jovem dama como você, mas espero que nos creia gratos pela condescendência, e que fizemos tudo em nosso poder para evitar que sua estadia fosse desagradável.

Elizabeth manifestou sua gratidão e alegria com vivacidade. Passara seis semanas em grande divertimento, e o prazer de estar com Charlotte, e as gentis atenções que recebera, faziam com que *ela* se sentisse grata. O sr. Collins ficou contente e, com uma solenidade mais sorridente, replicou:

— É meu maior prazer ouvir que seu tempo aqui não foi desagradável. Com certeza fizemos nosso melhor; e, felizmente, estava em nosso poder apresentar você à convivência mais elevada, e, por causa de nossa relação com Rosings, o meio frequente de variar o cenário deste humilde lar, acho que podemos nos lisonjear pensando que sua visita a Hunsford não tenha sido completamente fastidiosa. Nossa situação com relação à família de lady Catherine é de fato um tipo de vantagem extraordinária, uma bênção de que poucos podem se vangloriar. Você viu em que pé estamos. Viu nossos frequentes compromissos lá. Na verdade, devo reconhecer que, com todas as desvantagens desta humilde casa paroquial, não considero que seus residentes sejam dignos de pena, considerando nossa intimidade com Rosings.

Palavras eram insuficientes para a grandeza dos sentimentos do sr. Collins, o que o obrigou a circular pela sala, enquanto Elizabeth tentava unir cortesia e verdade em algumas frases curtas.

— Você pode, na verdade, levar um relato bastante favorável de nós a Hertfordshire, minha querida prima. Eu me lisonjeio em pensar que pelo menos você poderá fazer isso. Foi uma testemunha diária das grandes atenções de lady Catherine à sra. Collins, e confio inteiramente que não lhe parecerá que sua amiga contraiu um infeliz... Mas sobre isso é melhor não falarmos. Apenas me permita lhe garantir, minha querida srta. Elizabeth, que lhe desejo, do fundo do coração, igual felicidade no casamento. Eu e minha querida Charlotte temos uma só mente e um só modo de pensar. Em tudo guardamos notável semelhança de caráter e de ideias. Parece que fomos feitos um para o outro.

Elizabeth pôde afirmar com segurança que a felicidade era imensa quando era esse o caso e acrescentou, com igual sinceridade, que acreditava e se alegrava com o bem-estar doméstico dele. Entretanto, não ficou triste ao ter aquele recital interrompido pela entrada da moça de quem falavam. Pobre Charlotte! Era tão melancólico abandoná-la ao convívio daquelas pessoas! No entanto, ela o escolhera de olhos abertos e, apesar do evidente pesar pela partida das visitantes, não pareceu lastimá-la. Seu lar e sua responsabilidade, sua paróquia e seu aviário, e todos os interesses relacionados, ainda não haviam perdido o encanto para a dona da casa.

Enfim, o coche chegou. Subiram as malas, colocaram os embrulhos na parte de dentro, e declararam estar tudo pronto. Depois de uma despedida afetuosa entre as amigas, o sr. Collins acompanhou Elizabeth até a carruagem, e, enquanto cruzavam o jardim, ele a encarregou de oferecer seus cumprimentos à família Bennet, sem deixar de agradecer a bondade que tiveram em recebê-lo em Longbourn no inverno, e suas saudações ao sr. e à sra. Gardiner, apesar de não os conhecer. Depois a ajudou a subir, e Maria em seguida, e estava prestes a fechar a porta, quando de repente as lembrou, com alguma consternação, de que haviam se esquecido de deixar alguma mensagem para as damas de Rosings.

— Mas é claro que seus humildes cumprimentos serão entregues a elas — ele acrescentou. — Com um profundo agradecimento pela bondade delas enquanto vocês estiveram aqui.

Elizabeth não fez objeção, então a porta foi fechada e a carruagem partiu.

— Meu Deus! — gritou Maria, depois de alguns minutos de silêncio. — Parece que faz só um dia ou dois desde que chegamos! E tantas coisas aconteceram!

— Tantas mesmo — disse sua companheira com um suspiro.

— Jantamos nove vezes em Rosings e, além disso, tomamos chá lá em duas ocasiões! Quanta coisa terei para contar!

Elizabeth acrescentou para si mesma: *E quanto terei para esconder!*

A viagem transcorreu sem muita conversa e nenhum problema e, menos de quatro horas depois da partida de Hunsford, chegaram à casa do sr. Gardiner, onde permaneceriam durante alguns dias.

Jane parecia bem, e Elizabeth teve pouca oportunidade de analisar seu ânimo em meio aos vários compromissos que a tia bondosamente lhes reservara. Mas Jane iria para casa com ela, e em Longbourn Elizabeth teria bastante tempo livre para observá-la.

Nesse ínterim, não foi sem esforço que esperou pela chegada a Longbourn, quando contaria a Jane sobre o pedido do sr. Darcy. Saber que tinha poder de revelar a Jane algo que a surpreenderia muito e, ao mesmo tempo, contentaria a parte da própria vaidade que ainda não conseguira calar com o bom senso, era tamanha tentação para Elizabeth que, não fosse seu contínuo estado de indecisão sobre até onde devia falar, dificilmente teria conseguido se controlar. Temia que, quando iniciasse o assunto, acabasse contando algo sobre Bingley, o que só magoaria mais a irmã.

Capítulo 39

Na segunda semana de maio, as três jovens damas partiram juntas da rua Gracechurch para uma outra cidade em Hertfordshire. E, conforme se aproximavam da estalagem onde o coche do sr. Bennet iria buscá-las, logo discerniram, em razão da pontualidade do cocheiro, Kitty e Lydia olhando pela janela de uma sala de jantar no andar de cima. Já fazia uma hora que as meninas estavam no lugar, alegremente ocupadas em visitar o chapeleiro, observar o soldado de guarda e preparar uma salada com pepinos.

Depois de darem boas-vindas às irmãs, elas triunfantemente exibiram a mesa posta com o tipo de carne fria de que dispõem normalmente as estalagens, falando:

— Não é incrível? Não é uma surpresa agradável?

— Nós queríamos pagar para todos, mas vocês precisam nos emprestar dinheiro, porque acabamos de gastar todo o nosso naquela loja — disse Lydia, e, mostrando suas compras, acrescentou: — Olhem só, comprei essa touca. Não achei tão bonita, mas pensei que podia tanto comprar como não comprar. Vou desmanchá-la assim que chegar em casa e ver se consigo refazê-la de um jeito melhor.

E, quando suas irmãs disseram que a peça era feia, ela acrescentou, com perfeita indiferença:

— Ah, mas havia duas ou três muito mais feias na loja e, quando eu tiver comprado um cetim de cor bonita para redecorá-la, acho que vai ficar bem razoável. Além disso, tanto faz o que se vai usar nesse verão depois que a milícia do condado deixar Meryton, e os soldados vão embora em uma quinzena.

— Vão mesmo? — perguntou Elizabeth com a maior satisfação.

— Vão montar o acampamento militar perto de Brighton, e quero muito que o papai nos leve lá no verão! Seria um plano delicioso, e ouso dizer que não custaria nada. Mamãe também queria muito ir! Imagine só que verão triste teremos se não formos!

Ah, sim, pensou Elizabeth. *Esse seria um plano ótimo mesmo, que acabaria conosco de vez. Meu Deus! Brighton, e um acampamento inteiro de soldados, para nós, que já ficamos de pernas para o ar com apenas um reles regimento, e com os bailes mensais em Meryton!*

— Tenho algumas novidades para vocês — disse Lydia, assim que se sentaram à mesa. — Adivinhem! São ótimas notícias, notícias maravilhosas, e sobre certa pessoa de quem todas gostamos!

Jane e Elizabeth se entreolharam, e dispensaram o garçom. Lydia riu e disse:

— Sim, isso é bem típico da formalidade e da discrição de vocês. Acharam que o garçom não deveria ouvir, como se ele se importasse! Ouso dizer que ele costuma ouvir coisa bem pior do que o que vou dizer. Mas ele é um moço tão feio! Estou feliz por ele ter ido embora. Nunca vi um queixo tão comprido na minha vida. Bem, mas agora, minhas novidades: são sobre o querido Wickham. Bom demais para o garçom, não é? Não há perigo de Wickham se casar com Mary King. Aí está: ela foi para a casa do tio em Liverpool, foi para ficar. Wickham está a salvo.

— E Mary King está a salvo — acrescentou Elizabeth.
— A salvo de uma união imprudente no que diz respeito à fortuna.

— Ela é uma grande tonta de ter ido embora, se gostava dele.

— Mas espero que não exista um apego forte de nenhum dos dois lados — disse Jane.

— Com certeza não da parte *dele*. Posso afirmar: ele nunca deu a mínima para ela. Quem *poderia* gostar de uma coisinha tão feia e sardenta?

Elizabeth ficou chocada ao pensar que, por mais que fosse incapaz de tamanha grosseria *ao se expressar*, a grosseria *da opinião* não diferia muito da sua, que ela antigamente julgava liberal!

Assim que todas comeram, as mais velhas pagaram a conta, pediram a carruagem e, com algumas manobras, a comitiva inteira subiu no transporte com todas as suas caixas, cestos de costura e embrulhos, e o inoportuno acréscimo das compras de Kitty e de Lydia.

— Como é bom estarmos assim apertadas! — exclamou Lydia. — Estou feliz de ter trazido minha touca, nem que seja pela diversão de ter uma chapeleira a mais! Bem, agora vamos ficar bem confortáveis e aconchegadas, e falar e rir o caminho inteiro para casa. E, em primeiro lugar, vamos ouvir o que aconteceu desde que vocês foram embora. Viram homens agradáveis? Andaram flertando? Eu tinha grandes esperanças de que alguma de vocês conseguisse um marido antes de voltar. Jane logo será uma velha solteirona. Ela tem quase vinte e três! Por Deus, que vergonha eu sentirei se não tiver me casado até os vinte e três! Tia Phillips quer tanto que vocês consigam maridos, vocês nem imaginam. Ela disse que seria melhor que Lizzy tivesse ficado com o sr. Collins, mas *eu* acho que isso não seria nem um pouco divertido. Senhor! Como eu queria me casar antes de todas vocês! E então seria eu a responsável por acompanhar vocês a todos os bailes. Ai de mim! Nós nos divertimos tanto no outro dia na casa do coronel Forster. Eu e Kitty íamos passar o dia todo lá e a sra. Forster prometeu que haveria um pouco de dança à noite. Aliás, eu e a sra. Forster somos *tão* amigas! E então ela convidou as duas Harrington, mas Harriet estava doente, e por isso Pen teve de ir sozinha; e então, o que você acha que fizemos? Nós vestimos Chamberlayne com roupas de mulher para ele se passar por uma dama. Imaginem só a diversão! Nenhuma viva alma sabia, só o coronel e a sra. Forster e eu e Kitty. E minha tia, porque precisamos pegar emprestado um dos vestidos dela. E vocês não imaginam como ele ficou bem! Quando Denny, Wickham e Pratt e dois ou três outros homens chegaram, eles não o reconheceram. Senhor! Como eu ri! E a sra. Forster também! Eu achei que fosse morrer. E foi *isso* que fez os homens suspeitarem de algo, e eles logo descobriram qual era o problema.

Com esse tipo de histórias de festas e brincadeiras, Lydia, com a ajuda das sugestões e dos acréscimos de Kitty, empenhou-se em divertir as companheiras por todo o caminho até Longbourn. Elizabeth escutava o mínimo que podia, mas não podia evitar ouvir a frequente menção ao nome de Wickham.

A recepção delas em casa foi a mais gentil. A sra. Bennet exultou ao ver Jane com sua beleza irredutível, e mais de uma vez durante o jantar o sr. Bennet disse voluntariamente a Elizabeth:

— Estou feliz que esteja de volta, Lizzy.

O grupo da sala de jantar era grande, pois quase todos os Lucas tinham vindo encontrar Maria e ouvir as novidades, e vários assuntos os ocuparam: lady Lucas perguntava a Maria sobre o bem-estar e sobre o aviário da filha mais velha; a sra. Bennet tinha a ocupação dupla, de um lado ouvindo os relatos de Jane — que não estava sentada muito perto — sobre a moda em voga e, do outro, repassando as informações para as irmãs Lucas mais novas. Lydia, com a voz mais alta do que a de qualquer outra pessoa, enumerava os vários prazeres da manhã a quem quisesse ouvi-la.

— Ah, Mary — ela disse —, eu queria que você tivesse ido conosco, porque nos divertimos tanto! Enquanto estávamos indo, eu e Kitty fechamos as cortinas e fingimos que não tinha ninguém no coche; e eu teria ido assim o caminho todo, se Kitty não tivesse ficado enjoada. E quando chegamos ao George, acho que nos comportamos lindamente, porque demos às três o melhor almoço frio do mundo e, se você tivesse ido, teria ganhado também. E quando voltamos foi tão divertido! Pensei que nunca conseguiríamos subir no coche. Estava morrendo de rir. E ficamos tão alegres em todo o caminho para casa! Falamos e rimos tão alto, que devem ter nos ouvido a dez quilômetros de distância!

A isso, Mary respondeu com seriedade:

— Longe de mim, minha querida irmã, desvalorizar esses prazeres! Sem dúvida são adequados às mentes femininas em geral. Mas confesso que eles não *me* encantam. Eu prefiro infinitamente um livro.

Mas dessa resposta Lydia não ouviu uma só palavra. Ela mal escutava qualquer pessoa por mais de meio minuto, e nunca prestava atenção em Mary.

De tarde, Lydia insistiu com o resto das meninas para caminharem até Meryton e verem como estavam todos, mas Elizabeth se opôs ao plano com firmeza. Não queria que se falasse das irmãs Bennet como moças que não conseguiam passar metade de um dia em casa sem ir atrás de militares. Também havia outra razão para sua oposição. Receava ver o sr. Wickham outra vez e decidiu adiar a ocasião o máximo possível. Não podia expressar *seu* consolo em saber da breve partida do regimento. Em duas semanas eles iriam embora — e, depois de irem, ela esperava que não houvesse mais nada para afligi-la a respeito desse assunto.

Não fazia muitas horas que estava em casa quando descobriu que o plano a respeito de Brighton, ao qual Lydia fizera alusão na estalagem, andava sendo frequentemente discutido pelos pais. Elizabeth viu logo que o pai não tinha a menor intenção de ceder, mas as respostas dele eram ao mesmo tempo tão vagas e ambíguas que a mãe, embora desmotivada, ainda não desistira de convencê-lo.

Capítulo 40

Elizabeth não conseguiu mais controlar sua impaciência para contar a Jane tudo o que acontecera e, por fim, resolvendo esconder todos os detalhes que dissessem respeito à irmã, e preparando-a para ficar surpresa, relatou a ela, na manhã seguinte, os principais acontecimentos entre si e o sr. Darcy.

O espanto da srta. Bennet logo foi reduzido pela forte afetividade fraternal que tornava qualquer admiração por Elizabeth perfeitamente natural, e toda a surpresa logo se perdeu em meio aos demais sentimentos. Ela achou uma pena que o sr. Darcy tivesse manifestado seus sentimentos de maneira tão pouco adequada para torná-los favoráveis, mas ficou ainda mais aflita com a tristeza que a recusa da irmã devia ter causado nele.

— Foi errado ele ter tanta certeza de que seria aceito — ela disse — e com certeza não devia tê-la demonstrado, mas considere quanto isso aumentou sua frustração!

— É mesmo — replicou Elizabeth. — Sinto muito por ele, de todo coração, mas ele tem outros sentimentos, que provavelmente logo o farão deixar de gostar de mim. Você não me censura por rejeitá-lo?

— Censurar você! Ah, não!

— Mas me censura por ter falado tão calorosamente de Wickham?

— Não. Não acho que você estava errada em ter dito o que disse.

— Mas você *vai* achar, quando eu lhe contar o que aconteceu no dia seguinte.

E então falou da carta, repetindo toda a parte do conteúdo referente a George Wickham. Que golpe isso foi para a pobre Jane! Ela, que teria, de boa vontade, passado a vida sem acreditar que existisse tanta perversidade na raça humana, como a que estava reunida naquele único indivíduo. Nem a redenção de Darcy, apesar de ser agradável aos sentimentos dela, consolou-a da descoberta. Ela se esforçou seriamente para provar a probabilidade de ter havido algum erro, e procurou eximir um sem comprometer o outro.

— Isso não funciona — disse Elizabeth. — Você nunca conseguirá fazer os dois serem bons. Escolha um, mas precisará se satisfazer com apenas um. Entre os dois, há uma quantidade de virtude suficiente para um só homem bom. E ultimamente isso andou mudando bastante. Quanto a mim, estou inclinada a acreditar no sr. Darcy, mas escolha como preferir.

Entretanto, levou algum tempo para conseguir extrair um sorriso de Jane.

— Não sei com que fiquei mais chocada — ela disse. — Wickham é tão terrível! Está quase além da compreensão. E pobre sr. Darcy! Querida Lizzy, pense só no que ele deve ter sofrido. Tamanha frustração! E ainda por cima sabendo de sua opinião negativa! E tendo de contar uma coisa dessas da irmã! É realmente muito angustiante. Tenho certeza de que você também o sente.

— Ah, não, meu pesar e minha compaixão já se esgotaram por ver você tão cheia das duas coisas. Sei que os sentirá com tanta intensidade que a cada instante que passa fico mais despreocupada e indiferente. Sua profusão só faz me poupar e, se você lamentar por ele durante muito mais tempo, meu coração ficará leve como uma pluma.

— Pobre Wickham! Ele tem uma expressão de bondade no rosto! Uma franqueza e uma suavidade nos modos!

— Com certeza houve alguma má administração na educação desses dois cavalheiros. Um ficou com toda a bondade, e o outro, com toda a aparência de tê-la.

— Nunca achei que o sr. Darcy tivesse tanta deficiência na questão da *aparência* quanto você costumava achar.

— E mesmo assim eu quis ser muito esperta ao decidir não gostar dele, sem nenhuma razão. É um incentivo para a inteligência de alguém, um rompante de perspicácia, alimentar uma antipatia desse tipo. Não hesitamos em considerar abusivo o homem que ofende e faz acusações injustas, mas, se ele o faz em tom de zombaria, tendemos a considerá-lo sagaz.

— Lizzy, quando você leu a carta pela primeira vez, tenho certeza de que não estava tratando o assunto como agora.

— De fato, não estava. Fiquei muito desconfortável e, posso dizer, infeliz. E não tinha ninguém com quem falar do que sentia, nenhuma Jane para me consolar e dizer que eu não tinha sido tão fraca, vaidosa e disparatada quanto eu sabia que tinha. Ah, como eu queria você lá!

ORGULHO E PRECONCEITO

— Que pena você ter usado tantas expressões fortes ao falar de Wickham ao sr. Darcy, porque agora elas parecem *mesmo* totalmente injustas.

— Com certeza. Mas o infortúnio de falar com amargura é uma consequência natural dos preconceitos que eu andava alimentando. Mas quero seu conselho numa questão. Quero que me diga se devo ou não levar a verdade a respeito do caráter de Wickham a nossos conhecidos em geral.

A srta. Bennet ficou um pouco em silêncio, depois respondeu:

— Com certeza não há necessidade de expô-lo dessa maneira horrível. Qual é sua opinião?

— Que não devemos tentar fazer isso. O sr. Darcy não me autorizou a tornar essa informação pública. Pelo contrário, cada detalhe relacionado à irmã dele tem de ficar guardado e, se eu tentar abrir os olhos das pessoas quanto às demais partes da conduta de Wickham, quem vai acreditar em mim? O preconceito contra o sr. Darcy é tão violento que metade das boas pessoas de Meryton morreria se tentasse enxergá-lo com amabilidade. Não estou à altura dessa missão. Wickham logo irá embora, portanto não importará para ninguém o que ele é de verdade. Daqui a algum tempo, tudo será descoberto, e então poderemos rir da estupidez de todos por não saberem antes. No momento, não direi nada sobre o assunto.

— Você está certa. Ter seus erros expostos em público poderia arruiná-lo para sempre. Talvez hoje em dia ele se arrependa do que fez e esteja ansioso para restaurar seu caráter. Não devemos deixá-lo desesperançado.

Aquela conversa aliviou o tumulto da mente de Elizabeth. Ela se livrara de dois dos segredos que haviam pesado em seus ombros durante a quinzena anterior, e tinha certeza de que Jane seria uma ouvinte disposta sempre que precisasse falar de novo a respeito. Mas ainda escondia uma informação, que a prudência a proibia de revelar. Não ousara relatar a outra metade da carta de Darcy, nem explicar à irmã quanto Bingley a valorizava de verdade. Tal informação não podia ser compartilhada com ninguém, e estava consciente de que nada menos do que um perfeito entendimento entre a irmã e o sr. Bingley poderia justificar que ela jogasse fora esse último fardo de mistério.

Se o evento extremamente improvável acontecer, tudo o que terei a contar é o que o próprio Bingley poderá revelar por si mesmo, mas de modo muito mais agradável. Não posso tomar a liberdade de transmitir a informação até ela ter perdido todo o valor!

Agora, assentada em casa, tinha tempo livre para observar o real estado de espírito da irmã. Jane não estava feliz. Ela ainda acalentava um forte carinho por Bingley. Como nunca se julgara apaixonada antes, seu apreço tinha todo o calor de um primeiro amor e, por causa de sua idade e temperamento, mais firmeza do que um primeiro amor costuma ter. Jane valorizava a memória de Bingley com tanta intensidade, e preferia-o tanto a qualquer outro homem, que todo o seu bom senso e toda a sua atenção aos sentimentos dos amigos eram necessários para impedi-la de se entregar aos seus pesares, prejudiciais tanto à sua saúde como à paz de espírito deles.

— Bem, Lizzy — disse a sra. Bennet um dia —, *agora*, qual é sua opinião sobre a triste questão de Jane? Quanto a mim, estou determinada a nunca mais falar desse assunto com ninguém. Eu disse isso à minha irmã Phillips no outro dia. Mas não consegui descobrir se Jane o viu em Londres. Bem, ele é um jovem muito indigno, e suponho que não exista mais nenhuma chance no mundo de ela ficar com ele agora. Não se fala sobre ele voltar a Netherfield outra vez nesse verão, e perguntei a todos que poderiam saber.

— Acho que ele nunca mais voltará a Netherfield.

— Ah, bem! A escolha é dele. Ninguém quer que ele venha. Mas sempre direi que ele tratou minha filha muito mal e, se eu fosse ela, não teria suportado isso. Bem, meu consolo é que Jane vai morrer em razão do coração partido, e ele então lamentará pelo que fez.

No entanto, como Elizabeth não conseguia se consolar com essa perspectiva, não respondeu.

— Bem, Lizzy, então os Collins têm uma vida confortável, é? — continuou a mãe, logo depois. — Ora, ora, espero que dure. E que tipo de mesa eles têm? Charlotte é uma excelente administradora, ouso dizer. Se ela tiver metade da esperteza da mãe, deve estar guardando o suficiente. Ouso dizer que não há nada de extravagante na economia doméstica *deles*.

— Não, nada mesmo.

— Uma boa administração, pode apostar. Sim, sim. *Eles* vão tomar cuidado para não exceder a renda. *Eles* nunca ficarão aflitos por causa de dinheiro. Bem, que isso seja muito bom para eles! Suponho que falem muito de ficar com Longbourn quando seu pai morrer. Os dois olham para a casa como se fosse deles, ouso dizer, esperando que aconteça.

— Eles não falariam desse assunto na minha frente.

— Não, seria estranho se o fizessem, mas não tenho dúvidas de que entre si falam sobre isso com frequência. Bem, se conseguem dormir bem ficando com uma propriedade que não lhes pertence legalmente, bom para eles. *Eu* teria vergonha de ter uma que fosse minha mesmo por herança.

Capítulo 41

Logo fez uma semana desde que haviam retornado, e a segunda começou. Era a última da estadia do regimento em Meryton, e todas as moças da vizinhança estavam aos prantos. A melancolia era quase universal. Apenas as irmãs Bennet mais velhas ainda eram capazes de comer, beber, dormir e seguir com seus afazeres rotineiros. Com muita frequência, Kitty e Lydia censuravam-nas pela insensibilidade; a devastação de ambas as impedia de conceber tamanha desumanidade entre membros da própria família.

— Meu Deus do Céu! O que vai ser de nós? O que vamos fazer? — costumavam dizer com a amargura da angústia. — Como você pode sorrir assim, Lizzy?

A mãe afetuosa compartilhava do pesar, lembrando-se do que sofrera em ocasião semelhante, vinte e cinco anos antes.

— Tenho certeza de que chorei por dois dias seguidos quando o regimento do coronel Miller foi embora. Achei que meu coração ficaria em pedaços.

— Tenho certeza de que o *meu* ficará — disse Lydia.

— Se ao menos pudéssemos ir a Brighton! — comentou a sra. Bennet.

— Ah, sim! Se pudéssemos ir a Brighton! Mas o papai é tão chato.

— Um banho de mar resolveria meus problemas para sempre.

— E tia Phillips tem certeza de que me faria muito bem — acrescentou Kitty.

Tais eram os lamentos que ressoavam perpetuamente na casa de Longbourn. Elizabeth tentava se divertir com eles, mas todo o senso de diversão se perdia em meio à vergonha; testemunhava quanto as objeções do sr. Darcy eram justas e nunca se sentira tão disposta a perdoar-lhe a interferência nas opiniões do amigo.

Contudo, a melancolia de Lydia logo foi afastada, pois ela recebeu um convite da sra. Forster, esposa do coronel do regimento, para acompanhá-la a Brighton. Essa inestimável amiga era uma mulher muito jovem e se casara havia bem pouco tempo. A semelhança de bom humor e ânimo que ela guardava com Lydia as fez gostar uma da outra, e, dos três meses de seu convívio, já eram íntimas fazia dois.

O êxtase de Lydia na ocasião, sua adoração pela sra. Forster, o deleite da sra. Bennet e o desgosto de Kitty mal poderiam ser descritos. Completamente desatenta aos sentimentos da irmã, Lydia voou pela casa num arroubo agitado, clamando os parabéns de todos, rindo e falando com mais fúria que nunca, enquanto a azarada Kitty continuava na saleta, queixando-se de seu destino em termos tão despropositados quanto seu tom era rabugento.

— Não sei por que a sra. Forster não poderia também convidar *a mim*, além de Lydia, mesmo eu não sendo amiga íntima dela — disse Kitty. — Tenho tanto direito de ser convidada quanto ela, e até mais, porque sou dois anos mais velha.

Em vão Elizabeth tentou fazê-la pensar racionalmente, e Jane, fazê-la resignar-se. Quanto à própria Elizabeth, o convite não podia estar mais longe de lhe estimular os mesmos sentimentos de Lydia e da mãe, pois ela o considerou como a sentença de morte de todas as possibilidades de a irmã um dia vir a ter bom senso. E, sabendo quanto sua atitude a tornaria detestável se soubessem, não pôde deixar de, em segredo, aconselhar o pai a proibi-la de ir. Ela lhe descreveu todas as inadequações do comportamento de Lydia, o pouco proveito que ela tiraria de ser amiga de uma mulher como a sra. Forster, e a probabilidade de ficar ainda mais imprudente com tal companhia em Brighton, onde as tentações seriam maiores do que em casa. Ele a ouviu com atenção, depois disse:

— Lydia nunca sossegará até ter se exposto ao ridículo em algum lugar público, e não se pode esperar que ela tenha melhor oportunidade de fazer isso com tão pouco custo ou inconveniências para nossa família do que nessa ocasião.

— Se o senhor soubesse do imenso prejuízo que pode advir da observação pública dos modos imprudentes e descuidados de Lydia... não, que já adveio... tenho certeza de que o senhor tomaria uma decisão diferente sobre o assunto.

— Que já adveio? — repetiu o sr. Bennet. — O quê? Ela assustou algum de seus admiradores? Pobrezinha da Lizzy! Mas não se deprima. Esses jovens cheios de melindres que não podem suportar se relacionar com um pequeno disparate não são dignos de seu pesar. Vamos lá, deixe-me ver a lista dos pobres rapazes que se mantiveram a distância por causa da estupidez de Lydia.

— O senhor está enganado. Não sofri esse tipo de prejuízo. Não estou reclamando de nenhum mal em especial, mas dos gerais. Nossa importância, nossa respeitabilidade no mundo serão afetadas pela volatilidade selvagem, a presunção e o desdém pelo decoro que caracterizam a personalidade de Lydia. Perdão, mas preciso falar francamente. Se o senhor, meu querido pai, não se der ao trabalho de controlar o temperamento exagerado dela, e de ensiná-la que as buscas atuais dela não devem ser seu objetivo para o resto da vida, ela logo deixará de ter solução. O temperamento de Lydia estará formado, e ela, aos dezesseis anos, será a namoradeira mais determinada a ridicularizar a si mesma e a própria família que já houve. E uma namoradeira do pior tipo, sem nenhum atrativo além da juventude e da companhia tolerável; e, por causa da ignorância e da cabeça vazia, completamente incapaz de repelir qualquer parte daquele desprezo universal que seu furor por admiração atrai. Kitty também está sujeita a esse perigo. Ela sempre faz o que Lydia faz. Vaidosa, ignorante, ociosa e absolutamente descontrolada! Ah, meu querido pai, o senhor consegue supor que é possível elas não serem censuradas e desprezadas onde quer que as conheçam, e nós, as irmãs, não sermos frequentemente envolvidas na vergonha?

O sr. Bennet viu que Elizabeth pusera todo o coração no assunto e, pegando sua mão afetuosamente, respondeu:

— Não se inquiete, meu amor. Onde quer que se conheçam você e Jane, as duas serão respeitadas e apreciadas, e vocês não serão consideradas inferiores por terem duas...

ou devo dizer, três irmãs muito bobas. Não teremos mais paz em Longbourn se Lydia não for a Brighton. Que ela vá, então. O coronel Forster é um homem sensato e a manterá longe de reais problemas. E, por sorte, ela é pobre demais para se tornar presa de alguém. Em Brighton, ela chamará ainda menos atenção, mesmo como uma namoradeira qualquer, do que aqui. Os militares encontrarão mulheres mais dignas de suas atenções. Portanto, vamos esperar que a ida dela até lá lhe mostre a própria insignificância. De todo modo, ela não pode piorar muito sem nos autorizar a trancá-la para o resto da vida.

Elizabeth foi forçada a se contentar com aquela resposta, mas sua opinião permaneceu a mesma, e ela o deixou, desapontada e arrependida. No entanto, aumentar seus aborrecimentos pensando neles não condizia com a natureza dela. Acreditava ter cumprido sua obrigação; e afligir-se com males inevitáveis, ou ampliá-los com ansiedade, não fazia parte de seu temperamento.

Se Lydia e a mãe soubessem do conteúdo de sua conversa com o pai, nem mesmo a eloquência combinada das duas seria capaz de expressar toda sua indignação. Na imaginação de Lydia, uma visita a Brighton abrangia todas as possibilidades de felicidade mundana. Ela conseguia enxergar mentalmente as ruas daquela alegre região praiana cobertas de militares. Via-se como alvo da atenção de dezenas e vintenas deles, ainda desconhecidos. Via todas as glórias do acampamento, suas tendas estendidas em belas fileiras uniformes, apinhadas de jovens alegres, deslumbrantes em vermelho, e, para completar o cenário, via-se sentada sob uma tenda, flertando docemente com pelo menos seis oficiais ao mesmo tempo.

Quais teriam sido seus sentimentos, se soubesse que a irmã tentara dilacerar tais expectativas e tais realidades? Só a mãe podia entendê-los, pois talvez já tivesse sentido algo parecido. A ida de Lydia a Brighton era só o que consolava a sra. Bennet de sua melancolia em saber que o marido não tinha a menor intenção de ir até lá algum dia.

Mas as duas ignoravam completamente o que se passara, e suas manifestações de êxtase continuaram, com poucos intervalos, até o dia em que Lydia partiu.

Seria a última vez que Elizabeth veria o sr. Wickham. Tendo andado na companhia dele com frequência desde seu retorno, sua agitação já se acalmara, e as agitações de uma afetuosidade passada haviam cessado completamente. Ela até mesmo aprendera a detectar, na mesma gentileza que a princípio a encantara, uma afetação e uma monotonia que julgava repugnantes e enfadonhas. Elizabeth tinha ainda uma nova fonte de desgosto com o comportamento de Wickham, pois ele logo mostrou a propensão de renovar as atenções que havia lhe dedicado quando se conheceram, algo que, depois de tudo, só servia para exasperá-la. Elizabeth perdeu todo o interesse no rapaz ao se perceber tratada como o objeto de galanterias inúteis e frívolas. E, por mais que tentasse reprimir a sensação com firmeza, não conseguia deixar de se sentir censurada pelo fato de ele acreditar que, não importava por quanto tempo nem por qual motivo suas atenções tivessem sido interrompidas, a vaidade dela ainda seria obsequiada e sua preferência seria reassegurada a qualquer momento que ele desejasse renovar os galanteios.

No último dia da estadia do regimento em Meryton, Wickham jantou com outros oficiais em Longbourn, e Elizabeth estava tão pouco disposta a se despedir dele com bom humor que, quando o rapaz indagou sobre sua estadia em Hunsford, ela mencionou que tanto o coronel Fitzwilliam como o sr. Darcy haviam passado três semanas em Rosings, e perguntou-lhe se ele conhecia o primeiro.

Ele pareceu surpreso, contrariado, inquieto, mas, depois de um momento para se recompor e para voltar a sorrir, respondeu que antes costumava vê-lo com frequência, e, depois de comentar que se tratava de um homem muito cavalheiresco, perguntou-lhe o que ela achava dele. Elizabeth respondeu calorosamente em seu favor. Com um ar de indiferença, Wickham acrescentou logo depois:

— Quanto tempo disse que ele ficou em Rosings?

— Quase três semanas.

— E você o viu com frequência?

— Sim, quase todo dia.

— Ele tem modos muito diferentes dos do primo.

— Sim, muito diferentes. Mas acho que o sr. Darcy melhora conforme o conhecemos melhor.

— É mesmo? — exclamou Wickham, com um olhar que não escapou à observação de Elizabeth. — E, por favor, posso perguntar...? — Mas, contendo-se, ele acrescentou, num tom mais alegre: — Ele melhora no jeito de falar? Ele se dignou a acrescentar uma partícula de gentileza em seu estilo habitual? — E continuou num tom mais baixo e mais sério: — Porque não ouso esperar que ele tenha melhorado na essência.

— Ah, não! — disse Elizabeth. — Na essência, acredito que ele seja exatamente como sempre foi.

Enquanto ela falava, Wickham parecia mal saber se exultava com suas palavras ou se desconfiava de seu significado. Algo no semblante da moça o fez ouvi-la com apreensão e ansiedade, e ela acrescentou:

— Quando eu disse que ele melhora conforme o conhecemos melhor, não quis dizer que seu intelecto ou seus modos estão se aperfeiçoando, mas que, ao conhecê-lo mais, entendemos melhor seu temperamento.

A inquietação de Wickham se mostrou na intensidade de sua compleição e em sua aparência agitada e, por alguns minutos, ele ficou em silêncio até que, livrando-se do constrangimento, voltou-se para ela outra vez e disse, em um tom muito gentil:

— Você, que conhece tão bem meus sentimentos em relação ao sr. Darcy, compreenderá de imediato quanto fico sinceramente feliz que ele seja sábio o bastante para *parecer* correto. Seu orgulho, nesse sentido, pode ser útil, se não para si, para muitos outros, pois o dissuade dos comportamentos abomináveis que me fez sofrer. Apenas temo que o tipo de cuidado a que você, imagino, deve estar aludindo, só seja adotado nas visitas à tia, por cuja opinião e discernimento ele tem muita reverência. Sei que o temor que Darcy tem por ela sempre agiu quando estavam juntos, e muito pode ser graças ao objetivo dele de se casar com a srta. De Bourgh, algo que estou certo de que ele quer muito.

Elizabeth não pôde disfarçar um sorriso ao ouvir aquilo, mas respondeu apenas com um leve meneio de cabeça. Percebeu que Wickham pretendia envolvê-la no velho assunto de suas mágoas, mas não estava com humor para tolerá-lo. Ele passou o resto da noite *aparentando* a alegria costumeira, mas sem mais nenhuma tentativa de distinguir Elizabeth, e eles enfim se despediram com mútua civilidade e talvez um desejo mútuo de nunca mais se encontrarem.

Quando a comitiva se dissipou, Lydia voltou com a sra. Forster a Meryton, de onde partiriam cedo na manhã seguinte. A separação entre a menina e a família foi mais barulhenta do que comovente. Kitty foi a única a derramar lágrimas, mas eram de irritação e inveja. A sra. Bennet exagerou nos votos de felicidade para a filha, e foi enfática em seus desejos de que ela não perdesse a oportunidade de se divertir o máximo possível — conselho que todos tinham razões para acreditar que seria seguido. E, na alegria estrondosa de Lydia ao se despedir, o adeus mais delicado das irmãs foi proferido, mas não ouvido.

Capítulo 42

Se as opiniões de Elizabeth tivessem derivado apenas da própria família, não poderia ter construído um ideal agradável de felicidade conjugal ou de conforto doméstico. O pai, cativado pela beleza e pela juventude, e por aquele aparente bom humor que a beleza e a juventude costumam trazer, casara-se com uma mulher cujo discernimento fraco e mente limitada haviam, já no início do casamento, acabado com toda a afeição real por ela. O respeito, o apreço e a confiança haviam desaparecido para sempre, e todas as suas convicções acerca da felicidade doméstica foram derrubadas. Mas o sr. Bennet não era do tipo que procuraria, em nenhum dos prazeres que costumam consolar os desafortunados pela própria estupidez ou imoralidade, conforto pela frustração que causara com a própria imprudência. Ele gostava da região interiorana e de livros, e desses gostos vinham seus principais prazeres. Devia pouco à esposa além do que a ignorância e a estupidez dela proporcionavam. Tal não costuma ser o tipo de felicidade que um marido gostaria de atribuir à esposa, mas, onde faltam outros poderes de entretenimento, o verdadeiro filósofo tirará proveito daqueles que existem.

Entretanto, Elizabeth sempre conseguira enxergar quanto o comportamento do pai como marido era inadequado. O fato sempre lhe causara dor, mas, respeitando as habilidades dele e grata pelo modo afetuoso como a tratava, tentava esquecer aquilo que não conseguia deixar de perceber e banir dos pensamentos a contínua violação do dever e do decoro conjugais, que, ao expor a esposa ao desprezo das próprias filhas, era tão repreensível. No entanto, ela nunca antes sentira com tanta força os prejuízos de ser fruto de um casamento tão incompatível, nem tivera tanta consciência dos males que adviriam de tão arbitrário direcionamento de talentos — os quais, usados do modo correto, poderiam ao menos ter preservado a respeitabilidade das filhas, apesar de incapazes de ampliar a inteligência da esposa.

Além da satisfação causada pela partida de Wickham, Elizabeth não encontrou muitas outras razões para alegrar-se com a ausência do regimento. Agora, as festas eram menos variadas, e em casa havia uma mãe e uma irmã cujas constantes queixas sobre o quanto tudo era enfadonho lançavam verdadeira melancolia sobre seu círculo doméstico. E, apesar de Kitty poder, com o tempo, recuperar o grau natural de sensatez, considerando que os perturbadores de seu cérebro haviam ido embora, a outra irmã — de cujo temperamento se poderia apreender um mal maior — provavelmente teria sua tolice e presunção solidificadas por uma situação de redobrado perigo, com a região praiana e o acampamento. Portanto, no todo, Elizabeth constatou, como já fizera outras vezes, que um acontecimento pelo qual ela ansiara impacientemente, ao acontecer, não trazia toda a satisfação que ela prometera a si mesma. Em virtude disso, era necessário escolher outro momento para o início da real felicidade — ter algum outro ponto no qual ancorar seus desejos e esperanças, a fim de voltar a aproveitar o prazer da expectativa, consolando-se por enquanto, e preparando-se para mais uma frustração. Sua viagem aos Lagos virou o tema de seus pensamentos mais alegres, o melhor consolo por todas as horas enfadonhas que o descontentamento da mãe e de Kitty tornavam inevitáveis. Se pudesse ter incluído Jane no plano, cada parte dele seria perfeita.

Mas é muito bom ter algo a desejar, ela pensou. *Se tudo estivesse bem arranjado, eu com certeza ficaria frustrada. Mas aqui, levando comigo uma fonte inesgotável de pesar pela ausência da minha irmã, posso muito bem esperar que todas as minhas expectativas de diversão sejam atendidas. Um plano que promete alegria completa nunca será bem-sucedido, e a frustração geral só pode ser afastada com a ajuda de alguma irritaçãozinha especial.*

Quando Lydia foi embora, prometeu escrever frequente e detalhadamente para a mãe e para Kitty, mas suas cartas demoravam muito e eram sempre bem curtas. Aquelas dirigidas à mãe continham pouca coisa além de uma informação sobre terem acabado de voltar da biblioteca, aonde tais e tais militares as acompanharam, e onde ela vira enfeites tão bonitos que a enlouqueceram; que tinha um vestido novo, ou uma sombrinha nova, que ela teria descrito mais, mas precisara omitir em uma furiosa pressa, pois a sra. Forster a chamara, e elas estavam saindo para o acampamento; e, da correspondência com a irmã, apreendia-se ainda menos — pois as cartas para Kitty, embora bem maiores, continham entrelinhas demais para que pudessem vir à público.

ORGULHO E PRECONCEITO

Depois das primeiras duas ou três semanas de sua ausência, a sanidade, o bom humor e a vivacidade começaram a reaparecer em Longbourn. Tudo ganhava um aspecto mais alegre. As famílias que haviam ido à cidade passar o inverno retornaram, e a elegância e os compromissos trazidos pelo verão ressurgiram lentamente. A sra. Bennet recuperou a serenidade ranzinza e, lá pelo meio de junho, Kitty já havia se recuperado tanto que podia entrar em Meryton sem derramar lágrimas, um acontecimento tão feliz e promissor que Elizabeth esperava que, no Natal seguinte, ela já estaria moderada o suficiente para não mencionar um militar mais de uma vez por dia, a menos que, por algum arranjo cruel e malicioso do Departamento da Guerra, outro regimento fosse aquartelado em Meryton.

A época combinada para o início da excursão pelo norte aproximava-se depressa, e só faltava uma quinzena, quando chegou uma carta da sra. Gardiner, que adiou seu início e reduziu sua extensão. O sr. Gardiner, por questões de negócio, seria impedido de partir até a segunda metade de julho, e deveria retornar a Londres dentro de um mês, de modo que isso deixaria pouquíssimo tempo para percorrer tal distância e ver tudo o que haviam proposto, ou, pelo menos, para ver com o tempo e a comodidade que haviam planejado, portanto seriam obrigados a desistir dos Lagos e substituí-los por uma excursão menor. De acordo com o plano atual, não passariam do norte de Derbyshire, região na qual havia coisas suficientes para ocupar a maior parte das três semanas, e por onde a sra. Gardiner tinha uma atração especial. A cidade onde ela passara alguns anos da vida, e onde agora estariam por alguns dias, provavelmente lhe despertava tanta curiosidade quanto as conhecidas belezas de Matlock, Chatswirth, Dovedale e Peak.

Elizabeth ficou extremamente desapontada, pois já criara muitas expectativas de ver os Lagos, e ainda pensava que poderia haver tempo suficiente. Mas seu objetivo era ficar satisfeita — e certamente seu temperamento tinha uma natureza alegre, e logo tudo ficou bem.

A menção a Derbyshire conectou muitas ideias. Era impossível para ela ver a palavra sem pensar em Pemberley e em seu dono. *Mas com certeza*, pensou ela, *eu posso entrar na região dele impunemente, ou dar umas espiadas sem ele me notar.*

O período de espera foi redobrado. Quatro semanas teriam de passar antes de os tios chegarem. Mas passaram, e o sr. e a sra. Gardiner, com os quatro filhos, enfim apareceram em Longbourn. As crianças, duas meninas de seis e oito anos, e dois meninos mais novos, ficariam sob os cuidados da prima Jane, que era a predileta, e cuja firme sensatez e temperamento doce adaptavam-na com exatidão à tarefa de cuidar deles de todas as maneiras — ensinando-os, brincando com eles e lhes dando amor.

Os Gardiner passaram apenas uma noite em Longbourn e partiram na manhã seguinte com Elizabeth em busca de novidade e diversão. Uma alegria era certa: a de saber quanto seus companheiros eram adequados, pois tinham saúde e paciência para lidar com inconvenientes, alegria para abrilhantar todos os contentamentos, e afetuosidade e inteligência com que poderiam se abastecer caso houvesse frustrações.

Não é o objetivo deste trabalho descrever Derbyshire, nem nenhum dos locais notáveis que cruzaram na rota até lá; Oxford, Blenheim, Warwick, Kenilworth, Birmingham etc. são suficientemente conhecidas. Uma pequena parte de Derbyshire é tudo o que interessa no momento. Mudaram de direção, rumo à cidadezinha de Lambton, o cenário da antiga residência da sra. Gardiner, e onde ela descobrira que lhe restavam conhecidos. Já tinham visto as principais maravilhas da região, e a tia informou Elizabeth que a oito quilômetros de Lambton ficava Pemberley. Não era exatamente no caminho deles, mas não mais que cerca de três quilômetros fora dele. Na conversa durante o percurso, na noite anterior, a sra. Gardiner expressou uma inclinação a visitar o lugar de novo. O sr. Gardiner declarou que também gostaria, e Elizabeth foi consultada sobre sua aprovação.

— Meu amor, você não gostaria de conhecer um lugar de onde tanto ouviu falar? — perguntou a tia. — E um lugar ao qual estão ligadas tantas pessoas que você conhece? Wickham passou toda a juventude aqui, sabe.

Elizabeth ficou perturbada. Sentia que não tinha por que ir a Pemberley, e foi obrigada a assumir que não tinha muita vontade de conhecer o local. Confessou que estava cansada de casas imensas; depois de visitar tantas, realmente não era mais capaz de se alegrar com tapetes elegantes e cortinas de cetim.

A sra. Gardiner insultou sua estupidez.

— Se fosse meramente uma casa elegante com ricas mobílias, eu não me importaria — ela disse. — Mas o terreno é maravilhoso. Eles têm um dos bosques mais lindos da região.

Elizabeth não disse mais nada, mas sua mente não conseguiu aquiescer. Ocorreu-lhe a possibilidade de encontrar o sr. Darcy enquanto visitava o lugar. Seria horrível! Ela corou só de pensar, e julgou melhor falar abertamente com a tia em vez de correr tal risco. Mas tinha algumas objeções a isso, e enfim resolveu que seria seu último recurso, se suas investigações particulares sobre a ausência da família encontrassem uma resposta desfavorável.

Assim, quando se retirou para ir dormir, perguntou à arrumadeira se Pemberley era mesmo um lugar encantador, qual era o nome do proprietário e, com alguma inquietação, se a família estava ali para o verão. Uma negativa das mais bem-vindas seguiu-se à última pergunta — e, como suas inquietações foram aplacadas, ficou livre para sentir bastante curiosidade de ver a casa. E, quando se falou outra vez no assunto na manhã seguinte, ela respondeu prontamente, com um adequado ar de indiferença, que não tinha nenhuma real aversão à ideia.

Portanto, a Pemberley iriam.

ORGULHO E PRECONCEITO

Capítulo 43

Enquanto seguiam, Elizabeth observava atenta, esperando com alguma inquietação pelo primeiro vislumbre dos bosques de Pemberley e, quando enfim viraram no portão da casa, seu espírito alvoroçou-se bastante.

O parque era gigantesco e continha diversas áreas. Adentraram-no em um dos pontos mais baixos e seguiram por algum tempo na carruagem, em meio à bela mata que se estendia em um longo trecho.

A cabeça de Elizabeth estava cheia demais para conversar, mas ela viu e admirou cada canto digno de nota e cada paisagem. Subiram gradualmente por cerca de oitocentos metros, e depois se viram no alto de uma elevação considerável, onde acabava o bosque e o olho era imediatamente atraído pela casa de Pemberley, situada no lado oposto do vale, no qual a estrada fazia uma curva abrupta. Era uma bela e majestosa construção de pedra, situada bem no meio de uma elevação, que trazia às costas uma serra de colinas arborizadas, e na frente um riacho natural de tamanho regular que se avolumava em um maior, mas sem parecer artificial. Suas margens não eram nem regulares nem decoradas. Elizabeth ficou encantada. Nunca vira um lugar mais agraciado pela natureza, ou onde a beleza natural fora tão pouco contrariada por um gosto duvidoso. Todos tinham uma calorosa expressão de admiração e, naquele momento, ela sentiu que ser senhora de Pemberley poderia ter suas vantagens!

316

Desceram a colina, atravessaram a ponte e foram até a porta e, enquanto examinava a casa mais de perto, toda a sua apreensão de encontrar o dono retornou. Temeu que a arrumadeira tivesse se enganado. Ao pedirem para ver o lugar, foram admitidos ao saguão, e, enquanto esperavam pela governanta, Elizabeth teve tempo para se admirar por estar onde estava.

A governanta veio, uma senhora idosa de aparência respeitável, muito menos fina e mais cortês do que Elizabeth imaginara. Eles a seguiram até a sala de jantar. Era um cômodo grande e de boa simetria, com mobílias lindas. Elizabeth, depois de breve inspeção, foi até uma janela para aproveitar a vista. A colina de onde tinham vindo, coroada com árvores, ganhou um declive maior com a distância. Uma bonita visão. Toda a disposição do terreno era boa, e ela olhou com prazer o cenário inteiro, o rio, as árvores espalhadas nas margens, a curva do vale até onde conseguia enxergar. Ao passarem para outros cômodos, essas paisagens assumiam novos ângulos, mas de todas as janelas havia belezas para se ver. Os recintos eram imponentes e bonitos, e sua decoração adequada à fortuna do proprietário, mas Elizabeth viu, com admiração pelo bom gosto, que nada era espalhafatoso ou inutilmente caro; com menos suntuosidade e mais elegância verdadeira do que a decoração de Rosings.

E eu poderia ter sido senhora de todo este lugar, ela pensou. *Eu poderia já estar familiarizada com esses cômodos! Em vez de vê-los como uma estranha, poderia aproveitá-los como meus, e receber neles visitantes como meu tio e minha tia. Mas não*, ela se recompôs. *Não seria possível. Meu tio e minha tia se tornariam estranhos; não me seria permitido convidá-los.*

Essa foi uma lembrança oportuna — salvou-a de algo semelhante a arrependimento.

Queria muito perguntar à governanta se o dono da casa estava mesmo fora, mas não tinha coragem. Entretanto, depois de um tempo, a pergunta foi feita por seu tio, e ela se virou, apreensiva, enquanto a sra. Reynolds respondia que sim, acrescentando:

— Mas esperamos que ele chegue amanhã, com uma grande comitiva de amigos.

Como Elizabeth ficou feliz que a própria viagem não fora atrasada em um dia!

Sua tia chamou-a para olhar um quadro. Ela se aproximou e viu o retrato do sr. Wickham suspenso, em meio a várias outras miniaturas, sobre a cornija. A tia lhe perguntou, sorrindo, o que ela tinha achado. A governanta aproximou-se e lhes disse que se tratava do retrato de um jovem cavalheiro, filho do administrador de seu antigo patrão, que fora criado à custa deste último.

— Agora ele entrou para o exército — ela acrescentou. — Mas parece que se tornou muito indisciplinado.

A sra. Gardiner olhou para a sobrinha com um sorriso, mas Elizabeth não conseguiu devolvê-lo.

— E aquele — disse a sra. Reynolds, apontando outra das miniaturas — é meu patrão. Ficou bem parecido. Foi desenhado na mesma época do outro retrato, cerca de oito anos atrás.

— Ouvi falar muito da excelente pessoa que é seu patrão — respondeu a sra. Gardiner, olhando o retrato. — É um rosto bonito. Mas, Lizzy, você pode nos dizer se é parecido com ele ou não.

O respeito da sra. Reynolds por Elizabeth pareceu aumentar com a menção de que ela conhecia seu patrão.

— A jovem conhece o sr. Darcy?

Elizabeth ruborizou e respondeu:

— Um pouco.

— E não acha que ele é um cavalheiro muito bonito, minha senhora?

— Sim, muito bonito.

— Tenho certeza de que não conheço ninguém tão bonito. Na galeria do andar de cima vocês verão um retrato maior e melhor dele. Este recinto era o preferido do meu finado patrão, e estas miniaturas ficam exatamente como antes. Ele gostava muito delas.

Isso explicou a Elizabeth por que Wickham estava entre elas.

A sra. Reynolds então apontou um quadro da srta. Darcy, pintado quando ela só tinha oito anos.

— E a srta. Darcy é tão bonita quanto o irmão? — perguntou o sr. Gardiner.

— Ah, sim! A jovem mais bonita que já se viu. E tão talentosa! Ela toca e canta o dia inteiro. Na outra sala está um piano novo que acabou de chegar para ela. Um presente do meu patrão. Ela virá amanhã com ele.

O sr. Gardiner, cujas maneiras eram naturais e agradáveis, encorajava-a a falar com perguntas e comentários; a sra. Reynolds, fosse por orgulho ou por apego, nitidamente se comprazia em falar do patrão e da irmã dele.

— Seu patrão fica muito em Pemberley durante o ano?

— Não tanto quanto eu gostaria, senhor, mas ouso dizer que ele passa metade do tempo aqui. E a srta. Darcy está sempre aqui durante o verão.

Exceto quando ela vai a Ramsgate, pensou Elizabeth.

— Se seu patrão se casasse, a senhora o veria mais.

— Sim, senhor, mas não sei quando isso vai acontecer. Não sei quem seria boa o bastante para ele.

O sr. e a sra. Gardiner sorriram. Elizabeth não pôde evitar dizer:

— A senhora pensar assim traz muito crédito a ele, tenho certeza.

— Não falo mais que a verdade, e todo mundo que o conhece dirá o mesmo — replicou a outra. Elizabeth pensou que aquilo estava indo longe demais, e ouviu com surpresa crescente quando a governanta acrescentou: — Ele nunca me dirigiu nenhuma palavra grosseira em toda a minha vida, e eu o conheço desde que ele tinha quatro anos.

De todos, aquele era o elogio mais extraordinário, o mais contrário às suas noções. Estava convicta sobre ele não ser um homem de bom temperamento. Despertada sua atenção mais aguçada, quis saber mais, e ficou grata ao tio por dizer:

— Algo desse gênero só se pode falar de pouquíssimas pessoas. A senhora é sortuda por ter um patrão assim.

— Sim, senhor, sei que sou. Se eu andasse o mundo todo, não encontraria um melhor. Mas sempre observei que, se são amáveis quando são crianças, serão amáveis quando crescerem. E ele sempre foi um menino de temperamento doce, com o coração mais generoso do mundo.

Elizabeth encarou-a um momento, pensando: *Ela está falando do mesmo Darcy?*

— O pai dele era um homem excelente — disse a sra. Gardiner.

— Sim, minha senhora, era mesmo. E o filho é igualzinho, tão afável com os pobres quanto o pai era.

Elizabeth ouviu, admirou-se, duvidou, e ficou impaciente em saber mais. A sra. Reynolds não conseguia engajar o interesse dela com nenhum outro assunto. Ela falou das pessoas dos retratos, das dimensões dos cômodos, do preço da mobília, em vão. O sr. Gardiner, muito entretido com o tipo de preconceito familiar ao qual atribuía os elogios excessivos da senhora ao patrão, logo voltou ao assunto, e ela falou com vivacidade dos muitos méritos do sr. Darcy enquanto subiam juntos a escadaria principal.

— Ele é o melhor senhorio, o melhor patrão que já viveu — ela disse. — Não é igual a esses jovens ensandecidos de hoje em dia, que não pensam em ninguém além de si mesmos. Não há ninguém entre seus locatários ou criados que falará dele senão para elogiá-lo. Algumas pessoas dizem que ele é orgulhoso, mas tenho certeza de que nunca vi nenhum sinal disso. Para mim, pensam isso só porque ele não fica tagarelando como outros homens.

Como isso o coloca sob uma luz favorável, pensou Elizabeth.

— Essa descrição favorável não condiz muito com o comportamento dele para com nosso pobre amigo — sussurrou a tia, enquanto andavam.

— Talvez nós tenhamos sido enganadas.

— Não é muito provável; soubemos de fonte confiável.

Ao alcançarem o vestíbulo espaçoso do andar de cima, foram conduzidos a uma bonita sala de estar, decorada recentemente com maior elegância e graça que os aposentos do andar de baixo. Lá, foram informados de que tudo fora feito para agradar à srta. Darcy, que começara a ter uma preferência por aquele cômodo na última vez que estivera em Pemberley.

— Ele com certeza é um bom irmão — disse Elizabeth, caminhando até uma das janelas.

A sra. Reynolds previa a alegria da srta. Darcy, quando entrasse ali.

— E foi sempre assim — acrescentou ela. — Tudo o que ele puder fazer para alegrar a irmã, fará sem hesitar. Não há nada que ele não faria por ela.

A galeria de retratos, e dois ou três dos quartos principais, eram tudo o que restava para ser mostrado. Na primeira, havia muitas boas pinturas, mas Elizabeth não conhecia nada de arte, e, como já vira as do andar de baixo, virou-se de boa vontade para olhar alguns desenhos da srta. Darcy, a lápis, cujos temas eram mais interessantes e mais inteligíveis.

Na galeria havia muitos retratos de família, mas eles continham pouca coisa para prender a atenção de um estranho. Elizabeth continuou caminhando à procura do único rosto cujas feições lhe eram conhecidas. Finalmente, foi capturada — e ela contemplou a impressionante imagem do sr. Darcy, com um sorriso no rosto que ela lembrou ter visto algumas vezes quando ele a olhava. Ficou vários minutos diante do retrato, na mais aberta contemplação, e voltou para lá outra vez antes de deixarem a galeria. A sra. Reynolds informou-os de que fora feito quando o pai ainda vivia.

Naquele momento, é certo que a mente de Elizabeth guardava sensações mais gentis em relação ao homem de verdade do que jamais sentira quando o encontrara ao vivo. Os elogios a ele feitos pela sra. Reynolds não eram de natureza fútil. Que elogio é mais valioso do que o de uma criada inteligente? Como irmão, senhorio, patrão, ela pensou quantas pessoas tinham a felicidade sob a tutela dele! Quanta dor ou alegria ele tinha o poder de causar! Cada ideia apresentada pela governanta era favorável ao caráter dele e, enquanto estava parada diante da tela que o retratava, fixou os olhos dele, e pensou no apreço do jovem com um sentimento de gratidão mais profundo do que jamais sentira antes; lembrou-se de seu fervor e atenuou a inadequação da maneira como ele se expressara.

Quando haviam terminado de ver toda a parte da casa aberta a visitação, voltaram para o andar de baixo e, despedindo-se da governanta, foram entregues ao jardineiro, que os encontrou na porta do saguão.

Enquanto atravessavam o gramado na direção do rio, Elizabeth virou-se para olhar de novo; o tio e a tia também pararam, e, enquanto o primeiro conjeturava a idade do prédio, o dono do lugar apareceu de repente na estrada que levava para os estábulos.

Estavam a vinte passos um do outro, e ele apareceu de maneira tão abrupta que foi impossível evitá-lo. Seus olhos se encontraram no mesmo instante, e as bochechas de ambos adquiriram um rubor pronunciado. Ele se sobressaltou completamente e, por um momento, pareceu imóvel de surpresa, mas se recuperou logo e avançou na direção do grupo, e falou com Elizabeth — senão em perfeita compostura, com perfeita polidez.

Ela se virara instintivamente, mas, com a aproximação dele, se deteve e recebeu seus cumprimentos com um embaraço que não conseguia dominar. Se a sua aparição, ou a semelhança com o quadro que haviam acabado de examinar, houvessem sido insuficientes para assegurar aos outros dois que estavam diante do sr. Darcy, a expressão de surpresa do jardineiro, ao ver o patrão, teria delatado o fato imediatamente. Eles ficaram um pouco afastados enquanto ele falava com Elizabeth, que, surpresa e confusa, mal ousou erguer os olhos para o rosto dele, e não ouviam que respostas ela dava para as perguntas educadas acerca da família. Admirada com a mudança dos modos dele desde que haviam se despedido pela última vez, cada frase que ele pronunciava aumentava seu desconcerto; e, como a ideia do quanto era impróprio ser encontrada ali voltava à sua mente, os minutos em que ficaram juntos foram alguns dos mais desconfortáveis de sua vida. Ele também não parecia estar muito à vontade: quando falava, seu tom não tinha nada da costumeira solenidade, e ele repetiu tantas vezes as perguntas sobre quando ela deixara Longbourn e sobre sua estadia em Derbyshire que ficou claro quanto estava desorientado.

Depois de um tempo, todo os pensamentos pareceram lhe escapar e, após alguns momentos sem dizer uma palavra, ele de repente se recompôs e pediu licença.

Os outros então se juntaram a ela e expressaram sua admiração pela figura do sr. Darcy, mas Elizabeth não ouviu uma palavra e, completamente absorta pelos próprios sentimentos, seguiu-os em silêncio. Ela estava tomada de vergonha e desconcerto. Sua vinda até ali fora a pior e mais infeliz ideia do mundo! Como devia ter parecido estranho para ele! Sob qual luz infame um homem tão vaidoso não veria aquilo! Pareceria que ela se jogara no caminho dele de propósito outra vez! Ah! Por que viera? Se tivessem partido dez minutos antes, estariam além do alcance da sua vista, pois ficou claro que ele acabara de chegar naquele momento — tendo descido naquele instante do cavalo ou da carruagem. Ela corou outra vez e mais outra pensando na perversidade do encontro. E o comportamento dele, tão contundentemente alterado... o que poderia significar? Era incrível que ele sequer falasse com ela — mas falar com tanta educação, perguntar de sua família! Nunca na vida vira os modos dele tão pouco imponentes, nunca ele lhe falara com tanta suavidade quanto naquele encontro inesperado. Que contraste com sua última abordagem, em Rosings Park, quando pusera a carta na mão dela! Elizabeth não sabia o que pensar nem como explicar aquilo.

Alcançaram uma trilha bonita às margens da água, e cada passo trazia um declive mais esplêndido, ou uma área mais agradável do bosque do qual se aproximavam, mas levou algum tempo para Elizabeth tomar consciência de onde passavam e, embora respondesse mecanicamente às repetidas observações dos tios e parecesse dirigir o olhar para onde eles apontavam, não conseguia prestar atenção em nenhuma parte do cenário. Seus pensamentos fixavam-se no ponto exato da casa de Pemberley, qualquer que fosse, onde o sr. Darcy estava naquele momento. Queria muito saber o que se passava na cabeça dele — o que estaria pensando dela e se, contrariando todas as expectativas, ela ainda lhe era querida. Talvez o sr. Darcy só tivesse sido educado porque se sentia à vontade, mas percebera *algo* na voz dele que não se parecia com tranquilidade. Não sabia dizer se o homem sentira mais dor ou prazer ao vê-la, mas ele com certeza não conseguira manter a compostura.

No entanto, depois de um tempo, os comentários de seus companheiros sobre o nível de distração dela a despertaram, e ela sentiu necessidade de se parecer mais consigo mesma.

Adentraram o bosque e, despedindo-se do rio por um tempo, subiram para terrenos mais elevados, de onde, em trechos onde a abertura das árvores permitia que o olho vagasse, viam-se muitas paisagens encantadoras do vale, das colinas do outro lado, com a longa extensão de mata cobrindo muitas delas, e ocasionalmente de parte do rio. O sr. Gardiner expressou o desejo de dar a volta no parque inteiro, mas temeu que não desse para fazê-lo andando. Com um sorriso triunfante, o jardineiro lhes disse que a volta tinha dezesseis quilômetros. Isso resolveu o assunto, e eles seguiram o circuito rotineiro, o que os levou de volta, depois de algum tempo, a uma descida em meio às árvores suspensas à beira da água, em um dos trechos mais estreitos. Atravessaram-no por uma ponte simples, condizente com o resto do cenário; era um trecho menos enfeitado do que qualquer outro que tivessem visitado. E o vale, ali muito mais estreito, só permitia a passagem do riacho e de um atalho estreito em meio ao matagal que o margeava. Elizabeth queria explorar as sinuosidades, mas, quando atravessaram a ponte e perceberam a distância a que estavam da casa, a sra. Gardiner, que não era de caminhar muito, não conseguiu avançar mais, e só pensava em voltar à carruagem o mais rápido possível. Portanto, sua sobrinha foi obrigada a aceitar, e eles se encaminharam para a casa pelo outro lado do rio, pelo menor caminho. Entretanto, seu progresso foi lento, porque o sr. Gardiner, embora raramente pudesse aproveitar, adorava pescar, e ficou tão absorto com o aparecimento ocasional de alguma truta na água, e com a conversa com o homem que os acompanhava, que avançava pouco. Enquanto avançavam assim tão devagar, foram novamente surpreendidos, e o espanto que Elizabeth sentiu foi renovado na mesma medida da primeira vez, ao verem o sr. Darcy se aproximando, e não muito distante. Como o caminho ali era menos fechado que o do outro lado, puderam vê-lo antes que se encontrassem. Elizabeth, apesar de chocada, pelo menos estava mais preparada para uma conversa do que antes, e resolveu parecer serena e falar com calma, caso ele realmente tivesse a intenção de encontrá-los. De fato, por alguns momentos, ela sentiu que ele provavelmente tomaria outro percurso. A ideia só durou enquanto uma volta do trajeto o ocultou do campo de visão e, quando acabou, o sr. Darcy apareceu bem diante deles. Com um olhar, viu que ele não perdera nada da civilidade que demonstrara havia pouco e, para imitar sua polidez, ao se encontrarem, começou a falar de sua admiração pela beleza do lugar, mas não fora além das palavras "adorável" e "encantador" quando algumas lembranças infelizes se interpuseram, e ela pensou que elogios a Pemberley, vindos dela, poderiam ser interpretados maliciosamente. Ela corou e não disse mais nada.

A sra. Gardiner estava um pouco atrás e, quando Elizabeth parou de falar, Darcy lhe perguntou se ela lhe faria a honra de apresentar-lhe seus amigos. Não estivera nada preparada para aquele toque de cortesia e mal conseguiu disfarçar um sorriso pelo fato de ele agora buscar conhecer algumas das pessoas contra as quais seu orgulho se revoltara ao lhe pedir em casamento.

Será que ele ficará muito surpreso quando souber quem são eles?, ela pensou. *Está achando que são pessoas importantes.*

Mas Elizabeth fez as apresentações imediatamente e, ao descrever o parentesco entre os dois e si mesma, lançou-lhe um olhar astuto, para ver como ele receberia a informação, e não sem esperar que ele se afastasse o mais rápido possível de companhias tão vergonhosas. A *surpresa* de Darcy com o parentesco foi evidente, mas ele encarou o fato com força moral e, longe de ir embora, voltou com eles e começou a conversar com o sr. Gardiner. Elizabeth não conseguiu deixar de ficar contente nem de sentir triunfo. Era um consolo ele conhecer alguns de seus parentes cujo convívio não a fazia corar. Ouviu atentamente ao que se passava entre eles, exultou em cada expressão, cada frase do tio, que assinalavam sua inteligência, seu bom gosto ou seus bons modos.

A conversa logo se voltou à pesca, e Elizabeth ouviu o sr. Darcy convidá-lo, com imensa civilidade, para pescar ali sempre que quisesse quando passasse pela vizinhança, oferecendo-se ao mesmo tempo para prover o equipamento de pesca, e apontando as partes do riacho onde o esporte seria mais bem aproveitado. A sra. Gardiner, que andava de braços dados com Elizabeth, olhou-a expressando surpresa. Elizabeth nada disse, mas ficou muito contente, pois a atitude era um elogio para si. Todavia, sua surpresa era extrema, e ela pensava repetidamente: *Por que ele está tão mudado? A que se deve isso? Não pode ser por mim, não pode ser por minha causa que as maneiras estão tão suavizadas. Minha censura em Hunsford não poderia tê-lo mudado tanto assim. É impossível que ele ainda me ame.*

Após caminharem um tempo assim, as duas damas na frente, os dois cavalheiros atrás, ao voltarem a seus lugares, depois de descerem à beira do rio para examinar melhor alguma curiosa planta aquática, houve oportunidade para uma pequena alteração — surgida na mente da sra. Gardiner, que, cansada pelo exercício da manhã, achou o braço de Elizabeth inadequado para apoiá-la e preferiu o do marido. O sr. Darcy assumiu o lugar dela ao lado da sobrinha, e eles continuaram caminhando juntos. Depois de um curto silêncio, a dama falou primeiro. Queria que ele soubesse que a haviam assegurado de sua ausência antes de decidir ir até lá, e comentou portanto que a chegada dele fora bastante inesperada, acrescentando:

— E sua governanta nos informou que o senhor com certeza não estaria aqui antes de amanhã e, antes de deixarmos Bakewell, nos asseguramos de que não o esperavam aqui na região.

Ele disse que era verdade, e que um assunto com seu administrador motivara sua vinda algumas horas antes do resto da comitiva com quem estivera viajando.

— Eles se juntarão a mim amanhã cedo — ele continuou. — E entre eles há alguns que a conhecem: o sr. Bingley e suas irmãs.

Elizabeth respondeu apenas com uma leve mesura. Seus pensamentos foram imediatamente levados de volta à última vez que o nome do sr. Bingley fora mencionado entre eles e, se pudesse julgar a partir da expressão do sr. Darcy, a mente dele também não se ocupava de outra coisa.

— Há mais uma pessoa na comitiva — ele continuou depois de uma pausa — que em especial deseja conhecê-la. A senhorita me permitiria apresentar-lhe minha irmã durante sua estadia em Lambton, ou estou pedindo demais?

Elizabeth recebeu tal pedido com imensa surpresa, grande demais para saber de qual modo consentir. Imediatamente sentiu que, qualquer que fosse a razão para a srta. Darcy querer conhecê-la, devia ser trabalho do irmão e, sem pensar muito, era satisfatório, gratificante saber que o ressentimento dele não o fizera pensar mal dela.

Continuaram caminhando em silêncio, cada um com seus pensamentos. Elizabeth não se sentia confortável — seria impossível —, mas estava lisonjeada e contente. O desejo do sr. Darcy de apresentá-la à irmã era um elogio dos mais elevados. Eles logo ultrapassaram os outros e, quando alcançaram a carruagem, o sr. e a sra. Gardiner estavam duzentos metros para trás.

Ele então a convidou para entrar na casa — no entanto, Elizabeth disse que não estava cansada, e então permaneceram juntos no gramado. Àquela altura, muito poderia ter sido dito, e o silêncio era muito esquisito. Elizabeth queria falar, mas parecia haver embargo em todos os assuntos. Enfim ela se recordou de que estivera viajando, e falaram sobre a cidade de Matlock e a região de Dovedale com muita determinação. Ainda assim, o tempo e sua tia andavam devagar — e a paciência e as ideias de Elizabeth quase haviam se esgotado quando a conversa acabou.

Com a chegada do sr. e da sra. Gardiner, eles foram pressionados a entrar na casa e comer um lanche, mas recusaram e despediram-se com grande polidez. O sr. Darcy ajudou as damas a subirem na carruagem e, quando esta partiu, Elizabeth o viu caminhar devagar até a casa.

Começaram os comentários dos tios, e ambos declararam que o sr. Darcy era infinitamente superior a tudo o que haviam esperado.

— Ele é perfeitamente bem comportado, educado e modesto — disse o tio.

— Com certeza ele tem algo de imponente, mas se restringe ao ar dele, e não é impróprio — acrescentou a tia. — Agora posso concordar com a governanta: embora algumas pessoas digam que ele é orgulhoso, *eu* não vi nada disso.

— O que mais me surpreendeu foi o comportamento dele para conosco. Foi mais que cortês; foi realmente atencioso, e não havia necessidade de tamanha atenção. A relação dele com Elizabeth era distante e insignificante.

— Com certeza, Lizzy, ele não é tão bonito quanto Wickham — disse a tia. — Aliás, ele não tem o semblante de Wickham, mas suas feições são perfeitamente bonitas. Mas como você pôde me dizer que ele era tão desagradável?

Elizabeth desculpou-se o melhor que pôde, disse que gostara mais dele quando haviam se encontrado em Kent do que antes, e que nunca o vira ser tão agradável quanto naquela manhã.

— Mas talvez ele seja um pouco excêntrico em suas civilidades — replicou o tio. — Todos os homens importantes costumam ser, portanto não acreditarei no que ele disse sobre pescar, porque ele pode mudar de ideia outro dia e me mandar embora de suas terras.

Elizabeth sentiu que eles haviam se enganado completamente a respeito do caráter de Darcy, mas nada disse.

— Pelo que vimos dele — continuou a sra. Gardiner —, eu realmente não teria pensado que ele poderia se comportar de maneira tão cruel com alguém como fez com o sr. Wickham. O sr. Darcy não tem uma aparência má. Pelo contrário, há algo agradável no aspecto da boca dele quando fala. E há certa dignidade em sua postura, que não transmitiria uma só ideia desfavorável sobre seu coração. Com certeza, a boa senhora que nos mostrou a casa falou dele como alguém de personalidade reluzente! Eu quase caí no riso em alguns momentos. Mas suponho que ele seja um patrão generoso, e isso, aos olhos de um criado, abrange todas as virtudes.

Elizabeth sentiu-se convocada a dizer algo em defesa do comportamento dele com o sr. Wickham, e portanto deu-lhes a entender, do modo mais cauteloso que pôde, que, a julgar pelo que ouvira dos parentes de Darcy em Kent, suas ações poderiam ser interpretadas de outro modo, e que seu caráter não era tão deficiente, nem o de Wickham tão amável, como haviam considerado em Hertfordshire. Em confirmação a tudo isso, relatou os detalhes das transações pecuniárias nas quais os dois haviam sido envolvidos, sem mencionar sua fonte, mas afirmando que se podia confiar nela.

A sra. Gardiner ficou surpresa e preocupada, mas, como agora se aproximavam do cenário de suas felicidades passadas, todas as ideias abriram caminho para o encanto das lembranças, e ela se ocupou demais em apontar para o marido todos os lugares interessantes nos arredores para conseguir pensar em outra coisa. Exausta como ficara pela caminhada da manhã, eles haviam acabado de jantar quando a tia partiu em busca dos antigos conhecidos, e passaram o início da noite com os contentamentos de renovar laços depois de muitos anos de afastamento.

Os acontecimentos do dia haviam sido interessantes demais para deixar que Elizabeth prestasse atenção suficiente a esses novos amigos, e ela não conseguiu fazer nada além de pensar, com admiração, na civilidade do sr. Darcy, e, acima de tudo, no fato de que ele queria apresentá-la à irmã.

Capítulo 44

Elizabeth estava convencida de que o sr. Darcy traria a irmã para visitá-la no dia seguinte à chegada dela a Pemberley e, por isso, decidiu não sair das vistas da estalagem naquela manhã inteira. No entanto, sua conclusão estava errada, pois os visitantes vieram ainda na mesma manhã em que ela chegara a Lambton. Ela e os tios estiveram conversando sobre o lugar com alguns dos novos amigos e haviam acabado de voltar para a estalagem a fim de trocar de roupa para jantar com a mesma família quando o som de uma carruagem os atraiu até a janela, e viram um cavalheiro e uma dama no cabriolé que subia a rua. Elizabeth imediatamente reconheceu o uniforme do condutor e adivinhou a quem pertencia a carruagem, e transmitiu sua surpresa aos parentes ao lhes revelar a honra que esperava. Seus tios ficaram admirados e, por causa de seu desconcerto ao falar, além da circunstância em si e de muitas circunstâncias do dia anterior, tiveram uma nova perspectiva sobre o assunto. Nada sugerira isso antes, mas agora sentiam que não havia outro modo de encarar tal interesse senão supondo uma afeição de Darcy por Elizabeth. Enquanto essas ideias recém-nascidas circulavam na cabeça dos dois, a perturbação nos sentimentos de Elizabeth aumentava a cada instante. Ficou muito espantada com a própria falta de compostura, mas, entre outras causas de inquietação, temia que Darcy tivesse falado demais a seu favor, e, sentindo uma ansiedade de agradar superior à habitual, naturalmente suspeitou que perdera todo poder de agradar.

Ela recuou da janela, temendo ser vista, e, enquanto andava de um lado para o outro do recinto, tentando se recompor, viu os olhares de surpresa questionadora dos tios, o que tornou tudo pior.

A srta. Darcy e o irmão apareceram, e a formidável apresentação aconteceu. Elizabeth percebeu, com assombro, que sua nova conhecida estava ao menos tão desconcertada quanto ela mesma. Desde sua chegada a Lambton, ouvira dizer que a srta. Darcy era extremamente orgulhosa, mas em poucos minutos se convenceu de que ela só era muito tímida. Achou difícil obter qualquer palavra não monossilábica da moça.

A srta. Darcy era alta e mais encorpada que Elizabeth e, embora tivesse pouco mais de dezesseis anos, já tinha o corpo feito, com uma aparência feminina e graciosa. Era menos bonita do que o irmão, mas seu rosto transmitia sensatez e bom humor, e tinha um jeito modesto e gentil. Elizabeth, que esperara encontrar na irmã uma observadora tão perspicaz e desembaraçada como o sr. Darcy, ficou muito aliviada ao distinguir sentimentos tão diferentes.

Não fazia muito tempo que estavam juntos quando Darcy lhe disse que Bingley também viria visitá-la, e ela mal teve tempo de expressar sua satisfação e se preparar para recebê-lo quando o passo rápido de Bingley se fez ouvir da escada, e um momento depois ele adentrou a sala. Toda a ira de Elizabeth com ele já desaparecera havia muito tempo, mas, se ainda sentisse alguma, não poderia ter durado muito ao perceber a cordialidade natural com que ele se expressou ao vê-la outra vez. Ele perguntou, de maneira amigável, embora genérica, como estava sua família, e falou e agiu com a mesma espontaneidade bem-humorada de sempre.

O sr. Bingley não era uma pessoa menos interessante para o sr. e a sra. Gardiner do que para Elizabeth. Eles queriam conhecê-lo fazia muito tempo. Ter a comitiva inteira ali era mesmo muito empolgante. Como haviam acabado de criar suspeitas em relação ao sr. Darcy e à sobrinha, observaram os dois com uma atenção franca, mas cuidadosa, e logo essas observações criaram a firme convicção de que pelo menos um dos dois sabia o que era amar. Quanto às sensações da moça, ficaram um pouco em dúvida, mas era bem evidente que o cavalheiro nutria profunda admiração por ela.

Já Elizabeth tinha muito a fazer, pois queria averiguar os sentimentos de cada um dos visitantes, acalmar os seus e ser agradável para todos. Na última parte, na qual ela mais temia falhar, teve mais certeza de seu sucesso, pois aqueles a quem ela se empenhava em agradar se predispunham em seu favor. Bingley estava disposto, Georgiana, interessada, e Darcy, determinado a se sentir satisfeito.

Ao ver Bingley, os pensamentos de Elizabeth naturalmente voltaram à irmã e ah! como queria saber se algum dos dele direcionava-se para o mesmo lado. Permitiu-se crer que ele estava falando menos que em ocasiões anteriores, e uma ou duas vezes ficou feliz com a ideia de que, ao olhá-la, ele tentava evocar uma semelhança. Mas, embora isso pudesse ser fruto de sua imaginação, não podia estar enganada quanto ao comportamento dele com a srta. Darcy, antes estabelecida como uma rival de Jane. De nenhuma das partes parecia haver indicação de uma estima especial. Nada ocorria entre eles que justificasse as esperanças da srta. Bingley. Ficou logo satisfeita com esse ponto, e ocorreram duas ou três circunstâncias antes de se despedirem que, com sua ansiosa interpretação, denotavam que a lembrança que Bingley tinha de Jane era tocada de ternura, mostrando um desejo de falar mais dela, se ele ousasse. O sr. Bingley observou-lhe, um momento enquanto os outros conversavam, em um tom que parecia de real arrependimento, que "fazia muito tempo desde que tivera o prazer de vê-la", e, antes que Elizabeth pudesse responder, ele acrescentou:

— Faz mais de oito meses. Não nos encontramos desde 26 de novembro, quando estávamos todos dançando juntos em Netherfield.

Elizabeth ficou feliz de descobrir que a memória de Bingley era tão precisa, e logo depois ele aproveitou a oportunidade para lhe perguntar, quando o resto não lhe prestava atenção, se *todas* as irmãs dela estavam em Longbourn. Não havia muito na pergunta, nem no comentário anterior, mas seu olhar e seus modos ao falar foram significativos.

Ela não teve muita oportunidade de prestar atenção no sr. Darcy, mas, sempre que o vislumbrava, via uma expressão de vaga deferência; em tudo o que ele dizia, Elizabeth ouviu um tom tão distante de desprezo ou de desdém por seus companheiros que ficou convencida de que a melhora nas maneiras dele, que testemunhara no dia anterior, por mais que viesse a se provar temporária, sobrevivera mais um dia. Quando o viu procurando assim se familiarizar e cortejar a boa opinião de pessoas com quem qualquer relacionamento alguns meses antes teria sido uma vergonha — quando o viu assim cortês, não só com ela, mas com os parentes de quem ele desdenhara tão abertamente, e se lembrou da última interação vívida na casa paroquial de Hunsford —, a diferença, a mudança fora tão grande, e causou uma impressão tão forte em sua mente, que ela mal pôde evitar expressar sua surpresa. Nunca, nem mesmo na companhia dos queridos amigos de Netherfield ou dos importantes parentes em Rosings, ela o vira tão desejoso por agradar, tão livre da presunção ou de suas inflexíveis reservas quanto agora, quando nenhum ganho de importância poderia resultar de seus esforços, considerando que o laço com aqueles a quem suas atenções se dirigiam seria ridicularizado e censurado pelas damas tanto de Netherfield como de Rosings.

Os visitantes permaneceram por mais de meia hora e, quando se levantaram para partir, o sr. Darcy chamou a irmã para expressar junto com ele o desejo de receber o sr. e a sra. Gardiner e a srta. Bennet para jantar em Pemberley antes de deixarem a região. A srta. Darcy, embora com um acanhamento que demonstrasse que não costumava fazer convites, obedeceu prontamente. A sra. Gardiner olhou para a sobrinha, querendo saber se *ela*, a principal interessada do convite, se dispunha a aceitar, mas Elizabeth virara a cabeça. Entretanto, presumindo que essa fuga fosse mais devida a desconcerto que a alguma aversão ao convite, e vendo no marido, que gostava de companhia, uma grande vontade de aceitar, ousou dizer que iriam, e combinaram a data para dali a dois dias.

Bingley expressou grande prazer pela certeza de ver Elizabeth de novo, tendo ainda mais coisas a lhe dizer, e muitas perguntas a fazer sobre os amigos de Hertfordshire. Elizabeth, interpretando tudo isso como um clamor para que ela falasse da irmã, ficou feliz. Por isso, assim como por outros motivos, quando os visitantes se foram, viu-se rememorando a última meia hora com satisfação, embora, enquanto ela passava, não tivesse se divertido muito. Ansiosa por ficar sozinha e temerosa das perguntas e insinuações dos tios, só permaneceu com eles por tempo suficiente para ouvir a opinião favorável que tiveram de Bingley, e depois correu para se trocar.

Contudo, não tinha razões para temer a curiosidade do sr. e da sra. Gardiner; eles não desejavam forçá-la a conversar. Era evidente que ela conhecia o sr. Darcy muito melhor do que haviam suposto e evidente que ele estava muito apaixonado por ela. Viram muita coisa que os interessasse, mas nada que justificasse um inquérito.

Agora faziam bom juízo do sr. Darcy e, até onde podiam dizer pelo pouco que o conheciam, não havia defeito para se encontrar. Não puderam deixar de se comover com a educação do cavalheiro e, se fosse depreender o caráter dele a partir do relato da governanta, sem referência a nenhum outro, o círculo de Hertfordshire no qual o sr. Darcy era conhecido não teria reconhecido a descrição como a dele. Agora os dois tios sentiam interesse em acreditar na governanta, e logo ficaram conscientes de que a autoridade de uma criada que o conhecia desde os quatro anos, e cujas próprias maneiras indicavam respeitabilidade, não devia ser precipitadamente rejeitada. Nem nada fora dito por seus conhecidos de Lambton que diminuísse materialmente o peso de tal depoimento. Não tinham nada de que acusá-lo, exceto de ser orgulhoso. Orgulho ele provavelmente tinha e, ainda que não tivesse, certamente seria acusado de tê-lo pelos habitantes da cidadezinha mercante que a família não visitava. Entretanto, reconheceu-se que ele era um homem generoso e que fazia muito bem aos pobres.

Com respeito a Wickham, os viajantes logo descobriram que lá não o tinham em alta conta, pois, apesar de não saberem o principal de sua querela com o filho do patrono, era um fato bem conhecido que, ao ir embora de Derbyshire, ele deixara muitas dívidas para trás, as quais o sr. Darcy quitou depois.

Naquela noite os pensamentos de Elizabeth estavam em Pemberley mais do que na anterior. E a noite, apesar de se arrastar, não foi longa o bastante para determinar seus sentimentos em relação a *certa pessoa* naquela mansão, e ficou deitada durante duas horas inteiras tentando entendê-los.

Com certeza não o odiava. Não, o ódio sumira muito tempo antes, e já fazia mais ou menos a mesma quantidade de tempo que sentia muita vergonha de já ter antipatizado com ele. O respeito criado por sua convicção nas qualidades dele, embora concedido contra sua vontade a princípio, já deixara de ser repugnante a seus sentimentos. E agora esse respeito se intensificara para algo de natureza mais amistosa, por conta dos depoimentos tão favoráveis, jogando uma luz amigável sobre o temperamento de Darcy, em razão do dia anterior. No entanto, acima de tudo, acima de respeito e apreço, dentro de si descobriu uma motivação para tal boa vontade que não poderia ser negligenciada. Era gratidão — não apenas por ele já tê-la amado, mas por ainda amá-la o suficiente para perdoá-la por toda a petulância e rudeza com as quais ela o rejeitara, e todas as acusações injustas que acompanharam tal rejeição. O sr. Darcy, que Elizabeth tivera certeza de que a trataria como sua maior inimiga, parecera, naquele encontro acidental, muito ansioso para preservar seus laços, e, sem nenhuma demonstração indelicada de afeto, nem nenhum comportamento singular, no que dizia respeito aos dois, solicitava a opinião positiva dos amigos dela, determinado a lhe apresentar a irmã. Tal mudança em um homem tão orgulhoso não só estimulava a admiração como também a gratidão dela — pois devia ser atribuída ao amor, um amor ardente. E, assim, a impressão retida nela era de tal sorte que devia ser encorajada, não sendo nada desagradável, embora a moça não conseguisse definir direito o que sentia. Elizabeth o respeitava, o estimava, era-lhe grata, sentia um real interesse

342

JANE AUSTEN

pelo bem-estar dele, e só queria saber até onde queria que esse bem-estar dependesse de si, e até onde a felicidade de ambos seria afetada se ela usasse o poder — que sua mente lhe disse ainda possuir — para fazê-lo renovar suas atenções.

Naquela noite, Elizabeth e a tia haviam concordado que deveriam retribuir, embora não pudessem fazê-lo em igual medida, a educação tão impressionante da srta. Darcy ao vir até elas no dia de sua chegada a Pemberley — afinal alcançara o lugar logo depois do café da manhã —, e, consequentemente, que seria muito oportuno fazerem uma visita na manhã seguinte. Portanto, iriam. Elizabeth ficou contente, apesar de, quando perguntou a si mesma o motivo, ter tido bem pouco a dizer em resposta.

O sr. Gardiner as deixou logo após o café da manhã. A ideia de pescar fora retomada no dia anterior, e ele havia combinado de encontrar alguns dos cavalheiros de Pemberley ao meio-dia.

Capítulo 45

Como agora Elizabeth estava convencida de que a antipatia da srta. Bingley consigo se devia a ciúmes, não conseguiu deixar de pensar no quanto seu aparecimento em Pemberley devia ser inoportuno para ela, e ficou curiosa em saber com quanta civilidade a dama renovaria seus laços com ela.

Ao chegar à casa, foram conduzidas pelo saguão até o salão, ambiente cuja face norte tornava delicioso no verão. As janelas, que davam para o terreno, tinham uma vista revigorante das altas colinas arborizadas atrás da casa e dos belos carvalhos e castanheiras espanholas espalhados no relvado intermediário.

As duas foram recebidas naquele recinto pela srta. Darcy, que lá estava sentada com a sra. Hurst e a srta. Bingley, e a dama com quem ela vivia em Londres. Georgiana as recebeu com muita educação, mas falou com todo aquele desconcerto que, embora oriundo da timidez e do medo de fazer algo inconveniente, facilmente daria àqueles que se julgavam inferiores a impressão de que ela era orgulhosa e reservada. A sra. Gardiner e a sobrinha, entretanto, julgaram-na adequadamente, e se compadeceram.

A sra. Hurst e a srta. Bingley só demonstraram ter notado as duas visitantes por meio de uma reverência e, quando elas se sentaram, seguiu-se por um momento uma pausa, tão desajeitada como esse tipo de pausa costuma ser. O silêncio foi quebrado pela sra. Annesley, uma mulher distinta de aparência agradável — cujo esforço em iniciar algum tipo de conversa provou que era mais bem-educada do que as duas outras —, e o assunto foi conduzido por ela e pela sra. Gardiner, com ajuda ocasional de Elizabeth. A srta. Darcy pareceu desejar ter coragem suficiente para se unir a elas e arriscou dizer uma frase curta algumas vezes, quando havia menor perigo de ser escutada.

Elizabeth logo percebeu que estava sendo observada de perto pela srta. Bingley e que não falava uma palavra, especialmente para a srta. Darcy, sem lhe chamar a atenção. Notar o fato não a teria impedido de conversar com esta última, se não estivessem sentadas a uma distância inconveniente, mas não ficou triste por ser poupada da necessidade de dizer muita coisa. Seus próprios pensamentos a ocupavam. Esperava que alguns dos cavalheiros entrassem na sala a qualquer momento. Desejava, temia que o dono da casa estivesse entre eles, e não conseguia decidir se desejava ou se temia mais. Depois de ficar assim por quinze minutos, sem ouvir a voz da srta. Bingley, Elizabeth foi despertada ao ouvir sua fria indagação quanto à saúde da família de Longbourn. Respondeu com igual indiferença e brevidade, e a outra não falou mais nada.

A próxima alteração produzida pela visita se deu com a entrada de criados que traziam carne fria, bolo e uma variedade de todas as melhores frutas da estação, não antes de a sra. Annesley lançar muitos olhares e sorrisos sugestivos à srta. Darcy para lembrá-la de sua função. Agora todas tinham com que se ocupar — pois, embora não pudessem falar ao mesmo tempo, podiam comer, e as bonitas pirâmides de uvas, nectarinas e pêssegos logo as levaram a se reunir ao redor da mesa.

Enquanto se ocupavam assim, Elizabeth teve uma boa oportunidade de concluir se mais temia ou se mais desejava o aparecimento do sr. Darcy pelos sentimentos que prevaleceram quando ele entrou na sala; e então, embora um momento antes acreditasse que seus desejos predominavam, ela começou a lamentar que ele tivesse vindo.

Darcy passara algum tempo com o sr. Gardiner, que, com dois ou três dos outros cavalheiros da casa, estava no rio, e só naquela manhã o deixara ao saber que as damas da família tinham a intenção de visitar Georgiana. Assim que ele apareceu, Elizabeth sabiamente decidiu agir de maneira perfeitamente natural e desembaraçada — uma decisão mais do que necessária, mas talvez não fácil de ser mantida, porque percebeu que toda a comitiva suspeitava de algo entre eles, e que não havia um olho ali que não observasse o comportamento do sr. Darcy ao adentrar o recinto. Em nenhum semblante tal curiosidade atenta aparecia mais fortemente do que no da srta. Bingley, apesar do sorriso que lhe cobria o rosto sempre que conversava com ele; pois o ciúme ainda não a deixara desesperada, e seu interesse pelo sr. Darcy estava longe de cessar. A srta. Darcy, com a entrada do irmão, empenhou-se muito mais em falar, e Elizabeth viu que ele estava ansioso para que as duas se dessem bem, pois incentivou tanto quanto possível todas as tentativas de conversa das duas partes. A srta. Bingley também observou tudo isso e, na imprudência da ira, aproveitou a primeira oportunidade para dizer, com civilidade sarcástica:

— Por favor nos diga, srta. Eliza, a milícia do condado não partiu de Meryton? Deve ser uma grande perda para *sua* família.

Na presença de Darcy ela não ousou mencionar o nome de Wickham, mas Elizabeth instantaneamente compreendeu que era ele quem dominava seus pensamentos, e as várias lembranças que os ligavam causaram um momento de inquietação; mas, empenhando-se com vigor para repelir o ataque malicioso, respondeu à pergunta com um tom razoavelmente frio. Enquanto falava, um olhar involuntário lhe mostrou Darcy, com uma expressão intensa, olhando-a com seriedade, e a irmã dele, tão dominada pela confusão que mal conseguia erguer os olhos. Se a srta. Bingley soubesse a dor que causara à querida amiga, sem dúvida teria guardado para si a insinuação, mas só pretendera abalar Elizabeth, mencionando um homem de quem julgava que ela gostasse para fazê-la revelar uma emotividade que pudesse afetar a opinião de Darcy e, talvez, lembrá-lo de todas as imbecilidades e absurdos que ligavam a família de Elizabeth àquele regimento. Ela nunca ouvira falar uma sílaba sequer sobre a planejada fuga da srta. Darcy. Aquilo não fora revelado a ninguém de quem fosse possível manter sigilo, exceto Elizabeth; e Darcy estava particularmente ansioso para ocultar o fato de todos os contatos de Bingley por causa do desejo, que Elizabeth lhe atribuíra muito tempo antes, de que viessem a se tornar também os seus. Darcy certamente planejara tal união e, mesmo sem querer que isso contribuísse com seu esforço em separar Bingley da srta. Bennet, era provável que pudesse ser mais um motivo para a viva preocupação que tinha com o bem-estar do amigo.

Entretanto, o comportamento calmo de Elizabeth logo aquietou a agitação dele; como a srta. Bingley, irritada e desapontada, não ousou sequer mencionar Wickham novamente, Georgiana também se recompôs a tempo, embora não o suficiente para conseguir voltar a falar. O irmão, cujo olhar a menina temia encontrar, mal se lembrou do envolvimento dela no assunto, e a exata circunstância que deveria afastar seus pensamentos de Elizabeth pareceu tê-los fixado nela com alegria cada vez maior.

A visita não continuou muito depois da pergunta e da resposta anterior mencionadas e, enquanto o sr. Darcy as acompanhava até a carruagem, a srta. Bingley desafogava seus sentimentos em críticas à pessoa, ao comportamento e às vestes de Elizabeth. Mas Georgiana não se juntou a ela. O bom juízo que o irmão fazia de Elizabeth era suficiente para garantir suas boas graças: o julgamento dele não podia estar errado, e ele falara de Elizabeth em tais termos a ponto de deixar Georgiana incapaz de julgá-la qualquer coisa que não adorável e amável. Quando Darcy voltou ao salão, a srta. Bingley não pôde evitar lhe repetir uma parte do que andara dizendo à irmã dele.

— Como Eliza Bennet parece indisposta esta manhã, sr. Darcy! — ela exclamou. — Nunca em minha vida vi al-

348

JANE AUSTEN

guém tão alterada como ela está desde que terminou o inverno. Está tão tostada e feia! Louisa e eu estávamos aqui concordando que não a reconheceríamos.

Por mais que o sr. Darcy não tivesse gostado de tal modo de falar, contentou-se em responder friamente que não percebera outra mudança além de ela estar bastante bronzeada — uma consequência nada extraordinária de se viajar no verão.

— Quanto a mim, tenho de confessar que nunca consegui enxergar nenhuma beleza nela — retorquiu a srta. Bingley. — Ela tem um rosto muito magro; sua compleição não tem brilho e suas feições não são nada formosas. Falta personalidade ao nariz dela; não há nada de marcante em seus traços. Os dentes são razoáveis, mas nada fora do comum. E, quanto aos olhos, às vezes descritos como tão belos, nunca consegui ver nada extraordinário neles. O olhar é afiado e rabugento, algo de que não gosto nem um pouco, e ela tem um ar de total autossuficiência sem estilo, o que é intolerável.

Persuadida como estava de que Darcy admirava Elizabeth, essa não era a melhor maneira de ganhar as boas graças dele, mas pessoas bravas nem sempre são sábias e, ao vê-lo enfim parecer um pouco exasperado, a srta. Bingley obteve todo o sucesso que havia esperado. Todavia, ele ficou em um silêncio resoluto e, determinada a fazê-lo falar, ela prosseguiu:

— Eu me lembro de quando a conhecemos em Hertfordshire, quanto ficamos surpresos de que ela fosse reconhecida como uma beldade, e me lembro particularmente do senhor dizendo, uma noite, depois que a família havia jantado em Netherfield: "*Ela*, uma beldade! Tanto quanto a mãe dela é um gênio". Mas depois seu olhar sobre ela pareceu melhorar, e acredito que o senhor chegou a julgá-la muito bonita uma época.

— Sim — replicou Darcy, que não conseguiu mais se conter. — Mas *isso* foi só quando a conheci, pois já faz muitos meses que a considero uma das mulheres mais bonitas que conheço.

Ele se retirou, então, e a srta. Bingley foi deixada com toda a satisfação de tê-lo forçado a dizer algo que não causou dor a ninguém além de a si mesma.

A sra. Gardiner e Elizabeth falaram de tudo o que se passara durante a visita enquanto voltavam, exceto do que as interessara em especial. Discutiram a aparência e o comportamento de todos que tinham visto, exceto da pessoa que mais lhes atraíra a atenção. Falaram da irmã dele, dos amigos, da casa, das frutas — de tudo, menos dele; entretanto, Elizabeth ansiava por saber o que a sra. Gardiner pensava de Darcy, e a sra. Gardiner teria ficado muito contente se a sobrinha tivesse entrado do assunto.

Capítulo 46

Elizabeth ficara muito frustrada por não ter recebido uma carta de Jane assim que chegaram a Lambton, e essa frustração foi renovada a cada manhã que passaram lá; mas no terceiro dia seu descontentamento acabou, e a irmã foi desculpada diante do recebimento de duas cartas ao mesmo tempo, uma das quais trazia assinalado que fora mandada para o lugar errado. Elizabeth não ficou surpresa, pois Jane escrevera o endereço notavelmente mal.

Estavam se preparando para caminhar quando as cartas chegaram, e os tios deixaram-na aproveitá-las em silêncio, partindo sozinhos.

A carta enviada para o endereço errado foi a primeira que Elizabeth abriu; fora escrita cinco dias antes. O início continha um relato de todas as suas reuniões e compromissos, o tipo de notícia que a região tinha para oferecer, mas a segunda metade, datada de um dia antes, fora escrita com evidente agitação e dava informações mais importantes. Era o seguinte:

Desde que escrevi a parte acima, Lizzy, aconteceu uma coisa de natureza bastante inesperada e séria, mas tenho medo de preocupar você — fique tranquila, estamos todos bem. O que tenho a dizer é relacionado a Lydia. Ontem à noite, bem quando estávamos indo dormir, chegou uma carta expressa do coronel

Forster, informando-nos de que ela partira para a Escócia[18]
com um dos oficiais; para dizer a verdade, com Wickham! Ima-
gine nossa surpresa. Para Kitty, porém, isso não pareceu com-
pletamente inesperado. Estou muito, muito triste. Uma união
tão imprudente dos dois lados! Mas estou disposta a esperar
o melhor, e a acreditar que o caráter dele foi mal interpretado.
Inconsequente e indiscreto eu consigo crê-lo, mas essa atitude
(e vamos ao menos celebrá-la) não demonstra má índole. Pelo
menos a escolha dele é desinteressada, porque deve saber que
papai não pode dar nada a ela. Nossa pobre mãe está devastada.
Papai está lidando melhor com a situação. Como estou feliz que
nunca os tenhamos informado do que andou sendo dito contra
Wickham! Nós mesmas devemos esquecer. Eles fugiram no sá-
bado por volta da meia-noite, é o que se supõe, mas ninguém deu
pela falta deles antes de ontem, às oito da manhã. A expressa foi
enviada imediatamente. Minha querida Lizzy, eles devem ter
passado a quinze quilômetros de nós. O coronel Forster tem mo-

---

18 Nessa época, era comum jovens casais fugirem para a Escócia (em
geral buscando a região de Gretna Green, na fronteira com a Inglaterra), a fim de se casarem, pois lá isso era possível sem certas burocracias
obrigatórias inglesas, como a publicação da notícia sobre a iminência do
casamento. Isso visava a ver se ninguém se manifestaria contra a união,
por exemplo, trazendo à luz informações a respeito de algum dos noivos
que poderiam resultar no cancelamento da cerimônia. Na Inglaterra, se
alguém desejasse (ou precisasse) se casar depressa, evitando as burocracias, era preciso obter uma licença especial, que não era acessível a
todas as camadas da população. Assim sendo, fugir para a Escócia era
mais fácil. [N. de T.]

tivos para crer que Wichkam deverá retornar logo. Lydia escreveu algumas linhas para a esposa dele, informando-a de suas intenções. Devo encerrar, porque não posso ficar muito tempo longe de minha pobre mãe. Temo que você não vá conseguir entender; nem eu sei direito o que escrevi.

Sem se dar tempo de refletir, mal sabendo o que sentia, Elizabeth agarrou a outra carta tão logo terminou aquela, e abriu-a com extrema impaciência, lendo que fora escrita um dia depois do final da primeira.

A essa altura, minha querida irmã, você já recebeu minha carta apressada. Desejo que esta seja mais inteligível, mas, apesar de não me faltar tempo, estou tão aturdida que não posso garantir que serei coerente. Querida Lizzy, mal sei o que gostaria de escrever, mas tenho más notícias para você e não posso adiá-las. Por mais que um casamento entre o sr. Wickham e a pobre Lydia fosse imprudente, agora estamos ansiosos para ter a confirmação de que aconteceu, pois há muitas razões para temer que eles não tenham ido para a Escócia. O coronel Forster voltou ontem, tendo partido de Brighton anteontem, não muitas horas depois da carta expressa. Apesar de a curta carta de Lydia à sra. F. ter-lhes dado a entender que estavam indo a Gretna Green, Denny deixou escapar que acredita que W. nunca teve a menor intenção de ir para lá, nem de se casar com Lydia, o que nos foi contado pelo coronel F., que, instantaneamente agitado, partiu de B., na intenção de buscar pistas do trajeto deles. Rastreou-os com facilidade até Clapham, mas não passou disso, pois, ao entrar nesse lugar, eles partiram num coche de aluguel e dispensaram o cabriolé que os trouxera de Epsom. Tudo o que se sabe de depois disso é que eles foram vistos seguindo pela estrada de Londres. Não sei o que pensar. Depois de fazer toda investigação possível em Londres, o coronel F. veio até Hertfordshire ansiosamente buscando informações em todas as vias com pedágio, e nas estalagens em Barnet e Hatfield, mas sem sucesso — ninguém os viu passar. Com amável preocupação ele veio até Longbourn e revelou-nos suas apreensões de uma maneira bastante honrosa. Sinceramente sinto muito por ele e pela sra. F., mas ninguém pode atribuir-lhes nenhuma culpa. Nossa angústia é imensa, minha querida Lizzy. Nosso pai e nossa mãe acreditam no pior, mas não posso pensar tão mal de W. Muitas circunstâncias podem tê-los levado a considerar um casamento secreto na cidade mais conveniente que seu plano inicial. E, mesmo se ele fosse capaz de tramar contra uma jovem com os contatos de Lydia, o que não é provável, eu poderia supô-la tão arruinada? Impossível! Entretanto, me aflige pensar que o coronel F. não está contando com o casamento dos dois; ele sacudiu a cabeça quando expressei minhas esperanças, e disse temer que W. não seja um homem confiável. Pobre mamãe está muito doente e permanece no quarto. Se ela pudesse lutar, seria melhor, mas não podemos esperar isso. Quanto ao papai, nunca em minha vida o vi tão abalado. A pobre Kitty é alvo de muita raiva por não ter revelado a relação dos dois, mas, como era uma questão de confiança, não é de surpreender. Fico muito feliz que você tenha sido poupada de algumas dessas cenas angustiantes, querida Lizzy, mas agora que o primeiro abalo passou, posso confessar que anseio pelo seu regresso? Mas não sou egoísta a ponto de insistir, se for inconveniente. Adeus! — Peguei minha pena outra vez para fazer o que acabei de lhe dizer que não faria, mas as circunstâncias me obrigam a implorar que todos vocês voltem assim que possível. Conheço meus queridos tios bem o bastante para solicitar isso sem cerimônia, apesar de ter algo mais a pedir ao tio. Papai está indo agora mesmo a Londres com o coronel Forster para tentar encontrá-la. Não tenho certeza do que ele quer fazer, mas sua excessiva aflição não lhe permitirá tomar nenhuma medida do modo mais apropriado e seguro, e o coronel Forster é obrigado a estar de volta a Brighton amanhã à noite. Diante dessa exigência, o conselho e a assistência do tio seriam tudo no mundo; ele compreenderá imediatamente o que estou sentindo, e conto com a bondade dele.

— Oh! Onde está meu tio? — exclamou Elizabeth, disparando do assento ao terminar a carta, ansiosa por segui-lo, sem perder um instante de um tempo tão precioso; mas, ao alcançar a porta, ela foi aberta por um criado, e o sr. Darcy apareceu. O rosto pálido e as maneiras impetuosas dela o sobressaltaram, e, antes que ele pudesse se recompor o bastante para falar, a moça, em cuja mente todas as ideias haviam sido suplantadas pela situação de Lydia, exclamou depressa: — Peço desculpas, mas preciso deixar o senhor. Preciso encontrar o sr. Gardiner, neste instante, para tratar de um assunto que não pode ser adiado. Não tenho um momento a perder.

— Meu bom Deus! Qual é o problema? — ele perguntou exaltado, com mais sentimento que polidez, e depois, recompondo-se, disse: — Eu não a deterei nem por um minuto, mas me permita, ou permita ao criado, ir procurar o sr. e a sra. Gardiner. A senhorita não está bem o suficiente para isso.

Elizabeth hesitou, mas seus joelhos tremiam e ela sentiu que seria de pouca valia ir atrás deles. Portanto, chamando o criado de volta, encarregou-o — embora em um tom esbaforido que quase a tornou ininteligível — de ir buscar seus patrões imediatamente.

Quando ele deixou a sala, Elizabeth sentou-se, incapaz de se sustentar, parecendo tão debilitada que foi impossível para Darcy deixá-la ou se abster de dizer, em um tom de ternura e comiseração:

— Deixe-me chamar sua camareira. Não há nada que possa tomar para lhe trazer algum alívio?... Uma taça de vinho... posso lhe buscar uma?... A senhorita está muito mal.

— Não, eu lhe agradeço — ela replicou, empenhando-se em se recuperar. — Não há nada de errado comigo. Estou bem, só muito abalada pelas notícias horríveis que acabei de receber de Longbourn.

Ela desatou a chorar ao falar no assunto e, por alguns minutos, não conseguiu dizer uma só palavra. Darcy, em deplorável expectativa, só conseguiu murmurar algo a respeito de sua preocupação, e observá-la com um silêncio compassivo. Depois de um tempo, ela voltou a falar:

— Acabei de receber uma carta de Jane com notícias horríveis, que não poderão ser escondidas de ninguém. Minha irmã mais nova deixou todos os amigos... fugiu para casar... atirou-se em poder do... do sr. Wickham. Eles partiram juntos de Brighton. O senhor o conhece bem o suficiente para duvidar do resto. Ela não tem dinheiro, nem contatos, nada que possa tentá-lo a... Está perdida para sempre.

Darcy ficou imóvel de espanto. Elizabeth acrescentou, com uma voz ainda mais agitada:

— Quando penso que *eu* poderia ter evitado isso! *Eu*, que sabia quem ele era. Se eu tivesse ao menos explicado um pouco do que descobri à minha própria família... Se soubessem sobre o caráter dele, isso não teria acontecido. Mas é... é tarde demais agora.

— Estou muito pesaroso mesmo — declarou Darcy. — Pesaroso, horrorizado. Mas isso já está certo... absolutamente certo?

— Ah, sim! Eles partiram de Brighton juntos na noite de domingo; conseguiram pistas deles até Londres, mas nada além: eles com certeza não foram para a Escócia.

— E o que andou sendo feito, que providências foram tomadas para recuperá-la?

— Meu pai foi a Londres, e Jane escreveu para implorar a ajuda imediata de meu tio, e espero que em meia hora possamos partir. Mas nada pode ser feito. Sei muito bem que nada pode ser feito. Como se pode lidar com um homem desses? Como é que vão sequer encontrá-los? Não tenho a menor esperança. É horrível de todas as maneiras!

Darcy balançou a cabeça em silenciosa concordância.

— Quando *meus* olhos se abriram para o verdadeiro caráter dele... Ah, se eu soubesse, o que eu deveria, o que não ousaria fazer! Mas não sabia... Eu temia fazer demais. Erro deplorável, deplorável.

Darcy não respondeu. Ele mal parecia ouvi-la, e caminhava de um lado para o outro no recinto em diligente reflexão, com o cenho franzido e ar sombrio. Elizabeth logo observou o fato e instantaneamente entendeu. A influência dela estava afundando; tudo iria afundar com tamanha prova de fraqueza familiar, tamanha garantia de profunda desonra. Não se surpreendia nem condenava, mas a postura calma e sóbria dele não lhe trouxe nenhum conforto, não atenuou sua angústia. Pelo contrário, foi o que lhe permitiu entender com exatidão os próprios desejos, e ela nunca sentira de modo tão honesto que poderia tê-lo amado quanto agora, quando todo amor seria em vão.

Mas os pensamentos em si mesma, apesar de se intrometerem, não a absorviam. Lydia — a humilhação, a miséria que a irmã estava trazendo a toda a família — logo engoliu seus receios particulares; cobrindo o rosto com um lenço, Elizabeth logo se afastou de todo o resto e, depois de uma pausa de vários minutos, foi chamada de volta à realidade pela voz de seu companheiro, que disse, de um modo, embora compassivo, também contido:

— Receio que você esteja desejando minha ausência há muito tempo, e não tenho nada a alegar que pudesse desculpar minha continuada permanência, exceto uma verdadeira, embora inútil, preocupação. Como eu queria que o céu permitisse haver qualquer coisa que eu pudesse dizer ou fazer capaz de oferecer algum consolo a tamanha angústia!

Mas não a atormentarei com meus desejos vãos, que podem parecer destinados a solicitar seu agradecimento. Temo que esta questão inoportuna impedirá que minha irmã tenha o prazer de vê-la em Pemberley hoje.

— Ah, sim. Peço a gentileza de se desculpar por nós à srta. Darcy. Diga que um assunto urgente exige que voltemos para casa de imediato. Esconda a verdade infeliz pelo máximo de tempo possível... sei que não será muito.

Ele prontamente assegurou-a de seu sigilo — novamente expressou seu pesar pela angústia dela, desejou que o desenlace fosse mais feliz do que havia motivos para esperar e, deixando seus cumprimentos aos parentes da moça, foi embora com apenas um olhar sério de despedida.

Quando ele saiu da sala, Elizabeth sentiu quanto era improvável que voltassem a se ver nos mesmos termos cordiais que haviam marcado os vários encontros em Derbyshire. Olhando, em retrospecto, toda a história dos laços que os uniam, tão cheia de contradições e alterações, suspirou diante da perversidade dos sentimentos que antes a teriam feito exultar em nunca mais vê-lo, mas agora favoreciam a continuidade de tal convívio.

Se gratidão e estima são boas bases para o afeto, a mudança dos sentimentos de Elizabeth não era improvável nem errada. Mas, caso contrário — se o apreço surgido de tais fontes for irracional e não natural, em comparação com aquele que se costuma dizer que surge já no primeiro encontro com o objeto da afeição, e antes mesmo que duas palavras tenham sido trocadas —, nada pode ser dito em sua defesa, exceto que ela tentara usar desse último método em sua parcialidade por Wickham, e que seu fracasso talvez pudesse autorizá-la a buscar o outro modo, menos interessante, de se apegar. Fosse como fosse, ela sentiu pesar ao ver Darcy partir e, naquele exemplo prematuro do que a infâmia de Lydia causaria, encontrou motivo de mais aflição ao refletir a respeito do lamentável acontecimento. Desde sua leitura da segunda carta de Jane, em nenhum momento alimentou esperanças de que Wickham planejasse se casar com Lydia. Ninguém além de Jane de fato concebia tal possibilidade. Surpresa era o que menos sentia acerca daquele desfecho. Enquanto o conteúdo da primeira carta permanecera em sua mente, sentiu-se surpreendida, espantada com a ideia de que Wickham se casaria com uma moça sem dinheiro, e era incompreensível como Lydia poderia conquistá-lo. Mas agora tudo soava muito natural: para criar um laço como aquele, Lydia tinha encantos suficientes e, embora Elizabeth não supusesse que ela fosse deliberadamente concordar com uma fuga sem a intenção de se casar, não tinha dificuldades em crer que nem sua virtude nem seu discernimento a preservariam de se transformar em uma presa fácil.

Elizabeth nunca percebera, enquanto o regimento estava em Hertfordshire, que Lydia tinha alguma parcialidade por Wickham, mas ficou convencida de que a irmã só precisava de um pouco de encorajamento para se afeiçoar a qualquer pessoa. Ela se interessava ora por um oficial, ora por outro, de acordo com as atenções que cada um lhe dedicava. As afeições de Lydia variavam, mas nunca haviam deixado de ter um objeto. O estrago que a negligência e a permissividade indevida fizeram sobre uma menina como aquela — ah! como Elizabeth os sentia agudamente!

Estava desesperada para chegar em casa — para ouvir, ver, estar presente e dividir com Jane as responsabilidades que deviam estar recaindo inteiramente sobre ela, em uma família tão desordenada, com um pai ausente, uma mãe incapaz de agir e que, ainda por cima, necessitava de constante supervisão. Além disso, apesar de Elizabeth estar persuadida de que não se poderia fazer nada por Lydia, a interferência do tio parecia ser da mais elevada importância, e por isso, até ele entrar no recinto, ficou em grave estado de impaciência. O sr. e a sra. Gardiner voltaram às pressas, supondo, a julgar pelo relato do criado, que a sobrinha adoecera de repente — mas, acalmando-os no mesmo instante quanto a isso, ela comunicou com ansiedade a causa do chamado, lendo as duas cartas em voz alta, e comentando sobre o adendo da última com ânimo vacilante. Embora Lydia nunca tivesse sido a sobrinha preferida deles, o sr. e a sra. Gardiner ficaram profundamente aflitos. Não apenas Lydia, mas todos foram envolvidos na questão; e, após os primeiros protestos de surpresa e horror, o sr. Gardiner prometeu dar todo o auxílio que estivesse a seu alcance. Elizabeth, apesar de não esperar nada menos, agradeceu-o com lágrimas de gratidão, e, como se os três fossem impulsionados pelo mesmo espírito, resolveram depressa tudo relacionado à viagem. Partiriam assim que possível.

— Mas e quanto a Pemberley? — perguntou a sra. Gardiner. — John nos disse que o sr. Darcy estava aqui quando você mandou nos chamar. É verdade?

— Sim, e eu disse a ele que não conseguiríamos manter o compromisso. *Isso* já está bem resolvido.

— Bem resolvido — repetiu a outra, correndo para o quarto a fim de se preparar. — E eles têm tal intimidade a ponto de ela revelar a verdade? Ah, se eu soubesse!

Mas os desejos eram vãos, ou, na melhor das hipóteses, só serviriam para entretê-la em meio à correria e à confusão da hora que se seguiu. Se Elizabeth tivesse tempo livre para ficar desocupada, teria certeza de que todo o trabalho era impossível para alguém tão angustiada como ela; no entanto, precisava cumprir sua parte nos preparativos, assim como a tia, e, entre outras tarefas, deveria escrever recados para todos os amigos de Lambton, com falsas desculpas para a partida repentina. No entanto, conseguiram resolver tudo em uma hora. Enquanto isso, o sr. Gardiner acertara a conta da estalagem. Nada restava fazer, senão partir, e Elizabeth, depois de toda a angústia da manhã, viu-se, em menos tempo do que teria suposto, sentada no coche, a caminho de Longbourn.

Capítulo 47

— Andei repensando, Elizabeth — disse o tio, enquanto se afastavam da cidade. — E, de verdade, depois de refletir seriamente, estou muito mais inclinado a pensar no assunto como sua irmã. Parece-me muito improvável que um jovem poderia fazer um plano desses contra uma moça que não é, de modo algum, sozinha na vida, sem família ou amigos, e que estava na casa da família de seu coronel. Por isso, sinto-me fortemente inclinado a esperar pelo melhor. Acaso Wickham acharia que os amigos dela não apareceriam? Ele poderia achar que voltaria a ser notado pelo regimento, depois de tamanha afronta ao coronel Forster? O prazer da tentação não está à altura do risco!

— O senhor acha mesmo? — perguntou Elizabeth, avivando-se por um momento.

— Palavra de honra, começo a compartilhar da opinião de seu tio — disse a sra. Gardiner. — Trata-se mesmo de uma violação grande demais da decência, da honra e da conveniência, para que ele seja culpado disso. Não consigo pensar tão mal de Wickham. Você consegue, Lizzy, desistir dele assim, a ponto de acreditar que ele é capaz de uma coisa dessas?

— Não, talvez, de negligenciar o próprio interesse, mas consigo acreditar que é capaz de todos os outros tipos de negligência. Se, de fato, for assim! Mas não ouso ter esperança. Por que eles não iriam para a Escócia, se fosse esse o caso?

— Em primeiro lugar, não há nenhuma prova absoluta de que não tenham ido para a Escócia — replicou o sr. Gardiner.

— Ah! Mas eles terem saído do cabriolé e apanhado um coche de aluguel nos faz presumir isso! Além do mais, não encontraram rastros deles na estrada Barnet.

— Bom, então... suponhamos que estejam em Londres. Eles podem estar lá, mas a fim de se esconderem, sem qualquer outro propósito mais repreensível. Não é provável que algum dos dois tenha dinheiro sobrando, e pode ter lhes ocorrido que se casar em Londres, e não na Escócia, lhes permitiria fazê-lo com maior economia, embora com menos rapidez.

— Mas por que todo esse segredo? Por que temem ser descobertos? Por que o casamento deles precisaria ser privado? Oh, não, não. Isso não é provável. O amigo mais íntimo de Wickham, você vê pelo relato de Jane, estava convencido de que ele não tinha a menor intenção de se casar com ela. Wickham nunca se casará com uma mulher sem algum dinheiro. Ele não pode se dar esse luxo. E o que Lydia tem? Qual atrativo, além da juventude, da saúde e do bom humor, poderia fazê-lo, em favor dela, renunciar a todas as chances de se beneficiar de um bom casamento? Quanto às possíveis barreiras que poderiam surgir de uma desgraça perante o regimento no caso de uma fuga desonrosa com ela, não sou capaz de julgar, pois não sei nada dos efeitos que tal atitude causaria. Mas, quanto à sua outra objeção, temo que não se sustente. Lydia não tem irmãos para interceder, e Wickham deve imaginar, a partir do comportamento de meu pai, sua indolência e a pouca atenção que sempre pareceu dar ao que se passa na família, que *ele* faria e pensaria tão pouco no assunto quanto qualquer pai poderia, em uma situação dessas.

— Mas você consegue acreditar que Lydia esteja mesmo tão desligada de tudo que não diga respeito a seu amor por Wickham a ponto de consentir viver com ele sob quaisquer termos que não o casamento?

— Parece, e é mesmo, muito escandaloso que o senso de decência e de virtude de uma irmã chegue a ponto de conceber uma dúvida dessas — replicou Elizabeth, com lágrimas nos olhos. — Mas, de verdade, não sei o que dizer. Talvez eu não lhe esteja fazendo justiça. Contudo, ela é muito jovem, nunca foi ensinada a pensar com seriedade nas coisas, e, durante os últimos meses... não, durante o último ano, ela não se dedicou a nada exceto à diversão e à vaidade. Foi-lhe permitido dispor do tempo da maneira mais ociosa e frívola, além de adotar qualquer opinião que aparecesse em seu caminho. Desde que a milícia do condado se alojou em Meryton, nada além de amor, flerte e oficiais ocuparam a cabeça dela. Lydia tem feito tudo em seu alcance para pensar e falar sobre o assunto, para dar maior... como chamarei isso? Suscetibilidade a seus sentimentos, que já são naturalmente bem vigorosos. E todos nós sabemos que Wickham tem todo o encanto e o trato necessários para cativar uma mulher.

— Mas, sabe, Jane não faz um juízo tão ruim de Wickham a ponto de considerá-lo capaz de tentar algo assim — disse a tia.

— De quem Jane faz um mau juízo? Quem, independentemente da conduta, ela acreditaria ser capaz de agir assim antes que ficasse provado? Mas Jane sabe, tanto quanto eu, quem Wickham é de verdade. Nós duas sabemos que ele já foi devasso em todos os sentidos da palavra, que não tem nem integridade nem honra, que é tão falso e traiçoeiro quanto é cativante.

— E você tem certeza de tudo isso? — inquiriu a sra. Gardiner, cuja curiosidade quanto à origem daquelas informações foi bastante avivada.

— Tenho, sim — respondeu Elizabeth, ruborizando. — Eu lhe falei, no outro dia, sobre o comportamento infame de Wickham para com o sr. Darcy; e você mesma, da última vez que esteve em Longbourn, ouviu a maneira como ele aludiu ao homem que foi tão indulgente e magnânimo com ele. E há outras circunstâncias que não tenho liberdade de... que não vale a pena relatar, mas as mentiras dele sobre toda a família de Pemberley são infindáveis. A julgar pelo que Wickham havia dito da srta. Darcy, eu me preparei completamente para ver uma menina orgulhosa, reservada e desagradável. Mas ele mesmo sabia que era o contrário. Ele devia saber que ela é tão amável e despretensiosa quanto nós a julgamos.

— Mas Lydia não sabe de nada disso? Ela desconhece o que você e Jane entendem tão bem?

— Ah, sim! Isso é o pior de tudo. Até eu ir a Kent, e passar tanto tempo na presença do sr. Darcy e de seu primo, o coronel Fitzwilliam, eu mesma desconhecia a verdade. E quando voltei para casa, a milícia ia partir de Meryton em uma semana ou duas. Por isso, nem Jane, a quem relatei tudo, nem eu julgamos necessário tornar públicas as informações, pois qual seria a utilidade de arruinar a boa opinião que todos tinham a respeito dele? E mesmo quando se estabeleceu que Lydia iria com a sra. Forster, a necessidade de abrir os olhos dela para o caráter daquele homem nunca me ocorreu. Nunca passou pela minha cabeça que *ela* pudesse estar em perigo por causa da fraude. Uma consequência *dessas* estava bem longe de meus pensamentos, como você pode facilmente imaginar.

— Portanto, quando todos partiram para Brighton você não tinha motivos para acreditar que eles estavam apaixonados um pelo outro?

— Nem um pouco. Não consigo me lembrar de nenhum sintoma de afeição, de nenhum dos lados; se algo do tipo estivesse perceptível, nossa família não é do tipo que desperdiçaria a oportunidade, você deve saber. Quando ele entrou no regimento, Lydia se mostrou disposta a admirá-lo, mas todas nós estávamos. Todas as moças de Meryton e da vizinhança ficaram loucas por ele nos dois primeiros meses, mas ele nunca a notou ou deu-lhe qualquer atenção em especial e por isso, depois de um período razoável de admiração extravagante e selvagem, a afeição de Lydia por ele cessou, e outros do regimento, que a tratavam com mais distinção, voltaram a se tornar seus preferidos.

* * *

Não é difícil imaginar que, embora a repetida discussão acerca daquele interessante assunto em nada pudesse acrescentar aos medos, esperanças e conjeturas do grupo, nenhum outro conseguia absorvê-los por muito tempo durante toda a jornada. A questão nunca se afastou dos pensamentos de Elizabeth. Fixada ali pela angústia mais aguda de todas, ela não conseguiu encontrar nenhum intervalo para sossegar e esquecer.

Viajaram o mais rápido possível e, tendo dormido na estrada por uma noite, alcançaram Longbourn à hora do jantar seguinte. Foi um conforto para Elizabeth saber que não cansara Jane com uma espera muito longa.

Os pequenos Gardiner, atraídos pela visão de um cabriolé, estavam parados nos degraus da casa no momento em que os recém-chegados entraram no cercado. Quando a carruagem alcançou a porta, a surpresa alegre que lhe avivou os rostos e tomou seus corpos inteiros, em uma variedade de pulinhos, foi a primeira agradável garantia de quanto eram bem-vindos.

Elizabeth saltou para fora e, depois de dar um beijo apressado em cada um, correu até o vestíbulo, onde Jane, que desceu correndo do quarto da mãe, imediatamente a encontrou.

Enquanto Elizabeth abraçava-a com afeição e lágrimas enchiam os olhos de ambas, não perdeu um momento sequer antes de perguntar se haviam recebido alguma notícia dos fugitivos.

— Ainda não — respondeu Jane. — Mas agora que o tio chegou, tenho esperança de que tudo ficará bem.

— Papai está na cidade?

— Sim; ele foi na terça, como lhe escrevi.

— E você recebeu notícias dele com frequência?

— Só uma vez. Ele me escreveu algumas linhas na quarta, para contar que chegou em segurança e me dizer exatamente onde estava, o que eu lhe havia implorado para fazer. Ele apenas acrescentou que não escreveria outra vez até ter algo importante a mencionar.

— E mamãe, como está? Como estão vocês todas?

— Ela está razoavelmente bem, acredito, apesar dos ânimos abalados. Está lá em cima, e ficará muito feliz em ver vocês todos. Ainda não saiu do quarto. Mary e Kitty, graças a Deus, estão bem.

— Mas e você... como vai? — perguntou Elizabeth. — Parece pálida. Por quanta coisa você passou!

No entanto, a irmã garantiu-lhe que estava perfeitamente bem, e a conversa, que ocorrera enquanto a sra. Gardiner se ocupava com os filhos, foi encerrada pela aproximação de todo o grupo. Jane correu até os tios, recebeu-os e agradeceu-lhes, entre sorrisos e lágrimas.

Quando estavam todos na sala de estar, as perguntas que Elizabeth já fizera foram, é claro, repetidas pelos outros, logo informados de que Jane não tinha novidades para dar. Entretanto, as boas esperanças, alimentadas pela benevolência de seu coração, não a haviam abandonado; Jane ainda esperava que tudo fosse terminar bem, e que cada manhã traria alguma carta, ou de Lydia ou do pai, para explicar os acontecimentos e, talvez, anunciar o casamento.

A sra. Bennet, para cujos aposentos todos se dirigiram depois de alguns minutos de conversa, recebeu-os exatamente como o esperado: com lágrimas e lamentos de pesar, injúrias contra a conduta vil de Wickham, e reclamações sobre o próprio sofrimento e maltrato, culpando a todos exceto a pessoa cuja permissividade imprudente era a maior responsável pelos erros da filha.

— Se eu tivesse conseguido ir a Brighton, com toda a minha família, isso não teria acontecido, mas a pobre Lydia não tinha ninguém para tomar conta dela. Por que os Forster a deixaram sair de sua vista? Tenho certeza de que houve grande negligência da parte deles, pois ela não é o tipo de menina que faria uma coisa dessas se tivessem cuidado bem dela. Sempre achei que eles eram muito despreparados para ficar responsáveis por ela, mas minha opinião foi ignorada, como sempre. Pobre filha! E agora o sr. Bennet saiu, e sei que ele lutará com Wickham, onde quer que venha a encontrá-lo, e então será morto, e o que será de todas nós? Os Collins vão nos expulsar daqui antes que o sr. Bennet tenha esfriado no túmulo e, se você não for bom conosco, meu irmão, não sei o que faremos.

Todos protestaram contra tais ideias terríveis, e o sr. Gardiner, depois de dar garantias generalizadas a respeito de sua afeição por ela e por toda a família, disse-lhe que tinha intenção de estar em Londres já no dia seguinte, e que ajudaria o sr. Bennet em todas as empreitadas para recuperar Lydia.

— Não ceda a um pânico inútil — acrescentou ele. — Apesar de ser correto se preparar para o pior, não há motivo para dá-lo como certo. Não faz uma semana desde que eles partiram de Brighton. Em mais alguns dias, podemos receber alguma notícia deles, e até que saibamos que não estão casados e não têm intenção de se casar, não devemos considerar a causa perdida. Assim que chegar à cidade, encontrarei meu cunhado e o farei vir para casa comigo, na rua Gracechurch, e depois poderemos deliberar sobre o que fazer.

— Ah, meu querido irmão — replicou a sra. Bennet —, isso é exatamente o que eu mais desejaria. E que, quando você chegar à cidade, encontre-os, onde quer que estejam, e se eles já não estiverem casados, *faça-os* se casar. Quanto às roupas para o casamento, não os deixem esperar por isso, mas diga a Lydia que ela terá o dinheiro que quiser para comprá-las depois que estiverem casados. E, acima de tudo, não deixe o sr. Bennet lutar. Diga-lhe em que estado terrível me encontro, que estou assustada além do que seria racional, e que tenho tantos tremores e arrepios por todo o corpo, tantos espasmos no meu torso e dores na cabeça, e tantas palpitações no coração, que não consigo descansar nem durante a noite, nem durante o dia. E diga a minha querida Lydia para não dar nenhuma instrução a respeito de suas roupas até ela ter me visto, porque ela não conhece os melhores armazéns. Ah, meu irmão, como você é gentil! Sei que vai resolver tudo isso.

Entretanto, o sr. Gardiner, embora reafirmasse seus mais sinceros esforços em prol da causa, não pôde evitar recomendar-lhe moderação, tanto em suas esperanças como em seus medos e, depois de falar com ela dessa maneira até o jantar estar à mesa, deixaram-na desafogar todos os seus sentimentos na governanta, que escutava, na ausência das filhas.

Apesar de o irmão e a cunhada estarem convencidos de não haver real motivo para ela isolar-se da família, não tentaram se opor, pois sabiam que ela não tinha prudência suficiente para segurar a língua diante dos empregados enquanto eles serviam a mesa, e julgaram melhor que apenas *uma* das criadas, aquela em quem podiam confiar, seria capaz de compreender todos os medos e ansiedades acerca do assunto.

Na sala de jantar, logo se uniram a eles Mary e Kitty, que haviam estado ocupadas demais em seus respectivos quartos para aparecer antes. Uma veio de seus livros, e a outra, de sua toalete. O rosto de ambas manifestava razoável calma, e não se via alteração em nenhuma das duas, exceto pelo fato de que a perda da irmã preferida, ou a raiva de ter sido implicada na questão, trouxera mais mau humor do que de costume à voz de Kitty. Quanto a Mary, estava segura o suficiente para sussurrar a Elizabeth, com um semblante de grave reflexão, logo depois que se sentaram à mesa:

— Esse é um arranjo dos mais lamentáveis, e provavelmente falarão muito a respeito. Mas devemos podar a maré de malícia, e derramar no peito ferido umas das outras o bálsamo do consolo fraternal. — Percebendo que Elizabeth não estava inclinada a responder, acrescentou: — Por mais que esse acontecimento seja infeliz para Lydia, podemos tirar dele uma lição útil: que a perda de virtude numa mulher é irrecuperável, aquele passo em falso que a envolve numa decadência interminável, que sua reputação não é menos frágil que bonita, e que nenhuma cautela é pouco em seu comportamento para com os indignos do outro sexo.

Elizabeth ergueu os olhos com espanto, mas se sentiu atormentada demais para conseguir responder qualquer coisa. Mary, entretanto, continuou a se consolar com esse tipo de moral, extraída do pecado de que falavam.

De tarde, as duas irmãs Bennet mais velhas conseguiram ficar a sós durante meia hora, e Elizabeth logo se aproveitou da oportunidade para fazer novas indagações, às quais Jane estava igualmente ávida para responder. Depois de se unir aos lamentos generalizados a respeito das consequências do ocorrido, que Elizabeth considerava bastante certas, e a srta. Bennet não podia afirmar serem completamente impossíveis, a primeira deu sequência ao assunto, dizendo:

— Mas me diga tudo o que ainda não ouvi a respeito. Dê-me mais detalhes. O que o coronel Forster disse? Eles não desconfiavam de nada antes da fuga? Eles devem tê-los visto juntos o tempo todo.

— O coronel Forster realmente confessou ter suspeitado com frequência de alguma afeição, especialmente por parte de Lydia, mas nada que o deixasse apreensivo. Tenho tanta pena dele! Seu comportamento foi muito atencioso, e gentil ao extremo. Ele estava de fato vindo até nós, para nos assegurar de sua preocupação, antes de ter noção de que eles não tinham ido à Escócia; quando essa apreensão veio à tona, apressou sua jornada.

— E Denny estava convencido de que Wickham não se casaria? Ele sabia que eles tinham intenção de fugir? O coronel Forster falou pessoalmente com Denny?

— Sim, mas, quando questionado por ele, Denny negou saber qualquer coisa sobre o plano, e não quis dar sua verdadeira opinião a respeito. Não repetiu estar convencido de que eles não se casariam, e quanto a *isso* estou inclinada a ter esperanças de que podem tê-lo entendido errado antes.

— E até o coronel Forster vir pessoalmente, nenhum de vocês tinha posto em dúvida que o casamento deles aconteceria?

— Como seria possível que uma ideia dessas sequer passasse pela nossa cabeça? Senti um pouco de apreensão, certo receio quanto à felicidade de Lydia no casamento com ele, porque sei que a conduta dele não foi sempre correta. Nossos pais não sabiam de nada disso, só sentiam quanto essa união seria imprudente. Kitty então admitiu, com um triunfo bastante natural, que sabia mais do que o resto de nós, e que fora advertida na última carta de Lydia. Ela sabia, ao que parece, que eles estavam apaixonados fazia muitas semanas.

— Mas não antes de irem a Brighton?

— Não, acredito que não.

— E o coronel Forster pareceu ter uma impressão favorável de Wickham? Ele conhece seu verdadeiro caráter?

— Confesso que ele não falou tão bem de Wickham quanto falava antes. Ele o julga imprudente e extravagante. E desde que se deu esse triste acontecimento, dizem que ele deixou Meryton devendo muito, mas espero que isso seja mentira.

— Ah, Jane, se tivéssemos sido menos sigilosas, se tivéssemos dito o que sabemos dele, isso não teria acontecido!

— Talvez tivesse sido melhor — replicou a irmã. — Mas expor os erros antigos de qualquer pessoa sem saber quais são seus sentimentos atuais parecia injustificável. Nós agimos na melhor das intenções.

— O coronel Forster soube relatar os detalhes do recado de Lydia à sua esposa?

— Ele o trouxe consigo para vermos.

Jane então o pegou de seu caderno de anotações e deu-o a Elizabeth.

Tal era o conteúdo:

Minha querida Harriet,

Você vai rir quando souber aonde fui, e eu mesma não consigo evitar rir de sua surpresa amanhã de manhã, assim que derem por minha falta. Estou indo a Gretna Green e, se você não puder adivinhar com quem, vou achar você uma tonta, pois só há um homem que eu amo no mundo, e ele é um anjo. Eu jamais seria feliz sem ele, por isso, não pense mal de termos fugido. Você não precisa enviar notícias a Longbourn sobre minha partida, se não quiser, pois isso tornará a surpresa maior quando eu lhes escrever e assinar meu nome como "Lydia Wickham". Que piada ótima será! Mal consigo escrever, de tanto que estou rindo. Por favor, peça desculpas a Pratt por mim, por não poder manter o compromisso de dançar com ele hoje à noite. Diga-lhe que espero que ele me perdoe quando souber de tudo, e diga-lhe que dançarei com ele no próximo baile em que nos encontrarmos, com grande prazer. Mandarei buscarem minhas roupas quando chegar a Longbourn, mas desejo que você diga a Sally para costurar um grande rasgo no meu vestido bordado de musselina antes de embrulharem tudo. Adeus. Mande meus cumprimentos ao coronel Forster. Espero que você brinde à nossa boa jornada.

De sua afetuosa amiga,

Lydia Bennet.

— Ah, que imprudente, Lydia! — exclamou Elizabeth, quando acabou de ler. — Que carta é essa, escrita em um momento desses! No entanto, pelo menos mostra que *ela* estava levando a sério o objetivo da jornada. Não importa ao que ele tenha conseguido persuadi-la depois; não partiu dela o plano infame. Meu pobre pai! O que ele deve ter sentido!

— Eu nunca vi alguém tão chocado. Ele não conseguiu falar uma só palavra durante dez minutos. Mamãe ficou doente de imediato, e a casa toda em uma grande confusão!

— Ah, Jane! — exclamou Elizabeth. — Há chance de os criados não terem ficado sabendo da história toda até o fim daquele dia?

— Não sei. Espero que sim. Mas preservar a nossa intimidade em um momento como esses é muito difícil. Mamãe ficou histérica e, apesar de eu ter tentado lhe dar toda a assistência possível, temo não ter feito tudo o que devia! Mas o pavor do que poderia acontecer quase me tirou a sanidade.

— A responsabilidade de cuidar da mamãe foi demais para você. Você não parece bem. Ah, se eu estivesse aqui...! Você precisou tomar conta de tudo e de todas as ansiedades sozinha.

— Mary e Kitty têm sido muito gentis, e teriam compartilhado de cada fadiga, tenho certeza, mas não achei certo fazer isso com nenhuma das duas. Kitty é franzina e delicada, e Mary estuda tanto que suas horas de repouso não devem ser interrompidas. Tia Phillips veio a Longbourn na terça, depois de papai partir, e foi bondosa a ponto de ficar comigo até quinta. Ela nos foi muito útil, além de acolher todas nós. E lady Lucas tem sido muito gentil; andou até aqui na quarta de manhã para nos dar seus pêsames, e ofereceu ajuda, dela ou de qualquer uma das filhas, se elas nos pudessem ser úteis.

— Seria melhor ter ficado em casa — declarou Elizabeth. — Talvez as *intenções* dela fossem boas, mas, diante de um infortúnio desses, quanto menos se encontra com os vizinhos, melhor. Ajuda é impossível; condolências, insuportáveis. Que baste a elas triunfar sobre nós de longe.

Então começou a perguntar quais medidas o pai tinha a intenção de tomar, enquanto estivesse na cidade, para recuperar a filha.

— Acredito que ele pretendia ir a Epsom, o lugar onde os dois trocaram de cavalos pela última vez, encontrar os postilhões[19] e tentar tirar deles alguma coisa. Seu objeti-

---

19 Condutores de carruagens que distribuíam a correspondência em determinada região. [N. de T.]

vo principal deve ser descobrir o número do coche de aluguel que os levou embora de Clapham. Este veio com outro passageiro de Londres e, como ele pensou que poderiam ter reparado que um cavalheiro e uma dama trocaram de carruagem, decidiu inquirir nessa área. Se tivesse alguma forma de descobrir onde esse outro passageiro saltara, ele decidiu que perguntaria por lá, esperando não ser impossível descobrir a paragem e o número da carruagem. Não sei de nenhum outro plano que ele tenha feito, mas estava com tamanha pressa de partir, e com estado de espírito tão descomposto, que tive dificuldade de descobrir até isso que contei.

Capítulo 48

O grupo inteiro esperava uma carta do sr. Bennet na manhã seguinte, mas o correio veio e não trouxe uma única linha dele. A família sabia que ele era, em todas as ocasiões comuns, um correspondente negligente e lento, mas em tal situação haviam esperado algum esforço. Foram forçados a concluir que ele não tinha nenhuma informação agradável a enviar, mas teriam ficado felizes até de ter *certeza* disso. O sr. Gardiner só havia esperado a chegada da correspondência para partir.

Quando ele se foi, elas tiveram certeza de que ao menos receberiam informações constantes do que estava acontecendo, e o tio prometeu, ao partir, que convenceria o sr. Bennet a voltar a Longbourn assim que possível, para o grande consolo de sua irmã, que considerava tal medida a única maneira de garantir que o marido não fosse morto em um duelo.

A sra. Gardiner e as crianças permaneceriam em Hertfordshire mais alguns dias, pois ela julgou que sua presença seria benéfica para as sobrinhas. Ajudava a cuidar da sra. Bennet, e era para elas um grande conforto nas horas de descanso. A outra tia também as visitava com frequência, e sempre, segundo dizia, planejando alegrá-las e animá-las — mas, como nunca chegava sem relatar algum novo exemplo da extravagância e inadequação de Wickham, raramente ia embora sem deixá-las mais cabisbaixas do que quando as encontrara.

Toda Meryton parecia se esforçar para difamar o homem que, apenas três meses antes, fora quase um anjo de luz. Declarou-se que ele devia dinheiro a cada um dos comerciantes do lugar, e suas intrigas, todas honradas com o título de sedução, haviam sido estendidas à família de todos esses comerciantes. Afirmou-se que se tratava do jovem mais perverso do mundo, e todos começaram a descobrir que sempre haviam desconfiado da aparente bondade dele. Elizabeth, apesar de não dar crédito a nem metade do que se dizia, acreditava o suficiente para reforçar sua certeza de que a irmã estava arruinada; e até Jane, que acreditava menos ainda em tudo isso, ficou quase desesperançada, especialmente porque já passara tempo suficiente para que recebessem notícias do casal caso os dois tivessem ido à Escócia, algo em que ela nunca deixara de acreditar.

O sr. Gardiner deixou Longbourn no domingo. Terça, sua esposa recebeu uma carta dele dizendo que, ao chegar, imediatamente encontrara o cunhado e o convencera a ir consigo à rua Gracechurch, que o sr. Bennet fora a Epsom e Clapham antes de sua chegada, mas não conseguira nenhuma informação satisfatória, e que estava determinado a investigar nos principais hotéis da cidade, pois o sr. Bennet julgava possível que os dois houvessem ido a algum deles quando de sua chegada a Londres, antes de arranjarem um alojamento. O próprio sr. Gardiner não esperava nenhum sucesso da empreitada, mas, como seu cunhado estava ansioso, pretendia ajudá-lo. Acrescentou que o sr. Bennet parecia bastante contrário à ideia de deixar Londres, e prometeu voltar a escrever logo. Havia também na carta o seguinte pós-escrito:

Escrevi ao coronel Forster para solicitar-lhe que tentasse descobrir, de algum dos amigos mais íntimos de Wickham no regimento, se o jovem tem algum parente ou conhecido que poderia saber em qual parte da cidade ele se esconderia. Se houvesse qualquer um a quem pudéssemos recorrer com a probabilidade de nos dar uma pista dessas, seria de uma importância crucial. No momento não temos nada para nos guiar. O coronel Forster, ouso dizer, fará tudo em seu poder para nos ajudar nessa questão. Mas, pensando bem, talvez Lizzy possa nos dizer, melhor do que qualquer um, que pessoas próximas ele tem.

Elizabeth compreendeu de onde vinha tal deferência a sua autoridade, mas não estava em seu poder dar nenhuma informação de natureza tão satisfatória quanto o elogio merecia. Nunca ouvira falar de parentes dele, exceto do pai e da mãe, ambos mortos fazia muitos anos. Entretanto, era possível que algum de seus companheiros de milícia pudesse dar mais informações e, embora não tivesse muita esperança, a tentativa era algo por que ansiar.

Cada dia em Longbourn tornou-se um dia de ansiedade, mas a parte mais angustiante de cada um era o horário do correio. A chegada de cartas era o primeiro grande motivo da impaciência matinal. Por meio de cartas, seriam comunicadas quaisquer notícias boas ou ruins, e esperava-se que cada dia subsequente trouxesse alguma importante.

Mas, antes de o sr. Gardiner lhes escrever outra vez, chegou uma carta para o pai, de um lugar diferente, do sr. Collins, que foi lida por Jane — tendo recebido ordens para abrir tudo o que chegasse para ele em sua ausência. Elizabeth, sabendo como as cartas dele eram sempre esquisitas, olhou por cima do ombro da irmã e leu junto. Dizia o seguinte:

Meu caro senhor,

Eu me sinto convocado, por causa de nosso parentesco e de minhas condições sociais, a apresentar minhas condolências por causa da aflição pesarosa que o senhor está sofrendo, da qual fomos informados ontem por uma carta oriunda de Hertfordshire. Tenha certeza, meu caro senhor, de que eu e a sra. Collins simpatizamos sinceramente com toda a sua respeitável família na presente angústia, que deve ser do tipo mais amargo, por advir de algo que o tempo não pode apagar. Não poderá haver, de minha parte, argumento capaz de aliviar um infortúnio tão grave — ou que possa confortá-lo, em uma circunstância que, dentre todas, deve ser a mais aflitiva aos olhos de um pai. A morte de sua filha teria sido uma bênção, comparada a isso. E é ainda mais lamentável, porque há razões para supor, como minha querida Charlotte me informou, que esse comportamento licencioso de sua filha foi resultado de um grau de permissividade exacerbado; porém, ao mesmo tempo, para seu consolo e o da sra. Bennet, estou inclinado a pensar que o temperamento dela deve ser naturalmente ruim, pois, do contrário, ela não incorreria em uma calamidade dessas, sendo tão jovem. Seja como for, deve-se sentir uma pena atroz do senhor — e de tal opinião não partilha apenas a sra. Collins, como também lady Catherine e sua filha, a quem relatei a questão. Elas concordam comigo na percepção de que esse passo em falso de uma filha será prejudicial ao destino de todas as outras, pois quem, como disse lady Catherine com imensa complacência, iria querer se relacionar com uma família dessas? E tal consideração me leva ademais a refletir, com ainda mais satisfação, sobre certo acontecimento no último mês de novembro, pois, se houvesse ocorrido de outra maneira, eu teria sido envolvido em todo seu infortúnio e desgraça. Portanto, permita-me aconselhá-lo, meu caro senhor, a se consolar o máximo possível, a abandonar para sempre todo o afeto por sua filha indigna, e deixá-la colher o fruto de sua transgressão hedionda. Cordialmente, caro senhor etc. etc.

O sr. Gardiner não voltou a escrever antes de receber uma resposta do coronel Forster, e não teve nada agradável a dizer. Não se sabia de nenhum parente de Wickham com quem ele mantivesse contato, e decerto ele não tinha ninguém próximo vivo. Seus antigos conhecidos eram numerosos, mas, desde sua entrada na milícia, ele parecia não ser de fato amigo de nenhum. Portanto, era difícil indicar alguém que pudesse ter alguma notícia dele. E, no estado lamentável das finanças do rapaz, havia um motivo poderoso para manter segredo, além do medo de ser descoberto pelos parentes de Lydia, pois se tornara público que ele possuía dívidas de jogo em quantia considerável. O coronel Forster acreditava que mais de mil libras seriam necessárias para pagar suas dívidas em Brighton. Wickham devia bastante na cidade, mas seus débitos de honra eram ainda mais formidáveis. O sr. Gardiner não tentou esconder esses detalhes da família de Longbourn. Jane ouviu-os horrorizada.

— Um jogador! — ela exclamou. — Isso é totalmente inesperado. Eu não fazia ideia.

O sr. Gardiner acrescentava na carta que elas podiam esperar o pai em casa no dia seguinte, um sábado. Desanimado pelo fracasso de seus esforços, cedera às súplicas do cunhado para que retornasse à sua família e o deixasse fazer o que fosse conveniente para a continuidade da busca. Quando disseram isso à sra. Bennet, ela não manifestou tanta satisfação quanto as filhas haviam esperado, tendo em conta o anterior receio pela vida do marido.

— O quê? Ele está voltando para casa sem a pobre Lydia? — ela gritou. — Ele não pode sair de Londres antes de achá-los! Quem vai lutar com Wickham e fazê-lo se casar com ela, se seu pai vier embora?

Quando a sra. Gardiner começou a desejar ir para casa, decidiu-se que ela e os filhos partiriam para Londres quando o sr. Bennet chegasse de lá. Portanto, o coche levou-os para a primeira etapa da jornada, e voltou trazendo seu senhor de volta a Longbourn.

A sra. Gardiner foi embora imersa em perplexidade a respeito de Elizabeth e do amigo de Derbyshire que lhe dedicara atenção quando estivera lá. A sobrinha nunca mencionara o nome dele voluntariamente, e a expectativa que a sra. Gardiner criara, de receberem uma carta dele, não dera em nada. Elizabeth não recebera nada de Pemberley desde sua chegada.

O atual estado infeliz da família tornava desnecessária qualquer outra desculpa para o desalento de Elizabeth; assim, nada se podia inferir *daí*, embora Elizabeth, a essa altura razoavelmente bem íntima dos próprios sentimentos, estivesse bem consciente de que, se não soubesse nada sobre Darcy, teria tolerado melhor o terror da infâmia de Lydia. Ela acreditava que isso a teria poupado de uma ou duas noites insones.

Quando o sr. Bennet chegou, aparentava toda sua habitual compostura impassível. Disse tão pouco quanto de costume, não mencionou a questão que o fizera partir, e levou algum tempo antes de suas filhas terem coragem de falar a respeito.

Foi só de tarde, quando o sr. Bennet se juntou a elas para o chá, que Elizabeth arriscou tocar no assunto, e então, quando ela expressou brevemente seu pesar pelo que o pai devia ter passado, ele respondeu:

— Não diga nada sobre disso. Quem deveria sofrer, além de mim? Foi culpa minha, e tenho de sentir isso.

— O senhor não deve ser tão severo consigo mesmo — replicou Elizabeth.

— É bom mesmo que você me alerte contra tal mal. A natureza humana é tão propensa a afundar nisso! Mas não, Lizzy, deixe-me uma vez na vida sentir quanto fui o culpado. Não tenho medo de ser dominado pelo sentimento. Vai passar logo.

— O senhor supõe que eles estejam em Londres?

— Sim; aonde mais poderiam ir para ficar tão bem escondidos?

— E Lydia costumava querer ir a Londres — acrescentou Kitty.

— Ela está feliz, então — disse o pai, seco. — E deve continuar morando lá por mais algum tempo. — Depois de um curto silêncio, ele continuou: — Lizzy, eu não me ressinto de você por ter tido razão nos conselhos que me deu no último mês de maio; considerando o ocorrido, demonstra grandeza de percepção.

Foram interrompidos pela srta. Bennet, que veio buscar o chá da mãe.

— Isso é uma encenação que não traz nada de bom — disse ele. — Dá tanta elegância à desgraça! Um dia farei o mesmo; eu me sentarei em minha biblioteca, em vestes de dormir, e causarei o máximo de transtorno que puder. Ou, talvez, eu possa protelar até Kitty fugir.

— Eu não vou fugir, papai — disse Kitty, irritada. — Se *eu* fosse a Brighton, me comportaria melhor do que Lydia.

— *Você*, ir a Brighton! Nem por cinquenta libras eu confiaria em você perto de lá, nem mesmo em East Bourne! Não, Kitty, pelo menos aprendi a ser cauteloso, e você sentirá os efeitos disso. Militar nenhum poderá entrar em minha casa, nem mesmo para cortar caminho até a vila. Bailes serão absolutamente proibidos, a menos que você fique com alguma de suas irmãs. E você nunca mais sairá de casa até conseguir provar que passou dez minutos de cada dia agindo de maneira racional.

Kitty, que levou todas aquelas ameaças a sério, começou a chorar.

— Ora, ora — disse ele. — Não fique infeliz. Se você for uma boa menina pelos próximos dez anos, eu a levarei a uma inspeção militar.

Capítulo 49

Dois dias depois do retorno do sr. Bennet, enquanto Jane e Elizabeth caminhavam juntas pelos arbustos atrás da casa, a governanta veio em sua direção e, concluindo que ela viera chamá-las para ir ver a mãe, adiantaram-se para encontrá-la. Porém, em vez do chamado esperado, quando a alcançaram, ela disse à srta. Bennet:

— Peço desculpas por interrompê-las, mas tinha esperanças de que a senhorita teria alguma boa notícia da cidade, por isso tomei a liberdade de vir perguntar.

— O que você quer dizer, Hill? Não recebemos nada da cidade.

— Cara senhorita! — exclamou Hill, com grande espanto. — Não sabia que chegou uma carta expressa do sr. Gardiner para o patrão? O carteiro passou faz meia hora, e o patrão recebeu uma carta.

As meninas correram sem continuar a conversa, de tão ávidas que ficaram para entrar. Atravessaram o vestíbulo correndo até a sala de café da manhã, e de lá para a biblioteca. Não encontraram o pai em nenhum desses lugares, e estavam prestes a ir procurá-lo no andar de cima com a mãe, quando encontraram o mordomo, que disse:

— Se estão procurando o patrão, senhoritas, ele foi caminhar até o bosque.

De posse daquela informação, as duas cruzaram o saguão mais uma vez, e correram pelo gramado até o pai, que seguia decididamente em direção ao pequeno bosque, contornando a lateral do cercado.

Jane, que não era nem tão leve nem tinha tanto o hábito de correr quanto Elizabeth, logo ficou para trás, enquanto a irmã, arquejando, alcançou-o e gritou com ansiedade:

— Oh, papai! Quais são as novidades? Quais são? Você recebeu notícias do meu tio?

— Sim, chegou uma carta expressa dele.

— Bem, e que notícias ela traz? Boas ou ruins?

— O que tem de bom para se esperar? — disse ele, tirando a carta do bolso. — Mas talvez você queira lê-la.

Elizabeth pegou a carta de sua mão, impaciente. Jane os alcançou.

— Leia em voz alta — disse o pai. — Pois nem eu mesmo sei direito sobre o que é.

> *Rua Gracechurch, segunda-feira, 2 de agosto*
> *Meu caro cunhado,*
> *Enfim consigo lhe mandar algumas novas sobre minha sobrinha, e tais que, no todo, espero que lhe tragam satisfação. Assim que você partiu, no sábado, eu tive a sorte de descobrir em qual parte de Londres eles estavam. Os detalhes eu guardarei para quando nos virmos; basta saber que eles foram encontrados. Eu vi os dois...*

— Então minhas esperanças foram atendidas! — exclamou Jane. — Eles estão casados!

Elizabeth prosseguiu a leitura:

Eu vi os dois. Eles não estão casados, nem consegui descobrir se havia alguma intenção de se casar, mas, se você estiver disposto a cumprir as promessas que me arrisquei a fazer em seu nome, tenho esperanças de que não demorará até se casarem. Tudo o que se requer de você é garantir a Lydia, por determinação legal, a parte de direito dela entre os cinco mil assegurados às suas filhas depois que você e minha irmã morrerem. Além disso, que você se comprometa a conceder a ela, durante sua vida, cem libras por ano. São essas as condições com as quais, considerando tudo, não hesitei em concordar, julgando ter esse privilégio, em seu nome. Eu mandarei esta carta expressa, a fim de que não se perca nenhum tempo para a chegada de sua resposta. Você compreenderá facilmente, desses detalhes, que as circunstâncias do sr. Wickham não são tão irremediáveis quanto se acreditava. O mundo foi enganado a esse respeito; fico feliz em dizer que haverá algum dinheiro, até quando todas as dívidas dele forem pagas, para acomodar minha sobrinha, além do dinheiro dela própria. Se, como concluo que será o caso, você me enviar plenos poderes de agir em seu nome ao longo de toda a negociação, eu imediatamente darei instruções a Haggerston para preparar os termos da determinação legal. Não haverá qualquer razão para você voltar à cidade, portanto permaneça em Longbourn, calmo, e conte com minha diligência e atenção. Envie sua resposta tão logo puder e tenha o cuidado de escrever explicitamente. Julgamos melhor que minha sobrinha se case aqui em nossa casa, o que, espero, você vai aprovar. Ela virá até nós hoje. Eu escreverei de novo assim que mais alguma coisa for determinada.

Atenciosamente etc.

Edw. Gardiner

— É possível? — gritou Elizabeth, ao acabar. — Será possível que ele se casará com ela?

— Wickham não é tão indigno, então, como havíamos pensado — disse a irmã. — Meu querido pai, eu lhe parabenizo.

— E o senhor já respondeu a carta? — perguntou Elizabeth.

— Não, mas isso deve ser feito logo.

Com grande empenho, ela rogou para o pai não perder mais tempo em escrever.

— Ah, meu querido pai! — ela exclamou. — Volte e escreva agora mesmo. Pense em como cada minuto importa, em um caso desses.

— Deixe-me escrever pelo senhor, se o trabalho for muito incômodo — disse Jane.

— É mesmo incômodo — ele replicou —, mas tem de ser feito.

E, dizendo isso, deu a volta com elas e caminhou na direção da casa.

— E posso perguntar... — disse Elizabeth. — Sobre os termos, acho que é preciso concordar com eles.

— Concordar! Só tenho vergonha por ele ter pedido tão pouco.

— Eles *devem* se casar! Mas, ainda sim, que *tipinho* de homem ele é!

— Sim, sim, eles devem se casar. Não há nada mais a fazer. Mas duas coisas eu queria muito saber: uma é quanto dinheiro seu tio perdeu para fazer isso acontecer, e a outra é como um dia vou conseguir pagá-lo.

— Dinheiro! Meu tio! — exclamou Jane. — O que o senhor quer dizer, pai?

— Quero dizer que nenhum homem em sua perfeita razão se casaria com Lydia por uma compensação tão pouco tentadora quanto cem por ano durante minha vida, e cinquenta depois que eu morrer.

— Isso é bem verdade — disse Elizabeth —, apesar de não ter me ocorrido antes. As dívidas dele, pagas, e ainda sobrará alguma coisa! Ah! Deve ser obra do meu tio! Homem generoso e bom; temo que ele tenha se dado esse incômodo. Uma pequena soma não poderia conseguir tudo isso.

— Não — disse o pai. — Wickham é um tolo se ficar com ela por um centavo menos que dez mil libras. Eu ficaria triste de pensar tão mal dele, logo no começo de nosso parentesco.

— Dez mil libras! Deus nos livre! Como é que se paga sequer metade disso?

O sr. Bennet não respondeu, e cada um, em profunda reflexão, continuou em silêncio até chegarem à casa. O pai foi até a biblioteca para escrever, e as meninas entraram na sala de café da manhã.

— E eles vão mesmo se casar! — exclamou Elizabeth, assim que ficaram sozinhas. — Que coisa estranha! E por *isso* temos de ser gratas: que eles vão se casar, por menor que seja sua chance de felicidade, e por mais lamentável que seja o caráter dele, somos forçadas a nos regozijar. Ah, Lydia!

— Eu me consolo em pensar que ele com certeza não se casaria com Lydia se não tivesse alguma afeição verdadeira por ela — replicou Jane. — Embora nosso tio tenha feito coisas para eximi-lo, não consigo acreditar que dez mil libras, ou qualquer coisa do tipo, tenham sido pagas adiantadas. Ele tem os próprios filhos e pode vir a ter mais. Como poderia privar-se de metade disso?

— Se tivéssemos como descobrir de quanto eram as dívidas de Wickham — disse Elizabeth —, e quanto foi acordado entre ele e nossa irmã, saberemos exatamente o quanto o sr. Gardiner fez pelos dois, porque Wickham não tem um centavo para chamar de seu. A bondade de nossos tios nunca poderá ser retribuída. O fato de eles a terem levado para casa, concedendo-lhe sua proteção e favores pessoais, já é um sacrifício pelo bem dela que anos de gratidão não poderão reconhecer. A essa hora ela está com eles! Se tamanha bondade não a deixar constrangida agora, ela nunca merecerá ser feliz! Que encontro vai ser, quando ela e a tia se virem!

— Devemos nos empenhar em esquecer tudo o que se passou dos dois lados — disse Jane. — Espero e acredito que ela será feliz. O fato de ele ter consentido em se casar com ela é prova, creio, de que colocou a cabeça no lugar. O afeto mútuo os estabilizará, e gosto de pensar que eles vão se acomodar com discrição e viver de modo tão racional que em algum tempo a imprudência passada será esquecida.

— A conduta deles foi tal que nem eu, nem você, nem ninguém jamais poderá esquecer — replicou Elizabeth. — É inútil falar disso.

Então lhes ocorreu a grande probabilidade de a mãe ainda não saber do que acontecera. Portanto, entraram na biblioteca e perguntaram ao pai se não desejava que elas lhe contassem. Ele escrevia e, sem erguer a cabeça, respondeu friamente:

— Como vocês quiserem.

— Podemos levar a carta do tio e ler para ela?

— Peguem o que quiserem e saiam.

Elizabeth pegou a carta da escrivaninha dele, e as duas subiram juntas. Mary e Kitty encontravam-se com a sra. Bennet, portanto, um anúncio bastaria para todas. Depois de lhes informar brevemente que haveria boas notícias, a carta foi lida em voz alta. A sra. Bennet mal se conteve. Assim que Jane acabara de ler sobre as esperanças do sr. Gardiner de que Lydia logo estaria casada, sua alegria verteu, e cada frase subsequente aumentava sua profusão. O estado de empolgação ao qual passou, provocado pelo deleite, foi tão violento quanto nas vezes que se exaltava por medo ou aflição. Saber que a filha se casaria bastava. Não foi perturbada por qualquer receio quanto à felicidade de Lydia, nem humilhada por nenhuma recordação de sua má conduta.

— Minha querida Lydia! — ela gritou. — Isso é mesmo maravilhoso! Ela se casará! Eu a verei de novo! Ela se casará aos dezesseis anos! Meu bom e gentil irmão! Eu sabia como seria... sabia que ele daria conta de tudo! Como estou ansiosa para vê-la e para ver o querido Wickham também! Mas as roupas, as roupas de casamento! Vou escrever para minha cunhada Gardiner sobre elas imediatamente. Lizzy, minha querida, corra até seu pai e pergunte-lhe quanto ele dará a ela. Fique, fique, eu mesma vou. Toque a campainha,

Kitty, para chamar Hill. Vou me vestir em um momento. Minha querida Lydia! Como ficaremos felizes quando nos encontrarmos!

A filha mais velha quis aliviar um pouco a violência de tal arrebatamento tentando levar os pensamentos dela às obrigações que deviam ao sr. Gardiner.

— Porque devemos atribuir esse feliz desenlace, em grande medida, à bondade dele — ela acrescentou. — Estamos convencidas de que ele se comprometeu a ajudar o sr. Wickham com dinheiro.

— Bem, muito que bem; quem faria isso senão o próprio tio de Lydia? — gritou a mãe. — Se ele não tivesse uma família própria, eu e minhas filhas ficaríamos com todo o dinheiro dele, sabe; é a primeira vez que ganhamos alguma coisa dele, exceto por alguns presentes. Ora! Estou tão feliz! Em pouco tempo terei uma filha casada! Sra. Wickham! Como isso soa bem! E ela só fez dezesseis em junho. Minha querida Jane, estou tão alvoroçada, que com certeza não consigo escrever, então vou ditar, e você escreve para mim. Depois veremos sobre o dinheiro com seu pai. Mas as coisas devem ser encomendadas imediatamente.

Ela começou a falar em detalhes de algodão, musselina e cambraia, e teria ditado milhares de ordens se Jane, embora com alguma dificuldade, não a tivesse persuadido a esperar até o pai estar livre para ser consultado. Ela comentou que um dia de atraso teria pouca importância, e sua mãe estava feliz demais para ser tão obstinada quanto de costume. Outros planos lhe vinham à cabeça.

— Vou até Meryton assim que me vestir — ela disse. — Contarei todas as maravilhosas notícias a minha irmã Phillips. E quando voltar, visitarei lady Lucas e a sra. Long. Kitty, corra lá embaixo e peça a carruagem. Tomar um ar me fará muito bem, tenho certeza. Meninas, posso fazer algo por vocês em Meryton? Ah! Aí vem Hill! Minha querida Hill, ouviu as boas notícias? A srta. Lydia vai se casar; e vocês todos terão uma tigela de ponche para festejar no casamento dela.

A sra. Hill imediatamente começou a expressar sua alegria. Elizabeth recebeu seus parabéns em meio ao resto, e, enojada daquela insensatez, refugiou-se no quarto para pensar livremente.

A situação da pobre Lydia já seria, na melhor das hipóteses, ruim o bastante, mas ela precisava agradecer por não ser pior. Sentia-se assim e, embora não fosse justo esperar nem felicidade racional nem prosperidade material para sua irmã no futuro, ao olhar para trás, para o que haviam temido apenas duas horas antes, percebeu os benefícios do que haviam ganhado.

Capítulo 50

O sr. Bennet já desejara muitas vezes antes do período atual de sua vida que, em vez de gastar toda sua renda, tivesse poupado uma soma anual para melhor prover às filhas e à esposa, caso ela vivesse mais que ele. Agora desejava isso mais do que nunca. Se tivesse cumprido seu dever a esse respeito, Lydia não ficaria devedora do tio por qualquer honra ou crédito que ela agora possuísse. A satisfação de conseguir um dos jovens mais indignos de toda a Grã-Bretanha como marido poderia então ficar com a pessoa adequada.

Preocupava-o o fato de que um assunto que traria tão pouco benefício a qualquer um devesse ser conduzido somente à custa de seu cunhado, e decidiu que, se possível, descobriria a dimensão de sua assistência e exoneraria a dívida assim que pudesse.

Quando o sr. Bennet se casara, consideraram completamente inútil economizar, pois, é claro, deviam ter um filho. Esse filho romperia os termos da herança, quando fosse maior de idade, e assim a viúva e filhos mais novos teriam sustento. Cinco filhas entraram no mundo sucessivamente, mas o filho ainda não viera; a sra. Bennet, por muitos anos depois do nascimento de Lydia, tivera certeza de que viria. Finalmente, desistiram de esperar esse acontecimento, mas era tarde demais para começar a guardar dinheiro. A sra. Bennet não tinha tino para economizar, e o amor do marido pela independência fora a única coisa capaz de evitar que excedessem a renda.

No contrato de casamento, havia-se estabelecido cinco mil libras para a sra. Bennet e as crianças. Mas em que proporções isso deveria ser divido entre as filhas dependia do testamento dos pais. Este era um ponto, com respeito a Lydia, pelo menos, que agora estava definido, e o sr. Bennet não tinha como hesitar em concordar com a proposta que lhe fora feita. Em termos de grato reconhecimento pela bondade do cunhado, embora expresso de maneira concisa, ele colocou no papel sua perfeita aprovação de tudo o que fora feito, e sua boa vontade em cumprir os compromissos assumidos em seu nome. Nunca supusera antes que, se pudessem convencer Wickham a se casar com sua filha, isso seria feito com tão poucos contratempos quanto no presente arranjo. Ele mal perderia dez libras por ano por causa dos cem que deveriam ser pagos ao casal; pois, com a comida e a mesada de Lydia, e os contínuos presentes que recebia das mãos da mãe, os gastos da menina mal cabiam naquela soma.

O fato de que o arranjo fora feito com tão insignificante esforço de sua parte também era uma surpresa bem-vinda, pois no momento seu desejo era ter o mínimo possível de dor de cabeça com o assunto. Quando acabaram os primeiros ataques de fúria que o haviam feito ir atrás dela, ele naturalmente retornou a toda sua indolência anterior. A carta logo foi despachada, pois, apesar de demorar a assumir uma tarefa, ele sempre a executava rápido. Implorou pelos detalhes do que devia ao cunhado, mas estava furioso demais com Lydia para enviar qualquer mensagem a ela.

As boas novas espalharam-se depressa na casa e, com velocidade proporcional, na vizinhança, que as recebeu com decente serenidade. Claro que seria mais benéfico para a conversa se a srta. Lydia Bennet tivesse ido à cidade, ou, como uma alternativa mais alegre, fosse isolada do resto do mundo, em alguma fazenda distante. No entanto, havia muito a se falar sobre o casamento dela, e os bem-humorados votos de respeitabilidade de todas as velhas rancorosas de Meryton perderam pouco da força com aquela mudança de circunstâncias, porque com um marido daqueles a infelicidade de Lydia era tida como certa.

Fazia uma quinzena desde a última vez que a sra. Bennet descera do quarto, mas naquele dia feliz ela assumiu seu assento na cabeceira da mesa, com um bom humor opressor. Nenhum sentimento de vergonha causava a menor mancha em seu triunfo. O casamento de uma filha, seu objetivo primeiro desde que Jane fizera dezesseis anos, agora estava a ponto de ser cumprido, e seus pensamentos e palavras só fluíam na direção dos convidados de uma cerimônia elegante, ricas musselinas, novas carruagens e criados. Ela se ocupou em procurar pela vizinhança uma residência adequada para a filha e, sem saber nem considerar qual era a renda do casal, rejeitou muitas por serem deficientes em tamanho e em importância.

— Haye Park poderia servir — ela disse — se os Goulding fossem embora. Ou a casa grande em Stoke, se a sala de estar fosse maior. Mas Ashworth é muito longe! Eu não suportaria vê-la a quinze quilômetros de mim, e, quanto a Purvis Lodge, os sótãos são horríveis.

Seu marido a deixou falar sem interrupção enquanto os servos permaneciam, mas, quando eles se retiraram, disse-lhe:

— Sra. Bennet, antes de você alugar alguma ou todas essas casas para seu genro e sua filha, vamos entender uma coisa aqui. Eles jamais serão admitidos em *uma* casa sequer desta vizinhança. Eu não gostaria de encorajar a imprudência dos dois recebendo-os em Longbourn.

Uma longa contenda seguiu-se àquela declaração, mas o sr. Bennet manteve-se firme. Tal debate logo levou a outro, e a sra. Bennet descobriu, com espanto e terror, que o marido não adiantaria um guinéu sequer para a filha comprar roupas. Ele declarou que Lydia não receberia dele nenhum gesto afetivo pela ocasião. A sra. Bennet mal conseguia compreender. O fato de a raiva do marido ser elevada a um ressentimento inconcebível, a ponto de ele recusar à filha um privilégio sem o qual o casamento dela mal pareceria válido, excedia qualquer coisa que ela julgasse possível. A sra. Bennet estava mais alerta para a desgraça que a falta de roupas novas traria sobre as núpcias da filha do que para qualquer senso de vergonha por Lydia ter fugido e coabitado com Wickham durante uma quinzena antes de o casamento acontecer.

Elizabeth agora se arrependia de todo o coração de, pela angústia do momento, ter sido levada a confessar ao sr. Darcy seus receios pela irmã, pois, como o matrimônio logo traria um desfecho adequado para a fuga, era possível que eles escondessem o início desfavorável de todos os que não estavam imediatamente implicados no caso.

Não tinha medo de que a história se espalhasse por meio dele. Existiam poucas pessoas em cujo sigilo ela confiaria mais, mas, ao mesmo tempo, ele seria a pior pessoa para tomar conhecimento da fragilidade de uma irmã sua. Não que tivesse algum medo de que isso trouxesse desvantagens à sua reputação, já que, em todo caso, parecia haver um abismo intransponível entre os dois. Mesmo se o casamento de Lydia tivesse acontecido nos termos mais honrosos, Elizabeth não podia supor que o sr. Darcy se ligaria com uma família a qual, fora todas as demais objeções, formaria agora uma aliança e um parentesco dos mais próximos com um homem que ele tão justamente desprezava.

Não se surpreenderia se Darcy se afastasse de tal ligação. O desejo de obter o afeto dela, que Elizabeth tinha certeza que ele sentira em Derbyshire, não poderia — racionalmente pensando — sobreviver a um golpe daqueles. Sentia-se humilhada e triste; arrependia-se, embora mal soubesse do quê. Começara a cobiçar a estima dele quando não tinha mais esperança de obtê-la. Queria receber notícias dele quando parecia não haver a menor chance de conseguir informações. Convenceu-se de que poderia ter sido feliz com ele quando não era mais provável que voltasse a encontrá-lo.

Que triunfo para ele — pensava com frequência — se soubesse que a proposta que ela orgulhosamente desprezara apenas quatro meses antes agora teria sido alegre e gratamente recebida! O sr. Darcy era generoso, ela não duvidava, como os mais generosos de seu sexo, mas, enquanto fosse mortal, devia sentir triunfo.

Elizabeth começou a compreender que ele era o exato tipo de homem que, tanto em caráter como em habilidades, lhe seria mais adequado. Seu discernimento e temperamento, embora diferentes dos dela, teriam atendido a todos os desejos da jovem. Seria uma união que traria vantagens aos dois: com a desenvoltura e a vivacidade de Elizabeth, o juízo dele poderia ter sido suavizado e seus modos melhorados; e do bom senso, erudição e conhecimento de mundo de Darcy, ela poderia ter se beneficiado muito.

Mas esse casamento feliz agora não poderia mostrar à multidão admirada o que era de fato a felicidade conjugal. Uma união de tendência diferente, impossibilitando o acontecimento da outra, logo aconteceria em sua família.

Como Wickham e Lydia se sustentariam com razoável independência financeira, Elizabeth não conseguia imaginar. Mas era fácil conjeturar quão curta seria a duração da felicidade de um casal que só se unira porque suas paixões eram mais fortes do que suas virtudes.

O sr. Gardiner logo escreveu outra vez para o cunhado, respondendo brevemente aos agradecimentos do sr. Bennet, dando garantias de sua ansiedade para promover o bem-estar de todos na família, e concluiu com súplicas de que nunca mais se tocasse do assunto. O principal teor da carta era informá-los de que Wickham resolvera deixar a milícia. Ele acrescentou:

Era meu grande desejo que ele o fizesse assim que o casamento fosse marcado. E acho que o senhor concordará comigo em considerar que a saída dele da corporação é altamente aconselhável, tanto por causa dele como por causa de minha sobrinha. É intenção do sr. Wickham passar para o exército regular, e entre seus antigos amigos há alguns que ainda podem e estão dispostos a ajudá-lo no exército. Foi-lhe prometido um posto de oficial no regimento de um certo general, atualmente aquartelado no norte. É uma vantagem que ele fique tão longe desta parte do reino. Parece promissor; e tenho esperança de que, em meio a pessoas diferentes, onde os dois tenham uma reputação a zelar, ambos sejam mais prudentes. Escrevi ao coronel Forster para informá-lo dos presentes arranjos e para lhe pedir que satisfaça os vários credores do sr. Wickham em Brighton e perto de lá, com garantias de rápido pagamento, com o que eu mesmo me comprometi. E peço que o senhor faça o mesmo com os credores dele em Meryton, listados em anexo segundo informações fornecidas por ele. O sr. Wickham confessou todas as dívidas, espero que ao menos não tenha nos enganado. Haggerston recebeu nossas instruções e tudo será concluído em uma semana. Eles se juntarão a esse regimento, a menos que sejam convidados primeiro a Longbourn, e me foi dado a entender pela sra. Gardiner que minha sobrinha deseja muito ver todos vocês antes de partir do sul. Ela está bem e me pede para ser devidamente lembrada ao senhor e à mãe dela.

Cordialmente etc.

E. Gardiner.

O sr. Bennet e as filhas viram todas as vantagens do afastamento de Wickham do condado com a mesma clareza do sr. Gardiner. Mas a sra. Bennet não ficou tão satisfeita com a notícia. O fato de que Lydia se mudaria para o norte, justo quando a mãe mais esperava o prazer e o orgulho de sua companhia, pois não desistira da ideia de eles morarem em Hertfordshire, era uma grave decepção. Além disso, era uma pena Lydia ser afastada de um regimento onde conhecia todos e gostava de tanta gente.

— Ela gosta tanto da sra. Forster — ela disse. — Será muito horrível mandá-la embora! E ela gosta de muitos dos rapazes também. Os oficiais podem não ser tão agradáveis no regimento desse general.

O pedido da filha, de ser admitida de volta à família antes de partir para o norte, recebeu em um primeiro momento um "não" absoluto. Mas Jane e Elizabeth, que concordaram em desejar, pelo bem dos sentimentos e do valor da irmã, que os pais reconhecessem seu casamento, imploraram com tanta insistência, mas com tamanha racionalidade e delicadeza, para ele aceitar receber Lydia e o marido em Longbourn assim que os dois estivessem casados, que o convenceram a pensar como elas e agir segundo desejavam. E a sra. Bennet teve a satisfação de saber que poderia exibir a filha casada pela vizinhança antes de ela ser banida para o norte. Portanto, quando o sr. Bennet escreveu outra vez para o cunhado, enviou sua permissão para os dois virem, e foi estabelecido que, tão logo a cerimônia acabasse, eles partiriam para Longbourn. Elizabeth surpreendeu-se que Wickham concordasse com tal plano, e, considerando a própria vontade, qualquer encontro com ele teria sido o último objeto de seus desejos.

Capítulo 51

O dia do casamento da irmã chegou, e Jane e Elizabeth se emocionaram por ela, provavelmente mais do que ela mesma. A carruagem foi despachada para buscar os noivos, que deviam estar lá à hora do jantar. As irmãs Bennet mais velhas aguardavam a chegada do casal com temor, especialmente Jane, que projetara em Lydia os sentimentos que ela mesma teria nutrido, se fosse *ela* a culpada, e lhe doía pensar no que a irmã teria de suportar.

Eles chegaram. A família encontrava-se reunida na sala de café da manhã para recebê-los. Sorrisos cobriam o rosto da sra. Bennet quando a carruagem alcançou a porta; o marido parecia impenetravelmente austero; as filhas, agitadas, ansiosas, inquietas.

Ouviram a voz de Lydia do vestíbulo, a porta foi escancarada e ela correu para dentro da sala. Sua mãe adiantou-se, abraçou-a e recebeu-a em êxtase, ofereceu a mão com um sorriso afetuoso para Wickham, que seguia sua senhora, e parabenizou a ambos, com um furor que demonstrava não haver dúvidas quanto à felicidade do casal.

A recepção por parte do sr. Bennet, a quem então se viraram, não foi tão cordial. Ele mal abriu a boca, embora seu semblante houvesse ficado muito mais austero. A confiança descontraída do casal bastara para exasperá-lo. Elizabeth sentiu desgosto e até a srta. Bennet ficou chocada. Lydia ainda era Lydia — indomada, descarada, selvagem, barulhenta e destemida. Ela foi de irmã a irmã, exigindo os parabéns e, quando enfim se sentou, olhou ao redor com ansiedade, reparando em algumas pequenas alterações, e comentou, com uma risada, que fazia muito tempo desde que estivera ali.

Wickham não estava nem um pouco mais aflito do que ela, mas seus modos eram sempre tão agradáveis que, se o caráter e o casamento fossem como deveriam ter sido, seus sorrisos e sua naturalidade enquanto assumia seu lugar na família teriam deleitado a todos. Elizabeth nunca acreditara que ele seria capaz de tamanha presunção, mas se sentou, decidida a nunca mais tentar prever os limites da imprudência de um homem imprudente. *Ela* corava e Jane corava, mas as bochechas daqueles que causavam tal embaraço não sofreram nenhuma variação de cor.

Não faltava conversa. Nem a noiva nem a mãe conseguiam falar rápido o bastante, e Wickham, que por acaso se sentara perto de Elizabeth, começou a perguntar sobre os conhecidos da vizinhança, com uma naturalidade bem-humorada que ela se sentiu bem incapaz de equiparar em suas respostas. Os dois pareciam cheios das mais felizes lembranças do mundo. Nada do passado era recordado com dor, e Lydia voluntariamente abordou os assuntos aos quais as irmãs não teriam aludido por nada no mundo.

— Pensem só que faz três meses desde que fui embora! — ela exclamou. — Parece uma quinzena, juro, mas muitas coisas aconteceram nesse tempo. Pelo amor de Deus! Quando fugi, tenho certeza de que não pensava em me casar antes de voltar! Mas pensei que seria muito divertido se casasse.

O pai ergueu os olhos, Jane ficou angustiada, Elizabeth olhou sugestivamente para Lydia, porém ela, que nunca ouvia nem via nada a que escolhesse ficar insensível, continuou alegremente:

— Ah, mamãe, as pessoas das redondezas sabem que estou casada? Eu temia que não; ultrapassamos o cabriolé de William Goulding, e decidi que ele deveria saber, então baixei o vidro ao lado dele, tirei a luva e pousei minha mão na borda da janela para ele poder ver o anel; e então fiz uma reverência e sorri com ar de naturalidade.

Elizabeth não aguentava mais. Levantou-se e saiu da sala, e não voltou mais até ouvi-los passando pelo saguão a caminho da sala de jantar. Ela então se juntou a eles a tempo de testemunhar Lydia, com ansiosa ostentação, tomando a mão direita da mãe e dizendo à irmã mais velha:

— Ah, Jane, agora eu assumo seu lugar, e você deve ficar mais para trás, pois sou uma mulher casada!

Não se poderia esperar que o tempo trouxesse a Lydia o pudor do qual ela estava tão completamente livre a princípio. Sua vivacidade e bom humor aumentaram. Queria ver a sra. Phillips, os Lucas e todos os vizinhos, e ouvir a todos chamarem-na de "sra. Wickham" e, nesse ínterim, foi depois do jantar mostrar o anel e se gabar de estar casada para a sra. Hill e duas criadas.

— Bem, mamãe — ela disse, quando todos retornaram à sala de café da manhã. — E o que acha do meu marido? Ele não é um homem encantador? Tenho certeza de que todas as minhas irmãs me invejam. Só espero que elas tenham metade de minha boa sorte. Todas devem ir a Brighton. Lá é o lugar certo para conseguir maridos. Que pena, mamãe, que não fomos todas!

— Verdade, e, se eu pudesse agir de acordo com minha vontade, teria ido. Mas, minha querida Lydia, não gosto nada de você indo para tão longe. Tem de ser assim?

— Ah, Senhor, sim! Não há nada demais nisso. Eu vou gostar muito. Você e papai, e minhas irmãs, devem ir nos ver. Ficaremos em Newcastle durante todo o inverno, e ouso dizer que haverá alguns bailes, e eu cuidarei de conseguir bons acompanhantes para todas elas.

— Eu adoraria isso mais do que qualquer coisa! — disse a mãe.

— E então, quando vocês forem embora, podem deixar uma ou duas de minhas irmãs comigo, e ouso dizer que conseguirei maridos para elas antes de o inverno acabar.

— Eu lhe agradeço pela parte que me toca — disse Elizabeth —, mas não gosto de seu modo de conseguir maridos.

Os visitantes não ficariam mais de dez dias com eles. O sr. Wickham recebera seu posto antes de deixarem Londres, e precisava se unir ao regimento ao cabo de uma quinzena.

Ninguém além da sra. Bennet sentiu pesar pela estadia ser tão curta, e ela aproveitou o tempo ao máximo, prestando visitas à vizinhança com a filha e dando festas frequentes em casa. Tais festas eram aceitáveis para todos: evitar o círculo familiar era ainda mais desejável para aqueles que pensavam do que para aqueles que não.

A afeição de Wickham por Lydia era exatamente como Elizabeth previra: desigual à de Lydia por ele. Ela mal precisara observar muito antes de se convencer de que a fuga fora realizada mais pela força do amor de Lydia do que do dele, e Elizabeth teria se perguntado por que, sem um violento afeto por ela, ele escolhera fugir. Porém, tinha certeza de que tal fuga se tornara necessária pelas dificuldades em que ele se encontrava; e, nesse caso, ele não seria o tipo de rapaz que resistiria a ter uma companhia.

Lydia era excessivamente apaixonada por ele, chamando de "querido Wickham" em todas as ocasiões. Ninguém poderia ser comparado a ele. Wickham era o melhor em tudo no mundo, e ela tinha certeza de que ele mataria mais pássaros no começo de setembro, início da temporada de caça, do que qualquer outra pessoa do país.

Em uma manhã, pouco depois da chegada do casal, enquanto Lydia estava com as duas irmãs mais velhas, disse a Elizabeth:

— Lizzy, acho que eu nunca contei a *você* sobre meu casamento. Você não estava quando contei tudo a mamãe e aos outros. Não está curiosa para saber como aconteceu?

— Na verdade, não — respondeu Elizabeth. — Acho que todo silêncio sobre o assunto é pouco.

— Ah! Você é tão estranha! Mas eu lhe contarei como foi. Nós nos casamos em Saint Clement, porque o alojamento de Wickham era na região dessa paróquia. E foi estabelecido que todos deveríamos estar lá às onze. Os tios e eu íamos juntos, e os outros nos encontrariam na igreja. Bem, chegou a segunda-feira, e eu fiquei tão nervosa! Senti muito medo, sabe, de que algo acontecesse para adiar o evento, isso me deixaria tão aturdida. E tinha a tia, que, enquanto eu me vestia, não parava de orar e falar como se estivesse fazendo um sermão. No entanto, não ouvi mais do que uma palavra a cada dez, porque estava pensando, como pode imaginar, no meu querido Wickham. Estava ansiosa para saber se ele usaria o casaco azul. Bem, daí tomamos o café da manhã às dez, como de costume. Pensei que nunca mais acabaria, pois, no fim das contas, você precisa entender que o tio e a tia foram horrivelmente desagradáveis durante todo o tempo em que estive com eles. Acredite se quiser, não coloquei os pés para fora de casa nenhuma vez, apesar de ter ficado lá durante uma quinzena. Nenhuma festa, nem arranjo, nem nada! Claro que Londres estava meio vazia, mas o Little Theatre estava aberto. Bem, então, quando a carruagem alcançou a porta, o tio foi chamado para resolver uns assuntos com aquele homem horroroso, o sr. Stone. E então, sabe, quando eles se encontram, não tem fim. Bem, fiquei tão assustada que não sabia o que fazer, porque o tio era quem ia me levar até o altar, e se chegássemos atrasados não poderíamos mais nos casar naquele dia. Mas, por sorte, ele voltou em dez minutos, e assim partimos. Entretanto, depois pensei que, se ele *tivesse sido* impedido de ir, o casamento não precisaria ser adiado, porque o sr. Darcy também poderia ter me levado.

— O sr. Darcy! — repetiu Elizabeth, com supremo espanto.

— Ah, sim! Ele ia com Wickham, sabe. Mas como sou tonta! Eu me esqueci! Não devia ter dito uma palavra a respeito disso. Eu lhes prometi tanto! O que Wickham vai dizer? Precisava ser um segredo!

— Se era para ser um segredo, não diga mais nada sobre o assunto — disse Jane. — Você pode ter certeza de que não vou perguntar mais nada a respeito.

— Ah, certamente — disse Elizabeth, apesar de estar ardendo de curiosidade. — Não vamos mais fazer perguntas.

— Obrigada — disse Lydia. — Porque, se vocês fizessem, eu com certeza contaria tudo, e Wickham ficaria bravo.

Com tamanho encorajamento para perguntar mais, Elizabeth foi forçada a tirar essa opção de seu poder, fugindo.

Mas viver na ignorância a esse respeito era impossível, ou, pelo menos, era impossível não tentar descobrir mais nada. O sr. Darcy estivera no casamento de sua irmã. Era o exato tipo de cenário, e o exato tipo de companhia, em meio aos quais ele aparentemente teria menos a fazer e a menor tentação de estar. O cérebro dela produziu velozes e selvagens conjeturas acerca do significado daquilo, mas não se satisfez com nenhuma. Aquelas que mais lhe agradavam, enxergando a conduta dele à mais nobre luz, pareciam as mais improváveis. Não conseguia suportar tamanho suspense e, agarrando rapidamente uma folha de papel, escreveu uma carta curta para a tia, pedindo uma explicação do que Lydia deixara escapar, se fosse compatível com a intenção de manter sigilo. Ela acrescentou:

Você pode compreender minha curiosidade em saber como uma pessoa sem ligação com nenhum de nós e (comparativamente falando) um estranho à nossa família estaria em meio a vocês em uma hora dessas. Por favor, escreva logo, e permita-me entender — a menos que, por motivos muito fortes, o segredo que Lydia julga necessário deva ser mantido, e então deverei me empenhar em suportar a ignorância.

— Não que eu *vá* — ela acrescentou para si mesma, e encerrou a carta:

E, minha querida tia, se você não me contar de uma maneira honrosa, serei obrigada a recorrer a truques e estratagemas para descobrir.

O delicado senso de honra de Jane não lhe permitiu falar com Elizabeth sobre o que Lydia deixara escapar. Elizabeth ficou feliz — até saber se suas indagações seriam de algum modo satisfeitas, preferia não ter uma confidente.

Capítulo 52

Elizabeth teve a satisfação de receber uma resposta a sua carta o mais rápido possível. Assim que a pegou, correu para o bosque, onde havia menor probabilidade de ser interrompida, sentou-se em um dos bancos e se preparou para ficar feliz, pois o tamanho da carta a convenceu de que não continha uma recusa.

Rua Gracechurch, 6 de setembro.

Minha querida sobrinha,

Acabei de receber sua carta, e devotarei minha manhã inteira a respondê-la, pois prevejo que um pouquinho de escrita não conseguirá abranger o que tenho a lhe contar. Confesso estar surpresa com sua solicitação; não a esperava de você. Mas não pense que estou brava, pois só quero lhe informar que não imaginei que esse tipo de indagação seria necessário de sua parte. Se você escolhe não me compreender, perdoe-me pela impertinência. Seu tio ficou tão surpreso quanto eu, e nada além da crença de que você era parte interessada lhe teria permitido agir como agiu. Mas, se você está de fato inocente e ignorante, preciso ser mais explícita.

No mesmo dia de minha chegada de Longbourn, seu tio recebeu uma visita das mais inesperadas. O sr. Darcy apareceu e ficou trancado com ele durante várias horas. Tudo acabou antes de eu chegar, então minha curiosidade não foi tão terrivelmente atormentada quanto a sua parece ter sido. Ele veio dizer ao sr. Gardiner que descobrira onde sua irmã e o sr. Wickham estavam, e que vira ambos e falara com eles — com Wickham repetidamente, com Lydia, uma vez. Pelo que entendi, ele deixou Derbyshire apenas um dia depois de nós, e veio à cidade decidido a caçá-los. O motivo alegado foi sua convicção de que era o culpado pelo fato de não ser de conhecimento geral o quanto Wickham é indigno, o que tornaria impossível uma jovem de bom caráter amá-lo e confiar nele. Ele generosamente atribuiu o todo ao próprio orgulho equivocado, e confessou que antes julgara indigno expor seus assuntos pessoais ao mundo. Seu caráter devia falar por si mesmo. Ele disse que era seu dever tomar partido e se empenhar em remediar o mal que ele mesmo causara. Se ele tivesse outro motivo, tenho certeza de que isso não seria nenhuma desonra. Passou alguns dias na cidade antes de conseguir descobri-los, mas tinha algo para direcionar sua busca, que era mais do que nós tínhamos, e a consciência disso foi um motivo a mais para ele resolver nos seguir.

Parece que há uma dama, uma sra. Younge, que algum tempo atrás foi preceptora da srta. Darcy, e foi demitida do trabalho por algum motivo, que ele não esclareceu. Ela se mudou para uma casa grande na rua Edward e desde então se mantém alugando alojamentos. Essa sra. Younge é, ele sabia, íntima de Wickham, e o sr. Darcy foi até ela para buscar informações sobre o rapaz, assim que chegou à cidade. No entanto, levou dois ou três dias antes de conseguir dela o que buscava. Ela não queria trair a confiança, suponho, sem suborno e corrupção, pois na verdade sabia onde estava o amigo dela. Wickham, de fato, fora até ela logo que chegara a Londres e, se ela pudesse recebê-los em casa, os dois lá morariam. No fim, nosso gentil amigo conseguiu as coordenadas desejadas, descobrindo em qual rua eles estavam. Darcy viu Wickham e depois insistiu em ver Lydia. Seu primeiro assunto com ela, ele reconheceu, foi persuadi-la a abandonar a presente situação vergonhosa e retornar a seus amigos assim que pudessem ser convencidos a recebê-la, e ofereceu sua assistência tanto quanto possível. Mas descobriu que Lydia estava absolutamente decidida a ficar onde estava. Ela não se importava com nenhum dos amigos, não queria a ajuda dele, não queria saber de abandonar Wickham, tinha certeza de que eles se casariam em algum momento e não lhe importava muito quando. Como tais eram os sentimentos dela, ele julgou que só restava garantir e apressar o matrimônio, o que, desde sua primeira conversa com Wickham, logo descobriu nunca ter sido um plano dele. Wickham confessou-se obrigado a abandonar o regimento por causa de algumas dívidas de honra bastante urgentes, e teve o escrúpulo de não culpar somente a estupidez de Lydia por todas as más consequências da fuga. Wickham pretendia entregar seu posto imediatamente e, quanto ao próprio futuro, não conseguia conjeturar muito. Precisava ir a algum lugar, mas não sabia onde, e sabia que não tinha como se manter.

O sr. Darcy lhe perguntou por que ele não se casara logo com sua irmã. Embora não se pense no sr. Bennet como alguém muito rico, ele teria conseguido fazer algo pelo rapaz, cuja situação teria sido beneficiada pelo matrimônio. Wickham ainda alimentava a esperança de fazer fortuna através do casamento em alguma *outra região. Entretanto, em tais circunstâncias, ele não resistiria à tentação de um alívio imediato.*

Eles se encontraram várias vezes, pois havia muito a ser discutido. Wickham, é claro, queria mais do que poderia ter, mas enfim foi levado a ser razoável.

Depois de acertarem tudo entre si, o próximo passo do sr. Darcy foi contar tudo ao seu tio, e ele apareceu pela primeira vez na rua Gracechurch na noite antes de minha chegada. Entretanto, o sr. Gardiner não podia receber ninguém, e o sr. Darcy descobriu, ao fazer mais perguntas, que seu pai ainda estava com ele, mas deixaria a cidade na manhã seguinte. Ele não julgou que seu pai seria uma pessoa com quem poderia debater de maneira tão adequada quanto com seu tio, e portanto prontamente adiou sua visita a ele até a partida de seu pai. Não deixou o nome, e até o dia seguinte só se soube que um cavalheiro tinha aparecido para tratar de negócios.

No sábado, o sr. Darcy veio outra vez. Seu pai tinha partido, seu tio estava em casa e, como já falei, eles tinham muito a conversar.

Eles se encontraram outra vez no domingo, e então eu o vi também. Não resolveram tudo antes de segunda, quando a carta expressa foi enviada a Longbourn. Mas nosso visitante foi muito teimoso. Imagino, Lizzy, que a teimosia seja o grande defeito do caráter dele, no fim das contas. Ele foi acusado de muitos erros em diferentes ocasiões, mas este é o único verdadeiro. Não havia nada a ser feito que ele mesmo não fizesse, embora eu tenha certeza (e não falo na intenção de ser agradecida, portanto não diga nada a respeito) de que seu tio teria resolvido tudo prontamente.

Eles debateram entre si por muito tempo, mais do que o cavalheiro ou a dama em questão mereciam. Mas enfim seu tio foi forçado a ceder, e em vez de lhe ser permitido se fazer útil à sobrinha, foi forçado a suportar apenas o provável crédito de tê-lo feito, o que doeu um pouco. Eu realmente acredito que sua carta esta manhã lhe tenha dado grande prazer, por requerer uma explicação que tirará dele os agradecimentos recebidos no lugar de quem os merece, e por elogiar a quem os elogios são devidos. Mas, Lizzy, isso não deve passar de você, e no máximo de Jane.

Você sabe muito bem, suponho, o que foi feito em prol do jovem casal. As dívidas dele serão pagas, somando, acredito, consideravelmente mais de mil libras, e mais mil em adição à parte dela, e a compra do cargo de Wickham. A razão de ele ter feito tudo isso sozinho é a que dei acima. Era por causa dele, de suas reservas e falta de devida consideração, que o caráter de Wickham fora tão incompreendido e, em consequência, que ele foi recebido e percebido da maneira como foi. Talvez haja alguma verdade nisso, mas eu duvido muito que as reservas de Darcy, ou as de qualquer pessoa, poderiam ser as responsáveis pelo acontecimento. No entanto, apesar de toda essa conversa elegante, minha querida Lizzy, você pode ficar perfeitamente convencida de que seu tio nunca teria cedido, se não tivéssemos dado a Darcy o crédito de possuir outro interesse no assunto.

Quando tudo foi resolvido, ele voltou aos amigos, que ainda permaneciam em Pemberley, mas foi combinado que estaria em Londres mais uma vez, quando o casamento acontecesse, e todos os assuntos de dinheiro seriam concluídos na ocasião.

Acredito que agora lhe contei tudo. Tal relação você me diz lhe causar grande surpresa; espero ao menos que não lhe dê nenhum desprazer. Lydia veio até nós; já Wickham era constantemente admitido em casa. Ele não mudara desde que o conheci em Hertfordshire, mas eu não lhe contaria quanto fiquei insatisfeita com o comportamento dela enquanto esteve conosco, se não tivesse percebido, pela carta de Jane na última quarta, que a conduta dela ao chegar em casa foi exatamente igual, e portanto o que agora lhe digo não lhe causará mais dor. Conversei repetidamente com ela da maneira mais séria, mostrando-lhe a maldade do que tinha feito e toda a infelicidade que trouxe à família. Se ela me ouviu, foi por sorte, pois tenho certeza de que não prestou atenção. Às vezes eu ficava bem exasperada, mas então me lembrava de minhas queridas Elizabeth e Jane, e por causa de vocês duas tinha paciência com Lydia.

O sr. Darcy retornou pontualmente e, como Lydia lhe informou, compareceu ao casamento. Ele jantou conosco no dia seguinte, e pretendia deixar a cidade na quarta ou na quinta. Você ficará muito brava comigo, minha querida Lizzy, se eu aproveitar esta oportunidade para dizer (o que nunca me atrevi a falar) o quanto gosto dele? O comportamento dele para conosco foi, em todos os aspectos, tão agradável quanto quando estávamos em Derbyshire. O discernimento e as opiniões dele me agradam, não lhe falta nada além de um pouco mais de vivacidade, e isso, se ele escolher com prudência com quem se casar, sua esposa lhe ensinará. Julguei-o bastante astuto — ele mal mencionou seu nome. Mas a astúcia parece estar na moda.

Por favor, perdoe-me se presumi demais, ou pelo menos não me puna a ponto de me excluir de P. Eu nunca serei feliz de verdade se não der a volta no parque todo. Um faetonte baixo, com um bonito par de pôneis, seria o ideal.

Mas não devo escrever mais. As crianças estão querendo minha atenção faz meia hora.

Com muita afetuosidade,

M. Gardiner.

O conteúdo da carta deixou Elizabeth tão alvoroçada que ela mal soube discernir se de prazer ou dor. As vagas e duvidosas suspeitas que a incerteza produzira acerca do que o sr. Darcy poderia estar fazendo para encaminhar a união de Lydia, que ela temera atribuir a uma demonstração de bondade grande demais para ser provável, e ao mesmo tempo temera que se devesse apenas à dor da obrigação, provaram-se, além de qualquer limite, verdadeiras! Ele os seguira de propósito até a cidade, assumira o transtorno e a vergonha da busca, em que precisara fazer súplicas a uma mulher que, com certeza, ele abominava e desprezava, e fora obrigado a encontrar — visitar com frequência, argumentar, persuadir e enfim subornar — o homem que sempre desejara evitar, e cujo mero nome lhe era uma punição pronunciar. Ele fizera tudo isso por uma moça que não prezava nem estimava. O coração de Elizabeth sussurrou que Darcy fizera isso por ela. No entanto, tratava-se de uma esperança logo reprimida por outras considerações, e logo sentiu que até sua vaidade era insuficiente para convencê-la da afeição de Darcy por ela, uma mulher que já o recusara, e cuja relação próxima com Wickham geraria um sentimento tão natural de repulsa. Cunhado de Wickham! Todos os tipos de orgulho iriam se repugnar com tal laço. Darcy com certeza fizera muito — Elizabeth tinha vergonha de pensar no quanto. Mas ele dera uma explicação para sua interferência, uma que não exigia que forçasse os limites do crível. Era razoável que ele julgasse ter culpa; ele tinha magnanimidade e as condições financeiras de exercê-la; e, embora Elizabeth não fosse se considerar seu principal estímulo, poderia, talvez, acreditar que um resto da parcialidade que ele nutrira por ela poderia ter auxiliado seus esforços por uma causa na qual a paz espiritual dela estava bastante implicada. Era doloroso, excessivamente doloroso, saber que deviam tanto a uma pessoa a quem jamais poderiam retribuir. Deviam-lhe o restabelecimento de Lydia, da reputação dela, tudo. Ah! Como amargava cada sentimento descortês que nele causou, e cada discurso impertinente que já lhe dirigira. Sentia-se comovida, mas tinha orgulho dele. Estava orgulhosa porque, em uma causa de compaixão e honra, ele conseguira dar o melhor de si. Elizabeth releu os elogios da tia a ele várias vezes. Não eram suficientes, mas lhe agradaram. Sentiu até alguma satisfação, embora mesclada de remorso, ao descobrir a firmeza da crença dos tios de que ainda havia afeição e confiança entre ela e o sr. Darcy.

Ela foi tirada de seu assento, e de suas reflexões, pela aproximação de alguém e, antes de conseguir sumir em outro caminho, foi surpreendida por Wickham.

— Estou interrompendo suas divagações solitárias, minha querida cunhada? — ele perguntou, ao se juntar a ela.

— Com certeza — replicou ela com um sorriso. — Mas isso não significa que a interrupção seja inoportuna.

— Eu ficaria mesmo muito triste se fosse. *Nós* sempre fomos bons amigos, e agora somos algo melhor que isso.

— Verdade. Os outros vão sair?

— Não sei. A sra. Bennet e Lydia vão a Meryton de carruagem. E então, minha querida cunhada, descobri por meio de seus tios que você viu Pemberley.

Ela respondeu na afirmativa.

— Quase invejo seu prazer, mas acredito que seria demais para mim, ou eu passaria por lá em meu caminho até Newcastle. E você viu a velha governanta, não? Pobre Reynolds, ela sempre gostou muito de mim. Mas é claro que não mencionou meu nome para você.

— Mencionou, sim.

— E o que ela disse?

— Que você entrou no exército e que... não deu muito certo. A uma distância *dessas*, as coisas são muito mal compreendidas, sabe.

— Com certeza — replicou ele, mordendo o lábio.

Elizabeth esperava tê-lo silenciado, mas ele logo depois disse:

— Fiquei surpreso em ver Darcy na cidade no mês passado. Nós nos cruzamos diversas vezes. Eu me pergunto o que ele estava fazendo por lá.

— Talvez se preparando para o casamento dele com a srta. De Bourgh — disse Elizabeth. — Deve ser algo pessoal, para levá-lo até lá nessa época do ano.

— Sem dúvida. Você o viu enquanto estavam em Lambton? Penso ter entendido que sim, pelo que os Gardiner disseram.

— Sim, ele nos apresentou à irmã.

— E você gostou dela?

— Muito.

— Ouvi mesmo falar que ela melhorou muito nesses últimos dois anos. Da última vez que a vi ela não andava muito promissora. Fico feliz que você tenha gostado dela. Espero que ela dê certo.

— Ouso dizer que dará; ela já passou da idade mais difícil.

— Vocês passaram pela vila de Kympton?

— Não me lembro de termos passado por esse lugar.

— Eu a menciono porque seria o presbitério que deveria me pertencer. Um lugar dos mais agradáveis! Uma excelente casa paroquial! Teria me sido adequada em todos os aspectos.

— Você acha que gostaria de fazer sermões?

— Excessivamente. Eu consideraria parte de meu dever, e o esforço logo não seria nada. Não se deve lamentar, mas com certeza teria sido o melhor para mim! O sossego, o isolamento dessa vida, teriam atendido a todos os meus ideais de felicidade! Mas não era para ser. Você ouviu Darcy mencionar a situação quando estavam em Kent?

— *Ouvi*, de autoridade no assunto, fonte que julguei *igualmente confiável*, que o presbitério só lhe foi deixado sob certas condições, e conforme a vontade do atual patrono.

— Ouviu! Sim, havia algo quanto a *isso*. Eu lhe disse desde o começo. Você deve se lembrar.

— Também *ouvi* que houve uma época em que fazer sermões não lhe soava tão palatável quanto agora, que você na verdade declarou estar decidido a nunca se ordenar, e que o negócio foi ajustado em conformidade com isso.

— Ouviu! E não foi algo totalmente sem fundamentos. Você deve se lembrar o que lhe falei sobre isso, da primeira vez que conversamos a respeito.

Haviam quase alcançado a porta da casa, àquela altura, pois Elizabeth começara a caminhar depressa para se livrar dele, e, não querendo irritá-lo — pelo bem da irmã —, apenas respondeu, com um sorriso bem-humorado:

— Ora, sr. Wickham, somos cunhados, você sabe. Não falemos do passado. No futuro, sempre pensaremos igual, espero.

Ela estendeu a mão; ele a beijou com afetuosa galanteria, embora mal soubesse como se portar quando adentraram a casa.

Capítulo 53

O sr. Wickham ficou tão satisfeito com aquela conversa que nunca mais se inquietou nem provocou sua querida cunhada Elizabeth com o assunto, e ela ficou feliz em descobrir que dissera o suficiente para mantê-lo quieto.

Logo chegou o dia da partida do casal, e a sra. Bennet foi forçada a se submeter a uma separação que, como o marido não pretendia de modo algum ceder às suas ideias de ir a Newcastle, provavelmente duraria pelo menos um ano.

— Ah, minha querida Lydia! — exclamou ela. — Quando nos encontraremos de novo?

— Ah, Senhor! Não sei. Não pelos próximos dois ou três anos, talvez.

— Escreva-me com muita frequência, minha querida.

— Escreverei tanto quanto puder. Mas você sabe que mulheres casadas nunca têm muito tempo para escrever. Minhas irmãs podem escrever a *mim*. Elas não terão mais o que fazer.

As despedidas do sr. Wickham foram muito mais afetuosas do que as de sua esposa. Ele sorriu, gracioso, e disse muitas coisas bonitas.

— Ele é o camarada mais encantador que já vi — disse o sr. Bennet, assim que os dois deixaram a casa. — Ele se desfaz em sorrisos afetados e é amável com todos nós. Eu me orgulho imensamente dele. Desafio até sir William Lucas a conseguir um genro mais valioso.

A perda da filha deixou a sra. Bennet muito aborrecida por vários e vários dias.

— Penso sempre que não existe nada pior do que se separar dos amigos — ela disse. — A gente fica tão desamparada sem eles.

— Essa é a consequência de se casar uma filha — disse Elizabeth. — Talvez a senhora fique mais satisfeita por as outras quatro serem solteiras.

— Nada disso. Lydia não me deixou por ter se casado, mas porque aconteceu de o regimento de seu marido ficar tão longe. Se fosse mais próximo, ela não teria ido embora tão cedo.

Mas a falta de ânimo em que o acontecimento a deixara durou pouco, e sua mente abriu-se outra vez à empolgação da esperança por causa de uma notícia que começou a circular. A governanta de Netherfield recebera ordens de se preparar para a chegada de seu senhor, que viria em um dia ou dois, para caçar por ali durante várias semanas. A sra. Bennet ficou no maior alvoroço. Olhava para Jane, sorrindo e sacudindo a cabeça alternadamente.

— Ora, ora, então o sr. Bingley está voltando, irmã. — (Pois fora a sra. Phillips que trouxera a notícia). — Ora, tanto melhor. Não que eu me importe. Ele não é nada para nós, sabe, e tenho certeza de que *eu* não quero vê-lo de novo. Mas ele é muito bem-vindo a Netherfield, se gosta de lá. E quem sabe o que pode acontecer. Mas isso não significa nada para nós. Sabe, irmã, concordamos tanto tempo atrás em nunca mais mencionar uma palavra a esse respeito. E então, é mesmo certo que ele está vindo?

— Pode contar com isso — respondeu a outra. — Porque a sra. Nichols esteve em Meryton ontem à noite. Eu a vi passar e saí com o propósito de descobrir a verdade, e ela me disse que era mesmo verdade. Ele chega na quinta no máximo, talvez até mesmo na quarta. Ela estava indo ao açougueiro, disse, para pedir carne para quarta, e comprou três pares de patos bem no ponto para o abate.

A srta. Bennet não conseguira ouvir falar da chegada de Bingley sem enrubescer. Fazia muitos meses desde que tocara no nome dele com Elizabeth, mas agora, assim que as duas ficaram sozinhas, disse:

— Eu vi você me olhando hoje, Lizzy, quando a tia nos contou a notícia, e sei que eu parecia perturbada, mas não imagine que foi por tolice. Só fiquei desconcertada porque *senti* que me olhariam. Eu lhe garanto que essa notícia não me afeta, nem com satisfação nem com angústia. Ao menos uma coisa me deixa feliz: saber que ele vem sozinho, pois o veremos menos. Não que eu tema por *mim*, mas pelos comentários dos outros.

Elizabeth não sabia o que pensar. Se não o tivesse visto em Derbyshire, poderia ter suposto que ele não vinha com nenhum propósito que não aquele admitido, mas ainda o julgava interessado por Jane, e estremecia com a grande probabilidade de ele estar vindo *com* a permissão do amigo, ou de ser ousado o bastante de vir sem ela.

Mas é duro que esse pobre homem não possa vir à casa que alugou legalmente sem levantar toda essa especulação, ela pensava às vezes. *Eu vou deixá-lo em paz.*

Apesar do que Jane havia declarado e do que acreditava serem seus sentimentos acerca da expectativa da chegada de Bingley, Elizabeth pôde facilmente perceber que a irmã fora afetada. Ela estava mais perturbada, mais inconstante, do que Elizabeth costumava vê-la.

O assunto que fora tão calorosamente sondado pelos pais cerca de um ano antes agora voltava à tona.

— Assim que o sr. Bingley chegar, meu querido, você irá visitá-lo, é claro — disse a sra. Bennet.

— Não, não. Você me forçou a visitá-lo no ano passado e me prometeu que, se eu fosse, ele se casaria com uma de minhas filhas. Mas não deu em nada, e não serei enviado outra vez com essa incumbência tola.

A esposa mostrou-lhe como tal atenção era absolutamente necessária por parte de todos os cavalheiros da vizinhança, com o retorno de Bingley a Netherfield.

— Esta é uma regra de etiqueta que desprezo — disse ele. — Se ele quiser partilhar de nosso convívio, que nos procure. Ele sabe onde moramos. Não vou gastar o *meu* tempo correndo atrás dos meus vizinhos cada vez que eles vão embora e depois voltam.

— Bem, tudo o que sei é que será abominavelmente rude não o visitar. No entanto, isso não me impedirá de convidá-lo a jantar aqui, estou decidida. Devemos receber a sra. Long e os Goulding logo. Isso dará treze, contando conosco, então haverá lugar à mesa para ele.

Consolada com tal decisão, conseguiu lidar melhor com a descortesia do marido, embora fosse bastante humilhante saber que, em consequência, todos os vizinhos poderiam ver o sr. Bingley antes *delas*. Quando o dia da chegada de Bingley se aproximou, Jane disse à irmã:

— Começo a lamentar que ele esteja vindo. Não seria nada. Eu conseguiria vê-lo com perfeita indiferença, mas mal posso suportar que fiquem falando perpetuamente no assunto. Mamãe tem boas intenções, mas não sabe... ninguém tem como saber... o quanto sofro com o que ela diz. Ficarei muito feliz quando a estadia dele em Netherfield acabar.

— Eu gostaria de poder dizer qualquer coisa para consolar você — replicou Elizabeth. — Mas está fora do meu alcance. Você deve sentir; e a costumeira satisfação de pregar paciência para quem sofre me é negada, porque você sempre tem tanta.

O sr. Bingley chegou. A sra. Bennet, com a ajuda dos criados, conseguiu receber a notícia em primeira mão, para que seu período de ansiedade e irritação fosse o maior possível. Ela contava os dias que deveriam passar antes de poder fazer o convite — sem ter a menor esperança de vê-lo antes. Mas, na terceira manhã depois da chegada dele a Hertfordshire, viu-o da janela do quarto, entrando no cercado e cavalgando até a casa.

Chamou as filhas com grande ansiedade para compartilhar de sua alegria. Jane manteve seu lugar à mesa, resoluta, mas Elizabeth, para satisfazer a mãe, foi até a janela, e viu o sr. Darcy com ele, então sentou-se de novo ao lado da irmã.

— Há um cavalheiro com ele, mamãe — disse Kitty. — Quem é?

— Acho que algum conhecido, minha querida. Tenho certeza de que não conheço.

— Ah! — respondeu Kitty. — Parece com o homem que costumava vir com ele antes. O senhor... Qual é o nome dele? Aquele alto, orgulhoso.

— Pelo amor de Deus! Sr. Darcy! E é ele mesmo, juro. Bem, qualquer amigo do sr. Bingley sempre será bem recebido aqui, com certeza, mas ainda assim devo dizer que detesto a mera visão dele.

Jane olhou para Elizabeth com surpresa e preocupação. Não sabia muito sobre o encontro dos dois em Derbyshire, portanto sentia que o embaraço da irmã devia-se ao fato de que iria vê-lo quase pela primeira vez depois de receber a carta em que ele lhe explicara tudo. As duas irmãs ficaram bastante desconcertadas. Uma sentia pela outra, e é claro por si mesmas também, e a mãe continuava falando sobre o quanto não gostava do sr. Darcy e sobre sua decisão de ser educada com ele só por se tratar de um amigo do sr. Bingley, mas nenhuma das duas a ouviu. No entanto, Elizabeth tinha fontes de inquietação de que Jane nem sequer suspeitava, pois não tivera coragem de lhe mostrar a carta da sra. Gardiner, nem de lhe relatar a própria mudança de sentimentos em relação a Darcy. Para Jane, ele era só um homem cujo pedido Elizabeth recusara, e cujo mérito ela subvalorizara. Mas, para quem sabia mais, como Elizabeth, Darcy era a pessoa a quem toda a família devia, e a quem ela encarava com um interesse que, se não tão afetuoso, ao menos tão sensato e justo quanto aquele que Jane nutria por Bingley. Sua surpresa pela vinda dele — pela vinda a Netherfield, a Longbourn, procurando-a voluntariamente outra vez — quase se equiparava àquela que sentira ao testemunhar a mudança do comportamento dele em Derbyshire.

A cor, que deixara o rosto dela, voltou meio minuto depois com um brilho adicional, e um sorriso alegre acrescentou esplendor a seus olhos ao pensar, durante esse período de tempo, que os afetos e desejos dele deviam ter se mantido inabalados. Mas não tinha certeza.

Primeiro vou ver como ele se comporta, pensou. *Ainda está cedo demais para criar expectativas.*

Manteve-se sentada com seus afazeres, lutando para manter a compostura e sem ousar erguer os olhos, até que a curiosidade ansiosa levou-os a encarar a irmã quando o criado se aproximou da porta. Jane parecia um pouco mais pálida que de costume, mas mais sóbria do que Elizabeth havia esperado. Com o aparecimento dos cavalheiros, ela enrubesceu, mas os recebeu com razoável naturalidade, e com um comportamento igualmente livre de ressentimento ou de qualquer deferência desnecessária.

Elizabeth disse aos dois o mínimo necessário para não parecer mal educada e sentou-se outra vez com seus afazeres, com uma avidez que não costumava lhes dedicar. Arriscara apenas um olhar a Darcy. Ele parecia tão sério quanto de costume e, ela achou, parecia mais como costumava estar em Hertfordshire do que como o vira em Pemberley. Mas, talvez, ele não conseguisse ser na presença da mãe dela o que fora na de seus tios. Era uma suposição dolorosa, mas nada improvável.

Ela também olhara Bingley por um instante, e naquele curto período ele lhe pareceu tanto satisfeito como desconcertado. Foi recebido pela sra. Bennet com um grau de civilidade que deixou suas duas filhas envergonhadas, especialmente quando contrastado com a polidez fria e cerimoniosa com que ela tratara o amigo dele.

Elizabeth em especial, que sabia tudo o que a mãe devia àquele último por prevenir que a filha preferida caísse em infâmia irremediável, sentiu-se bastante perturbada por aquela distinção.

Darcy, depois de lhe indagar como estavam o sr. e a sra. Gardiner — uma pergunta à qual Elizabeth não conseguiu responder sem algum embaraço —, mal disse outra coisa. Ele não se sentara perto dela; talvez fosse essa a razão de seu silêncio. Mas as coisas não haviam sido assim em Derbyshire. Lá ele conversara com seus amigos quando não conseguia falar diretamente com ela. Agora, vários minutos se passaram sem trazerem o som da voz de Darcy; e quando, ocasionalmente, incapaz de resistir ao impulso da curiosidade, ela erguia o olhar para o rosto dele, encontrava-o olhando para Jane com a mesma frequência que para ela, e muitas vezes viu-o encarando apenas o chão. Expressava claramente mais introspecção e menos ansiedade de agradar do que na última ocasião em que haviam se encontrado. Elizabeth ficou desapontada, e brava consigo mesma por estar assim.

E como eu poderia esperar outra coisa?, pensou. *Mas por que ele veio?*

Elizabeth não estava com humor para conversar com ninguém além dele, e a ele não tinha coragem de se dirigir.

Ela perguntou a respeito da srta. Darcy, mas não conseguiu fazer mais do que isso.

— Faz muito tempo que partiu, sr. Bingley — disse a sra. Bennet.

Ele prontamente concordou.

— Comecei a temer que o senhor nunca mais voltaria. As pessoas chegaram a falar que o senhor desistiria de Netherfield de vez antes da festa de São Miguel, mas espero que não seja verdade. Muitas coisas aconteceram na vizinhança desde que o senhor se foi. A srta. Lucas se casou. E uma de minhas filhas também. Suponho que o senhor tenha ouvido falar; deve ter visto nos jornais. Saiu no *Times* e no *Courier*, eu sei, mas não foi anunciado como deveria. Só dizia: "Recentemente, George Wickham, esc., com a srta. Lydia Bennet", sem mencionar sequer uma sílaba a respeito do pai dela, nem do lugar de onde ela vem, nem nada. Foi meu irmão Gardiner que escreveu, e me pergunto como ele conseguiu compor algo tão esquisito. O senhor viu?

Bingley respondeu que sim e deu os parabéns. Elizabeth não ousou levantar os olhos, portanto não sabia dizer que cara o sr. Darcy fez.

— Com certeza é uma coisa maravilhosa ter uma filha bem casada — continuou a mãe —, mas ao mesmo tempo, sr. Bingley, é muito difícil ser obrigada a ficar tão longe dela. Eles foram para Newcastle, um lugar bem no norte, ao que parece, e agora vão ficar lá não sei por quanto tempo. O regimento dele está lá, pois, suponho que o senhor tenha ouvido, ele deixou os reservistas do condado, e foi para o exército regular. Graças a Deus! Ele tem *alguns* amigos, mas, talvez, não tantos quanto merece.

Elizabeth, sabendo que isso fora dirigido ao sr. Darcy, ficou tão afundada em vergonha que mal conseguiu se manter sentada. No entanto, o ocorrido lhe arrancou o empenho em falar, algo que nada antes conseguira com eficácia, e ela perguntou ao sr. Bingley se pretendia permanecer na região. Ele acreditava que sim, por algumas semanas.

— Quando o senhor tiver matado todos os seus pássaros, sr. Bingley — disse a mãe —, eu lhe rogo que venha aqui e atire em quantos quiser nas terras do sr. Bennet. Tenho certeza de que ele ficará imensamente feliz e guardará os melhores para o senhor.

A agonia de Elizabeth aumentou diante do comentário desnecessário e servil. Se a mesma expectativa de um ano antes surgisse novamente agora, ela ficou convencida de que tudo correria para o mesmo final horrível. Naquele instante, sentiu que anos de felicidade não seriam suficientes para redimir Jane ou ela daqueles momentos de tamanho embaraço angustiante.

O maior desejo do meu coração é não ficar mais na companhia deles, disse a si mesma. *O convívio com eles não traz nenhum prazer capaz de expiar esse tormento! Que eu nunca mais veja nenhum dos dois!*

Mas o tormento, o qual anos de felicidade não poderiam compensar, logo depois foi notavelmente aliviado quando Elizabeth observou o quanto a beleza de sua irmã reacendeu a admiração do antigo amado. Quando ele entrou, falara pouco com ela, mas a cada cinco minutos parecia lhe dar mais e mais atenção. Ele a encontrou tão bonita quanto a deixara no ano anterior, com o mesmo bom humor e a mesma naturalidade, embora não tão falante. Jane estava mesmo ávida para que não se notasse nela nenhuma alteração, e tinha certeza de que falara tanto quanto de costume. Entretanto, sua mente estava tão ocupada que nem sempre percebia estar em silêncio.

Quando os cavalheiros se levantaram para ir embora, a sra. Bennet preocupou-se em demonstrar bons modos e convidou-os para jantar em Longbourn em alguns dias.

— O senhor me deve uma visita, sr. Bingley — acrescentou. — Pois, quando foi embora no último inverno, prometeu-me vir a um jantar familiar conosco assim que voltasse. Não me esqueci, sabe, e lhe garanto que fiquei muito desapontada que o senhor não tenha voltado para honrar o compromisso.

Bingley pareceu um pouco desconcertado com aquele comentário, e disse algo sobre negócios o terem impedido. Depois os dois se foram.

A sra. Bennet estivera fortemente inclinada a convidá-los para jantar com eles naquele dia, mas, apesar de sempre ser uma boa anfitriã, não achava que nada menos que dois pratos seria bom o bastante para receber um homem com quem tinha tantos planos tão auspiciosos, nem para satisfazer o apetite e o orgulho de um outro que ganhava dez mil libras por ano.

Capítulo 54

Assim que eles partiram, Elizabeth retirou-se para recuperar o ânimo — ou, em outras palavras, para divagar sem interrupção sobre os assuntos que o derrubariam mais. O comportamento do sr. Darcy a surpreendera e importunara.

Por que ele veio, só para ficar quieto, austero e indiferente?, perguntou-se. Não conseguiu chegar a nenhuma conclusão que a satisfizesse. *Ele conseguiu ser amável, agradável com meus tios, quando estava na cidade, e por que não comigo? Se tem medo de mim, por que vir para cá? Se não se importa mais comigo, por que o silêncio? Que homem mais irritante! Não vou mais pensar nele.*

Sua resolução foi involuntariamente mantida por um curto período por causa da aproximação da irmã, que se juntou a ela com um ar alegre, demonstrando estar mais satisfeita com os visitantes do que Elizabeth.

— Agora que esse primeiro encontro passou, sinto-me perfeitamente tranquila — ela disse. — Conheço minha própria força, e nunca mais ficarei desconcertada com a vinda dele. Estou feliz que ele virá jantar na terça, porque então será visto publicamente que nós dois só nos encontramos como conhecidos comuns e indiferentes.

— Sim, muito indiferentes mesmo — disse Elizabeth, rindo. — Ah, Jane, tome cuidado.

— Minha querida Lizzy, você não pode pensar que sou tão fraca a ponto de estar em perigo agora.

— Acho que você está correndo grande perigo de deixá-lo mais apaixonado do que nunca por você.

Não voltaram a ver os dois cavalheiros antes de terça, e a sra. Bennet, nesse ínterim, rendia-se a todos os alegres planos que a polidez habitual de Bingley reavivara na visita de meia hora.

Na terça-feira, um grande grupo se reuniu em Longbourn, e os dois convidados mais ansiosamente aguardados, em função de sua pontualidade de caçadores, chegaram na hora certa. Quando os dirigiram à sala de jantar, Elizabeth observou impacientemente para ver se Bingley tomaria o lugar que, em todas as festas anteriores, pertencera a ele, ao lado de Jane. Sua prudente mãe, ocupada com as mesmas ideias, absteve-se de convidá-lo a sentar-se ao seu lado. Ao entrar na sala, ele pareceu hesitar, mas aconteceu de Jane olhar ao redor e sorrir; estava decidido — ele se colocou ao lado dela.

Elizabeth, com sensação de triunfo, olhou para o amigo dele, que lidou com aquilo com nobre indiferença, e ela teria imaginado que Bingley recebera a aprovação de Darcy para ser feliz se não tivesse visto os olhos dele também se voltarem a Darcy com uma expressão que parodiava consternação.

O comportamento dele para com Jane durante o jantar era de uma admiração que, embora mais reservada do que antes, convenceu Elizabeth de que, se dependesse apenas dele, a própria felicidade e a de Jane logo estariam asseguradas. Apesar de não ousar contar com a consequência, ainda sentia imensa satisfação em observar o comportamento do homem, o que lhe dava toda a animação que seu humor poderia ostentar, pois não estava lá muito alegre. O sr. Darcy ficou à máxima distância que a mesa podia separá-los. Ele estava ao lado da sra. Bennet. Elizabeth sabia o quanto a situação traria pouca alegria a ambos e o quanto não os faria parecerem melhores do que eram. Ela não estava perto suficiente para ouvir a conversa, mas pôde observar a raridade com que se falavam, e quão formais e frios eram seus modos quando o faziam. A indelicadeza da mãe aguçou em Elizabeth, da maneira mais dolorosa, a sensação do quanto deviam a Darcy e, algumas vezes, teria dado tudo para ter o privilégio de dizer a ele o quanto sua bondade não era nem desconhecida nem desconsiderada por toda a família.

Tinha esperanças de que a noite permitisse alguma oportunidade de uni-los, que a visita inteira não se passaria sem que pudessem conversar um pouco, fora os meros cumprimentos cerimoniosos na sua chegada. Angustiada e inquieta como estava, o período que passou na sala de estar antes da chegada dos cavalheiros foi enfadonho e irritante em um grau capaz de quase torná-la descortês. Ansiara pela chegada dos dois como a única coisa capaz de lhe trazer alguma satisfação naquela noite.

Se ele não vier falar comigo, então *desistirei dele para sempre,* ela disse para si mesma.

Os cavalheiros chegaram, e ela pensou que Darcy parecia prestes a atender a suas esperanças, mas infelizmente as moças se reuniram tão próximas ao redor da mesa, onde a srta. Bennet fazia o chá e Elizabeth servia o café, que não havia sequer um espaço ao seu lado capaz de admitir uma cadeira. E, diante da aproximação do cavalheiro, uma das moças chegou mais perto do que nunca, e disse, em um sussurro:

— Os homens não virão nos separar, estou determinada. Não queremos nenhum deles, queremos?

Darcy caminhou até outra parte da sala. Ela o seguiu com os olhos, invejando todos com quem ele falava, e mal teve paciência para ajudar qualquer um com o café, e ficou irritada consigo mesma por ser tão tonta!

Um homem que já foi recusado. Como posso ser tola a ponto de esperar uma renovação de seu amor? Há alguém desse sexo que não protestaria contra a fraqueza de fazer um segundo pedido a uma mesma mulher? Não há afronta mais odiosa para seus sentimentos!

No entanto, foi um pouco reavivada quando ele mesmo trouxe de volta sua xícara, e ela agarrou a oportunidade para dizer:

— Sua irmã ainda está em Pemberley?

— Sim, ela ficará lá até o Natal.

— E sozinha? Todas as amigas a deixaram?

— A sra. Annesley está com ela. As outras foram para Scarborough nessas três semanas.

Elizabeth não conseguiu pensar em mais nada para dizer, mas, se ele quisesse conversar com ela, poderia ser mais bem-sucedido. Entretanto, Darcy ficou parado ao lado dela por alguns minutos em silêncio e, enfim, quando a jovem ao lado voltou a sussurrar para Elizabeth, afastou-se.

Quando foram retirados os aparatos do chá e colocadas as mesas de cartas, as moças levantaram-se, e Elizabeth estava esperando que ele se juntasse a ela quando todas as suas ideias caíram por terra ao vê-lo vítima dos truques de sua mãe para juntar-se a ela no jogo de uíste, e, momentos depois, sentar-se com o resto do grupo. Nesse momento, ela perdeu todas as expectativas de satisfação. Ficariam confinados a mesas diferentes pelo resto da noite, e Elizabeth só podia esperar que os olhos dele se voltassem sempre para o lado dela da sala, de modo a fazê-lo jogar tão mal quanto ela mesma.

A sra. Bennet planejara manter os dois cavalheiros de Netherfield até a ceia, mas infelizmente a carruagem deles fora pedida antes de todas as outras, e ela não conseguiu detê-los.

— Bem, meninas — ela disse, assim que foram deixadas a sós —, o que dizem do dia de hoje? Acho que tudo se passou singularmente bem, garanto. Nunca antes vi um jantar tão bem preparado. A carne de veado estava muito bem assada, e todos disseram que nunca tinham visto um pernil tão gordo. A sopa estava cinquenta vezes melhor do que a que comemos nos Lucas na semana passada, e até o sr. Darcy reconheceu que as perdizes estavam notavelmente bem feitas, e suponho que ele tenha dois ou três cozinheiros franceses, pelo menos. E, minha querida Jane, eu nunca a vi mais linda. A sra. Long também concordou, quando perguntei-lhe se não era verdade. E o que você acha que ela disse depois? "Ah, sra. Bennet, nós a veremos em Netherfield, finalmente." Ela disse isso mesmo. A sra. Long é uma das melhores criaturas que já conheci, e suas sobrinhas são moças bem-comportadas e nada bonitas. Gosto imensamente delas.

A sra. Bennet, para resumir, estava bastante animada. Vira o suficiente do comportamento de Bingley em relação a Jane para ser convencida de que a filha enfim conseguiria ficar com ele, e, quando ela estava de bom humor, suas expectativas acerca das vantagens que isso traria à família iam além dos limites da razão, a ponto de ela ficar muito decepcionada por ele não ter vindo já no dia seguinte fazer o pedido.

— Foi um dia muito agradável — disse a srta. Bennet a Elizabeth. — As pessoas pareciam tão bem escolhidas, tão compatíveis umas com as outras! Espero que possamos voltar a nos encontrar com mais frequência.

Elizabeth sorriu.

— Lizzy, não faça isso. Não suspeite de mim. Isso me atormenta. Eu lhe garanto que agora aprendi a aproveitar a companhia dele como um jovem agradável e sensato, sem desejar nada além disso. Estou perfeitamente consciente de que, considerando os modos dele, nunca desejou conquistar minha afeição. Bingley apenas foi abençoado com maior doçura no falar, e um desejo mais forte de agradar, do que qualquer outro homem.

— Você é muito cruel — disse a irmã. — Não me deixa sorrir, mas fica me dando motivos o tempo inteiro.

— Como é difícil acreditarem em mim em alguns casos!

— E como é impossível em outros!

— Mas por que você desejaria me persuadir de que sinto mais do que quero admitir?

— Essa é uma pergunta que mal sei como responder. Todos nós amamos instruir, mas só podemos ensinar o que não vale a pena saber. Perdoe-me e, se você persiste em atestar indiferença, não torne *a mim* sua confidente.

Capítulo 55

Alguns dias depois da visita, o sr. Bingley apareceu de novo, e sozinho. Seu amigo o deixara naquela manhã para ir a Londres, mas voltaria em dez dias. Ele se sentou com elas durante mais de uma hora, e mostrava notável bom humor. A sra. Bennet convidou-o para o jantar, mas ele, com profusas expressões de lamento, confessou ter um compromisso em outro lugar.

— Da próxima vez que o senhor vier, espero que tenhamos mais sorte — ela disse.

Ele ficaria particularmente feliz em qualquer ocasião etc., e, se ela lhe desse licença, aproveitaria a próxima oportunidade de visitá-las.

— O senhor pode vir amanhã?

Sim, ele não tinha nenhum compromisso para o dia seguinte. E o convite foi aceito com grande vivacidade.

Ele chegou, e tão cedo que nenhuma das moças se vestira ainda. A sra. Bennet correu para o quarto das filhas, em vestes de dormir, e com o cabelo ainda sem pentear, gritando:

— Minha querida Jane, apresse-se e desça. Ele veio. O sr. Bingley veio. Veio mesmo. Apresse-se, apresse-se. Aqui, Sarah, venha até a srta. Bennet agora mesmo, e ajude-a com o vestido. Deixe para lá o cabelo de Lizzy.

— Vamos descer assim que pudermos — disse Jane —, mas ouso dizer que Kitty está mais adiantada que qualquer uma de nós, porque desceu meia hora atrás.

— Ah! Quem se importa com Kitty! O que ela tem com isso? Venha, seja rápida, seja rápida! Onde está sua faixa, minha querida?

Mas, quando a mãe saiu, ninguém conseguiu convencer Jane a descer sem que todas as irmãs fossem também.

À noite, houve a mesma inquietação, desta vez para dispersá-las. Depois do chá, o sr. Bennet retirou-se para a biblioteca, como de costume, e Mary subiu as escadas para o piano. Tendo removido dois dentre os cinco obstáculos, a sra. Bennet ficou sentada piscando para Elizabeth e Catherine durante um tempo considerável, sem lhes causar nenhum abalo. Elizabeth não a olhava e, quando Kitty enfim o fez, disse, muito inocente:

— O que foi, mamãe? Por que você fica piscando para mim? O que devo fazer?

— Nada, filha, nada. Não pisquei para você.

Ela então ficou sentada imóvel durante mais cinco minutos, mas, incapaz de desperdiçar uma ocasião tão preciosa, levantou-se de repente e disse a Kitty:

— Venha cá, meu amor, quero falar com você. — E tirou-a da sala. Jane instantaneamente lançou um olhar para Elizabeth, que muito lhe disse acerca de sua inquietação com tal premeditação, suplicando que *ela* não fizesse o mesmo. Depois de alguns minutos, a sra. Bennet entreabriu a porta e chamou:

— Lizzy, minha querida, quero falar com você.

Elizabeth foi obrigada a ir.

— Podemos muito bem deixá-los sozinhos, sabe — disse a mãe assim que ela apareceu no saguão. — Kitty e eu vamos subir e ficar no meu quarto de vestir.

Elizabeth não tentou discutir com a mãe, mas permaneceu quieta no saguão até ela e Kitty saírem de vista, então voltou para a sala de estar.

Os esquemas da sra. Bennet foram ineficazes naquele dia. Bingley era tudo de mais encantador, mas não era o amor confesso de sua filha. Sua naturalidade e alegria o tornaram uma adição das mais agradáveis ao grupo da noite, e ele tolerou a intrusão errônea da mãe, e ouviu todos os seus comentários estúpidos, com uma paciência e um domínio sobre sua compostura particularmente gratificantes à filha.

Ele mal precisou de um convite para ficar até a ceia; e, antes de ir embora, firmaram outro compromisso, acordado principalmente entre ele e a sra. Bennet, para que ele viesse caçar com o sr. Bennet na manhã seguinte.

Depois daquele dia, Jane não falou mais sobre sua indiferença. Nem uma palavra a respeito de Bingley foi trocada entre as irmãs, mas Elizabeth foi dormir com a crença feliz de que tudo seria resolvido logo, a menos que o sr. Darcy voltasse no prazo estabelecido. Mas, de verdade, sentia-se razoavelmente convencida de que tudo aquilo devia estar acontecendo com a cooperação do cavalheiro.

Bingley chegou pontualmente para o compromisso, passou a manhã junto com o sr. Bennet, conforme fora combinado. Esse último foi muito mais agradável do que seu companheiro havia esperado. Não havia nada de presunçoso ou tolo em Bingley, que poderia ter provocado suas zombarias ou silenciá-lo de desgosto, de modo que o sr. Bennet foi mais comunicativo e menos excêntrico do que o outro jamais o vira. Bingley, é claro, voltou com ele para o jantar, e à noite a astúcia da sra. Bennet voltou a trabalhar para afastar todos dele e de Jane. Elizabeth, que tinha uma carta para escrever, entrou na sala de café da manhã com esse propósito depois do chá, pois, se todos iam se sentar para jogar cartas, sua mãe não iria querê-la lá para contrariar seus esquemas.

No entanto, ao terminar a carta e voltar à sala de estar, ela viu que, para sua infinita surpresa, havia razões para temer que a mãe fora engenhosa demais para ela. Ao abrir a porta, divisou a irmã e Bingley em pé, perto da lareira, como se absortos em conversa, e, se isso já não tivesse levantado nenhuma suspeita, os rostos de ambos, ao virarem-se devagar e se afastarem, teriam revelado tudo. A situação *deles* já era estranha o bastante, mas a *dela* — pensou — era ainda pior. Ninguém disse uma sílaba, e Elizabeth estava a ponto de sair outra vez quando Bingley, que se sentara assim como a outra, levantou-se de repente e, sussurrando algumas palavras para sua irmã, disparou para fora da sala.

Jane não tinha reservas com Elizabeth quando havia algum segredo alegre a contar, e instantaneamente abraçou-a, confessando, com a mais viva emoção, que era a pessoa mais feliz do mundo.

— É demais; demais mesmo — acrescentou ela. — Não mereço. Ah, por que todos não podem ser felizes assim?

Elizabeth deu os parabéns com uma sinceridade, um entusiasmo, um deleite que as palavras mal podiam expressar. Cada frase gentil constituía uma nova fonte de felicidade para Jane. No entanto, naquele instante ela não se permitiu ficar com a irmã, nem dizer metade do que havia a ser dito.

— Preciso ir até minha mãe agora mesmo! — exclamou ela. — Eu nunca, de jeito nenhum, desprezaria a afetuosa solicitude dela, nem lhe permitiria ouvir a notícia de qualquer um além de mim. Ah, Lizzy! Saber que o que tenho a contar trará tanto prazer a toda a minha querida família! Como vou suportar tanta felicidade?

Ela então correu para a mãe, que interrompera o jogo de cartas, de propósito, e estava sentada com Kitty no andar de cima.

Elizabeth, deixada sozinha, sorriu pensando na velocidade e na facilidade com que o assunto — que lhes dera tantos meses de suspense e aflição — enfim se resolvera.

— E esse é o fim de toda a prudência angustiante do amigo dele! — disse. — De toda a falsidade e engenhosidade da irmã dele! O final mais feliz, mais sábio e mais sensato!

Em alguns minutos, chegou Bingley, cuja conferência com seu pai fora curta e direto ao ponto.

— Onde está sua irmã? — ele perguntou, depressa, ao abrir a porta.

— Com minha mãe no andar de cima. Ouso dizer que ela descerá em um momento.

Ele então fechou a porta e, vindo até ela, declarou seus votos de felicidade e a afeição que nutria por Jane. Elizabeth, de todo o coração, expressou sua alegria quanto à perspectiva de parentesco. Apertaram as mãos com cordialidade e, até a irmã descer, Elizabeth teve de ouvir tudo o que ele tinha a dizer da própria felicidade, e das perfeições de Jane, e, apesar de ele estar apaixonado, Elizabeth realmente acreditava que todas as expectativas que ele tinha de felicidade possuíam um fundamento racional, pois se embasavam no excelente discernimento e no mais que excelente temperamento de Jane, e porque os dois guardavam entre si uma similaridade geral de sentimentos e gostos.

Foi uma noite de alegria extraordinária para todos eles. O estado de espírito da srta. Bennet emprestou a seu rosto um ânimo doce que a tornou mais bela do que nunca. Kitty sorria de forma tímida e afetada, esperando que sua vez chegasse logo. As calorosas palavras de aprovação da sra. Bennet não faziam jus à ainda maior nobreza de seus sentimentos, ainda que tenha falado com Bingley sobre o assunto por não menos que meia hora, e, quando o sr. Bennet se reuniu a eles na ceia, sua voz e seus modos demonstravam o quanto ele estava realmente feliz.

Seus lábios não pronunciaram uma só palavra a respeito até o visitante se despedir e partir. Mas, assim que Bingley se foi, ele se virou para a filha e disse:

— Jane, eu a parabenizo. Você será uma mulher muito feliz.

Jane foi até ele no mesmo instante, beijou-o e agradeceu-lhe a bondade.

— Você é uma boa menina — replicou ele. — E tenho grande prazer em pensar que terá uma união tão feliz. Não tenho a menor dúvida de que vocês dois ficarão muito bem juntos. Seus temperamentos não são nada diferentes. Os dois são tão harmoniosos que nada jamais será resolvido; tão tranquilos que todos os criados os enganarão; e tão generosos que sempre gastarão mais do que têm.

— Espero que não. Imprudência e inconsequência em questão de dinheiro seriam imperdoáveis em *mim*.

— Gastar mais do que têm! Meu querido sr. Bennet! — exclamou a esposa. — Como assim? Ele tem quatro ou cinco mil por ano, e é bem provável que mais. — Então, dirigiu-se à filha: — Ah, minha queridíssima Jane, estou tão feliz que com certeza não conseguirei dormir nadinha esta noite. Sabia que seria assim. Eu sempre disse que seria, afinal. Estava certa de que você não poderia ser tão bonita assim em vão! Eu me lembro de que, assim que o vi pela primeira vez, quando ele chegou a Hertfordshire no ano passado, pensei o quanto era provável que vocês ficassem juntos. Ah! Ele é o rapaz mais bonito que já se viu!

Wickham, Lydia, foram todos esquecidos. Jane era, sem competição, sua filha preferida. Naquele momento, ela não se importava com nenhuma outra. As irmãs mais novas logo começaram a pedir a Jane presentes que ela poderia, no futuro, lhes dar.

Mary pediu para ter acesso à biblioteca de Netherfield, e Kitty implorou muito por alguns bailes lá durante todos os invernos.

Daquele dia em diante, Bingley tornou-se, é claro, um visitante diário de Longbourn — vindo com frequência antes do café da manhã e sempre permanecendo até depois da ceia —, a menos quando algum vizinho nefasto, a quem não se podia detestar o suficiente, lhe fazia um convite para jantar que ele se julgava obrigado a aceitar.

Elizabeth agora tinha pouco tempo para conversar com a irmã, pois, enquanto ele estava presente, não sobrava a Jane atenção para dar a mais ninguém, entretanto ela se percebeu consideravelmente útil para ambos, nas horas de separação que às vezes precisavam existir. Na ausência de Jane, ele sempre se unia a Elizabeth pelo prazer de falar dela e, quando Bingley ia embora, Jane constantemente buscava o mesmo meio de alívio.

— Ele me fez tão feliz ao me dizer que não sabia que eu estava na cidade na última primavera! — ela disse, uma noite. — Eu não acreditava que fosse possível.

— Suspeitei — replicou Elizabeth. — Mas como ele explicou isso?

— Deve ter sido obra das irmãs dele. Elas com certeza não gostavam que ele fosse meu conhecido, algo que não me surpreende, já que ele poderia ter escolhido um casamento mais vantajoso em vários aspectos. Mas quando elas virem, como tenho certeza de que verão, que o irmão está feliz comigo, aprenderão a ficar contentes e nós faremos as pazes, apesar de saber que nunca mais seremos o que já fomos umas para as outras.

— Esse foi o discurso mais implacável que já ouvi você proferir! — disse Elizabeth. — Boa menina! Eu ficaria mesmo muito irritada em vê-la ser outra vez um joguete do afeto fingido da srta. Bingley!

— Você acredita, Lizzy, que ele já me amava quando foi para a cidade em novembro, mas o simples fato de estar persuadido de *minha* indiferença o impediu de voltar?

— Ele cometeu um errinho, sim, mas isso se deve à modéstia dele.

O comentário naturalmente originou um longo discurso de Jane a respeito da modéstia de Bingley, e do pouco valor que ele atribuía às próprias qualidades.

Elizabeth ficou feliz em descobrir que ele não traíra a interferência do amigo, pois, apesar de Jane ter o coração mais generoso e clemente do mundo, sabia que seria uma circunstância que a predisporia contra o sr. Darcy.

— Eu com certeza sou a criatura mais sortuda que já existiu! — exclamou Jane. — Ah, Lizzy! Por que fui assim selecionada entre a minha família, e abençoada mais do que todos? Eu queria ao menos ver *você* tão feliz assim! Se ao menos houvesse algum outro homem assim para você!

— Se você me desse quarenta homens assim, eu nunca conseguiria ser tão feliz quanto você. Até eu ter seu temperamento, sua bondade, nunca poderei ter sua felicidade. Não, não, deixe-me resolver isso sozinha; e talvez, se eu tiver sorte, consiga encontrar outro sr. Collins com o tempo.

Os assuntos da família de Longbourn não poderiam ser segredo por muito tempo. A sra. Bennet teve o privilégio de sussurrá-los à sra. Phillips, e *ela* se arriscou, sem nenhuma permissão, a fazer o mesmo para todos os vizinhos de Meryton.

Os Bennet logo foram declarados a família mais sortuda do mundo, embora apenas algumas semanas antes, quando Lydia fugira, estivesse provado o quanto eles haviam sido marcados pelo azar.

Capítulo 56

Certa manhã, cerca de uma semana depois que Bingley e Jane haviam ficado noivos, enquanto ele e as moças da família estavam sentados juntos na sala de jantar, sua atenção foi de repente atraída para a janela pelo som de uma carruagem, e eles discerniram um cabriolé puxado por quatro cavalos entrando no gramado. Era cedo demais para visitas, e, além disso, o coche não pertencia a nenhum dos vizinhos. Os cavalos eram de postos, e nem a carruagem nem o uniforme do criado eram conhecidos. No entanto, como era certo que alguém estava chegando, Bingley instantaneamente convenceu a srta. Bennet a evitar o confinamento de tal intrusão e a sair dali com ele para caminhar nos arbustos. Ambos partiram, e as suposições das três restantes continuaram, embora sem conseguir satisfazer a curiosidade, até a porta da casa ser escancarada e a visitante entrar. Era lady Catherine de Bourgh.

É claro que todos já tinham a intenção de manifestar surpresa, mas seu espanto foi além de qualquer expectativa; e, para a sra. Bennet e Kitty, embora ela lhes fosse desconhecida, o susto foi inferior àquele sentido por Elizabeth.

Ela adentrou a sala com um ar mais descortês que o habitual, não deu outra resposta ao cumprimento de Elizabeth além de inclinar a cabeça, e sentou-se sem dizer uma palavra. Elizabeth havia mencionado o nome dela à mãe quando sua senhoria entrou, mas nenhum pedido de apresentação foi feito.

A sra. Bennet, tomada de assombro, embora lisonjeada por ter uma visita de tamanha importância, recebeu-a com extrema polidez. Depois de permanecerem sentadas por um momento em silêncio, ela disse a Elizabeth, muito rigidamente:

— Espero que esteja bem, srta. Elizabeth. Essa senhora é sua mãe?

Elizabeth respondeu muito concisamente que sim.

— E *essa*, suponho, é uma de suas irmãs?

— Sim, senhora — disse a sra. Bennet, encantada em conversar com lady Catherine. — É minha filha mais nova, fora uma, a mais nova de todas, que se casou recentemente. E minha mais velha está em algum lugar da propriedade, caminhando com um jovem que, acredito, logo se tornará parte da família.

— Você tem um jardim pequeno aqui — tornou lady Catherine, depois de um curto silêncio.

— Ouso dizer que não é nada em comparação a Rosings, minha senhora, mas lhe garanto que é muito maior que o de sir William Lucas.

— Esta deve ser a sala de estar mais inconveniente para as noites de verão: as janelas são todas para o oeste.

A sra. Bennet garantiu-lhe que nunca se sentavam lá depois do jantar, então acrescentou:

— Posso tomar a liberdade de perguntar a sua senhoria se o sr. e a sra. Collins estavam bem quando saiu de lá?

— Sim, muito bem. Eu os vi anteontem à noite.

Elizabeth agora esperava que ela fosse entregar uma carta de Charlotte, pois parecia ser o único motivo provável dessa visita. Mas nenhuma carta apareceu, e ela ficou completamente confusa.

A sra. Bennet, com grande civilidade, suplicou a sua senhoria para aceitar algum lanche, mas lady Catherine, bastante resoluta e não muito educada, rejeitou comer qualquer coisa, e então, levantando-se, disse a Elizabeth:

— Srta. Bennet, parece haver uma até que bonita porção de mata selvagem de um dos lados do gramado. Eu ficaria feliz em dar uma volta por lá, se você me obsequiar com sua companhia.

— Vá, minha querida — disse a mãe — e leve sua senhoria pelos diferentes passeios. Acho que ela gostará da capelinha.

Elizabeth obedeceu e, correndo para o quarto a fim de buscar um guarda-sol, acompanhou a nobre visitante ao andar de baixo. Quando atravessaram o saguão, lady Catherine abriu as portas que davam para a sala de jantar e para a sala de estar e, após uma rápida inspeção, e de declará-las como sendo salas de aparência decente, continuou andando.

Sua carruagem continuava à porta, e Elizabeth viu que uma criada estava lá dentro. Seguiram em silêncio pelo caminho de cascalho que dava no pequeno bosque; Elizabeth estava determinada a não se esforçar para conversar com uma mulher que se mostrava, mais do que nunca, insolente e desagradável.

Como algum dia eu pude achar que ela é igual ao sobrinho?, pensou, olhando-a no rosto.

Assim que alcançaram o bosque, lady Catherine começou do seguinte modo:

— Você não pode duvidar da razão que me fez vir até aqui, srta. Bennet. Seu coração e sua consciência devem lhe dizer por que eu vim.

Elizabeth olhou-a com sincero espanto.

— Na verdade, a senhora está enganada. Não consigo de modo algum entender o que nos dá a honra de tê-la aqui.

— Srta. Bennet — replicou sua senhoria, em um tom irritado. — Você deve saber que comigo não se brinca. Mas, por mais insincera que *você* escolha ser, verá que *eu* não sou assim. Meu caráter sempre foi reconhecido pela sinceridade e franqueza, e, em um momento como este, eu com certeza não abandonarei meu modo de ser. Um relato de natureza bastante alarmante chegou a mim dois dias atrás. Foi-me dito que não apenas sua irmã está prestes a conseguir um casamento bastante vantajoso como era provável que *você*, srta. Elizabeth Bennet, logo em seguida se uniria ao meu sobrinho, meu próprio sobrinho, o sr. Darcy. Apesar de eu *saber* que se trata de uma mentira escandalosa, apesar de não desejar ofendê-lo a ponto de supor que existe a possibilidade de isso ser verdade, imediatamente decidi partir para cá, para deixar claros a você meus sentimentos a respeito.

— Se a senhora acreditava ser impossível, eu me admiro de ter se dado ao trabalho de vir tão longe — disse Elizabeth, enrubescendo de espanto e desprezo. — O que vossa senhoria planejava com isso?

— Insistir em ver tal relato universalmente negado.

— Sua vinda a Longbourn, para ver a mim e a minha família, servirá mais como uma confirmação de tal relato, se é que ele de fato existe — disse Elizabeth friamente.

— *Se*! Então finge desconhecê-lo? Isso não foi diligentemente divulgado por vocês? Você não sabia que esse relato se espalhou fora daqui?

— Nunca ouvi falar disso.

— E pode declarar que ele não possui *fundamento*?

— Não finjo possuir a mesma franqueza que vossa senhoria. *A senhora* pode fazer perguntas que *eu* posso escolher não responder.

— Não tolero uma coisa dessas! Srta. Bennet, insisto em ser esclarecida. Ele, meu sobrinho, lhe fez um pedido de casamento?

— Vossa senhoria declarou ser impossível.

— Deveria ser, tem de ser, enquanto ele mantiver a capacidade de raciocínio. Mas *seus* artifícios e encantos poderiam, em um momento de paixão, tê-lo feito se esquecer do que ele deve a si mesmo e a toda a família. Você pode tê-lo atraído.

— Se tiver, eu seria a última pessoa a confessar.

— Srta. Bennet, você sabe quem eu sou? Não estou acostumada com esses modos. Sou quase a parente mais próxima que ele tem no mundo, e tenho o direito de saber todos os anseios mais caros a ele.

— Mas a senhora não tem direito de saber os *meus*, nem seu atual comportamento jamais me induzirá a ser explícita.

— Deixe-me ser mais clara. Essa união, a que você tem a presunção de aspirar, nunca poderá acontecer. Nunca. O sr. Darcy está noivo de *minha filha*. Agora, o que você tem a dizer?

— Só isto: se ele está, então a senhora não tem motivos para supor que ele faria um pedido a mim.

Lady Catherine hesitou um momento, depois replicou:

— O noivado entre eles é de um tipo peculiar. Desde a infância, foram reservados um para o outro. Era o desejo da mãe *dele*, assim como o meu. Mesmo enquanto estavam no berço, planejávamos a união. E agora, justo no momento em que os desejos de duas irmãs poderiam ser realizados com o casamento, será impedido por uma jovem inferior, sem importância no mundo, e sem ligação nenhuma com a família! Você não tem consideração pelos desejos dos amigos deles, pelo noivado tácito dele com a srta. De Bourgh? Perdeu todo o senso de adequação e delicadeza? Você não me ouviu dizer que, desde as primeiras horas de vida dele, o sr. Darcy foi destinado à prima?

— Sim, e já tinha ouvido antes. Mas o que isso significa para mim? Se não houver nenhuma outra objeção para meu casamento com seu sobrinho, com certeza não serei impedida por saber que a mãe e a tia dele desejavam que ele se casasse com a srta. De Bourgh. Vocês duas fizeram o máximo que podiam ao planejar o matrimônio; já sua realização depende de outros. Se o sr. Darcy não é atraído à prima nem por honra nem por inclinação, por que não pode escolher outra? E se eu for essa escolha, por que não posso aceitá-lo?

— Porque a honra, o decoro, a prudência, não, o interesse, proíbem. Sim, srta. Bennet, interesse, pois não espere ser reconhecida pela família e pelos amigos dele se agir intencionalmente contra as inclinações de todos. Você será censurada, desdenhada e desprezada por todos ligados a ele. Sua união será uma desgraça; seu nome jamais será mencionado por nenhum de nós.

— Esses são duros infortúnios — replicou Elizabeth. — Mas a esposa do sr. Darcy deve ter tão extraordinárias fontes de felicidade necessariamente ligadas à sua situação que não poderia, considerando tudo, ter motivos para se lamentar.

— Garota teimosa, cabeça-dura! Tenho vergonha de você! É essa sua maneira de demonstrar gratidão por minhas atenções na última primavera? Não mereço nada por isso? Vamos nos sentar. Deve entender, srta. Bennet, que vim aqui resolvida a cumprir meu propósito e não serei dissuadida. Não estou acostumada a me submeter aos caprichos de ninguém. Não tenho o hábito de tolerar desapontamentos.

— *Isso* tornará a situação de vossa senhoria mais deplorável, mas não terá efeito sobre mim.

— Não tolerarei ser interrompida! Ouça-me em silêncio. Minha filha e meu sobrinho foram criados um para o outro. Eles descendem, por parte materna, da mesma linhagem nobre, e, por parte paterna, de famílias respeitáveis, honradas e antigas, apesar de sem título. A fortuna de ambos os lados é esplêndida. Eles foram destinados um para o outro segundo a voz de todos os membros de suas respectivas casas. E o que vai separá-los? As pretensões inescrupulosas de uma jovem sem família, contatos nem fortuna? Isso será tolerado? Mas não será! Se tivesse noção do que é bom para você, não desejaria abandonar a esfera onde foi criada.

— Ao me casar com seu sobrinho, eu não consideraria estar abandonando esta esfera. Ele é um cavalheiro; eu sou filha de um cavalheiro. Até então somos iguais.

— Verdade. Você é filha de um cavalheiro. Mas quem é sua mãe? Quem são seus tios e tias? Não imagine que ignoro as condições deles.

— Quaisquer que sejam meus parentes — disse Elizabeth —, se seu sobrinho não lhes faz objeção, eles podem não significar nada para *a senhora*.

— Diga-me de uma vez por todas, você está noiva dele?

Apesar de Elizabeth, só para não ceder a lady Catherine, não querer responder a essa pergunta, não pôde deixar de dizer, depois de deliberar um momento:

— Não estou.

Lady Catherine pareceu satisfeita.

— E promete nunca concordar com esse noivado?

— Não farei nenhuma promessa do tipo.

— Srta. Bennet, estou horrorizada e espantada. Eu esperava encontrar uma jovem mais sensata. Mas não se engane em acreditar que voltarei atrás. Não irei embora até você me dar a garantia que estou exigindo.

— E eu certamente *nunca* a darei. Não serei intimidada a concordar com algo tão despropositado. Vossa senhoria quer casar o sr. Darcy com sua filha, mas eu lhe fazer a desejada promessa tornará o casamento *deles* mais provável? Supondo que ele goste de mim, a *minha* recusa em aceitar a mão dele o faria escolher a prima? Permita-me dizer, lady Catherine, que os argumentos com que a senhora embasou esse pedido extraordinário foram tão frívolos quanto o pedido foi imprudente. A senhora se equivocou imensamente acerca do meu caráter, se pensa que posso ser persuadida com esse tipo de argumento. Quanto seu sobrinho aprovaria sua interferência nos assuntos *dele*, não sei dizer, mas a senhora com certeza não tem o direito de se intrometer nos meus. Portanto, devo solicitar não ser mais importunada quanto a isso.

— Não se apresse tanto, por favor. Eu ainda não acabei. Dentre todas as objeções que já citei, ainda tenho outra a acrescentar. Não sou estranha aos detalhes da fuga infame de sua irmã mais nova. Sei de tudo; que o casamento com o jovem foi um remendo, à custa de seu pai e de seu tio. E uma moça *dessas* vai ser cunhada de meu sobrinho? O marido *dela*, que é filho do antigo administrador do pai do sr. Darcy, será cunhado dele? Pelo céu e pela terra, o que você está pensando? As sombras de Pemberley serão maculadas dessa maneira?

— *Agora* a senhora não pode ter mais nada a me dizer — respondeu Elizabeth, ressentida. — A senhora me insultou de todas as maneiras possíveis. Eu rogo para que voltemos à casa.

E levantou-se enquanto falava. Lady Catherine levantou-se também e elas voltaram. Sua senhoria estava imensamente inflamada.

— Então você não tem consideração pela honra e pela reputação de meu sobrinho! Garota insensível e egoísta! Não pensa que uma ligação com você pode desgraçá-lo aos olhos de todos?

— Lady Catherine, não tenho mais nada a dizer. A senhora conhece meus sentimentos.

— Então está decidida a ficar com ele?

— Eu não disse nada disso. Só estou decidida a agir da maneira que, na minha opinião, me trará felicidade, sem referência à *senhora* ou a qualquer outra pessoa que não mantenha ligações comigo.

— Está bem. Você então se recusa a me obsequiar. Recusa-se a obedecer às reivindicações do dever, da honra e da gratidão. Está determinada a arruiná-lo na opinião de todos os amigos e a torná-lo desprezível aos olhos do mundo.

— Nem o dever, nem a honra, nem a gratidão podem reivindicar nada no caso presente — replicou Elizabeth. — Nenhum desses princípios seria violado por meu casamento com o sr. Darcy. E, quanto ao ressentimento da família ou à indignação do mundo, se a primeira *de fato* se exasperasse caso ele se casasse comigo, isso não me causaria um momento de preocupação. E o mundo teria juízo demais para se unir a esse desprezo de que a senhora fala.

— Então é essa sua verdadeira opinião! Essa é sua decisão final! Muito bem. Agora sei como agir. Não imagine, srta. Bennet, que sua ambição será recompensada. Eu vim testar você. Esperava julgá-la sensata, mas, conte com isso, eu conseguirei o que quero.

E assim lady Catherine continuou falando, até estarem à porta da carruagem, quando, virando-se rápido, acrescentou:

— Não me despeço de você, srta. Bennet. Não envio cumprimentos à sua mãe. Você não merece tamanha atenção. Estou seriamente descontente.

Elizabeth não respondeu e, sem tentar convencer sua senhoria a voltar para dentro da casa, entrou sozinha, calmamente. Ouviu a carruagem afastando-se enquanto subia as escadas. Sua mãe, impaciente, encontrou-a na porta do quarto de vestir para perguntar por que lady Catherine não quisera entrar e descansar.

— Ela escolheu não fazer isso — disse a filha. — Ela queria ir embora.

— É uma mulher muito elegante! E a visita dela foi imensamente cortês! Porque ela só veio, suponho, para nos dizer que os Collins estão bem. Ouso dizer que ela estava em algum ponto da estrada e, passando por Meryton, pensou que poderia visitar você. Ela não tinha nada de particular a lhe dizer, não é, Lizzy?

Elizabeth foi forçada a mentir um pouquinho, pois admitir o conteúdo da conversa entre ela e lady Catherine era impossível.

Capítulo 57

Aquela extraordinária visita deixou Elizabeth tão perturbada que não poderia superar com facilidade a sensação. Nem depois de muitas horas ela conseguiu deixar de pensar a respeito. Lady Catherine parecia realmente ter se dado ao trabalho de sair de Rosings com o único propósito de interromper o suposto noivado de Elizabeth com o sr. Darcy. Era mesmo um plano bem racional! Mas como o relato sobre o noivado poderia ter surgido, Elizabeth não conseguia imaginar. No entanto, bastou pensar que *ele* era amigo íntimo de Bingley e que *ela* era irmã de Jane; o que seria suficiente para criar a ideia, já que a expectativa de um casamento tornava todos ávidos por mais um. Ela mesma não se esquecera de que o casamento da irmã faria com que se encontrassem mais. E os vizinhos de Lucas Lodge, portanto (que através da comunicação com os Collins, deveriam ter feito o relato chegar a lady Catherine), tinham apenas considerado como certo e imediato algo que ela julgava como possível no futuro.

Entretanto, ao relembrar as expressões de lady Catherine, não pôde deixar de sentir alguma inquietação quanto à possível consequência caso ela persistisse em interferir. Julgando pelo que ela dissera sobre estar determinada a evitar o casamento, ocorreu a Elizabeth que sua senhoria iria imediatamente até o sobrinho, e de que modo *ele* entenderia os males de se ligar a ela, Elizabeth não ousava dizer. Não conhecia o exato grau de afeto de Darcy pela tia, ou quanta importância ele dava ao juízo dela, mas era natural supor que o cavalheiro tinha uma opinião mais elevada acerca de sua senhoria do que *ela*. E era certo que, ao enumerar as angústias de um casamento com *alguém* cujas relações mais próximas eram inferiores às dele, a tia o atingiria no ponto fraco. Com suas noções de dignidade, Darcy provavelmente sentiria que os argumentos que Elizabeth julgara fracos e ridículos continham bom senso e raciocínio sólido.

Se antes ele hesitava quanto ao que deveria fazer, o que parecia ser o caso com frequência, o conselho e a súplica de uma parente tão próxima poderia acabar com todas as dúvidas, e definir que ele só seria feliz na mesma medida em que preservasse imaculada sua dignidade. Nesse caso, ele não voltaria mais. Lady Catherine poderia encontrá-lo a caminho da cidade e o compromisso dele de voltar para reencontrar Bingley seria desfeito.

Se em alguns dias chegar alguma desculpa ao amigo para não cumprir sua promessa, eu saberei como entendê-la, ela pensou. *Então deixarei de lado todas as esperanças, todos os desejos de que ele não desista. Se ele se satisfizer apenas com meu arrependimento, quando poderia ganhar meus afetos e minha mão, logo deixarei de me lamentar por ele.*

A surpresa do resto da família ao saber a identidade da visitante fora mesmo imensa, mas prontamente se satisfizeram com o tipo de suposição que apaziguara a curiosidade da sra. Bennet, e Elizabeth foi poupada de provocações a respeito do assunto.

Na manhã seguinte, quando descia as escadas, encontrou o pai, que saía da biblioteca com uma carta na mão.

— Lizzy, eu estava indo procurar você — disse ele. — Venha até minha sala.

Ela o seguiu até lá, e sua curiosidade em saber o que ele tinha a dizer foi aumentada pela suposição de que poderia ter, de alguma maneira, algo a ver com a carta que ele segurava. De repente, ocorreu-lhe que poderia ser de lady Catherine, e previu com desalento todas as explicações resultantes.

Seguiu o pai até a lareira e ambos se sentaram. Então ele disse:

— Hoje de manhã recebi esta carta, que me espantou muito. Como diz respeito principalmente a você, você deve conhecer o conteúdo. Eu não sabia antes que tinha *duas* filhas prestes a se casar. Deixe-me parabenizá-la por uma conquista tão importante.

Elizabeth enrubesceu imediatamente com a instantânea convicção de se tratar de uma carta do sobrinho, em vez de uma da tia; e tentava decidir se ficava mais feliz por ele querer se explicar, ou mais ofendida com o fato de a carta não ser dirigida a ela, quando o pai continuou:

— Você parece consciente. Moças têm bastante discernimento nesse tipo de assunto, mas acho que posso desafiar até a *sua* sagacidade a descobrir o nome de seu admirador. Esta carta é do sr. Collins.

— Do sr. Collins! E o que *ele* pode ter a dizer?

— Algo muito direto ao ponto, é claro. Ele começa dando parabéns pelas núpcias próximas de minha filha mais velha, o que parece já lhe ter sido relatado por alguma das bondosas fofoqueiras Lucas. Não me divertirei à custa da sua impaciência lendo o que ele diz sobre isso. O que diz respeito a você é o seguinte: "Tendo assim oferecido minhas sinceras congratulações e as da sra. Collins acerca do feliz acontecimento, permita-me agora acrescentar uma pequena alusão acerca de outro, do qual fomos informados pela mesma pessoa. Sua filha Elizabeth, presume-se, não continuará a usar o nome Bennet por muito tempo, depois que a irmã mais velha o tiver abandonado, e o parceiro escolhido de seu destino pode ser racionalmente considerado uma das personalidades mais ilustres desta terra". Você consegue imaginar, Lizzy, de quem ele está falando? "Esse jovem é abençoado, de modo peculiar, com tudo o que um coração mortal mais pode desejar: esplêndida propriedade, parentesco nobre e extenso patronato. Ainda assim, apesar de todos esses encantos, permita-me avisar à minha prima Elizabeth e ao senhor dos males que podem incorrer em aceitar o pedido desse cavalheiro, o qual, é claro, vocês estarão inclinados a aceitar de imediato." Você faz alguma ideia de quem é esse cavalheiro, Lizzy? Mas é agora que ele diz... "Meu motivo para colocá-los sob aviso é o seguinte: temos razão para imaginar que a tia dele, lady Catherine de Bourgh, não enxerga a união com bons olhos." O *sr. Darcy*, Lizzy! Entende, é ele o homem! Agora, Lizzy, acho que fui *eu* que a surpreendi. Ele ou os Lucas poderiam ter chutado qualquer homem, dentro do círculo de nossos conhecidos, cujo nome entregaria a mentira com mais eficácia do que o relatado? O sr. Darcy, que nunca olha para nenhuma mulher senão para ver algum defeito e que provavelmente nunca olhou para *você* em toda a vida? É admirável!

Elizabeth tentou se juntar ao pai na brincadeira, mas só conseguiu forçar um sorriso relutante. Nunca o humor dele fora direcionado de modo tão desagradável a ela.

— Não está achando engraçado?

— Ah, sim! Por favor, continue lendo.

— "Depois de mencionar a probabilidade desse casamento a sua senhoria ontem à noite, ela imediatamente, com sua costumeira condescendência, expressou o que sentia na ocasião. Tornou-se nítido que, por causa de algumas objeções à família de minha prima, ela nunca daria o consentimento para o que chamou de uma união vergonhosa. Julguei ser meu dever dar essa informação à minha prima o mais rápido possível, para que ela e seu nobre admirador possam ter consciência do que estão fazendo, e não se apressem a contrair um matrimônio que não foi propriamente sancionado." O sr. Collins ainda acrescenta: "Eu me regozijo verdadeiramente por saber que o triste assunto de minha prima Lydia foi tão bem abafado, e só me preocupo com o fato de os dois terem coabitado antes da cerimônia ser tão conhecido por todos. Entretanto, não devo negligenciar os deveres de minha posição, ou deixar de declarar meu assombro ao saber que vocês receberam o jovem casal em casa assim que eles se casaram. Foi um encorajamento à libertinagem e, se eu fosse pároco de Longbourn, teria me oposto com tenacidade. É claro que o senhor deve perdoá-los, como cristão, mas nunca os admitir em suas vistas nem permitir que os nomes deles sejam mencionados onde consiga ouvir". *Essa* é a noção que ele tem do perdão cristão! O resto da carta é só sobre a situação de sua querida Charlotte e sua expectativa de um novo ramo de oliveira. Mas, Lizzy, parece que você não gostou do que ouviu. Você não vai ser *sentimental*, espero, fingindo sentir-se afrontada por um relato banal. Para o que vivemos, senão para sofrer os gracejos de nossos vizinhos, e para rir deles na nossa vez?

— Ah — exclamou Elizabeth. — Eu achei divertido demais! Mas é tão estranho!

— Sim. *Isso* é o que deixa tudo divertido. Se eles tivessem pensando em outro homem, não seria nada; mas a perfeita indiferença *dele*, e a *sua* mordaz aversão, tornam a história tão divertidamente absurda! Por mais que eu abomine escrever, jamais pararia de me corresponder com o sr. Collins. Digo mais, quando leio uma carta dele, não consigo deixar de preferi-lo até a Wickham, por mais que valorize a impertinência e a hipocrisia de meu genro. E, por favor, Lizzy, o que lady Catherine falou sobre o relato? Ela veio para negar seu consentimento?

A essa pergunta, a filha respondeu apenas com uma risada e, como fora feita sem a menor suspeita, ela não foi incomodada de novo com isso, pois ele não a repetiu.

Elizabeth nunca sentira maior dificuldade em disfarçar seus reais sentimentos. Era necessário rir, quando preferiria ter chorado. Seu pai a mortificara da maneira mais cruel ao falar da indiferença do sr. Darcy, e ela não conseguiu deixar de se surpreender com tamanha falta de percepção, ou de temer que, talvez, em vez de *ele* estar vendo muito pouco, *ela* pudesse estar imaginando coisas demais.

Capítulo 58

Em vez de Bingley receber alguma carta de desculpas do amigo, como Elizabeth esperava que acontecesse, ele conseguira trazer Darcy consigo para Longbourn poucos dias depois da visita de lady Catherine. Os cavalheiros chegaram cedo e, antes que a sra. Bennet tivesse tempo de dizer que vira a tia dele, o que a filha aguardava com pavor momentâneo, Bingley, que queria ficar a sós com Jane, propôs que todos saíssem para andar. Concordaram. A sra. Bennet não tinha o hábito de andar. Mary nunca tinha tempo para isso, mas os outros cinco saíram. Bingley e Jane, entretanto, logo permitiram que os demais os ultrapassassem. Ficaram para trás, enquanto Elizabeth, Kitty e Darcy precisariam se entreter sozinhos. Pouco foi dito por qualquer um deles; Kitty tinha medo demais do sr. Darcy para falar, Elizabeth secretamente tomava uma decisão desesperada, e, talvez, ele estivesse fazendo o mesmo.

Caminharam na direção dos Lucas, porque Kitty queria visitar Maria e, como Elizabeth não desejava tornar aquilo um assunto geral, quando Kitty os deixou, ela se atreveu a continuar andando sozinha com ele. Agora era o momento de sua decisão ser executada e, em um momento de coragem, disse de imediato:

— Sr. Darcy, eu sou uma criatura muito egoísta, e para trazer alívio aos meus próprios sentimentos, não me importo com o quanto posso estar ferindo os seus. Não posso evitar lhe agradecer por sua bondade inigualável em relação a minha pobre irmã. Desde que soube, estive muito ansiosa para confessar o quanto me sinto grata. Se o resto da família soubesse, eu não teria apenas minha gratidão para expressar.

— Eu sinto muito, muito mesmo — replicou Darcy, com um tom de surpresa e comoção — que a senhorita tenha sido informada de algo que, sob um ponto de vista errado, lhe causou inquietação. Eu não sabia que não se podia confiar na sra. Gardiner.

— O senhor não deve culpar minha tia. O descuido de Lydia foi o que a princípio me sugeriu que o senhor estava envolvido na questão e, é claro, não consegui descansar até saber os detalhes. Permita-me lhe agradecer outra vez e mais outra, em nome de toda a minha família, por essa compaixão generosa que o induziu a se encarregar desse fardo, e a lidar com tantas agruras para encontrá-los.

— Se *vai* me agradecer, que seja somente por si mesma — ele respondeu. — Que o desejo de lhe dar alegria pode ter dado força aos meus demais estímulos para interferir na questão, não tentarei negar. Mas sua família não me deve nada. Por mais que eu os respeite, acredito que só pensei *na senhorita*.

Elizabeth ficou desconcertada demais para responder. Depois de uma curta pausa, seu acompanhante acrescentou:

— A senhorita é generosa demais para brincar comigo. Se seus sentimentos forem os mesmos do último abril, diga-me agora mesmo. *Minhas* afeições e desejos não mudaram, mas uma palavra sua me silenciará para sempre a esse respeito.

Elizabeth, compreendendo ainda mais o embaraço e a aflição da situação dele, forçou-se a falar. Imediatamente, embora não com muita fluência, deu-lhe a entender que seus sentimentos haviam sofrido uma alteração tão substancial desde o período ao qual ele aludia, a ponto de ela sentir-se grata e feliz com as declarações que ele acabara de fazer. A felicidade que essa resposta causou foi algo que ele provavelmente jamais sentira antes, e ele se expressou com o ardor e sensibilidade de um homem violentamente apaixonado. Se Elizabeth conseguisse olhá-lo nos olhos, teria visto o quanto a expressão de franca alegria de seu rosto lhe caía bem; mas, embora não conseguisse olhar, conseguia ouvir, e Darcy lhe falou de sentimentos que, ao provarem a importância que a jovem tinha para ele, tornaram-lhe a afeição mais preciosa a cada momento.

Continuaram andando, sem saber em qual direção. Havia muito em que se pensar, e a sentir, e a dizer, para dar atenção a qualquer outra coisa. Elizabeth logo descobriu que deviam o atual entendimento aos esforços da tia dele, que havia *mesmo* o visitado em sua volta, passando por Londres, e lá relatara a jornada a Longbourn, sua motivação, e o conteúdo da conversa com Elizabeth, demorando-se enfaticamente em todas as falas desta última, que, na apreensão de sua senhoria, peculiarmente denotavam o quanto a jovem era perversa e presunçosa, na crença de que tal narrativa fosse ajudar seus esforços de obter do sobrinho a promessa que Elizabeth não quisera dar. Mas, para o azar de sua senhoria, conseguira o extremo oposto.

— O que ela disse me deu uma esperança que eu mal havia me permitido sentir antes — disse ele. — Conheço seu temperamento o bastante para ter certeza de que, se a senhorita tivesse absoluta e irrevogável aversão a mim, teria confessado a lady Catherine, franca e abertamente.

Elizabeth corou e sorriu ao responder:

— Sim, o senhor sabe o suficiente da minha franqueza para acreditar que eu seria capaz *disso*. Depois de ofendê-lo diretamente, e de maneira abominável, eu não poderia ter o menor escrúpulo em ofendê-lo diante de todos os seus parentes.

— O que a senhorita falou sobre mim que não era justo? Apesar de suas acusações serem mal fundamentadas, baseadas em premissas equivocadas, meu comportamento com a senhorita na ocasião merecia a mais severa censura. Foi imperdoável. Não posso pensar no assunto sem repugnância.

— Não vamos discutir sobre quem teve mais culpa naquela noite — disse Elizabeth. — A conduta de nenhum dos dois, se examinada com rigor, será irrepreensível. Mas desde então, espero, nós dois melhoramos em termos de civilidade.

— Não consigo me perdoar com facilidade. A lembrança do que falei na ocasião, minha conduta, meus modos, a maneira como me expressei durante toda a discussão, é agora, e tem sido há muitos meses, bastante dolorosa para mim. Sua censura, tão bem aplicada, eu jamais esquecerei: "se o senhor tivesse se comportado de maneira mais cavalheiresca". Foram essas as suas palavras. A senhorita não sabe, mal pode conceber, o quanto elas me torturaram. Mas confesso que levou algum tempo até que eu fosse racional o bastante para dar-lhes qualquer crédito.

— Eu com certeza estava longe de esperar causar uma impressão tão forte ao dizê-las. Não fazia a menor ideia de que elas seriam sentidas dessa maneira.

— Posso facilmente acreditar. Na ocasião, a senhorita me julgava desprovido de sentimentos de verdade, tenho certeza. Jamais me esquecerei do seu semblante ao dizer que eu não poderia ter oferecido minha mão de nenhum modo que teria tentado a senhorita a aceitá-la.

— Ah! Não repita o que falei naquele dia. Essas lembranças não ajudam em nada. Eu lhe garanto que há muito tempo sinto uma profunda vergonha de tudo.

Darcy mencionou sua carta.

— Será que ela... ela *logo* conseguiu melhorar sua opinião a meu respeito? — ele perguntou. — A senhorita, ao lê-la, deu crédito ao conteúdo?

Ela explicou os efeitos que a carta lhe causara, e quanto seus preconceitos anteriores foram gradualmente afastados.

— Eu sabia que o que escrevi poderia lhe causar dor — disse ele. — Mas era necessário. Espero que a senhorita tenha destruído a carta. Havia uma parte, especialmente o início, que eu odiaria saber que está em seu poder ler outra vez. Eu me lembro de algumas expressões que, com razão, poderiam fazê-la me odiar.

— A carta certamente será queimada, se o senhor julgar essencial para preservar minha estima, mas, embora nós dois tenhamos motivos para pensar que minhas opiniões não são inteiramente inalteráveis, elas não são, espero, tão facilmente mutáveis quanto o senhor está sugerindo.

— Quando escrevi aquela carta, acreditava estar perfeitamente calmo e indiferente — replicou Darcy. — Mas desde então fiquei convencido de que a escrevi com um terrível amargor.

— A carta talvez tenha começado amarga, mas não terminou assim. A despedida é pura caridade. Mas não pense mais na carta. Os sentimentos da pessoa que a escreveu e os da pessoa que a recebeu agora são tão diferentes do que eram na época, que todas as circunstâncias desagradáveis relacionadas devem ser esquecidas. O senhor precisa aprender um pouco da minha filosofia: só pense nas lembranças passadas que lhe dão prazer.

— Não posso lhe dar crédito por nenhuma filosofia do tipo. As *suas* retrospecções devem ser tão irrepreensíveis, que o contentamento oriundo delas não advém de uma filosofia, mas de algo melhor: ignorância. Mas *comigo* não é assim. Recordações dolorosas se intrometem e não podem, não devem, ser rechaçadas. Fui um ser egoísta durante minha vida inteira, na prática, embora não em princípios. Enquanto criança, ensinaram-me o que era *certo*, mas não me ensinaram a corrigir meu temperamento. Deram-me bons princípios, mas me deixaram segui-los com orgulho e vaidade. Infelizmente, um único filho do sexo masculino (e, por muitos anos, filho único), fui mimado por meus pais, que, embora fossem bons (meu pai, em especial, era tudo o que há de mais benevolente e amável), permitiram, encorajaram, quase me ensinaram a ser egoísta e arrogante, a não me importar com ninguém fora do meu círculo familiar, a ter uma opinião ruim acerca do resto do mundo, a *desejar* ao menos ter uma opinião negativa do juízo e do valor das outras pessoas, se os comparasse aos meus. Assim eu era, dos oito aos vinte e oito, e assim eu poderia ainda ser, se não fosse pela senhorita, querida, adorável Elizabeth! O que não devo à senhorita? A senhorita me ensinou uma lição, muito dura no começo, mas bastante vantajosa. Deixou-me adequadamente mais humilde. Fui até a senhorita sem a menor dúvida de qual seria minha recepção. A senhorita me mostrou quanto eram insuficientes todas as minhas pretensões de agradar uma mulher que valesse a pena agradar.

— O senhor já estava convencido de que eu aceitaria?

— Estava, sim. O que pensará de minha vaidade? Eu acreditava que a senhorita desejava e esperava minhas atenções.

— Meus modos devem ter sido muito falhos, mas garanto que não foi intencional. Nunca quis enganar o senhor, mas meu humor deve ter me guiado mal. Como deve ter me odiado depois *daquela* noite!

— Odiar a senhorita! Talvez eu tenha ficado bravo, a princípio, mas minha fúria logo começou a tomar a direção adequada.

— Estou quase com medo de perguntar o que o senhor pensou de mim quando nos encontramos em Pemberley. O senhor me culpou por ir até lá?

— Não, mesmo, só fiquei surpreso.

— Sua surpresa não pode ter sido maior que a *minha* por o senhor me tratar com cortesia. Minha consciência me dizia que eu não mereceria nenhuma delicadeza extraordinária, e confesso que eu não esperava receber mais do que o devido.

— Meu objetivo *nessa ocasião* foi mostrar à senhorita, com toda a civilidade que pudesse, que não sou mesquinho a ponto de ressentir o passado — respondeu Darcy. — E esperava obter seu perdão e melhorar sua opinião, deixando-a ver que havia atentado à sua censura. Quando outros desejos se apresentaram, não sei dizer, mas acredito que cerca de meia hora depois de tê-la visto.

Ele então contou sobre a alegria de Georgiana ao conhecê-la, e sobre a decepção dela pela repentina quebra do laço recém-formado, assunto que naturalmente o levou a explicar a ela a causa dessa quebra. Elizabeth soube então que Darcy decidira sair de Derbyshire em busca de Lydia antes de deixar a estalagem, e que sua expressão grave e pensativa não se devia a nada além do cálculo dos esforços que tal propósito deveria implicar.

Elizabeth expressou sua gratidão outra vez, mas o assunto era doloroso demais para continuarem falando a respeito.

Depois de caminhar vários quilômetros sem pressa, ocupados demais para saber qualquer coisa sobre o caminho, logo perceberam, ao ver os relógios, que era hora de estar em casa.

— Aonde será que foram o sr. Bingley e Jane? — E essa pergunta introduziu a discussão do assunto relacionado a eles.

O sr. Darcy estava feliz com o noivado. Seu amigo logo o informara a respeito.

— Eu preciso perguntar se o senhor ficou surpreso — disse Elizabeth.

— Nem um pouco. Quando parti, senti que aconteceria logo.

— Ou seja, deu sua permissão. Eu já havia suposto.

E, apesar de ele ter protestado contra o termo, ela entendeu que fora exatamente o caso.

— Na noite anterior à minha ida a Londres, confessei a ele o que deveria ter confessado muito tempo atrás — disse ele. — Eu lhe falei sobre tudo o que ocorreu para tornar minha interferência anterior em seus assuntos absurda e impertinente. Ele ficou muito surpreso; jamais suspeitara. Além disso, eu lhe disse que julgava estar enganado ao supor, como tinha feito, que a srta. Bennet lhe era indiferente. E, como percebi logo que seu afeto por ela não havia diminuído, não tive dúvida de que seriam felizes juntos.

Elizabeth não pôde deixar de sorrir diante da facilidade com a qual ele direcionava o amigo.

— O senhor falou com ele a partir de suas próprias observações, ao lhe dizer que minha irmã o amava, ou só porque eu o havia dito na última primavera?

— Do primeiro. Eu a observei de perto nas duas últimas visitas que lhes fiz aqui e fiquei convencido de sua afeição.

— E o fato de o senhor estar convencido, suponho, imediatamente o convenceu também.

— Sim. Bingley tem uma modéstia natural. Sua timidez o impediu de contar com o próprio discernimento em um caso tão aflitivo, mas sua confiança em mim tornou tudo fácil. Fui obrigado a confessar uma coisa que, por um tempo, e não injustamente, o ofendeu. Não me permiti mais mentir sobre o fato de que sua irmã esteve na cidade durante três meses no último inverno, que eu sabia e que escondi dele de propósito. Ele ficou furioso. Mas estou convencido de que sua fúria só durou enquanto ele teve dúvidas quanto aos sentimentos dela. Ele agora já me perdoou de coração.

Elizabeth ansiava por comentar que o sr. Bingley era um amigo bastante agradável — tão fácil de controlar que seu valor era inestimável —, mas se reteve. Lembrou-se de que Darcy ainda precisava aprender a rir de si mesmo, e era cedo demais para começar. Prevendo a felicidade de Bingley, que, é claro, seria inferior apenas à própria, Darcy continuou a conversa até alcançarem a casa. Separaram-se no saguão.

Capítulo 59

— Minha querida Lizzy, por onde vocês estiveram andando? — foi a pergunta que Elizabeth ouviu de Jane assim que entrou na sala, e de todos os outros quando eles se sentaram à mesa. Ela só disse que haviam vagado até onde ela não conhecia, corando enquanto falava, mas nem isso, nem mais nada, despertou qualquer suspeita da verdade.

O início da noite passou sem nada de extraordinário. Os apaixonados confessos falaram e riram, os não confessos permaneceram silenciosos. Darcy não tinha o tipo de temperamento no qual a felicidade transborda e vira júbilo; e Elizabeth, agitada e confusa, mais *sabia* que estava feliz do que se *sentia* assim, pois, fora o imediato desconcerto, outros males a aguardavam. Previa o que a família sentiria quando sua situação se tornasse conhecida; sabia que ninguém gostava dele além de Jane, e até temia que os outros sentissem uma *aversão* que nem toda sua fortuna e importância poderiam abolir.

À noite, abriu o coração a Jane. Apesar de os hábitos gerais da srta. Bennet não incluírem desconfiança, ela ficou absolutamente incrédula.

— Você está brincando, Lizzy! Não pode ser! Noiva do sr. Darcy! Não, não, você não pode me enganar. Sei que é impossível.

— Esse é mesmo um começo horrível! Eu contava só com você, e tenho certeza de que ninguém mais vai acreditar em mim, se você não acredita. Mas estou sendo mesmo sincera. Não falo nada além da verdade. Ele ainda me ama, e estamos noivos.

Jane olhou-a, duvidando.

— Ah, Lizzy! Não pode ser. Sei o quanto você não gosta dele.

— Você não sabe nada. *Isso* tem de ser esquecido. Talvez antes eu não o tenha amado tanto quanto agora. Mas nesses casos uma boa memória é imperdoável. Esta é a última vez que eu mesma me lembrarei disso.

A srta. Bennet ainda demonstrava todo o seu espanto. Elizabeth garantiu outra vez, e com mais seriedade, estar falando a verdade.

— Pelo amor de Deus! Pode mesmo ser verdade? Mas agora preciso acreditar em você! — exclamou Jane. — Minha querida Lizzy, eu queria... parabenizar você... mas tem certeza... desculpe a pergunta... tem certeza de que pode ser feliz com ele?

— Não há dúvidas disso. Já combinamos entre nós dois que seremos o casal mais feliz do mundo. Mas você está feliz, Jane? Gostaria de tê-lo como cunhado?

— Muito, muito mesmo. Nada poderia deixar Bingley ou a mim mais felizes. Mas, quando consideramos a ideia, falamos que era impossível. E você o ama mesmo? Ah, Lizzy! Faça qualquer coisa, mas não se case sem afeição. Tem certeza de que sente o que deveria?

— Ah, sim! Você só vai pensar que eu sinto *mais* do que deveria, quando eu lhe contar tudo.

— O que quer dizer?

— Ora, porque preciso confessar que o amo mais do que amo Bingley. Tenho medo de que você fique brava.

— Minha amada irmã, agora fale *sério*. Vamos conversar com muita seriedade. Quero saber tudo o que preciso saber, sem demora. Você vai me dizer há quanto tempo o ama?

— Começou tão aos poucos, que eu mesma mal sei quando foi. Mas acho que preciso estipular que foi quando vi seus belos terrenos em Pemberley.

No entanto, outro pedido de seriedade produziu o efeito desejado, e ela logo satisfez Jane com declarações solenes de afeto. Quando convencida a respeito disso, a srta. Bennet não teve mais nada a desejar.

— Agora estou muito feliz — ela disse —, porque você será tão feliz quanto eu. Sempre tive apreço por ele. Se não fosse por nada além do amor dele por você, eu já o estimaria para sempre, mas agora, como amigo de Bingley e seu marido, só Bingley e você podem ser mais queridos para mim. Mas, Lizzy, você tem sido muito astuciosa, escondendo muito de mim. Você me contou muito pouco do que aconteceu em Pemberley e Lambton! Devo tudo o que sei a outras pessoas, não a você.

Elizabeth contou-lhe os motivos do segredo. Não quisera mencionar Bingley, e o estado indefinido dos próprios sentimentos a fizeram querer evitar igualmente o nome do amigo. Mas agora não conseguia mais esconder a participação dele no casamento de Lydia. Tudo foi confessado, e passaram a noite conversando.

* * *

— Pelo amor de Deus! — exclamou a sra. Bennet, em pé ao lado da janela na manhã seguinte. — E não é que aquele desagradável do sr. Darcy está vindo de novo com nosso querido Bingley? Qual será a intenção dele sendo tão inconveniente de sempre vir aqui? Não fazia ideia de que ele não iria querer caçar, ou alguma outra coisa, em vez de nos perturbar com sua companhia. O que vamos fazer com ele? Lizzy, você deve caminhar com ele outra vez, para ele não ficar no caminho de Bingley.

Elizabeth mal pôde reprimir uma risada pelo pedido tão conveniente, mas ficou muito exasperada pelo fato de a mãe sempre classificá-lo daquela forma.

Assim que os dois entraram, Bingley olhou para ela de modo tão expressivo, e apertou suas mãos com tanto entusiasmo, que não deixou dúvidas de que sabia, e logo depois ele disse alto:

— Sra. Bennet, a senhora não tem outros caminhos aqui nos quais Lizzy possa se perder hoje de novo?

— Eu aconselho o sr. Darcy, Lizzy e Kitty a caminharem até Oakham Mount nesta manhã — disse a sra. Bennet. — É uma longa e boa caminhada, e o sr. Darcy nunca viu a paisagem.

— Pode ser bom para os outros — disse o sr. Bingley —, mas tenho certeza de que será demais para Kitty. Não é, Kitty?

Kitty confessou que preferia ficar em casa. Darcy declarou grande curiosidade em ver a paisagem do monte, e Elizabeth concordou em silêncio. Quando subiu para se aprontar, a sra. Bennet a seguiu dizendo:

— Sinto muito, Lizzy, por você ser forçada a lidar sozinha com esse homem desagradável. Mas espero que não se importe: é pelo bem de Jane, sabe. E não precisa falar com ele, só de vez em quando. Então não precisa tolerar tantos inconvenientes.

Durante a caminhada, resolveram que pediriam o consentimento do sr. Bennet ao longo da noite. Elizabeth guardou para si o pedido à mãe. Não conseguia imaginar como a mãe o receberia; às vezes duvidava que todo o dinheiro e magnificência dele conseguiriam superar a antipatia pelo homem. Mas, se ficaria violentamente decidida contra a união, ou violentamente feliz com ela, com certeza seus modos seriam igualmente adaptados para dar crédito à sua falta de sensatez, e Elizabeth não conseguia achar que a ideia de o sr. Darcy ouvir as primeiras explosões de êxtase da mãe fosse mais suportável do que ele ouvir a veemência da desaprovação dela.

À noite, logo depois que o sr. Bennet se retirou para a biblioteca, ela viu o sr. Darcy levantar-se e segui-lo, e sentiu extrema ansiedade ao ver a cena. Não temia uma oposição do pai, mas ele ficaria infeliz, e seria por causa *dela* — era um pensamento deplorável que ela, sua filha preferida, faria uma escolha capaz de perturbá-lo e o encheria de medos de perdê-la e de consequentes pesares. Assim ela ficou sentada, transtornada, até o sr. Darcy aparecer outra vez, quando, ao olhá-lo, sentiu-se um pouco aliviada por vê-lo sorrir. Alguns minutos depois, ele se aproximou da mesa a que ela estava sentada com Kitty e, fingindo contemplar seu trabalho, disse num sussurro:

— Vá até seu pai. Ele quer vê-la na biblioteca.

Ela foi imediatamente.

O pai andava pela sala, parecendo austero e nervoso.

— Lizzy — disse ele. — O que está fazendo? Você perdeu a cabeça para aceitar esse homem? Não o odeia desde sempre?

Como ela desejava que suas opiniões anteriores tivessem sido mais razoáveis, e seus modos de expressá-las, mais moderados! Isso a teria poupado de dar explicações e declarações excessivamente desconfortáveis, mas agora necessárias, e ela garantiu ao pai, com bastante desconcerto, sua afeição pelo sr. Darcy.

— Em outras palavras, você está determinada a ficar com ele. Ele é rico, com certeza, e você poderá ter mais roupas e carruagens elegantes do que Jane. Mas isso a fará feliz?

— O senhor não faz nenhuma outra objeção a ele, além da crença em minha indiferença? — perguntou Elizabeth.

— Nenhuma. Todos sabemos que ele é um tipo de homem orgulhoso e desagradável, mas isso não será nada se você realmente gostar dele.

— Eu gosto, gosto muito — ela replicou, com lágrimas nos olhos. — Eu o amo. Na verdade, ele não tem nenhum orgulho impróprio. Ele é perfeitamente amável. O senhor não sabe o que ele é de verdade, então, por favor, não me angustie falando dele nesses termos.

— Lizzy, eu dei a ele meu consentimento — disse o pai. — Na verdade, ele é o tipo de homem a quem eu não ousaria negar nada que ele se dignasse a pedir. Agora dou a *você*, se está decidida a tê-lo. Mas permita-me aconselhá-la a pensar melhor. Conheço seu temperamento, Lizzy. Sei que você não poderá ser feliz nem respeitável a menos que realmente estime seu marido, a menos que o veja como um homem superior. Seus atributos a colocariam em grande perigo em um casamento desigual. Você não conseguiria escapar do descrédito e da angústia. Minha filha, não me deixe ter a mágoa de ver *você* incapaz de respeitar seu companheiro de vida. Não sabe em que está se metendo.

Elizabeth, ainda mais afetada, respondeu com franqueza e solenidade e, enfim, garantindo repetidamente que o sr. Darcy era seu escolhido, explicando a mudança gradual de seus sentimentos, relatando sua absoluta certeza de que a afeição dele não surgira de um dia para o outro, mas que suportara a provação de meses de suspense, e enumerando com energia todas as qualidades dele, conseguiu vencer a incredulidade do pai e fazê-lo encarar com bons olhos a ideia da união.

— Bem, minha querida, não tenho mais nada a dizer — ele declarou, quando ela terminou de falar. — Se é esse o caso, ele a merece. Eu não conseguiria perder você, minha Lizzy, para ninguém menos digno.

Para completar essa impressão favorável, Elizabeth então contou o que o sr. Darcy voluntariamente fizera por Lydia. Seu pai a ouviu com assombro.

— Esta é mesmo uma noite cheia de surpresas! E então Darcy fez tudo... forjou a união, deu o dinheiro, pagou as dívidas do camarada, e comprou seu cargo! Tanto melhor! Isso me salvará de um mundo de transtornos e gastos. Se fosse obra de seu tio, eu deveria e *iria* pagar tudo, mas esses jovens violentamente apaixonados conduzem as coisas a seu modo. Amanhã eu oferecerei pagar-lhe tudo; ele irá tagarelar e bramar seu amor por você, e será o fim do assunto. — Ele então se lembrou do desconcerto dela alguns dias antes, quando ele lera a carta do sr. Collins, e depois de rir dela durante algum tempo, permitiu-lhe retirar-se, dizendo, quando ela saiu da sala: — Se algum jovem vier pedir a mão de Mary ou de Kitty, mande-o entrar, pois estou com tempo livre.

Elizabeth sentia-se aliviada de um grande peso e, depois de meia hora em silenciosa reflexão no próprio quarto, conseguiu se reunir aos outros razoavelmente composta. Tudo era recente demais para que chegassem a se divertir, mas a noite passou sossegada; não havia mais nada substancial a temer, e o conforto da naturalidade e da familiaridade viria com o tempo.

Quando sua mãe subiu para o quarto à noite, Elizabeth seguiu-a e deu o importante comunicado. Seu efeito foi dos mais extraordinários, pois, assim que ouviu, a sra. Bennet ficou imóvel, sentada, incapaz de pronunciar uma sílaba. E muitos minutos se passaram antes de ela conseguir compreender o que ouvira, embora normalmente não fosse avessa a qualquer coisa que trouxesse vantagens à família, ou que viesse na forma de um parceiro para uma de suas filhas. Enfim, ela começou a se recuperar, a se remexer na cadeira, levantando-se e voltando a se sentar, admirando-se e fazendo várias exclamações.

— Pelo amor de Deus! Que o Senhor me abençoe! Pense só! Ai de mim! O sr. Darcy! Quem imaginaria? E isso é mesmo verdade? Quem teria pensado nisso? Ah, minha doce Lizzy! Como você será rica e grandiosa! O dinheiro extra, as joias e as carruagens que você terá! Jane não é nada perto isso. Nada mesmo. Estou tão satisfeita, tão feliz! Um homem tão encantador! Tão bonito! Tão alto! Ah, minha querida Lizzy! Por favor, peça-lhe desculpas por eu antipatizar tanto com ele antes. Espero que ele não atente a isso. Queridíssima Lizzy! Uma casa na cidade! Tudo que é encantador! Três filhas casadas! Dez mil por ano! Ah, Senhor! O que será de mim? Acho que vou enlouquecer.

Aquilo bastava para saber que não seria necessário duvidar da aprovação da mãe, e Elizabeth, em júbilo por saber que só ela ouvira tal efusão, logo se afastou. Mas, depois de ter passado apenas três minutos no próprio quarto, a mãe a seguiu.

— Minha amada filha, não consigo pensar em mais nada! — ela exclamou. — Dez mil por ano, e é provável que mais! É tão bom quanto um lorde! E uma licença especial![20] Você deve e vai ser casada por uma licença especial! Mas, meu amor, diga-me de qual prato o sr. Darcy mais gosta, que eu o servirei amanhã.

Aquilo era um triste presságio acerca de qual seria o comportamento da mãe com o cavalheiro, e Elizabeth achou que, embora tivesse a certeza do mais caloroso afeto de Darcy, e houvesse recebido o consentimento da família, ainda havia algo a querer. Mas o dia seguinte passou-se melhor do que o esperado, pois a sra. Bennet felizmente encarava seu futuro genro com tamanha reverência que não se arriscava a falar com ele, a menos que pudesse lhe oferecer alguma atenção ou assinalar sua deferência pela opinião dele.

Elizabeth teve a satisfação de ver o pai se dar ao trabalho de conhecê-lo melhor, e o sr. Bennet logo lhe garantiu que a cada hora o sr. Darcy ganhava mais sua estima.

— Admiro muito todos os meus genros — disse ele. — Talvez Wickham seja meu favorito, mas acho que vou gostar tanto do *seu* marido quanto do de Jane.

---

20 Uma licença especial, concedida por um bispo ou arcebispo, permitia que um casamento fosse realizado de maneira privada e mais rapidamente, um sinal de status social. [N. de T.]

Capítulo 60

Quando o humor de Elizabeth retornou ao seu natural estado brincalhão, a moça quis que o sr. Darcy lhe explicasse como poderia ter se apaixonado por ela.

— Como começou? — ela perguntou. — Consigo compreender você continuar encantado depois de se apaixonar, mas o que o despertou em primeiro lugar?

— Não consigo precisar a hora ou o local, ou o olhar, ou as palavras, que foram a base do sentimento. Faz muito tempo. Quando percebi que havia começado, já estava no meio do caminho.

— À minha beleza, você se opôs desde cedo, e quanto aos meus modos... meu comportamento com *você*, para dizer o mínimo, sempre beirou a descortesia, e eu mais lhe dirigia a palavra para importuná-lo do que não. Agora, seja sincero: você me admirou pela minha impertinência?

— Pela vivacidade de sua mente, sim.

— Pode chamar logo de impertinência. Não era outra coisa. O fato é que você estava cansado de civilidade, deferência ou atenção servil. Você se aborrecia com as mulheres que só falavam e agiam de modo a obter sua aprovação. Eu despertei seu interesse porque era tão diferente *delas*. Se você não fosse realmente amável, teria me odiado por isso, mas, apesar de seus esforços para disfarçar, seus sentimentos sempre foram nobres e justos, e, em seu coração, você menosprezava por completo as pessoas que o cortejavam com tanta assiduidade. Pronto: eu o poupei do trabalho de explicar. E, realmente, considerando tudo, começo a achar bem sensato. Você certamente não conhecia nenhuma qualidade minha. Mas ninguém pensa *nisso* quando se apaixona.

— Não havia nada de bom em seu comportamento amoroso em relação a Jane, quando ela estava doente em Netherfield?

— A querida Jane! Quem ousaria fazer menos por ela? Mas vá em frente e considere isso uma virtude, por favor. Minhas qualidades estão sob sua proteção, e você deve exagerá-las tanto quanto possível; em troca, cabe a mim encontrar oportunidades para provocar e discutir com você o máximo que puder. E começarei agora mesmo, perguntando-lhe o que o deixou tão relutante em ir direto ao ponto. O que o deixou tão tímido quando nos visitou pela primeira vez, e depois, quando jantou aqui? Em especial, por que, quando fez a visita, pareceu não se importar comigo?

— Porque você estava austera e silenciosa e não me deu nenhum encorajamento.

— Mas eu estava desconcertada.

— Eu também.

— Você poderia ter falado mais comigo quando veio jantar.

— Um homem que tivesse menos sentimentos poderia.

— Que azar você ter uma resposta tão sensata a dar, e que eu deva ser tão sensata de aceitá-la! Mas me pergunto quanto tempo você *teria* continuado assim, se fosse deixado para resolver tudo sozinho! Eu me pergunto *quando* você teria falado, se eu não tivesse perguntado! Minha decisão de lhe agradecer pela bondade com Lydia certamente teve um grande efeito, grande *demais*, eu acho, pois o que será da moral, se nosso consolo parte da quebra de uma promessa? Pois eu não deveria ter mencionado o assunto. Isso nunca vai dar certo.

— Não precisa se preocupar. A moral será perfeitamente justa. Os esforços injustificáveis de lady Catherine para nos separar foram os responsáveis por afastar todas as minhas dúvidas. Não devo minha atual felicidade ao seu ávido desejo de expressar sua gratidão. Eu não estava disposto a esperar você começar. As informações de minha tia me deram esperança, e fiquei determinado a saber tudo logo.

— Lady Catherine foi infinitamente útil, o que deveria fazê-la feliz, pois ela ama se fazer útil. Mas me diga, para que você veio até Netherfield? Foi só para cavalgar até Longbourn e ficar desconcertado? Ou tinha intenções mais sérias?

— Meu verdadeiro propósito era ver *você*, e julgar, se conseguisse, se eu tinha esperanças de conseguir fazê-la me amar. Aquele que eu declarei, ou que declarei a mim mesmo, foi ver se sua irmã ainda gostava de Bingley e, se fosse o caso, confessar a ele as coisas que já confessei.

— Você algum dia terá coragem de fazer o drástico anúncio a lady Catherine?

— É mais provável eu precisar de tempo do que de coragem, Elizabeth. Mas precisa ser feito e, se você me der uma folha de papel, eu o farei agora mesmo.

— E se eu mesma não tivesse uma carta para escrever, poderia me sentar ao seu lado e admirar a uniformidade da sua escrita, como outra moça fez uma vez. Mas também tenho uma tia, que não pode mais ser negligenciada.

Por relutância em confessar quanto sua intimidade com Darcy fora superestimada, Elizabeth ainda não respondera à comprida carta da sra. Gardiner, mas agora, tendo para comunicar *aquilo* que sabia ser bem-vindo, quase tinha vergonha de pensar que os tios já haviam perdido três dias de felicidade, e imediatamente escreveu o seguinte:

Eu queria ter lhe agradecido antes, minha querida tia, como já deveria ter feito, pelo relato dos longos, gentis e satisfatórios pormenores, mas, para dizer a verdade, estava aborrecida demais para responder. Vocês supuseram mais do que existia. Mas agora suponha tudo o que quiser, solte a imaginação, permita-se alçar todos os voos aos quais o assunto levar e, a menos que me julgue já casada, não estará muito errada. Você deve escrever logo, e elogiá-lo ainda mais do que o fez na última carta. Eu lhes agradeço outra vez e mais outra por não irmos aos Lagos. Como pude ser tão boba em desejar que sim? Sua ideia quanto aos pôneis é maravilhosa. Daremos a volta no parque todos os dias. Sou a criatura mais feliz do mundo. Talvez outras pessoas já tenham dito isso antes, mas ninguém com tanta justiça. Sou ainda mais feliz do que Jane; ela só sorri, eu rio. O sr. Darcy lhe envia todo o amor que eu tenho de reserva. Vocês todos têm de ir a Pemberley no Natal.

Atenciosamente etc.

A carta do sr. Darcy para lady Catherine foi escrita em um estilo diferente, e ainda mais diferente das duas foi a que o sr. Bennet enviou ao sr. Collins, em resposta à última.

Caro senhor,

Devo incomodá-lo mais uma vez para pedir congratulações. Elizabeth logo será esposa do sr. Darcy. Console lady Catherine o melhor que puder. Mas, se eu fosse você, ficaria do lado do sobrinho; ele tem mais a oferecer.

Cordialmente etc.

Os parabéns que a srta. Bingley deu ao irmão por causa do casamento próximo tiveram tudo de afetuoso e insincero. Ela escreveu até para Jane na ocasião, para expressar sua alegria, e repetiu as anteriores declarações de estima. Jane não se deixou enganar, mas foi afetada e, embora não confiasse nela, não pôde evitar escrever uma resposta muito mais gentil do que sabia ser merecida.

A alegria que a srta. Darcy expressou ao receber informação semelhante foi tão sincera quanto a do irmão ao enviá-la. Quatro páginas de papel foram insuficientes para expressar todo o seu prazer e todo o sincero desejo de ser amada pela cunhada.

Antes que qualquer resposta do sr. Collins pudesse chegar, ou quaisquer parabéns de Charlotte a Elizabeth, a família de Longbourn recebeu a notícia de que os Collins tinham vindo a Lucas Lodge. A razão do repentino deslocamento logo ficou evidente. Lady Catherine ficara tão furiosa com o conteúdo da carta do sobrinho que Charlotte, realmente em júbilo pela união, ficou ansiosa para sumir até a tempestade passar. Naquele momento, a chegada da amiga foi um verdadeiro prazer para Elizabeth, apesar de, ao longo dos encontros, às vezes pensar que o prazer morria quando via o sr. Darcy exposto a toda a ostentação e obsequiosa civilidade do marido da amiga. No entanto, seu noivo o tolerava com calma admirável. Ele conseguiu até escutar, com uma compostura bastante equilibrada, sir William Lucas, que o cumprimentou por levar embora a mais brilhante joia da região e expressou suas esperanças de que todos se encontrassem com frequência na Corte de St. James. Se Darcy deu de ombros, não foi até sir William ter sumido de vista.

A falta de educação da sra. Phillips foi mais uma, e talvez a mais pesada, provação para a paciência de Darcy. A sra. Phillips, assim como a irmã, encarava-o com reverência demais para se dirigir a ele com a familiaridade que o bom humor de Bingley encorajava, mas ainda assim, sempre que falava, era vulgar. O respeito que sentia por ele, apesar de deixá-la mais quieta, não a tornava mais elegante. Elizabeth fez tudo o que podia para protegê-lo das atenções frequentes das duas, e sempre sentia-se inquieta para mantê-lo em sua companhia apenas, e na dos familiares com quem ele pudesse conversar sem se envergonhar. Mas, apesar de tais desconfortos tirarem muito da graça dessa temporada de cortejo, aumentavam a esperança no futuro, e ela ansiava com prazer pelo momento em que seria tirada de um convívio tão desagradável para os dois e levada para todo o conforto e elegância do grupo familiar em Pemberley.

Capítulo 61

Feliz para todos os seus sentimentos maternos foi o dia em que a sra. Bennet se livrou de suas duas filhas mais dignas. Pode-se adivinhar o orgulho inflado com que ela logo depois visitou a sra. Bingley, e com que falou da sra. Darcy. Eu gostaria de poder dizer, pelo bem de sua família, que a conquista de seu mais sincero desejo ao ver tantas de suas filhas bem estabelecidas produziu o feliz efeito de torná-la uma mulher sensata, amável e bem-informada pelo resto da vida. Mas, talvez, o fato de ela ainda ser ocasionalmente nervosa e invariavelmente tola tenha sido uma sorte para o marido, que poderia não apreciar a felicidade doméstica, se experimentada de maneira tão incomum.

O sr. Bennet sentia falta demais da segunda filha; sua afeição por ela o tirava com mais frequência de casa do que qualquer outra coisa poderia fazer. Ele gostava de ir a Pemberley, especialmente quando era menos esperado.

O sr. Bingley e Jane continuaram em Netherfield somente mais um ano. Morar tão perto da mãe e dos parentes de Meryton não era desejável nem para o temperamento amável *dele* nem para o coração afetuoso *dela*. O desejo principal das irmãs dele foi então realizado: ele comprou uma propriedade em uma região vizinha de Derbyshire, e Jane e Elizabeth, somando-se a todas as demais felicidades, ficaram a só cinquenta quilômetros uma da outra.

Para substancial benefício de Kitty, ela passava a maior parte do tempo com as irmãs mais velhas. Convivendo com pessoas tão superiores do que aquelas a que estivera acostumada, sua melhora foi tremenda. Ela não tinha um temperamento tão indócil quanto o de Lydia e, longe da influência da irmã mais nova, tornou-se, com o cuidado e manejo adequados, menos irritável, menos ignorante e menos insípida. Claro que ela foi mantida afastada da má influência do convívio com Lydia, e, embora a sra. Wickham costumasse convidá-la para ficar com ela, com a promessa de bailes e rapazes, o pai nunca consentiu sua ida.

Mary foi a única filha a continuar em casa, e ela foi necessariamente tirada de sua busca por talentos pelo fato de que a sra. Bennet era incapaz de ficar sentada sozinha. Mary foi obrigada a se misturar mais com o mundo, mas ainda conseguia tirar lições de moral de todas as visitas matutinas. E, como não era mais mortificada pela comparação entre a beleza de suas irmãs e a sua, o pai suspeitou que ela se submeteu à mudança sem muita relutância.

Quanto a Wickham e a Lydia, suas personalidades não mudaram com o casamento das irmãs. Ele lidou com calma com o fato de que Elizabeth agora devia conhecer toda sua ingratidão e falsidade e, apesar de tudo, não perdia as esperanças de que Darcy pudesse ser convencido a ajudá-lo a fazer fortuna. A carta de parabéns que Lizzy recebeu de Lydia por ocasião de seu casamento explicou-lhe que, pelo menos de parte da irmã, se não pela do cunhado, tal esperança era alimentada. A carta foi a seguinte:

Minha querida Lizzy,

Eu lhe desejo felicidade. Se você ama o sr. Darcy metade do que eu amo meu querido Wickham, deve estar muito feliz. É um grande conforto saber que você está tão rica e, quando não tiver mais nada para fazer, espero que pense em nós. Tenho certeza de que Wickham gostaria muito de uma posição na corte, e acho que não teremos o dinheiro para conseguir isso sem alguma ajuda. Qualquer posição de três ou quatro mil por ano serve, mas, se não quiser, não fale com o sr. Darcy a respeito, se preferir que não.

Atenciosamente etc.

Como Elizabeth preferia *muito* não fazer isso, tentou, em sua resposta, acabar com qualquer súplica e expectativa do tipo. Entretanto, o alívio que estava em seu poder dar, pela prática da economia das próprias despesas pessoais, ela mandava com frequência. Sempre fora evidente para ela que uma renda como a que os dois tinham, sob a gestão de duas pessoas tão extravagantes em suas vontades e despreocupadas com o futuro, seria insuficiente para sustentá-los, e sempre que o regimento se mudava, solicitavam uma ajudinha a ela ou a Jane para pagar as dívidas. O modo como os dois viviam, mesmo depois que a restauração da paz os enviou para uma casa convencional, era extremamente desordenado. Sempre se mudavam de um lugar para outro à procura de condições baratas, e sempre gastavam mais do que deviam. A afeição que ele nutria por ela logo se reduziu a indiferença; a dela durou um pouco mais, e, apesar de toda a juventude e de seus modos, ela conservava toda a reputação que seu casamento lhe trouxera.

Darcy jamais poderia receber Wickham em Pemberley, mas, pelo bem de Elizabeth, ajudou-o mais na profissão. Lydia os visitava às vezes, quando o marido tinha ido se divertir em Londres ou Bath; e, com os Bingley, ambos ficavam tempo demais, até o bom humor de Bingley ser subjugado a ponto de ele chegar a *falar* sobre sugerir que fossem embora.

A srta. Bingley ficou profundamente mortificada com o casamento de Darcy, mas, julgando aconselhável manter o direito de visitar Pemberley, abandonou todo o ressentimento, passou a gostar ainda mais de Georgiana, era quase tão atenciosa com Darcy quanto outrora, e quitou com Elizabeth toda a cortesia em atraso.

Pemberley agora era o lar de Georgiana, e o afeto das cunhadas era exatamente o que Darcy esperara ver. Elas conseguiam amar uma à outra tanto quanto pretendiam. Georgiana tinha a mais elevada opinião do mundo a respeito de Elizabeth, embora, a princípio, tivesse ouvido, com um assombro que beirava a estupefação, o modo vívido e brincalhão como a cunhada se dirigia a seu irmão. Ele, que sempre inspirara nela um respeito que quase superava sua afeição, era agora objeto de gracejos indisfarçados. Por instrução de Elizabeth, Georgiana começou a compreender que uma mulher pode tomar certas liberdades com o marido que um irmão nem sempre permitiria a uma irmã mais de dez anos mais nova.

Lady Catherine ficou extremamente indignada com o casamento do sobrinho e, como deu vazão a toda a genuína franqueza de seu caráter na resposta à carta que anunciava o casamento, escreveu com uma linguagem tão ofensiva, especialmente a respeito de Elizabeth, que por algum tempo todo o contato entre eles cessou. Mas ao final, por persuasão de Elizabeth, Darcy foi convencido a deixar de lado a ofensa e buscar reconciliação. Depois de alguma resistência por parte da tia, seu ressentimento cedeu, fosse por causa da afeição que ela nutria por ele, fosse pela curiosidade em ver como a esposa se conduzia; e se dignou a ir visitá-los em Pemberley, apesar da mácula que os bosques de lá haviam recebido, não apenas pela presença de tal senhora, mas pelas visitas dos tios da cidade.

Com os Gardiner os dois sempre mantinham a mais estreita intimidade. Darcy, assim como Elizabeth, realmente os amava, e ambos tinham eterna consciência da gratidão que sentiam pelas pessoas que, ao trazerem-na a Derbyshire, haviam-nos unido.

NANO

NANO

DADOS INTERNACIONAIS DE CATALOGAÇÃO NA PUBLICAÇÃO (CIP)

A933o
Austen, Jane

Orgulho e preconceito / Jane Austen ; tradução por Carol
Chiovatto. – Rio de Janeiro : Antofágica, 2023.

512 p. : il. ; 11,5 x 15,4 cm ; (Coleção de Bolso)

Título original: Pride and prejudice

•

ISBN 978-65-80210-45-9

•

1. Literatura inglesa. I. Chiovatto, Carol. II. Título.

CDD 823

CDU 821.111

André Queiroz – CRB 4/2242

Todos os direitos desta edição reservados à

Antofágica

prefeitura@antofagica.com.br
instagram.com/antofagica
youtube.com/antofagica
Rio de Janeiro — RJ

O moreno alto, bonito e sensual nem sempre é a solução dos seus problemas.

Acesse os textos complementares a esta edição.
Aponte a câmera do seu celular para o QR CODE abaixo.

SEGUINDO TODOS OS MANUAIS DE
ETIQUETA EM VIGOR, ESTA EDIÇÃO FOI
COMPOSTA NA REQUINTADA FONTE

Sentinel
Graphik

— E IMPRESSA EM PAPEL —
Pólen Bold 70g
pelas damas e cavalheiros
da Ipsis Gráfica.

Abril   2023.